Masken der Leidenschaft

Victoria Alexander

Masken der Leidenschaft

Deutsch von
Andrea Hahn

Weltbild

Originaltitel: *When We Meet Again*
Originalverlag: Avon Books/*HarperCollins*Publishers, New York

*Für meine Freundinnen und Kolleginnen
Patti Berg, Linda Needham, Stephanie Laurens,
Susan Andersen und Mariah Stewart*

Die Autorin

Victoria Alexander war erfolgreich als Fernsehjournalistin tätig, bevor sie das Schreiben von Romanen zu ihrem Beruf machte. Die Autorin wuchs an verschiedenen Orten der Vereinigten Staaten auf und lebt heute mit ihrem Mann und ihren beiden Söhnen in Omaha, Nebraska.

Weltbild Taschenbuch

Prolog

Venedig, 1818

Dieser Mann war zweifellos der größte Fehler in ihrem zweiundzwanzigjährigen Leben. Und der grandioseste dazu.

Im Licht der Sterne, das durch die hohen Fenster in das prunkvolle Schlafgemach des Palastes einfiel, zeichnete sich sein Profil ab. Es war ein außerordentlich edles Profil – hohe Stirn, markante, gerade Nase, Lippen so wohlgeformt, dass sie gleichzeitig arrogant und aufregend wirkten. Sogar im Schlaf behielt er das Aussehen eines Königs, eines geborenen Herrschers.

Sie sollte gehen und hatte auch die Absicht, dies zu tun, bevor er aufwachte; er hatte ihr sogar versprechen müssen, dass sie vor Tagesanbruch gehen durfte. Dennoch fiel es ihr in diesem Moment schwer, sich von seiner Seite zu lösen.

Sie hob die Hand, um ihm das dunkle Haar aus der Stirn zu streichen, zögerte dann aber und hielt über seinem Gesicht inne. Trotz der intimen Zärtlichkeiten, die sie in diesem Bett ausgetauscht hatten, schien ihr diese Geste etwas *zu* intim. Etwas zu persönlich. Eine Freiheit, zu der sie kein Recht hatte.

In Wahrheit hatte sie überhaupt keine Anrechte auf ihn. Und sie erwartete auch keine. Sie wusste ganz genau, was auf sie zukam, als sie ihn auserwählt hatte. Es waren sein Charme und sein Ansehen bei den Frauen sowie die Gewissheit, dass eine gemeinsame Zukunft völlig ausgeschlossen war. Sie hatte nicht den Wunsch, sich auf eine Liebesbeziehung mit einem Mann einzulassen, der ihre Liebe nicht erwidern konnte. Nein, dieser Weg würde nur zu Liebeskummer führen, und den wollte sie keinesfalls noch einmal erleben.

Sie begehrte ihn aus genau denselben Gründen wie unzählige Frauen vor ihr: wegen seines schönen Gesichts und seiner guten Figur, wegen der verführerischen Aura der Macht, die ihn umgab, und wegen seines königlichen Titels. An diesen Titel waren Verbindlichkeiten geknüpft, die morgendliche von Herzen kommende Liebes- und Treueschwüre ganz klar ausschlossen. Nur diese Nacht zählte für sie, nichts darüber hinaus. So hatte sie es jedenfalls vorgehabt.

Sie seufzte leise und schlüpfte aus dem wuchtigen Bett, griff nach ihrem Umhang, der auf dem Boden lag, und hüllte ihren nackten Körper darin ein wie in einen zu großen Schal. Sie tappte zu den geöffneten Türen und blickte über den Balkon auf den Canale Grande hinaus.

Auf dem Wasser tanzte das Sternenlicht, und obwohl es so tief in der Nacht oder besser so früh am Morgen war, drangen von irgendwoher aus der Ferne die schwachen Klänge einer Musik. Venedig und seine Bewohner schienen sich nicht an die Gesetze zu halten, die andere Städte regierten. Dies war ein Ort der Magie und Leidenschaft und all dessen, woraus Träume gemacht sind. Der richtige Ort für eine junge Frau mit zerstörtem Ansehen, um ein neues Leben zu beginnen und sich als Dame von Welt mit einem erfahrenen Mann einzulassen, dem sie danach auf keinen Fall wieder begegnen wollte. Es war bereits zwei Jahre her, seit sie ihre Unschuld verloren oder besser gesagt leichtsinnig verschwendet hatte, und es war längst Zeit, ihrem Leben eine neue Richtung zu geben. Warum auch nicht? Sie war sicher nicht mehr das gleiche dumme Mädchen wic früher.

Sie hatte erwartet, dass es leicht sein würde, ihn zu verführen. Ihm eilte ein entsprechender Ruf voraus. Gerüchten zufolge hatte er eine gewisse Vorliebe für Ränke- und Rätselspiele, zumindest bei Liebesabenteuern. Gab es dafür einen besseren Ort als einen großen Maskenball? Das war der perfekte Anlass, ihn ins Netz seiner Vorliebe für alles Mysteriöse gehen zu lassen. Deshalb hatte sie sich geweigert, ihre Maske abzulegen – bis schon längst ihre übrigen Hüllen gefallen waren.

Was sie nicht erwartet hatte, war das unsichtbare Band, das sie vom ersten Augenblick an miteinander verbunden hatte. Ein eigenartiger Funken hatte sich entzündet; vielleicht war es Seelenverwandtschaft, ganz sicher aber große gegenseitige Anziehungskraft, womöglich noch mehr. Etwas Intensives, Unerklärliches, Unwiderstehliches.

Auf jeden Fall etwas ganz Wunderbares.

In dem Augenblick, als seine Lippen ihre Hand zum ersten Mal berührt hatten, hatte sie ein ganz neues Gefühl wahrgenommen. Eine Empfindung gespannter Erwartung, Erregung und Leidenschaft, die ihr unbekannt war. Sie hatte diesem Gefühl nachgegeben, es hatte sie vorwärtsgetragen und ihr zu einem Mut verholfen, den sie sonst wohl nicht gehabt hätte.

Natürlich war auch die Anonymität der Maske hilfreich. Aber etwas von ihrem Erfolg, vielleicht sogar den Großteil, hatte sie der Aura Venedigs zu verdanken. Schon die Luft dieser Stadt war von einer Sinnlichkeit, dass auch Frauen mit wenig Erfahrung in der Liebeskunst sich fühlen mussten wie Kurtisanen. Nie zuvor war sie so direkt und verführerisch gewesen. Sie hatte ihn umgarnt und neugierig gemacht, und er hatte mit freudiger Erregung und Befriedigung reagiert. Der Abend hatte geendet, wie sie es sich gewünscht hatte: in seinem Bett.

Auch das war nicht so, wie sie es erwartet hatte. Natürlich wusste sie, dass ihre frühere Erfahrung eher oberflächlich und von Eile und Geheimnistuerei bestimmt war. Doch sie war, zumindest von ihrer Seite, verbunden mit dem Gefühl der Liebe und schon deshalb sehr aufregend –

das hatte sie bisher jedenfalls geglaubt. Sie hatte sich keine Vorstellung davon gemacht, was ein erfahrener Liebhaber in ihr erwecken könnte. Wie er all ihre Sinne mit Freude und Genuss würde beleben können. Noch jetzt vibrierte ihr Körper in gespannter Erregung.

»Ich kenne noch nicht mal Euren Namen.« Sie vernahm seine zärtliche Stimme direkt hinter sich und war sehr erfreut, dass er aufgewacht und zu ihr gekommen war. Er legte ihr die Hände auf die Schultern, und sie lehnte sich an ihn.

»Ist es so wichtig, meinen Namen zu wissen?«

Er hielt einen Moment inne; nicht sehr lange, aber doch lange genug, um ihr Genugtuung zu verschaffen, oder eher Freude, dass er doch so viel für sie empfand, um ihren Namen wissen zu wollen. Schließlich lachte er leise. »Wahrscheinlich nicht. Aber ich gebe zu, ein wenig neugierig zu sein, wer heute Nacht das Bett mit mir geteilt hat.«

»Warum?« Jetzt musste sie lachen. »Ich kann mir kaum vorstellen, dass ein Mann Eurer Reputation sich um einzelne Namen bekümmern sollte. Man sagt, Ihr hättet mit jeder zweiten Frau in Europa geschlafen.«

»Das ist Unsinn. Jede zweite Frau in Europa. Ich bin noch nicht alt genug, um auch nur mit einem Bruchteil von ihnen im Bett gelegen zu haben.« Sie hörte das Lachen in seiner Stimme. »Auch wenn ich mich sehr bemüht habe.«

»Zweifelsohne«, sagte sie trocken.

»Höre ich da vielleicht Eifersucht heraus?«

»Nicht im Mindesten, Euer Hoheit.«

»Schade«, sagte er – mehr zu sich als zu ihr.

Ungeachtet all ihrer Absichten schlug ihr Herz bei diesen Worten schneller, und ein seltsames Gefühl, das man vielleicht als Hoffnung bezeichnen konnte, regte sich in ihr. Absoluter Unsinn natürlich. Entschieden schob sie es beiseite.

»Habt Ihr bemerkt, dass Ihr genau die richtige Größe für mich habt?« Er schob ihr Haar beiseite und küsste sie auf den Nacken. »Das macht es mir außerordentlich leicht, Euch zu küssen.«

»Tatsächlich?« Sie zitterte.

»Oh ja«, murmelte er in ihren Nacken. »Ihr wisst, wer ich bin. Da ist es doch ungerecht, wenn ich nicht weiß, wer Ihr seid.«

»Es gibt im Leben so manches, was nicht gerecht ist. Man kann nicht immer haben, was man will.«

Er lachte spöttisch. »Unsinn. Ich bekomme immer, was ich will.«

»Immer?«

»Immer.« Ohne Vorwarnung drehte er sie um, so dass sie ihm das Gesicht zuwandte, und blickte auf sie nieder. »Etwas anderes kommt für mich nicht infrage.«

Sie spürte, wie er versuchte, ihre Gesichtszüge genau zu studieren, und war sicher, dass es ihm in dem schwachen Morgenlicht nicht gelingen konnte, sie zu identifizieren. Anonymität war ein Teil der Magie dieser Nacht. Letztlich war es aber gleichgültig; am Morgen würde sie schon weg sein, und es bestand kaum eine Chance, sich jemals wieder zu begegnen.

»Ich fände es ganz schön, wenn Ihr auf die Frauen, die vor Euch kamen, ein wenig eifersüchtig wäret.«

»Warum?« Sie schüttelte den Kopf. »Zwischen uns gibt es keine Bindungen. Ihr seid ein Prinz, und ich –«

»Ja?« In seiner Stimme war Spannung zu spüren. »Ihr seid?«

Sie lachte. »Ich bin keine Prinzessin.«

»Nein?«

Ihr stockte der Atem. Wie war es bloß dazu gekommen, dass das geplante romantische Liebesabenteuer mit einem gut aussehenden Fremden nun doch mehr an Bedeutung gewonnen hatte? Nicht nur wegen der Lust, die er ihr während der Stunden in seinem Bett bereitet, und der Empfindungen, die er ihr entlockt hatte, oder wegen der unerwarteten Verzückung bei der Vereinigung. Etwas hatte sie an ihrem Herzen berührt, auch wenn solche Gedanken mehr als absurd waren. Diese Nacht war ein Moment, der Zeit gestohlen – nicht mehr.

»Obwohl ich gestehen muss, dass es mir egal ist, ob Ihr in Wahrheit eine Prinzessin oder ein Zimmermädchen seid.«

Sie nahm einen neckenden Ton an. »Und welcher Teil Eures Körpers spricht hier?«

»Mein Herz«, sagte er, ohne zu zögern.

»Euer Herz ist von der Magie der Nacht umfangen, Euer Hoheit.« Sie hielt einen Moment inne und versuchte, das aufsteigende Verlangen, seine Worte anzunehmen, festzuhalten und darin zu schwelgen, gewaltsam zu unterdrücken. »Mir ist sehr wohl bewusst, wie auch Euch, dass das, was im Dunklen zwischen uns passiert ist, bei Tagesanbruch bedeutungslos sein wird. Euer Hoheit –«

»Alexej«, brummte er und küsste sie auf ihren sanft gebogenen Nacken.

»Alexej.« Süße Schauder ergriffen sie bei diesem Namen und seinen Lippen auf ihrer vom Liebesspiel noch empfindsamen Haut. Sie widerstand dem Verlangen, in seinen Armen hinzuschmelzen. »Alexej, ich –«

»Wie darf ich Euch nennen?«

»Das ist nicht wichtig.«

»Ich muss Euch bei irgendeinem Namen nennen. Es ist noch Zeit vor Sonnenaufgang, und ich werde Euch nicht erlauben, mich früher zu verlassen.«

»Wir hatten abgemacht, dass ich bei Anbruch der Morgendämmerung gehen werde.«

»Aber keine Sekunde früher.«

»Ich bin mir nicht sicher, inwiefern ich dem Vertrauen schenken –«

»La Serenissima.« Sie spürte durch ihren seidenen Umhang, wie seine Hände sie streichelten und wie er mit seiner

Nase zärtlich an ihrem Ohr rieb. »Die Heitere. So werde ich Euch nennen.«

»Ihr nennt mich nach dem Namen Venedigs?« Seine Berührungen entlockten ihr einen kleinen Seufzer. »Nach einer Stadt?«

»Venedig ist mehr als eine Stadt.«

»Und ich bin wohl kaum heiter.«

»Oh, dafür werde ich sorgen.« Er lachte in sich hinein, dann verstummte er und drehte sie wieder um, der venezianischen Nacht entgegen, zog sie eng an seine nackte Brust und legte die Arme um sie. »Ich fand es immer wunderschön an dieser Stelle. Hier lässt sich etwas von Venedig erspüren, das an die Sehnsucht der Seele rührt. Es ist in der Luft, die wir atmen, und auch im Licht – und es ist etwas, was es nirgendwo sonst auf der Welt gibt.«

»Welch fantasievolle Gedanken, Euer Hoheit. Das hätte ich nicht von Euch erwartet.«

»Das hätte ich von mir auch nicht erwartet«, sagte er knapp. »Ich bezweifle, dass ich das jemals laut ausgesprochen habe, aber empfunden habe ich diese Stadt schon lange als magischen Ort, an dem alles möglich ist. Und nie habe ich das deutlicher empfunden als heute Nacht.«

Sie blickte hinaus über den breiten Kanal und hoch hinauf in die Sterne, deren Schimmer sich in den Fenstern der reich verzierten Palazzi, die scheinbar aus dem Wasser wuchsen, brach. »Ein Ort der Träume.«

»Wo auch ein Prinz ein ganz gewöhnlicher Mann sein und mit einer wunderschönen Frau die Nacht verbringen kann. Und vom Leben nicht mehr erwartet als das.«

»Aber Ihr seid kein gewöhnlicher Mann.«

Er stieß einen tiefen Atemzug aus. »Nein, das bin ich nicht.« Er hielt einen Augenblick inne. »Doch es war eine unerwartete und ganz außergewöhnliche Nacht.«

»Das war es wirklich.«

»Ich werde einige Wochen in Venedig bleiben. Was sollte

uns daran hindern, noch einmal eine so herrliche Nacht wie diese miteinander zu verbringen? Oder ein Dutzend Nächte. Oder mehr.«

Sie lachte leichthin. »Ich fürchte, noch eine Nacht mit Euch, Euer Hoheit, und ich werde mich unheilbar und unwiderruflich in Euch verlieben, was nur dazu führen kann, dass ich am Ende ein gebrochenes Herz haben werde.«

»Das wäre ganz furchtbar. Natürlich« – seine Stimme klang nachdenklich – »könnte es auch mein Herz sein, das bricht.«

»Und das wäre noch schlimmer.«

»Weil ich ein Prinz bin?«

»Weil Ihr eines Tages König sein werdet«, sagte sie sanft.

»Es gibt Augenblicke, wo ich es vorziehen würde, ein ganz gewöhnlicher Mann zu sein.«

»Ihr werdet wohl nie ein ganz gewöhnlicher Mann sein.«

Er lachte und nahm sie fest in die Arme, so dass ihr Umhang auf den Boden fiel. Ihr wurde bewusst, dass er ebenso nackt war wie sie, und ihr ging der Gedanke durch den Kopf, wie seltsam es doch war, so dazustehen und sich dennoch nicht beschämt oder unbehaglich zu fühlen, sondern überaus wohl. Er begann, rückwärts zum Bett zu gehen. »Für mich wärt Ihr sehr gut, Serenissima.«

»Für mich wärt Ihr sehr schlecht, Euer Hoheit.«

»Alexej. Heute Nacht gibt es für uns nur Alexej und –«

»Serenissima?« Sie lachte.

»Serenissima.« Plötzlich wurde er ganz ernst. »So heiter und schön und mysteriös wie die Stadt, nach der sie genannt wird.«

»Schön? Ihr schmeichelt, Ihr habt mich doch noch gar nicht richtig sehen können.«

»Trotzdem weiß ich es.« Er ließ sie aufs Bett gleiten und legte sich daneben. »Meine Lippen haben die Euren geküsst und Euer Gesicht erkundet.«

Sie schlang ihre Arme um seinen Hals und drückte sich

näher an seinen erhitzten Leib. »Ihr seid darin sehr gut, Euer Hoheit.«

»So wird es wohl sein.« Er zog sie an sich und fiel in ein langes Schweigen. Sie fühlte das Pochen seines Herzens gegen ihre eng an ihn gepressten Brüste. »Ihr wisst, ich könnte Euch hierbehalten. In diesem Augenblick befinden sich Wachen draußen vor der Tür und weitere in dem Raum nebenan. Ich könnte Euch verschwinden lassen, ohne dass es jemand bemerken würde, und Euch für immer in meinem Bett und an meiner Seite behalten.«

»Doch das werdet Ihr nicht tun.« Schon als sie die Worte aussprach, wusste sie, dass sie recht hatte. Er war ein Mann mit unbegrenzter Macht, jemand, der gewohnt war, immer genau das zu bekommen, was er wollte. Doch sie hatte nicht den geringsten Zweifel, dass er trotz seiner Drohungen nichts tun würde, was die Erinnerungen an diese Nacht auf irgendeine Weise beschmutzen könnte. Er würde nichts tun, was sie nicht wollte. »Und wohin sollte das auch führen, Euer Hoheit? Ich habe nicht die Absicht, irgendeines Mannes Mätresse zu sein, nicht einmal die eines Prinzen.«

»Ich kann Euch nicht mehr anbieten.«

»Ich weiß um die Pflichten eines Thronerben.«

»Doch –«

»Alexej.« Sie strich mit ihren Lippen über seine. »Ihr hättet schon nach wenigen Tagen genug von mir.«

»Niemals«, murmelte er, seine Lippen dicht an den ihren.

»Für mich gibt es nach dieser einen Nacht keinen Platz in Eurem Leben.«

»Was ist nur heute Nacht passiert?« Seine Stimme durchdrang hart die Tiefen des Raums, und er rückte etwas von ihr ab. Sie fühlte, wie er sie beobachtete. »Ihr habt mich verzaubert, Serenissima. Das ist die Wahrheit, ich bin Euch verfallen. Einer Frau, die ich bislang nur im Licht des Mondes gesehen habe. Einer Frau, die ihren Körper preisgibt, aber nicht ihren Namen. Einer Verführerin, die dennoch wenig Erfahrung in solchen Dingen hat.«

Ihr stockte der Atem.

»Seid nicht überrascht, Serenissima.« Er schmunzelte. »Ihr könnt Euch für das Spiel, das ihr spielt, nicht einen Mann mit meinem Ruf aussuchen und meinen, ihm entginge, dass Ihr nicht das seid, was Ihr vorzugeben bemüht seid.«

»Es ist kein Spiel, Alexej«, sagte sie ruhig. »Es ist mein Leben.«

»Auch mein Leben könnte auf dem Spiel stehen. Ihr könntet eine Mörderin sein, ausgesandt, um mein Herz herauszuschneiden.«

»Wie Ihr seht, bin ich unbewaffnet.«

»Das stimmt, davon habe ich mich überzeugt.« In seiner Stimme schwang ein Lächeln mit. »Ach, Serenissima, ich habe keinen Grund, Euch zu vertrauen, doch ich tue es.« Er schüttelte den Kopf. »Das ist ganz sicher dieser Ort. Die Luft. Die Sterne. Der Klang des Wassers. Die Magie der Nacht.«

»Alexej.« Sie zog ihn wieder eng an sich heran. »Wir haben nur diesen einen Augenblick. Ist das nicht genug?«

»Vor dieser Nacht war das immer genug, ich wollte zuvor nie mehr von einer Frau«, murmelte er leise. »Das beunruhigt mich sehr.«

»Morgen werdet Ihr Prinz Alexej Pruzinsky sein, der Thronerbe Avaloniens, und die Nacht wird nicht mehr Bedeutung haben als ein Traum.«

»Und Ihr? Wer werdet Ihr morgen sein?«

»Ich werde ...« Sie lächelte. »Ich werde nie mehr dieselbe sein.«

»Serenissima.« Er stöhnte und umfing ihre Lippen mit seinen; jede vernünftige Überlegung wich dem Ansturm der Leidenschaft und dem Gefühl höchster, unbeschreiblicher Lust.

Er war wirklich ein grandioser Fehler.

Und sie würde ihn nie vergessen.

1

Wenn ich wieder in London bin, werde ich ein Muster von Anstand und Tugend sein. Mein Benehmen wird immer untadelig sein. Und ich werde mich sehr bemühen, die Frau zu bleiben, die ich aus mir gemacht habe.

Miss Pamela Effington

Vier Jahre später …

»Gut gemacht, Clarissa.« Pamela Effington zog ihre Maske herunter und lächelte ihr Gegenüber verschmitzt an. »*Beinahe* hast du mich getroffen!«

»Beinahe ist eine Untertreibung, liebe Cousine.« Clarissa, Lady Overton, nahm jetzt ebenfalls die Maske herunter und schüttelte ihr dunkles Haar. »Noch ein paar Sekunden, und der Punkt wäre an mich gegangen.«

Pamela lachte. »Glücklicherweise war keine Zeit mehr dazu.«

»Das war wirklich Glück.« Clarissa durchschnitt die Luft mit der Klinge ihres Floretts. »Beim nächsten Mal werde ich den Sieg beanspruchen.«

»Wie schon in unserer vorherigen Partie.« Pamela schüttelte gutmütig lachend den Kopf. »Wir sind uns ebenbürtig, liebe Cousine.«

»Das stimmt.« Clarissa blickte nachdenklich auf ihr Florett. »Aber findest du es wirklich notwendig, dass sich eine Frau im Fechten übt? Wir werden doch nie in die Situation kommen, ein Duell um unsere Ehre bestehen zu müssen.«

»Ich glaube, eine Frau kann nie genug Fertigkeiten und Kenntnisse erwerben und beherrschen. Außerdem regt das

Fechten den Kreislauf an, jedenfalls ist das bei mir so; es ist gut für Körper und Geist. Auf mich wirkt es stimulierend, überdies macht es mir Spaß.«

Clarissas Augenbraue hob sich. »Du hörst dich genauso an wie Tante Millicent.«

»Das überrascht mich nicht im Mindesten, denn ich stimme in sehr vielem mit ihr überein.« Pamela reichte ihre Sachen Monsieur Lucien, dem Fechtmeister, und nickte ihm dankend zu.

»Das ist nicht zu übersehen.« Clarissa übergab ihre Fechtausrüstung ebenfalls Monsieur Lucien. »Fechten, überhaupt alles, was Frauen normalerweise nicht tun, macht dich mehr zur –«

»Sei bitte still.« Pamelas Stimme klang entschieden. »Ich habe jetzt keine Lust, schon wieder über meine Charakterfehler zu sprechen.« Sie wandte sich zur großen Eingangstür des prunkvollen Ballsaals, den sie für ihre Fechtstunden benutzt hatten.

Der Ballsaal umfasste einen großen Teil des Erdgeschosses eines eindrucksvollen, im besten Teil von Wien gelegenen Gebäudes. Es gehörte einem österreichischen Grafen, einem guten alten Freund von Lady Smythe-Windom, ihrer Tante Millicent. Allerdings gab es wohl keinen Platz auf der Welt, wo nicht ein sehr guter und lieber alter Freund von Tante Millicent lebte. In all den Jahren ihrer gemeinsamen Reisen war es ihnen nicht ein einziges Mal passiert, dass einer dieser Freunde ihrer Tante es versäumt hätte, sie auf unbefristete Zeit zu sich einzuladen. Das war ein großartiges Leben, auch wenn sowohl Pamela als auch Clarissa gelegentlich über dieses Leben ohne festen Wohnsitz beunruhigt waren. Jedenfalls war es genau das, was sich beide Frauen aus unterschiedlichen Gründen gewünscht hatten.

»Trotzdem, ich werde es sagen.« Clarissa ging hinter ihrer Cousine her. »Du liebst Fechten und alles, was sonst noch für eine Frau unkonventionell und eine Spur skandalös ist, weil das ganz genau das ist, was eine Effington genießen würde.«

»Ich bin eine Effington.« Pamela unterdrückte einen Seufzer, der sie schon lange quälte. Clarissa hatte dieses Thema in den letzten Monaten immer und immer wieder angesprochen, und immer und immer wieder hatte es Pamela geschafft, der Diskussion auszuweichen. Sie gingen einen Flur hinunter, der zu einer Reihe von Salons führte, die bestimmt waren zum Musizieren, Spielen und allem, was die Bewohner eines Hauses wie diesem begehrten.

»Der Fehler ist nicht, das zu sein, was man ist, sondern vielmehr zu versuchen, etwas zu sein, was man nicht ist«, rief Clarissa hinter ihr her.

»In der Tat«, murmelte Pamela.

Es war für Clarissa leicht, solche Äußerungen zu machen. Sie verstand es einfach nicht, und würde es vermutlich auch nie tun. Clarissa war Pamelas Cousine mütterlicherseits und hatte nicht die geringste Vorstellung davon, was es bedeutete, eine Effington zu sein. Insbesondere eine ruhige, zurückhaltende, schüchterne Effington.

Oh ja, sicher, Pamelas Cousine Delia wurde auch als »ruhig« bezeichnet, solange bis um sie herum der Skandal ausbrach. Und Delias Zwillingsschwester Cassandra, von der jeder dachte, sie würde auf die schlimmste Art von Skandalen zusteuern, nun ja, sie tat es nicht.

Und selbstverständlich war da noch Pamela selbst, deren Betragen niemals und niemandem Anlass zur Sorge gegeben hatte. Sie hätte es im fortgeschrittenen Alter von zwanzig Jahren besser wissen müssen, doch sie hatte sich tief und leidenschaftlich in George Fenton verliebt, den Sohn des Viscount Penwick. Zumindest hatte sie das gedacht und hatte ihm mit verzückter Hingabe und ohne einen Gedanken an die Folgen ihre Tugend geopfert. Wie ihre Brüder auf finstere und drohende Art und Weise gemurmelt hatten, als ihr

Verderben bekannt geworden war: Es waren die Ruhigen, auf die man ein Auge haben musste.

Es war nicht nur ihr Charakter, der Pamela von der beträchtlichen Anzahl ihrer Effington-Verwandten unterschied. Sie hatte nie wirklich wie ein Mitglied dieser Familie ausgesehen. Jene waren alles in allem eine attraktive Sippe, die Frauen insgesamt hübsch, einige von ihnen sehr schön, die Männer auf bezeichnende Art gut aussehend und auffällig.

Pamelas Mutter, auf ihre eigene Weise eine Schönheit, hatte immer standhaft behauptet, ihre älteste Tochter würde einfach nur spät erblühen und eines Tages zur Geltung kommen. Und tatsächlich hatte Pamela kurz nach ihrem zwanzigsten Geburtstag in einen Spiegel geschaut und entdeckt, dass ihr hochgewachsener, dünner Körper und ihre schwer zu beschreibenden Formen irgendwie ziemlich gefällig geworden waren. Ja, sogar hübsch. Unglücklicherweise war diese unerwartete Verwandlung nicht von dem Selbstvertrauen begleitet worden, das so sehr ein eingeborenes Recht der Effingtons war wie deren Name. War es folglich ein Wunder, dass Pamela ihr Herz und ihre Unschuld an den erstbesten Mann verlor, der ihr ein vielversprechendes Maß an Aufmerksamkeit entgegenbrachte? Selbstverständlich hatte sie geglaubt, George meine es ernst mit seinen Liebeserklärungen, erwidere ihre Gefühle und sei zur Heirat entschlossen. Sie hatte sich nie träumen lassen, dass seine geäußerten Absichten sich nicht auf eine Heirat mit *ihr* bezogen hatten.

Clarissa dagegen war von Geburt an hübsch und hatte immer, selbst schon als Kind, ziemliches Zutrauen in sich. Sie hegte nie Zweifel darüber, wohin sie gehörte und zu wem. Während die Cousinen gewisse Ähnlichkeit im Aussehen aufwiesen, auch wenn Pamelas Hautton wesentlich heller war als der Clarissas und nur wenige Monate Altersunterschied sie trennten, war die Art und Weise, wie sie die Welt ansahen, so verschieden wie Tag und Nacht. Es war daher nicht ungewöhnlich, dass sie nicht nur Cousinen waren, sondern fast ihr ganzes Leben lang die besten Freundinnen. Pamela hatte sich gelegentlich gefragt, ob sie einander so nah waren, weil Clarissa keine Effington war und Pamela sich nie wirklich wie eine Effington gefühlt hatte.

Natürlich nur, bis Tante Millicent sie unter ihre Fittiche genommen hatte.

»Liebste Mädchen«, schallte Tante Millicents Stimme aus einer offenen Tür. »Kommt und gesellt euch sofort zu mir. Ich habe höchst interessante Neuigkeiten.«

Pamela wandte sich um, um den Raum zu betreten, aber Clarissa hielt sie am Arm fest und zog ihren Blick auf sich. »Bleib stehen, Cousine, und hör mir zu. Was ich nun seit Monaten versuche und was mir offensichtlich nicht allzu gut gelingt, ist, dir zu sagen, dass es nichts mehr gibt, was du beweisen müsstest. Du bist nicht mehr das Mädchen, das vor sechs Jahren lieber aus London geflohen ist, als einem Skandal ins Auge zu sehen. Du hast Selbstvertrauen und Sicherheit und bist nicht im Geringsten zurückhaltend bei der Äußerung von Gefühlen und Meinungen. Ich denke, dass du dich wirklich vollendet und recht bemerkenswert entwickelt hast. Ich würde sogar sagen, du bist« – Clarissa hob ihren Blick zur Decke – »jeder Zoll eine Effington. Gott sei mit dir.«

Pamela starrte einen Augenblick lang die andere Frau an und lächelte dann hintergründig. »Ich weiß.«

Clarissas Augenbrauen zogen sich zusammen. »Du weißt es? Aber du hast nie ein Wort gesagt.«

»Es ist nichts, was man verkündet. Außerdem ist das nicht über Nacht geschehen. Ich habe mich verändert, bin gewachsen, wenn du so willst, seit dem allerersten Tag, an dem wir London verließen. Vielleicht ist es sinnlos, zumindest scheint es mir nicht sehr sinnvoll zu sein, doch ich habe überhaupt nicht versucht, etwas zu werden, was ich nicht bin, ich habe einfach nur versucht herauszufinden, wer ich bin.« Pamela dachte einen Moment nach. »Ich habe entdeckt, dass es mir gefällt, zu fechten und in vollem Galopp zu reiten, an exotischen Orten zu sein und bis zur Morgendämmerung zu tanzen sowie mit bezaubernden Männern zu tändeln. Und ganz besonders mag ich es, meine Gedanken auszusprechen, ohne Angst vor Konsequenzen haben zu müssen. Um die Wahrheit zu sagen, ich mag Pamela Effington ziemlich gern.« Sie warf ihrer Cousine ein gezwungenes Lächeln zu. »Und ich weiß, dass das vor sechs Jahren nicht so war.«

»Du bist entschieden zu hart zu dir selbst.« Clarissa betrachtete ihre Cousine eingehend. »Ich habe dich immer gemocht.«

»Du hast mich immer geliebt.« Pamela umarmte sie schnell. »So wie ich dich immer geliebt habe.«

»Habt ihr beiden vor, ewig in der Tür stehen zu bleiben, um mit Gott weiß was weiterzumachen, oder habt ihr vor hereinzukommen?« Die ungeduldige Stimme von Tante Millicent schallte aus dem Raum. »Ich habe die herrlichsten Neuigkeiten und werde platzen, wenn ich sie nicht sofort mitteilen kann.«

Die Cousinen sahen sich lächelnd an und betraten das Zimmer.

Tante Millicent sah in der Tat so aus, als wollte sie jeden Augenblick bersten, ihre übliche Ausstrahlung von kaum zu bändigender Energie hatte sich, wenn das überhaupt noch möglich war, durch die Aufregung verstärkt. Sie war die Zwillingsschwester von Pamelas Mutter und hatte ihr Witwendasein und den beträchtlichen Reichtum, den sie geerbt hatte, benützt, um exakt so zu leben, wie es ihr gefiel. Sie gestattete sich eine Vielzahl Reisen, eine entsprechend große Anzahl an vornehmen Bewunderern und eine außerordentlich große Menge an Vergnügen. Tante

Millicent beteuerte immer, sie habe einst aus Liebe geheiratet und weigere sich, aus einem anderen Grund als diesem erneut zu heiraten. Eine Ehe, darauf bestand sie, sei sonst den Aufwand nicht wert.

»Neuigkeiten, Schätzchens.« Tante Millicent winkte ihnen mit einem Blatt Papier zu. »Ich habe die allerbesten Neuigkeiten. Erinnert ihr euch an meine Tante Elizabeth?«

»Großtante Elizabeth?« Clarissa nickte. »Natürlich.«

»Selbstverständlich«, murmelte Pamela. »Wer könnte schon Großtante Elizabeth vergessen?«

»Allerdings, diese Frau war spießig und geizig und verurteilte im Grunde alle, die ihr Leben nicht genau so führten, wie sie selbst es für schicklich hielt.« Tante Millicent zog ihre Nase kraus. »Sie hatte lange Zeit eine schlechte Meinung von mir. Nun ja.« Tante Millicent strahlte. »Sie ist tot.«

Ein bis jetzt unbemerkter Herr räusperte sich.

Tante Millicent warf einen flüchtigen Blick auf ihn und fuhr zusammen. »Ich wollte damit nicht andeuten, dass ich besonders froh über ihren Tod bin. Ich habe ihren Tod nicht gewünscht. Ich habe sie sicher nicht umgebracht, aber da sie nun einmal tot ist, sollten wir tapfer weitermachen und das Beste daraus machen.« Sie sah ihre Nichten an. »Dies ist Mr. Corby, ein sehr zuvorkommender Anwalt, dessen Kanzlei Tante Elizabeths Angelegenheiten regelte und der überdies so gütig war, den ganzen Weg von London hierher zu kommen, um uns die Neuigkeiten und diesen Brief, in dem alles erklärt wird, zu überbringen. Es scheint, dass Tante Elizabeth in einen ziemlich ungewöhnlichen Unfall verwickelt war, in dem eine Kutsche und eine Herde von« – sie blickte den Herrn an – »Ziegen, nicht wahr? – aneinander gerieten.«

»Schweine«, verbesserte er leise.

»Schweine, natürlich.« Tante Millicent seufzte und senkte ihren Blick. »Sehr tragisch.«

»Sollten wir nicht beten oder ihrer mit ein paar Worten gedenken?«, sagte Pamela zu Clarissa gewandt.

»Unbedingt. Ich hätte selbst daran denken müssen.« Tante Millicent faltete ihre Hände mit dem Papier dazwischen unter ihrem Kinn und sah himmelwärts. »Lieber Gott.« Sie machte eine Pause und warf vielsagende Blicke auf den Rest der kleinen Versammlung. Pamela und Clarissa falteten gehorsam ihre Hände und sahen ebenfalls zur Decke. Mr. Corby zögerte zunächst, dann richtete er sich nach den anderen.

»Lieber Gott«, begann Tante Millicent erneut, »bitte drücke Tante Elizabeth an deine liebende Brust, auch wenn« – sie legte die Stirn in Falten – »sie, wie Mr. Corby sagt, dein Reich vor mehr als sechs Monaten betreten hat. Ich muss vermuten, dass sie – sofern du sie noch nicht an deine liebende Brust gezogen hast – nicht in deine Richtung aufgestiegen ist, sondern eher hinabgestiegen –«

»Tante Millicent!«, rief Clarissa mit schockiert aufgerissenen Augen, während Pamela sich dachte, dass sie unbedingt mit solch einer ›Lobrede‹ vonseiten ihrer Tante hätte rechnen müssen.

»Ja, selbstverständlich. Schlecht vom Toten sprechen und all das.« Tante Millicent blickte nach oben. »Entschuldigung. Nun, wo war ich stehen geblieben? Ach ja.« Sie räusperte sich und sah erneut pietätvoll in Richtung Himmel. »Lieber Gott, wenn Tante Elizabeth tatsächlich vor deinen Toren stehen sollte, nimm sie bitte in dein Königreich auf und vergib ihr ihre Sünden, obwohl ich mir vorstellen könnte, dass du von ihr erst eine Erklärung für ihr Benehmen erhalten möchtest. Sie war immer eine ziemlich unangenehme Natur.« Tante Millicent dachte einen Augenblick nach. »Wenn sie natürlich bereits Einlass gefunden hat, nun, dann lass es gut sein. Ich bin sicher, du hast wichtigere Angelegenheiten, die deiner Aufmerksamkeit bedürfen.« Tante Millicent nickte.

»Für immer und ewig. Amen.« – »Amen«, sprachen die anderen einstimmig nach.

»So.« Tante Millicents Augen funkelten. »Mr. Corby war auch so freundlich, uns eine Reihe langweiliger, trockener juristischer Dokumente zu überbringen, die aber nichtsdestoweniger wundervolle, wundervolle Nachrichten enthalten.« Mr. Corby lächelte den Cousinen zu. »Eine reiche Erbschaft.«

Pamela und Clarissa tauschten Blicke.

»Sehr reich.« Tante Millicent warf ihnen ein strahlendes Lächeln zu. »Bestehend aus Elizabeths Haus im allerbesten Stadtteil von London sowie einem beträchtlichen Vermögen.«

»Wie herrlich für dich«, bemerkte Pamela mit einem Lächeln voll aufrichtiger Freude.

Es war tatsächlich herrlich. Das Haus, das Tante Millicent mit ihrem Mann bewohnt hatte, war Teil des Besitzes, der zu seinem Titel gehörte, und war mit dessen Tod an seinen jüngeren Bruder gefallen. Tante Millicent hatte ein ansehnliches Vermögen geerbt, aber keinen Grundbesitz. Sie hatte immer versichert, dass sie das frei machte, um die Welt zu entdecken, aber in solch seltenen Augenblicken, in denen sie von ihrem Gatten oder ihrem gemeinsamen Leben sprach, wurde es deutlich, dass sie sich nach einem ständigen Wohnsitz sehnte, einem Zuhause, das ihr das verlorene ersetzen konnte.

»Oh nein, meine Lieben. Es ist nicht nur mein Erbe.« Tante Millicent schüttelte den Kopf. »Es muss unter uns dreien aufgeteilt werden. Es ist auch eures.«

Clarissa rang um Atem. »Unsres?«

»Ich verstehe nicht ganz. Warum bin ich daran beteiligt?« Pamela runzelte die Stirn. »Ich kannte Tante Elizabeth kaum, und ich hatte entschieden den Eindruck, dass sie die Ehe meiner Mutter niemals gebilligt hat.«

»Du musst dich darauf besinnen, dass es ziemlich viel in

dieser Welt gibt, das Elizabeth nicht gebilligt hat. Trotz des Reichtums und des Ansehens der Effingtons sowie der Tatsache, dass das Haupt der Familie, dein Onkel, der Herzog von Roxborough ist, entsprachen die Effingtons nicht ganz ihren Ansprüchen. Sie war immer ein ziemlicher Snob.« Tante Millicent zuckte die Achseln. »Sie war auch mit mir nicht einverstanden, dennoch bin auch ich ihre Erbin. Es macht keinen Sinn, aber es ist so.«

»Wenn Ihr erlaubt, Lady Smythe-Windom.« Mr. Corby lächelte Tante Millicent an, und es war offensichtlich, dass der Anwalt zu den Männern gehörte, die ihrer Anziehungskraft erlegen waren. Selbst noch im Alter von fünfundvierzig Jahren war Tante Millicent eine attraktive Frau und versprühte einen Charme, der sie ausgesprochen unwiderstehlich für jede Spezies von Männern machte, vom Adeligen bis hin zum Bediensteten. »Lady Gorhams Angelegenheiten wurden immer von einem älteren Mitglied der Kanzlei betreut, ich hatte nie direkt mit ihr zu tun, doch soweit ich weiß, hatte sie das Gefühl, Miss Effington sei keine typische Vertreterin ihrer Familie.«

Clarissa schnaubte auf sehr undamenhafte Weise. »Sie hat dich offensichtlich sehr lange Zeit nicht gesehen.«

»Offensichtlich«, erwiderte Pamela leise.

Es war auch unverkennbar, dass Elizabeth keine Ahnung davon hatte, dass Pamela ein gefallenes Mädchen war, was einigermaßen überraschend war. Sie hatte gedacht, dass jeder in der Welt – oder wenigstens in *ihrer* Welt – von ihrer verheerend schlechten Wahl und dem späteren Augenblick der Schwäche gehört habe. Gewiss hatte ihr die Familie sowohl in Briefen als auch bei Besuchen versichert, dass es weitaus größere Skandale gegeben habe, die die Aufmerksamkeit der Masse auf sich gezogen hätten, hatte erklärt, warum es der Verlust der Tugend einer jungen Frau kaum wert war, über den anfänglichen Klatsch hinaus überhaupt erwähnt zu werden. Und sie hatte ihnen in einer vernünftigen Ecke ihres Kopfes auch geglaubt, aber zugleich war es ihr nicht möglich gewesen, die Demütigung zu ertragen. Zumindest damals nicht.

Unwillkürlich kam ihr der Gedanke in den Sinn: Was würde ihre Familie sagen, wenn sie wüsste, dass George nicht ihre einzige Unbesonnenheit war?

»Darüber hinaus drückte sie ihre große Besorgnis sowohl über den fortwährenden Lebensstil von Lady Smythe-Windom als auch über dessen Einfluss auf Miss Effington aus.« Er sah Clarissa an. »Und auf Lady Overton. Sie war der Ansicht, dass die verehrten Damen mithilfe dieses Erbes die Möglichkeit erhalten würden, ein angemessenes, achtbares Leben zu führen.«

»Achtbar ist so ein verschwommenes Wort«, murmelte Tante Millicent.

»Das ist vollkommener Unsinn.« Geringschätzigkeit lag in Clarissas Stimme.

Pamelas Kinn hob sich. »Unser Leben ist ausgesprochen achtbar.«

»Daran zweifle ich nicht«, erwiderte Mr. Corby mit fester Stimme. »Nun, da ich Lady Smythe-Windom persönlich kennengelernt habe, glaube ich in der Tat, dass die Ängste der seligen Tante nichts weiter waren als das Ergebnis einer Veranlagung zum Starrsinn, gepaart mit fortgeschrittenem Alter. Außerdem müssen die Damen bedenken, dass das, was auf dem Kontinent nicht als ungewöhnlich empfunden wird, in England in einem völlig anderen Licht erscheinen kann. Wie Eure Tante haben wir Engländer die Tendenz, selbst etwas« – er unterdrückte ein Lächeln – »spießig zu sein.«

»Doch sicher nicht alle?« Tante Millicent schenkte ihm ihr strahlendstes Lächeln.

Röte färbte seine Wangen, und die Cousinen schmunzelten sich heimlich zu.

»Nicht alle«, antwortete er und schüttelte leicht seinen Kopf, so als wollte er ihn klar bekommen. »Nun denn« –

er zog ein Bündel Papier aus einer schwarzen Aktentasche – »darf ich beginnen: Für verschiedene dieser Dokumente benötige ich die Unterschriften der Damen. Das Kapital wurde auf einem Konto der Bank von England angelegt. Das Haus ist, soweit ich weiß, sofort beziehbar.« Er schritt zu einem nahen Schreibtisch und legte die Urkunden darauf.

»Die Einzelheiten das Haus betreffend sind ziemlich ungenau, da Lady Gorham eine Reihe von Jahren nicht in London gelebt hat. Sie zog es vor, ihre Zeit in einem Herrenhaus auf dem Land zu verbringen, unter den Bedingungen eines fast hundert Jahre alten Pachtvertrags, der mit ihrem Tod von den Besitzern aufgehoben wurde. Mir wurde aber gesagt, dass der Londoner Wohnsitz voll möbliert blieb und sorgfältig instand gehalten wurde.« Er tauchte eine Feder in ein praktisch platziertes Tintenfass. »Wenn die Ladys so freundlich wären.«

Mr. Corby fuhr fort mit seinen endlosen Erklärungen zu den Details hinsichtlich dessen, was sie unterschrieben hatten, und zu den Anordnungen hinsichtlich ihres neu erlangten Vermögens und Besitzes. Obwohl Pamela in den, wie sie hoffte, richtigen Momenten nickte und lächelte, war sie zu betäubt, um sich auf das, was er sagte, zu konzentrieren. Seine Worte waren so unverständlich, wie wenn sie in einer fremden Sprache gesprochen worden wären.

Pamela, Clarissa und Tante Millicent waren nun, um es frei heraus zu sagen, reich. Unanständig, wunderbar reich. Pamelas Familie hatte selbstverständlich immer Geld besessen, und bei ihrer Hochzeit würde sie eine beachtliche Mitgift erhalten, aber dieses hier, dieses gehörte ihr selbst. Sie würde nie wieder von der Unterstützung ihrer Familie abhängig sein. Sie hatte die *Wahl* zu heiraten. Immer hatte sie sich gewünscht zu heiraten, aber sie musste sich eingestehen, dass die Chancen im fortgeschrittenen Alter von sechsundzwanzig Jahren gering waren. Aber nun musste sie nicht heiraten, wenn sie nicht wollte. Sie konnte Wohltätigkeitseinrichtungen unterstützen, Künstler fördern, konnte fast alles machen. Sie konnte tatsächlich ihre eigene Zukunft, ihr eigenes Schicksal bestimmen.

Und sie besaßen nun auch ein eigenes Zuhause. Clarissas Elternhaus war nach dem Tod ihres Vaters an einen entfernten Verwandten gefallen. Das Haus, das sie mit ihrem Ehemann bewohnt hatte, hatte dessen Eltern gehört, und diese hatten ihr nicht vergönnt, länger als ein Jahr nach seinem Tod darin zu leben. Es war genau dieser Zeitpunkt, an dem Tante Millicent Clarissa einlud, sie auf ihren Reisen zu begleiten. Beide, Tante und Nichte, befanden sich fast in der gleichen Situation, beide hatten den Ehemann verloren, den sie geliebt hatten, und ihr Zuhause, nur dass Tante Millicent eine Menge Geld besaß und Clarissa so gut wie keines. Kaum eine Woche später hatte Pamela all ihre Würde verloren und sehnte sich verzweifelt danach, London ebenfalls zu verlassen. Das Dreigestirn hatte seitdem noch nicht die Anwandlung verspürt, nach London zurückzukehren.

»Wenn ich bei Eurer Rückkehr nach London irgendwie behilflich sein kann« – Mr. Corby unterbrach sich, um Sand auf die Unterschriften zu streuen – »mögen sich die Damen bitte frei fühlen, nach mir zu schicken. Ich wohne gegenwärtig im Hotel –«

»Was meint Ihr mit ›Rückkehr nach London‹?« Pamela starrte den Anwalt an.

Mr. Corby runzelte die Stirn. »Entschuldigt, Miss Effington, ich dachte, Ihr hättet verstanden. Um Anspruch auf Euer Erbe erheben zu können, müssen sich die Damen persönlich einem Vertreter der Bank vorstellen. Dieser wird das Verfahren eröffnen, ein recht verwickeltes und schwieriges Verfahren, aber die Übertragung eines Vermögens wie dieses nimmt etwas Zeit in Anspruch. Wie auch immer, das Geld wird den Damen innerhalb eines Monats, vielleicht auch schneller, zur Verfügung stehen. Darüber hinaus müssen die Damen Wohnsitz in dem Haus nehmen.«

»Den Wohnsitz nehmen?« Clarissas Augen weiteten sich. »Ihr meint nach London zurückkehren, um dort zu leben?«

Tante Millicent sah angesichts dieser Idee schockiert aus. »Ständig?«

»Im Moment zumindest.« Er dachte einen Augenblick nach. »In Lady Gorhams Testament ist keine bestimmte Zeitdauer angegeben, obwohl ich glaube, dass solch kurze Zeit wie ein Jahr hinlänglich ist, um den Bedingungen des Vermächtnisses gerecht zu werden.«

»Ein Jahr«, sagte Clarissa gedehnt.

»Ein Jahr«, wiederholte Pamela.

»Ich habe seit, nun ja, seit Jahren nicht mehr ein ganzes Jahr an ein und demselben Ort gelebt«, stellte Tante Millicent mit gepresster Stimme fest.

Mr. Corby hob eine Augenbraue. »Stellt das ein Problem dar?«

»Nein«, antwortete Pamela, ohne nachzudenken. Sie sah Clarissa an. »Ich bin bereit, nach Hause zurückzukehren. Ich vermisse England mehr, als ich sagen kann. Ich vermisse meine Eltern, meine Schwester, meine Brüder und alle anderen Familienmitglieder. Um die Wahrheit zu sagen, ich denke schon seit einiger Zeit darüber nach heimzukehren.« Ihr Blick glitt zu Tante Millicent. »All diese Jahre haben mir mehr gebracht, als ich ausdrücken kann, und ich werde dir dafür immer dankbar sein, aber –«

»Es ist höchste Zeit heimzukehren«, vollendete Tante Millicent entschlossen. »Wir waren alle viel zu lange weg.« Sie wandte sich dem Anwalt zu und schenkte ihm ein strahlendes Lächeln. »Mr. Corby, wir sind Euch äußerst dankbar für Eure bisherige Hilfe, und seid versichert, dass wir in London ganz bestimmt nach Euch senden werden, wenn es nötig sein sollte.«

»Gewiss.« Mr. Corby sammelte seine Sachen zusammen,

machte sich auf den Weg zur Tür, hielt dann aber an. »Lady Smythe-Windom, ich hoffe, dies erscheint Euch nicht unschicklich anmaßend, aber ich wäre höchst erfreut, wenn Ihr mir die Ehre erweisen würdet, heute Abend mit mir zu dinieren.«

»Ich würde mir nichts mehr wünschen«, antwortete Tante Millicent auf eine Weise, die jedem Mann das Gefühl geben musste, dass sie sich tatsächlich nichts mehr wünschte, als in seiner Gesellschaft und mit ihm allein zu sein.

Einige Augenblicke später brach der Gentleman auf.

»Ich habe keinen Grund, nach Hause zu gehen. Es gibt niemanden, den ich vermisse, niemanden, der mich vermisst.« Clarissa stieß einen resignierten Seufzer aus. »Dennoch vermisse auch ich England.«

»Gut. Ich würde nie ohne dich gehen.« Pamela wandte sich ihrer Tante zu. »Tante Millicent?«

»Ich sollte glücklich sein, euch zurück nach England zu begleiten. Trotzdem muss ich bekennen, und ich bin mir nicht ganz sicher, warum ich so empfinde, aber« – Tante Millicent atmete beunruhigt aus – »*ständig* fügt dem Ganzen einen durch und durch beängstigenden Beiklang hinzu.«

»Unsinn.« Pamela betrachtete ihre Tante ungläubig. »Nichts kann dich erschrecken.«

»Und du glaubst doch nicht, dass wir ohne dich in einem prächtigen Haus leben würden?« Clarissa machte große Augen. »Oder überhaupt irgendwo ohne dich. Neben Pamelas Familie bist du die einzige Familie, die mir auf der Welt geblieben ist.«

»Das ist sehr lieb von dir, aber –«

»Es ist lange her, seit du in London gelebt hast.« Pamelas Stimme nahm einen verlockenden Ton an, sie stellte sich zur Rechten ihrer Tante. »Du kannst uns nicht erzählen, dass du es nicht vermisst hast.«

»Nun, ich nehme an …«, murmelte Tante Millicent.

»Und wenn wir Wien so schnell wie möglich verlassen, könnten wir zu Beginn der Saison zurück sein.« Clarissa stellte sich an Tante Millicents linke Seite und senkte ihre Stimme verführerisch. »Du erinnerst dich doch an die Saison, nicht wahr? Die Menschenaufläufe, die Bälle, die Soireen.«

»Die vornehmen Männer«, fügte Pamela hinzu.

Tante Millicent biss sich auf die Lippen, ein gedankenvoller Blick trat in ihre Augen. »Ich habe die Saison immer geliebt.«

»Legt man sowohl das zugrunde, was Mr. Corby nicht gesagt hat, als auch das, was er gesagt hat, so ist es vermutlich durchaus möglich, dass, wenn wir das Erbe nicht alle zusammen antreten« – Pamela stieß einen übertrieben dramatischen Seufzer aus – »keine von uns irgendetwas davon erhält.«

Clarissa schüttelte bedauernd den Kopf. »Welch großer Jammer das wäre.«

»Es hat sich nicht so angehört, oder?« Tante Millicent zog ihre Augenbrauen zusammen.

»Doch, das hat es sich durchaus.« Clarissa nickte.

»Ich wage zu behaupten, Großtante Elizabeth hat es vermutlich so arrangiert, weil sie wusste, dass du nicht gewillt bist, nach Hause zurückzukehren.« Pamela sprach in beiläufigem Ton. »Genau das, was zu ihr passt: noch aus dem Grab herauszulangen –«

»Um mit uns zu spielen«, stöhnte Clarissa. »Um selbst von unten noch das allerletzte Wort zu haben –«

»Das reicht.« Tante Millicent sah von Pamela zu Clarissa, dann schüttelte sie den Kopf. »Ich kann eine Niederlage hinnehmen, wenn ich damit konfrontiert werde. Beständigkeit kann ich nicht garantieren, aber wir werden sehen. Also gut, meine Lieben.« Sie legte die Hände ihrer Nichten in die ihren und holte tief Luft. »Lasst uns nach Hause gehen.«

2

Sollte ich jemals mein Land wiedersehen, werde ich den Boden unter meinen Füßen küssen. Aber danach werde ich mein Land nie wieder sehen.

Seine Königliche Hoheit
Prinz Alexej Pruzinsky

»Heraus damit, Mann. Was versucht Ihr mir zu sagen?« Alexej Frederick Berthold Ruprecht Pruzinsky, Kronprinz und Erbe des Thrones des Königreichs Groß-Avalonien, Diener der Lehren des Heiligen Stanislaus, Wächter der Himmel von Avalonien, Beschützer der Untertanen, funkelte wütend den Mann an, der einmal sein zuverlässiger Stabschef gewesen und nun sein ebenso zuverlässiger Freund war, der noch immer die Aufsicht über all seine Angelegenheiten hatte, finanzielle und, bis zu einem gewissen Grad, auch persönliche. »Ich kann unmöglich dastehen –«

»Ohne einen Pfennig?«, fügte Dimitri Petrow, früher Kapitän Petrow, hilfreich hinzu. »Mittellos? Verarmt? Ohne einen Topf, um zu p–«

»Das reicht vollauf«, unterbrach Graf Roman Stefanowitsch in genau jenem Ton, den er während seines bedauerlich kurzen Dienstes als wichtigster Berater des Thronerben bis zu wahrer Kunstfertigkeit ausgefeilt hatte. Der Graf warf einen Blick auf das Notizheft in seiner Hand, holte tief Luft und wandte seine Aufmerksamkeit wieder seinem Prinzen zu. »Es ist nicht alles so entsetzlich, Euer Hoheit.«

Alexej kniff seine Augen zusammen. »Wie entsetzlich ist es genau, Roman? Wie ist der wahre Stand meiner Finanzen?«

»Wie Ihr wisst, hielt Euer Großvater es für richtig, einen beträchtlichen Teil seines persönlichen Vermögens in Sicherheit zu bringen, indem er es vor mehr als einem halben Jahrhundert bei der Bank von England anlegte. Es war während einer Zeit großer Umwälzungen in Avalonien«, begann Roman seine Erläuterungen. »Wie sich später zeigte, hielt er es klugerweise nach dem Ende der Krise für vernünftig, das Kapital dort liegen und – falls sie nicht vom rechtmäßigen Erben des Thrones gebraucht würden – die Zinsen auflaufen zu lassen. Inzwischen ist es ein wirklich ansehnliches, ein beeindruckendes Vermögen.«

»Ja, ja, das habt Ihr bereits gesagt, das weiß ich alles.« Alexej machte eine ungeduldige Geste. Auch wenn Roman in vielerlei Hinsicht sehr klug war, so hatte er doch die äußerst ärgerliche Neigung, die gesamte Geschichte einer Sache zu wiederholen, anstatt ganz einfach zum Kern zu kommen. »Genau deswegen habe ich ja England zu meiner Heimat gewählt, ein Land, das ich nie übermäßig mochte.«

»Obwohl Eure Schwester und Euer Cousin ihren Wohnsitz hier haben«, betonte Dimitri. »Zudem ist England so weit entfernt, wie man von Avolonia kommen kann, ohne den Atlantik zu überqueren.«

»So ist es«, bemerkte Alexej düster.

Es nagte noch immer an ihm, dieses Exil fern seines Vaterlandes in einem Staat, den er gerade noch als erträglich empfand. Aber welche andere Wahl hatte er denn? Er weigerte sich, Europa zu verlassen, und Amerika interessierte ihn nicht. Dreckige, unzivilisierte Orte nach allem, was er gehört hatte. Nein, so reizlos ihm England und sogar London auch schienen, es war die einzige akzeptable Möglichkeit. Sobald Roman ein passendes Landgut irgendwo außerhalb von London erwerben konnte, wollte Alexej die Stadt restlos hinter sich lassen. Er war immer ein geselliger Mensch gewesen, ja, er hatte Geschmack daran gefunden, in Wien große Bälle zu besuchen, Maskeraden in Venedig, wenn nötig sogar Soireen in London, aber auch das hatte sich in den sechs Monaten seit dem Tod seines Vaters geändert.

Alexej wollte nun nichts mehr mit der englischen Gesellschaft zu tun haben, mit keiner Gesellschaft mehr. Im Moment sehnte er sich nach Einsamkeit, jener Art von Einsamkeit, die es einem Menschen erlaubte, sein Leben zu betrachten, um sich sowohl mit den eigenen Fehlern auseinanderzusetzen als auch die Macht des Schicksals zu akzeptieren, das er nicht lenken konnte. Er wollte – nein, er *brauchte* – ein Stück Himmel für sich und, was Roman und Dimitri betraf, auch Freunde, die ihm weiterhin treu ergeben waren und die ihn ins Exil begleitet hatten. Er schuldete ihnen dies – und noch viel mehr.

»Unglücklicherweise«, fuhr Roman fort, »machen genau die Gründe, warum Euer Großvater die Bank von England ursprünglich gewählt hatte, nämlich ihre Sicherheit und ihre zurückhaltende Art, es schwer, zum jetzigen Zeitpunkt an das Kapital heranzukommen.«

»Warum?«, wollte Alexej wissen, obwohl er die Antwort bereits zu wissen glaubte.

»Russland, Euer Hoheit. Da Avalonien nun Teil des russischen Reiches ist, wollen die Bank und auch die britische Regierung sichergehen, dass die Russen keinen Anspruch auf das Geld haben.« Roman machte eine Pause, um seine Worte sorgfältig zu wählen. »Allem Anschein nach haben die Engländer nicht das Bedürfnis, den Zaren zu verärgern.«

»Aber was ist mit meiner Verärgerung?«, gab Alexej bissig zurück, obwohl er einmal mehr die Antwort kannte.

Stille breitete sich im Zimmer aus. Roman und Dimitri tauschten vorsichtige Blicke. Es war ungerecht von Alexej, seine Enttäuschung an ihnen auszulassen, und er wusste das sehr wohl.

»Entschuldigt, alte Freunde.« Alexej fuhr sich mit müder

Hand durch das Haar. »Es ist ausgesprochen klug von der britischen Regierung, alles Nötige zu unternehmen, um ein angespanntes Verhältnis mit Russland zu vermeiden. Ich würde an ihrer Stelle dasselbe machen. Ich bin eben nur ein Herrscher ohne Land, und jede Verstimmung auf meiner Seite ist für die Engländer und auch alle anderen kaum von Bedeutung.«

»Immerhin gibt es so etwas wie Loyalität gegenüber alten Freunden und Verbündeten«, stellte Dimitri trocken fest.

Alexej lachte, ein hartes, verächtliches Lachen. »In der Welt, in der wir leben, Dimitri, hat die Loyalität zwischen Ländern mehr mit Macht als mit Freundschaft zu tun. Avaloniens Macht war immer sehr schwach, sie beruhte ausschließlich auf seiner strategisch günstigen Lage in dieser Welt. Ich habe seit langem gewusst und akzeptiert, so wie mein Vater vor mir und sein Vater vor ihm, dass unsere Existenz vom Wohlwollen der mächtigeren Länder um uns herum abhing.« Seine Kiefermuskeln spannten sich an. »Wir haben es Napoleon und seinem über Europa hinwegfegenden Wüten zu verdanken, dass Russland beschloss, zur Sicherung seiner Grenzen Avalonien zu annektieren, bevor Preußen oder Österreich ihm zuvorkamen.«

»Verflucht seien die Franzosen«, schimpfte Dimitri, »und genauso die Russen.«

»Es bringt nichts, die halbe Welt zu verdammen, Dimitri«, sagte Roman kühl. »Auch wenn ich zugeben muss, dass ich Eure Gefühle teile, so können diese doch nie die Lage verändern oder Hilfe leisten.«

»Wir hätten bis zum bitteren Ende kämpfen sollen«, platzte Dimitri heraus, beherrschte sich dann aber. Bedauern spiegelte sich in seinen Augen, und er verbeugte sich gegenüber Alexej. »Verzeiht, Euer Hoheit, ich wollte nicht –«

»Ihr wolltet ziemlich sicher, und ich habe daran nichts auszusetzen. Ihr habt in den vergangenen Monaten eine bemerkenswerte Zurückhaltung an den Tag gelegt, um die

Entscheidung nicht zu erzwingen. Dies wird, mehr als Ihr ahnt, gebührend wahrgenommen und geschätzt.« Alexej atmete langsam aus. »Ich selbst werde bis ans Ende meiner Tage jeden Augenblick bereuen, den wir nicht nutzten, um für die Rückerlangung unserer Unabhängigkeit zu kämpfen.«

»Zu welchem Zweck, Euer Hoheit?« Roman sprach mit gesenkter und angespannter Stimme. Er war schon immer ein Diplomat gewesen, Dimitri dagegen ein Soldat. Roman verstand als Einziger die von Alexej getroffenen Entscheidungen voll und ganz. Deren Hintergründe und den entsetzlichen Preis. Russland hatte seine Absicht, Avalonien zu besetzen, wenige Tage nach dem Tod des Vaters bekannt gegeben, noch bevor Alexej zum König gekrönt werden konnte. Die Abgesandten des Zaren stellten ihn vor eine Wahl, vor die kein Mensch, der geboren und erzogen wurde, um sein Land zu regieren und seinem Volk zu dienen, je gestellt werden dürfte. Alexej könnte noch immer den Thron besteigen, aber er wäre nichts weiter als eine Repräsentationsfigur, eine Puppe, mit der man bei staatlichen Anlässen und öffentlichen Feierlichkeiten spielte, noch nicht einmal eine Marionette mit dem Anschein von Autorität. Nichts weiter als das Symbol eines Landes, das es in jeder Hinsicht nicht länger geben würde.

Oder er konnte das Exil wählen: Avalonien für immer verlassen und allen Ansprüchen auf den Thron entsagen.

»Zu welchem Zweck, in der Tat«, sagte Alexej mehr zu sich selbst als zu den anderen.

Sein jüngerer Bruder Nikolai hatte auf massiven Widerstand gedrängt. Er hatte gefordert, sie sollten gegen Russland die Waffen erheben und kämpfen, bis der letzte Avalonier fiel. Alexej hatte sich gezwungen gesehen, seinen Bruder zu seiner eigenen Sicherheit aus dem Land zu verweisen.

Nikolai war jung und ungestüm. Er hatte sein bisheriges

Leben nicht mit den Vorbereitungen verbracht, zu regieren und das Wohlergehen seiner Untertanen über alles andere zu stellen. Russland hatte Napoleons Vormarsch gestoppt, als der Rest der Welt versagt hatte. Avalonien wäre nichts weiter als ein geringfügiges und kurzlebiges Ärgernis unter den Füßen dieses Reichs gewesen. Das Staatsgebilde wäre zermalmt und die Bevölkerung dezimiert worden, das Land würde verwüstet daniederliegen. Ein Kampf gegen Russland hätte schlussendlich nur die Befriedigung über die Tugend mit sich gebracht, für das eigene Land zu sterben. Was für ein schwaches Land wäre übrig geblieben?

Die Gefahr einer drohenden Rebellion war es, die Alexej bewogen hatte, das Exil zu wählen. Solange er in Avalonien geblieben war, bestand die Möglichkeit einer Revolte. Er hätte eine dauernde Erinnerung an den Verlust dargestellt. Diejenigen, die treu zu seiner Familie und einem unabhängigen Avalonien standen, hätten ihn als Symbol benützt, um das herum sie Kräfte für einen Aufstand gesammelt hätten. Und am Ende hätten seine Untertanen sterben müssen, und sein Land wäre zerstört worden.

Er hatte keine andere Wahl gehabt. Um sein Land und sein Volk zu retten, musste er es für immer verlassen. Schlimm nur, dass er sein Herz nicht mitnehmen konnte.

Alexej war mehr als bereit, für sein Land zu sterben. Er hätte es als Ehre betrachtet, sogar als ein Recht. Aber er würde seinem Land nicht erlauben, für ihn zu sterben.

»Die Welt hat sich weiterentwickelt, und das sollten wir auch tun.« Alexej zwang seine Stimme zu Festigkeit. Er besaß nicht länger ein Land, ein Zuhause, aber er hatte zwei ausgezeichnete Männer um sich – zwei sehr gute Freunde, die ihm ins Exil gefolgt waren, und eine Handvoll Bediensteter, die die Treue zu ihrem Prinzen über den Ort ihrer Geburt gestellt hatten. Die Zukunft, besser ihr ganzes Überleben, lag jetzt in seinen Händen. »Nun, wie steht es mit meinen Finanzen, Roman?« Er wies in den Raum, der sie umgab, eine große Bibliothek, die zum Lieblingsort der Männer in dem ungeheuer großen, wenn auch etwas abgenutzten Londoner Haus geworden war, das Roman angemietet hatte. »Können wir wenigstens das Dach über unseren Köpfen behalten?«

»Daran bestand nie Zweifel, Euer Hoheit.« Empörung spiegelte sich in Romans Stimme bei dem bloßen Gedanken, dass er nicht auf diese besondere Angelegenheit geachtet habe. »Wir haben die geforderte Miete für die nächsten sechs Monate im Voraus bezahlt.«

Alexej hob eine Augenbraue. »Dafür hatten wir Geld?«

»Ich sagte ja, dass die Lage nicht entsetzlich ist«, erwiderte Roman beleidigt. »Obwohl man zugeben muss, dass diese Zahlung unsere Mittel erschöpfte. Ihr habt nur ein sehr kleines Kapital zur Verfügung, natürlich nicht so viel, wie Ihr gewöhnt seid, aber auf alle Fälle etwas. Ich habe mitbekommen, dass der Adel in diesem Land, sollte er sich in ähnlicher Situation befinden, in hohem Maße auf Kredit lebt.«

»Kredit?« Dimitri lebte auf.

»Nein.« Alexej schüttelte den Kopf. Er hatte in seinem eigenen Land viel zu viele Adelige dem Köder namens Kredit bis zu ihrem finanziellen Ruin erliegen sehen. Er hatte bis zu diesem Augenblick nie die Verführung durch Kredite verstanden. »Ich ziehe es vor, diesen Weg so lange wie möglich zu vermeiden.«

»Hervorragend, Euer Hoheit.« Roman nickte zustimmend. »Wir werden einfach nur unsere Ausgaben kürzen müssen, vor allem die leichtfertiger Natur.«

»Was?« Alexej stellte ein verruchtes Grinsen zur Schau. »Keinen teuren Flitter für welch wunderschönes Wesen auch immer, das meine Phantasie beschäftigt.«

Dimitris Grinsen traf sich mit dem des Prinzen. »Das scheint mir kaum leichtfertig zu sein. Ich würde es eine Lebensnotwendigkeit nennen.«

»Zweifellos würden die Herren das so nennen. Beide.« Ein widerwilliges Lächeln glitt über Romans Lippen. »Selbst ich kann die Vorteile eines kostspieligen kleinen Schmuckstücks erkennen, wenn man die Zuneigung einer liebenswerten Frau gewinnen möchte. Trotzdem«, sein Gesichtsausdruck wurde wieder ernsthaft, »solche Schwächen dürfen derzeit nicht zugelassen werden. Tatsache ist, Ihr – in Wirklichkeit wir, wir alle – werden uns an einen äußerst straffen« – er schlug sein Notizbuch auf – »Etat halten müssen.«

»Einen Etat?« Alexej wechselte Blicke mit Dimitri. Das alles wäre unter anderen Voraussetzungen ausgesprochen amüsant. Aber so, wie die Dinge lagen, fügte es der Demütigung schlicht und einfach eine Beleidigung hinzu. Natürlich hatte sich seine Regierung an einen Etat gehalten, aber zu keiner Zeit seines Lebens hatte Alexej innerhalb eines persönlichen Finanzrahmens leben müssen. Die Welt hatte sich in der Tat geändert.

»Einen Etat.« Roman blätterte entschlossen sein Notizbuch durch.

»Ihr sagtet, es sei nicht entsetzlich«, knurrte Dimitri.

»Ist es auch nicht«, bestätigte Roman, ohne aufzusehen. »Ihr könnt, Euer Hoheit, in den meisten Bereichen mit einem Leben im gewohnten Stil fortfahren, obwohl ein vernünftiges Maß an Bescheidenheit angebracht wäre. Nichts Drastisches wohlgemerkt, es müssen keine Bediensteten entlassen werden –«

»Gott sei Dank«, bemerkte Dimitri leise.

»– allerdings werden Kapitän Petrow und ich eine harte Kürzung unserer Gehälter hinnehmen müssen.«

»Was?« Dimitri riss seine Augen weit auf.

»Wozu wir sehr gerne und voll Dankbarkeit bereit sind.« Roman richtete seinen Blick fest auf Dimitri.

Der andere lächelte schwach. »Sehr gerne.«

»Die Herren werden verstehen, dass ich das nicht zulassen kann.« Alexej begegnete Romans starrem Blick. »Angesichts der Umstände ist es ein äußerst großzügiges, sogar wohltätiges Angebot, aber –«

»Entschuldigt, Euer Hoheit, es ist nicht großzügig und auch nicht wohltätig.« Weder Romans Blick noch seine Stimme schwankten. »Als der Kapitän und ich uns entschlossen, Euer Schicksal zu teilen, wussten wir sehr gut, dass unser zukünftiges Leben unsicher sein würde.«

»Wie es scheint, wusstet Ihr mehr als ich«, erwiderte Alexej mit gezwungenem Lächeln.

»Wie so oft, Euer Hoheit.« Das Lächeln in seinen Augen strafte den Klang seiner Stimme Lügen. »Genau deswegen braucht Ihr mich.«

Alexej war die letzten drei Jahre auf den Rat des Grafen angewiesen gewesen. Roman war lange Zeit einer von den wenigen wahren Freunden Alexejs gewesen, aber erst zum Stabschef avanciert, nachdem der Mann, der vorher diese Stellung innehatte, als Verräter überführt worden war. Jener hatte sich mit Alexejs Cousine Valentina verbündet, die den Sturz des Königs plante.

»Vergesst nicht, Euer Hoheit, dass dies nur ein vorübergehender Zustand ist«, sagte Roman, während er sein Notizbuch durchblätterte. »Ich bin sicher, Euer Kapital wird Euch einigermaßen schnell zur Verfügung stehen.«

Alexej betrachtete den anderen Mann eingehend. »Wie schnell?«

»In Anbetracht der vorsichtigen Natur der britischen Bank und der diplomatischen Schwierigkeiten«, Roman studierte die geöffnete Seite, dann sah er Alexej zuversichtlich an, »dauert es höchstens ein paar Monate. Sicher nicht länger als bis zum Herbst.«

»Aber in der Zwischenzeit müssen wir« – Dimitri schauderte es – »bescheiden sein?«

Roman warf ihm einen bezwingenden Blick zu. In Augenblicken wie diesem sah sich Alexej genötigt, sich daran zu erinnern, dass Roman bloß knapp eine Handvoll Jahre älter war als die übrigen Männer.

»Ich verstehe.« Alexej dachte eine Weile nach. »Dann liegt unser Plan, ein Landgut zu kaufen, auf Eis?«

»Nicht im Geringsten«, erwiderte Roman eilfertig. »Wir können selbstverständlich unsere Suche nach einem passenden Besitz fortführen. Solche Dinge brauchen Zeit und ebenso die Kaufverhandlungen.«

»Aber ich kann derzeit den erwähnten Besitz nicht erwerben?«

Roman schüttelte den Kopf. »Bedauerlicherweise nicht.«

»Also sitzen wir währenddessen in London in der Falle.«

»Wie Ratten«, knurrte Dimitri. Er teilte die Meinung seines Prinzen über London und England.

»Wohl kaum, Kapitän«, entgegnete Roman kühl. »London ist eine der großen Metropolen Europas, und jetzt beginnt hier die Saison. Auch wenn Seine Hoheit beschlossen hat, seine Anwesenheit nicht öffentlich zu machen, und deshalb keine Einladungen zu irgendwelchen Festivitäten annehmen wird, so bleiben doch zahllose preiswerte Vergnügungen, von denen wir Gebrauch machen können, wenn wir es wollen.«

»Natürlich gibt es diese.« Ein entschlossener Ton lag in Alexejs Stimme, und er täuschte Begeisterung vor. »Museen und Kunstgalerien und Bibliotheken und all das.« Er schaute auf Roman, der nickte. »Allein in diesem Raum hier gibt es genug Bücher, um uns auf Jahre hinaus zu beschäftigen.«

»Bücher?« Skepsis färbte Dimitris Stimme. Er war noch nie übermäßig an Bildung interessiert gewesen.

»Eine hervorragende Idee, Euer Hoheit.« Romans Stimme bekundete Zustimmung. »Wir können alle zusammen die nächsten paar Monate damit zubringen, unseren Verstand auszubilden und unsere intellektuellen Horizonte zu erweitern. Solch eine Beschäftigung würde nicht nur nützlich sein, sondern auch eine Menge Vergnügen bedeuten.«

Dimitri begegnete Alexejs starrem Blick. »Vergnügen?«

Alexej grinste. Er hatte nicht mehr von einem Gelehrten als sein Freund, und die Vorstellung, die nächsten Monate damit zu verbringen, seine intellektuellen Horizonte zu erweitern, hatte wenig Verlockendes für ihn. Plötzlich wurde ihm bewusst, dass er tatsächlich nicht die geringste Ahnung hatte, wie er die bevorstehenden Monate verbringen sollte oder die nächsten Jahre oder den Rest seines Lebens.

Von dem Augenblick an, in dem er sich entschieden hatte, sein Geburtsrecht und sein Land aufzugeben, hatte er in einem Strudel von Gefühlen gelebt, oder vielmehr existiert, die ihn überwältigt hätten, wenn er dies zugelassen hätte. Stattdessen hatte er sie übergangen, vielleicht hatte er sie auch kontrolliert, sie in den Hintergrund seines Verstandes, den Hintergrund seines Herzens verdrängt und all seine Anstrengung und Energie einzig darauf konzentriert, einen Fuß vor den anderen zu setzen. Auf das bloße Funktionieren – so als sei nichts Ungewöhnliches geschehen. Sich darauf konzentriert, dass er atmen musste. Er hatte die Entscheidungen getroffen, die er wegen seiner Abreise und der Abreise derer, die beschlossen hatten, ihn zu begleiten, hatte treffen müssen – zügig und mit einem Minimum an Gefühlsregungen. Er hatte sich für England entschieden und darüber hinaus für ein ruhiges Leben auf dem Land. Möglicherweise, um eine Welt zu meiden, in der er nicht länger einen Platz hatte, und gleichzeitig eine Zukunft, die er niemals in Betracht gezogen hatte.

Oder vielleicht, um zu büßen.

Seine Verpflichtungen, sein gesamtes Leben hatten sich dramatisch verändert. Er hatte nicht die geringste Vorstellung davon, was das Morgen bringen werde, aber heute war es in der Tat an ihm, das Beste daraus zu machen. Für sich selbst und für seine Freunde. Er hatte keine andere Wahl.

»Wir sind kaum zwei Wochen in London, meine Herren.« Alexej verschränkte seine Hände hinter seinem Rücken und durchschritt den Raum. »Es scheint mir, wir haben verschiedene Möglichkeiten, uns unsere Zeit in den kommenden Wochen zu vertreiben« – er fuhr unwillkürlich zusammen – »vielleicht auch Monaten. Ich kann mich völlig meinem Bedürfnis nach Anonymität hingeben. Wir können aber auch unsere Anwesenheit hier bekannt geben, und dann werden wir gefüttert, mit Wein bewirtet und zu Dinnern eingeladen, gerade so, wie wir es gewöhnt sind.«

»Eine hervorragende Idee, Euer Hoheit.« Dimitri versuchte, die Begeisterung in seiner Stimme zu unterdrücken, und scheiterte.

»Wenn Ihr dem den Vorzug gebt.« Romans Benehmen war unverbindlich. »Ich habe gehört, die Engländer würden außerordentlich gerne fürstliche Persönlichkeiten besuchen.«

Alexej zog eine Braue hoch. »Sogar solche, die kein Land besitzen?«

»Wenn ich es richtig verstanden habe, ganz besonders solche ohne Land. Das hat etwas Romantisches und, wie lautet das richtige Wort« – Roman überlegte einen Augenblick – »Prickelndes, glaube ich, vielleicht sogar etwas Geheimnisvolles oder –«

»Bemitleidenswertes, Bejammernswertes?« Alexej presste seine Lippen aufeinander. »Ich habe nicht das Bedürfnis, bemitleidet zu werden.« Er machte eine Pause und starrte aus dem Fenster, durch das man die rückwärtigen Gartenanlagen überschauen konnte. »Meine Schwester erwartet ihr zweites Kind und kann nicht reisen. Ich habe ihr und meinem Cousin bereits von unserer Anwesenheit Nachricht zukommen lassen, sonst aber niemandem. Wir werden während der Dauer unseres Aufenthalts in London ruhig und zurückgezogen leben. Vielleicht, irgendwann einmal, wenn wir einen geeigneten Landsitz gefunden haben und uns in das Leben hier gefunden haben ...« Was dann? Würde er sich eines Tages wünschen, an gesellschaftlichen Vergnügungen teilzunehmen? Oder würde er es vorziehen, den Rest seines Lebens in Einsamkeit zu verbringen und in der Vergangenheit zu leben? Selbst unter der Voraussetzung seiner momentan melancholischen Stimmung war dies keine erfreuliche Aussicht. Er war knapp fünfunddreißig Jahre alt. Viel zu jung, um am Ende seiner Tage angekommen zu sein.

»Wie Ihr wünscht, Euer Hoheit.« Dimitri stieß einen resignierten Seufzer aus.

An der Tür war ein vorsichtiges Klopfen zu hören.

Alexej nickte Roman zu, der zur Tür schritt und sie aufzog.

»Entschuldigt vielmals, Euer Hoheit.« Graham, der Bedienstete, der sowohl als Butler als auch als Haushofmeister fungierte und in Wirklichkeit der Verwalter des Haushalts war, trat ein. »Ihr habt Besuch.«

Roman winkte ihm ab. »Seine Hoheit empfängt heute keine Gäste.«

»Genau das habe ich der Dame erklärt, gnädiger Herr, aber sie war sehr hartnäckig. Und Sir« – Graham schwieg auf eine Art, die dramatisch wirken sollte, sofern dem Butler solche Gefühle überhaupt möglich waren – »sie hat Gepäck.«

»Gepäck?« Roman runzelte die Stirn.

»Eine Dame?« Dimitri grinste.

»Viel Gepäck«, fügte Graham hinzu.

Alexej dachte einen Augenblick nach. Soweit er wusste, war seine Anwesenheit in London nicht öffentlich bekannt. Allerdings hatten sie sie nicht geheim gehalten, sie waren nur diskret gewesen. Es war nicht schwer, sie ausfindig zu machen, wenn jemand entschlossen oder verzweifelt genug war, dies zu tun. Er nickte dem Butler zu. »Führen Sie sie herein.«

Der Butler ging hinaus, und Roman schritt auf Alexej zu.

Seine Stimme klang besorgt. »Euer Hoheit, ist das vernünftig?«

Alexej zuckte die Achseln. »Vermutlich nicht. Aber eine Dame mit all ihren weltlichen Besitztümern im Schlepptau hat vielleicht auch ihrem Zuhause entfliehen müssen, so wie wir.«

Dimitris Brauen zogen sich zusammen. »Möglicherweise eine Exilantin aus Avalonien?«

»Vielleicht.« Alexej nickte. »Und als solche können wir sie nicht einfach ohne ein Wort wegschicken.«

Roman schüttelte den Kopf. »Trotzdem, Euer Hoheit, Ihr könnt nicht –«

»Alexej!« Eine große, dunkelhaarige Frau rauschte in den Raum. »Lieber, lieber Cousin, wie geht es dir?«

Sofort stellte sich Dimitri vor Alexej und griff instinktiv nach dem Degen, den er gar nicht mehr trug.

»Valentina?« Alexej schaute ungläubig. Prinzessin Valentina Pruzinsky, seine Cousine und über weite Teile seines Lebens sein Unglücksstern, war die Letzte, die er hier zu treffen gedachte oder überhaupt wieder treffen wollte. Er kniff seine Augen zusammen. »Was im Namen aller Heiligen machst du denn hier?«

»Ich bin hier, weil du hier bist, Cousin.« Sie warf ihm ein strahlendes Lächeln zu.

»Erlaubt, Hoheit, sie zu erstechen«, sagte Dimitri aus dem Mundwinkel heraus. »Sie auf der Stelle abzuschlachten.«

»Ach, der immertreue Kapitän Petrow.« Valentina senkte einschmeichelnd die Wimpern gegenüber dem Soldaten. »Es ist so schön zu sehen, dass Ihr so charmant seid wie eh und je.«

»Ihr habt keinen Degen, Kapitän«, bemerkte Roman kühl, während sein Blick nicht von Valentina ließ. »Indessen, ich glaube, es könnte irgendwo in diesem Haus durchaus eine Pistole geben.«

»Die Herren sollten versuchen, sich zu beherrschen.« Valentina rollte ihre Augen gen Himmel. »Mir ist bewusst, dass wir eventuell eine weniger erfreuliche Geschichte teilen –«

»Weniger erfreulich? Weniger erfreulich?«, zischte Dimitri, dessen Augen sich vor Wut verfinsterten.

»Ich persönlich würde sie als tödlich bezeichnen.« Alexej ging um Dimitri herum und betrachtete seine Cousine eingehend. »Du hast versucht, dich des Thrones meines Vaters zu bemächtigen und eine Revolution unter den Leuten anzuzetteln.«

»Und bin dabei ziemlich kläglich gescheitert, wie ich betonen möchte. Davon abgesehen, das ist alles Vergangenheit.« Valentina schob mit einer Handbewegung mögliche Einwände beiseite. »Es ist aus und vorbei. Eine Geschichte aus alter Zeit. Kaum der Erwähnung wert.«

Alexej biss die Zähne zusammen. »Du hast beinahe den Tod meiner Schwester verursacht – bei deinen Versuchen, die Juwelen zu rauben, die Avaloniens Erbe sind.«

»Ich habe nicht versucht, sie zu rauben«, fuhr ihn Valentina beleidigt an. »Ich versuchte, sie *wiederzuerlangen*. Sie wurden vermisst, wenn du dich erinnerst, und zwar eine ganze Reihe von Jahren. Und Tatsache ist auch, dass Tatjana nicht getötet wurde und nichts weiter als eine kurzzeitige Unbequemlichkeit erlitten hat. Deshalb würden es manche sogar ein ziemlich ausgefallenes Abenteuer nennen.«

»Ich könnte sie mit bloßen Händen erwürgen, Euer Hoheit«, sprach Dimitri mit leiser Stimme.

Alexej beachtete ihn nicht. »Warum bist du hier?«

»Warum?« Sie warf einen Blick auf ihre Hände und begann langsam und bedächtig ihre Handschuhe auszuziehen, offensichtlich darum bemüht, dadurch Zeit zu gewinnen und ihre Worte sorgfältig auszuwählen. »Ich bin gekommen, um mich zu entschuldigen und Wiedergutmachung zu leisten.«

Roman starrte sie argwöhnisch an. »Wiedergutmachung?«
Dimitri schnaubte ungläubig. »Entschuldigen?«
Alexej zog seine Augenbrauen zusammen. »Erwartest du von mir, dass ich dir glaube?«
»Nein«, entgegnete sie, ihr Blick lag noch immer auf ihren Händen. Sie zog einen Handschuh aus und begann mit dem zweiten. »Um die Wahrheit zu sagen, ich habe keine Ahnung, wie ich das anstellen soll. Ich bin mir nicht sicher, ob ich mich jemals zuvor für irgendetwas entschuldigt habe.«
Augenblicklich wurde Alexej bewusst, dass es, wenn sie wirklich meinte, was sie sagte, für seine stolze, herrschsüchtige Cousine tatsächlich außerordentlich schwer war.
»Wie auch immer«, sie atmete tief durch und erwiderte offen seinen Blick, »es tut mir leid ... alles.«
Dimitri lachte spöttisch.
»Alles?«, fragte Alexej kühl.
»Ich möchte dich nicht anlügen, zumal es keinen Grund dafür gibt. Alles, was ich je getan habe, war zum Wohl meines Landes. Beinahe mein ganzes Leben lang glaubte ich meiner Familie und glaubte schließlich selbst, dass ich geeigneter sei, Avalonien zu regieren, als du und die Deinen. Jede Handlung, die ich unternommen habe, geschah, um dieses Ziel zu erreichen.«
»Das soll eine Entschuldigung sein?«, sagte Dimitri zu Roman.
»Nein.« Valentinas Augen verengten sich, als sie Dimitri ansah. »Dies ist eine Erklärung. Ich werde mich für meine Taten entschuldigen, aber nicht für meine Überzeugungen. Allerdings – hätte ich Erfolg gehabt, hätten wir vielleicht heute noch ein Zuhause.«
»Wenn du Erfolg gehabt hättest, hätte es ein gewaltiges Blutvergießen gegeben, als Russland schließlich Avalonien besetzte.« Alexejs Stimme war kalt und unbewegt, aber seine Kiefer waren aufeinandergepresst. »Eine große Zahl

unserer Untertanen wäre abgeschlachtet, das Land zerstört worden.«

Sie schwieg lange Zeit, dann stieß sie einen resignierten Seufzer aus. »Möglicherweise.«

Alexej hob eine Augenbraue. »Du gibst doch sicher nicht zu, dass du dich geirrt hast?«

»Das Exil, Cousin, gibt einem viel Zeit zum Nachdenken. Ich habe das Richtige oder Falsche meiner Handlungen nie besonders in moralischer Hinsicht erwogen, sondern nur das in Betracht gezogen, was mir das Beste für mein Land schien.« Ihre Augen funkelten. »Avalonien war mein Leben, und das Leben meines Vaters. Er war zu schwach, um deinen Zweig der Familie zum Kampf um die Führung herauszufordern, aber was er nicht vermochte, flößte er mir ein.

Wie auch immer, die Umstände, die Art und Weise, wie sich das Leben verändert hat, brachten mich dazu, meine früheren Handlungen zu bereuen. Nun kann ich tatsächlich vor mir selber zugeben, dass meine Methoden wohl ... nun ja« – sie zuckte die Achseln – »*falsch* waren, wiederum in moralischer Hinsicht, und das tut mir leid, aber ich werde mich niemals für die Gründe, die dahinterstehen, entschuldigen.«

Alexej blickte sie einen Augenblick starr an. Sie schien es ernst zu meinen, aber er traute ihr nicht und würde es vermutlich auch nie tun. Dennoch, der Anlass für die Zwietracht zwischen ihrer und seiner Familie existierte nicht mehr. Es gab nichts mehr, worum man hätte kämpfen können. In diesem Augenblick konnte sie nichts erreichen mit ihren Entschuldigungen.

»Warum bist du hier?«, fragte er einmal mehr.

»Ich dachte mir, es sei an der Zeit, dass wir den Riss zwischen uns kitten. Wir gehören schließlich derselben Familie an, und – offen gesagt – wir haben nur noch sehr wenig Familie behalten. Und wenn wir nicht durch Blutsbande verbunden wären, dann wären wir es durch Verlust. Ich dachte auch ... genauer gesagt, ich fühlte ... oder vielmehr, ich wünschte ...« Sie verhedderte sich, fand offensichtlich nicht die Worte.

»Ja?«, trieb Alexej sie an.

Sie verzog das Gesicht, und ihr Blick traf seinen. »Ich habe nichts, wohin ich gehen kann.«

»Natürlich«, murmelte Roman.

»Aha!« Dimitri grinste hämisch. »So etwas habe ich erwartet.« Valentina ignorierte ihn. »Mein Kapital ist ernsthaft erschöpft. Ich habe überhaupt nur noch sehr wenig Geld übrig. Mein Land ist verloren. Ich bin zweimalige Witwe –«

»Und wer ist schuld daran?«, sagte Dimitri finster.

Es ging lange das Gerücht, dass sowohl Valentinas erster als auch ihr zweiter Ehemann von ihrer Hand gestorben seien. Selbstverständlich hatten beide Gentlemen die Blüte ihres Lebens bereits hinter sich, als sie sie heirateten, und keiner hatte den letzten Preis auf eine Weise oder in einem Alter erworben, die als unzeitgemäß angesehen werden müssten. Trotzdem hatten sich die Gerüchte lange gehalten, vermutlich weil Valentina mit keinem von beiden recht viel mehr als ein Jahr verheiratet gewesen war. Und weil beide beträchtliche Vermögen hatten.

Sie warf Dimitri einen Seitenblick zu, der gut und gern Beweis für das Ableben eines jeden Mannes hätte sein können, ob Ehemann oder nicht. Dimitri wich nicht einmal zurück. Sie wandte ihre Aufmerksamkeit vom Kapitän auf eine Weise ab, die man nur majestätisch nennen konnte. Alexej verspürte den ausgesprochen unpassenden Drang zu grinsen.

»Cousin. Alexej. Du ...« – sie schloss für einen Moment ihre Augen, so als müsse sie Kraft sammeln – »*Hoheit*. Ich unterwerfe mich sozusagen deiner Gnade. Als eine Bürgerin von Avalonien und ein Mitglied deiner Familie bitte ich, nun ja, um eine Freistatt. Einen Zufluchtsort. Um Asyl, meine ich.«

»Asyl?« Ungläubig machte Alexej große Augen, dann lachte er. »Ich habe kein Asyl, das ich anbieten könnte. Ich bin keine Kirche, die eine Freistatt bieten kann, und nicht länger der Herrscher eines Landes.«

»Vielleicht war Asyl das falsche Wort.« Sie schritt auf ihn zu. »Was ich brauche, Alexej, ist ein Zuhause. Ich habe mein Leben nicht auf eine Weise gelebt, die einem Freunde sichert, und du bist meine einzige Familie. Erlaube mir, mich deinem« – sie warf einen angewiderten Blick auf Dimitri – »Haushalt anzuschließen. Ich besitze gewisse Fähigkeiten, das weißt du. Ich bin eine hervorragende Gastgeberin, da du keine Frau hast, wenn du Gesellschaften gibst –«

»Ich habe nicht vor, Gesellschaften zu geben«, erwiderte Alexej mit fester Stimme.

Valentinas Augen weiteten sich. »Warum um Himmels willen nicht?«

»Seine Hoheit hat kein Interesse daran, Anteil an der Gesellschaft zu nehmen«, erklärte Roman trocken. »Im Augenblick bevorzugt er eine eher einsiedlerische Lebensweise, um nachzudenken und die Zukunft zu erwägen.«

»Du kannst das unmöglich ernst meinen«, höhnte Valentina. »Ungeachtet des Zustands in dieser Welt bist du noch immer der Prinz von Avalonien, das Oberhaupt des königlichen Geschlechts Pruzinsky, das bestimmte Pflichten hat, allen voran gesellschaftliche. Es ist deine Aufgabe, dich in der Öffentlichkeit zu zeigen, und wenn es nur wäre, um der Welt zu demonstrieren, dass wir zwar geschlagen sind, aber nicht zerstört. Zudem knüpft man alle möglichen wertvollen Kontakte, die –«

»Zu welchem Zweck?«, fuhr Alexej sie an, während sein Blick sich in ihren bohrte.

In dem Raum schien die Zeit stillzustehen. Valentina sah ihren Cousin mit weit geöffneten Augen an, Tausende von

Gefühlen spiegelten sich auf ihrem Gesicht. Schließlich atmete sie tief ein. »Ich weiß es nicht. Aber ich werde mich nicht vor der Welt verstecken.«

»Ich auch nicht, Cousine. Ich habe nicht die Absicht, ein Einsiedler zu werden. Ich bin ganz einfach noch nicht bereit für die Trivialitäten der Gesellschaft. Deshalb habe ich keinen Bedarf an einer Gastgeberin.«

»Alexej«, begann Valentina, aber Alexej hielt seine Hand hoch, um sie zum Schweigen zu bringen.

»Wie auch immer«, fuhr er fort, »du gehörst zur Familie und kannst dich uns anschließen.«

Roman runzelte besorgt die Stirn. »Vielleicht wäre es klug –«

»Das könnt Ihr nicht ernst meinen, Hoheit.« Dimitris Stimme klang schockiert. »Das ist, wie wenn Ihr eine Viper in unsere Mitte bitten würdet.«

Valentina schnappte beleidigt zurück. »Eine Viper – gewiss fällt Euch Besseres ein als dies.«

Dimitri beachtete sie nicht. »Sie hat ihr ganzes Leben damit verbracht, die Herrschaft an sich zu reißen und Euch und Eure Familie zu zerstören. Sie hat zwei Ehemänner beerdigt, und zweifellos trägt sie die Schuld daran. Man darf ihr nicht vertrauen.«

Alexej grinste. »Ich habe nicht vor, ihr zu vertrauen.«

»Ich würde es ganz bestimmt nicht tun, wenn ich du wäre«, murmelte Valentina.

Dimitri verzog das Gesicht. »Ihr habt es nicht vor?«

»Nicht im Mindesten. In Wirklichkeit denke ich, dass sie scharf überwacht werden muss.«

»Oh, ich verstehe.« Valentina nickte entschlossen. »Ich verstehe wirklich.« Sie zuckte die Achseln. »Um ehrlich zu sein, Cousin, habe ich nichts getan, um dein Vertrauen zu erwerben. Bis du meinen Absichten gegenüber Vertrauen hast, ist es vernünftig, vorsichtig zu sein. Ich wäre an deiner Stelle außerordentlich vorsichtig.«

Roman nickte. »Vorsicht ist sicher angebracht, Euer Hoheit.«

»Ausgezeichnet.« Dimitri nickte zufrieden. »Ich hätte den Gedanken verabscheut, dass Ihr Euch von ein paar Entschuldigungsphrasen hättet einnehmen lassen.«

»Dann erlaubt mir, dass ich Euren Bedenken ein Ende bereite«, sagte Alexej milde. »Ich meine, Valentina sollte unablässig überwacht werden, solange sie bei uns lebt. Tag und Nacht –«

»Ich könnte nichts anderes als einverstanden sein.« Leidenschaftliche Zustimmung schwang in Dimitris Stimme mit.

Alexej verbiss sich ein Grinsen. »Ich bin weiterhin der Meinung, dass sie nur von jemandem bewacht werden sollte, der mein absolutes Vertrauen besitzt.«

»Unbedingt.« Dimitri nickte.

Roman lächelte verschmitzt.

»Jemandem, dem ich mein eigenes Leben anvertrauen würde«, fuhr Alexej fort.

»Euer eigenes Leben, Hoheit«, stimmte Dimitri entschlossen zu. »Weniger als das wäre zu wenig.«

»Und das, alter Freund«, Alexej hielt mit Nachdruck inne, »werdet Ihr sein.«

»Natürlich, Euer Hoheit, wer auch sonst –« Jäh wurde Dimitri klar, wozu er eben seine Zustimmung gab. »Ich?«

»Er? Der ewig scheinheilige, allzu vollkommene Kapitän ›Heiliger-als-Ihr‹?« Valentina war verstimmt. »Ich würde es vorziehen, in einem Verlies angekettet zu sein und den Rest meiner Tage lieber mit Ungeziefer zubringen als mit ihm. Ich verachte ihn.«

Dimitri verschränkte seine Arme über der Brust und blickte finster drein. »Und ich verabscheue sie.«

»Ich schlage nicht etwa eine Heirat zwischen den beiden Herrschaften vor.« Alexej hätte am liebsten laut aufgelacht, zwang sich aber zu einem ernsten Ton. Es war wirklich nicht amüsant. Sowohl Dimitri als auch Valentina sahen betreten aus. Aber er konnte ihnen selbstverständlich nicht helfen. Selbst wenn er noch eine ganze Armee zur Verfügung gehabt hätte, wäre seine Wahl für diese delikate Aufgabe auf Dimitri gefallen.

»Valentina.« Alexej begegnete dem Blick seiner Cousine mit einem harten, gefassten Blick. »Das ist die Bedingung, wenn du dich uns anschließen willst. Darüber wird nicht verhandelt.« Er wandte sich Dimitri zu. »Die Umstände, in denen wir uns befinden, diktieren diese Wahl, Kapitän. Es gibt keine Alternative. Selbst wenn ich noch alle Macht Avaloniens zur Verfügung hätte, gäbe es niemanden, dem ich mehr vertraue als Euch.« Alexej lächelte gequält. »Und niemanden, dem ich weniger vertraue als ihr.«

Dimitris Blick haftete einen Moment an Alexejs, dann seufzte er resigniert und verneigte sich. »Wie Ihr wünscht, Euer Hoheit.«

Alexej schmunzelte und beugte sich zu seinem Freund. »Wenigstens wird die Prinzessin dafür sorgen, dass Ihr Eure Zeit auf andere Art als mit der Erweiterung Eures intellektuellen Horizonts verbringt.«

Dimitri lächelte ziemlich pathetisch. »Das jedenfalls ist doch etwas.«

»Wenn die Herren endlich fertig sind, würde ich sehr gerne zu meinen Gemächern geführt werden.« Valentina lächelte zuckersüß. »Ich finde all diese Kriecherei ziemlich ermüdend.«

Dimitri sah Alexej flehentlich an. »Tag und Nacht?«

Alexej grinste.

»Vielleicht findet Ihr Gefallen an dem Gedanken, dass ich über all das genauso wenig erfreut bin wie Ihr. Ich erkenne es allerdings als die, ja, *Buße* an, die ich zu leisten habe, um das Vertrauen meines Cousins zu gewinnen. Wir sollten einfach das Beste daraus machen.« Valentina ging auf die Tür zu. »Ich vermute, der Bedienstete, der mich hierher gebracht hat, kann mich in meine Gemächer bringen. Kapitän, mein Gepäck steht im Foyer. Kommt!«

»Ich trage Euer Gepäck nicht«, entgegnete Dimitri empört, folgte ihr aber trotzdem zur Tür hinaus.

Ihre Stimmen klangen in der Halle nach. Valentina sagte etwas, dass Alexej nur zum Teil verstehen konnte, was aber wahrscheinlich ganz gut so war.

»Oder ich werde gezwungen sein, Euch mit meinen bloßen Händen zu erwürgen«, antwortete Dimitri.

»Ach, Kapitän, das würdet Ihr tun?« Valentinas Lachen schallte durch die Halle. Alexej und Roman lächelten sich zu.

Letzterer schüttelte den Kopf. »Das verspricht ohne Zweifel dringend notwendiges Vergnügen. Glaubt Ihr, dass sie ehrlich ist?«

»Ich weiß es nicht, aber es wird sich zeigen. Sie hat wenig zu gewinnen, und ich habe nicht mehr viel zu verlieren.« Alexej sank auf den nächsten Stuhl. »Roman?«

»Ja, Euer Hoheit?«

»Erstreckt sich Eure Sparsamkeit auch auf die Anschaffung und den Genuss von Alkohol?«

»Es scheint mir, als sei das eine unverzichtbare Aufwendung«, antwortete Roman formell. »Allerdings glaube ich, dass eine gut gefüllte Vitrine zur Ausstattung des Hauses gehört.«

»Gut.« Alexej seufzte abgespannt auf. »Das scheint im Moment ziemlich unverzichtbar zu sein.«

Roman schritt durch das Zimmer zu einer Karaffe mit Kognak und Gläsern, die Graham auf einem Tisch in der Nähe des Kamins abgestellt hatte. Es durchfuhr Alexej nicht zum ersten Mal, dass vor nicht allzu langer Zeit in jedem Raum, den er bewohnte, ein halbes Dutzend Lakaien zur Verfügung stand, um jeden Augenblick solch prosaische Dienste wie das Einschenken von Kognak zu erledigen. Auch wenn das Haus als voll ausgestattet bezeichnet werden konnte, so war es doch kein königlicher Palast.

Roman schenkte zwei Gläser ein und reichte eins davon Alexej. »Es war bis jetzt ein interessanter Tag, Hoheit.«

»Interessant? Na ja!« Alexej nahm einen großen Schluck Kognak. »Ich habe kein Geld, und meine verräterische Cousine ist gekommen, um bei mir zu leben. Ich kann es kaum erwarten zu sehen, was der morgige Tag bringen wird.«

Das vertraute Geräusch eines Räusperns klang von der Tür her.

»Oder vielleicht noch der heutige«, murmelte Alexej.

»Es heißt, viele Ereignisse kommen zu dritt«, stellte Roman mild fest.

»Entschuldigt, Euer Hoheit.« Graham räusperte sich ein weiteres Mal, schritt weiter in das Zimmer hinein und zog die Tür hinter sich ins Schloss.

»Noch mehr Besucher, Graham?«, fragte Alexej mit resigniertem Lächeln.

»Damen?« Roman schmunzelte. »Zweifellos mit Gepäck.«

»In der Tat, Sir. Eine ziemliche Menge Gepäck und zugleich eine ordentliche Zahl von Bediensteten.«

Alexej hob eine Augenbraue. »Exilantinnen aus Avalonien vielleicht?«

»Ich glaube nicht, Euer Hoheit.« Grahams Stirn runzelte sich ein wenig. Alexej erstarrte. Zum ersten Mal seit ihrer Ankunft, und er nahm an, dass es überhaupt nur sehr selten geschah, schien der Butler entschieden verwirrt zu sein.

»Die Damen sind ganz eindeutig Engländerinnen, und«, er machte eine Pause und straffte dann die Schultern, »sie behaupten, nun ja, dass –«

Alexej presste ungeduldig seine Kiefer aufeinander. »Ja?«

»Die Damen sagen, dies sei ihr Haus.« Unbehagen überschattete das Gesicht des Butlers. »Und sie seien gekommen, um es in Besitz zu nehmen.«

3

Sollte ich jemals Seine Hoheit wiedersehen, werde ich vorgeben, ihn nicht zu kennen. Ich werde kühl, gesammelt und ernst sein. Und ich werde ihn auf gar keinen Fall auch nur ahnen lassen, dass ihm mein Herz gehört.

Miss Pamela Effington

»Ich wage zu behaupten, ich befinde mich in Verlegenheit.« Tante Millicents Blick wanderte durch die Eingangshalle. Man konnte meinen, sie habe nie zuvor solch ein prächtiges Entree gesehen. »Dies ist alles sehr einzigartig.«

Pamela und Clarissa wechselten besorgte Blicke. Es war außerordentlich ungewöhnlich für Tante Millicent, sich überhaupt wegen irgendetwas in Verlegenheit zu sehen, aber von dem Augenblick an, in dem ihr Fuß britischen Boden betreten hatte, hatte sich mit ihrer selbstsicheren Tante eine feine Veränderung vollzogen. Tante Millicent war, na ja, *zaghafter* geworden, anders konnte man es nicht beschreiben. Pamela fragte sich, ob *Beständigkeit* das einzige Problem war, das ihre sonst so selbstbewusste Tante mit der Rückkehr nach London hatte.

Ein Butler hatte sie hereingebeten, sie dann aber auf eine Weise stehen lassen, die man als recht unhöflich bezeichnen hätte müssen – und ganz bestimmt als unverzeihlich –, wäre da nicht der verblüffte Ausdruck auf seinem Gesicht gewesen, als sie verkündeten, sie seien die neuen Eigentümer des Hauses.

Obwohl der Bedienstete sehr wohl vom Ableben seiner letzten Herrin wusste, auch wenn sie sich selten in diesem Haus aufgehalten hatte, war er nicht nur bestürzt, sondern er sah sogar aus, als sei er eben geschlagen worden. Pamela hatte den entschiedenen Eindruck, dass Unsicherheit jeglicher Art ein ungewohnter Zustand für ihn war und er nicht wusste, wie er sich verhalten sollte. Er hatte etwas Rätselhaftes von peinlicher Situation und Miete und finanziellen Verpflichtungen gemurmelt, sie dann um Geduld gebeten und darauf hingewiesen, dass er zurückkehren werde, um schließlich die Eingangshalle fluchtartig zu verlassen.

»Eine von uns sollte wahrscheinlich etwas unternehmen«, murrte Clarissa, machte aber keinerlei Anstalten, irgendetwas zu tun. Natürlich war Clarissa immer viel zu zurückhaltend oder zu höflich gewesen, um die Dinge in die Hand zu nehmen. Genauso wie ihre Cousine es einst war.

Allerdings lag diese Zeit hinter ihr.

»Eine von uns sollte tatsächlich etwas tun.« Pamela nickte entschlossen und überlegte, was genau dieses Etwas sein könnte. Sie warf einen Blick auf die Tür am Ende der Halle, durch die der Butler verschwunden war. Er hatte sich offensichtlich entfernt, um mit jemandem zu sprechen. »Und die Stelle, um damit anzufangen, könnte durchaus diejenige sein, die sich in jenem Raum befindet.« Sie ging auf die Tür zu.

»Ist das klug?« Clarissa kam hinter ihr her. »Vielleicht sollten wir doch hier warten.«

»Oder gehen«, fügte Tante Millicent strahlend hinzu. »Florenz ist um diese Jahreszeit herrlich.«

Pamela schenkte ihr ein beruhigendes Lächeln, verlangsamte jedoch ihren Schritt nicht. »Wie London auch.«

Sie erreichte die Tür, holte tief Luft und wappnete sich für alles, was in diesem Raum sein könnte.

»Ich glaube wirklich, dass wir abwarten sollten, bis wir angekündigt wurden«, sagte Clarissa leise.

»Wem?« Pamela schüttelte den Kopf. »Es scheint mir, dass niemand da ist, dem wir angekündigt werden können.

Dennoch vermittelt dieses Haus nicht die Aura eines leer stehenden Gebäudes.«

»Mr. Corby hat gesagt, dass man es möbliert belassen und gut instand gehalten hat«, gab Tante Millicent zu bedenken.

»Immerhin gibt es einen deutlichen Unterschied zwischen instand halten und bewohnen. Nein, ganz sicher stimmt hier etwas nicht, und wir sollten nicht noch mehr Zeit verlieren, dem auf den Grund zu gehen.« In Pamelas Stimme lag Entschiedenheit. »Das ist unser Haus, bald unser Zuhause und der Beginn neuer Kapitel unseres Lebens. Ich habe nicht die Absicht, diese allererste Seite mit Unentschlossenheit und Zögern anzufangen. Es ist Zeit, meine Lieben, zu beanspruchen, was uns gehört.«

Ein Stöhnen war von der einen Frau zu hören, ein Seufzen von der anderen. Pamela hatte keine Ahnung, was von wem kam, und kümmerte sich nicht weiter darum. Schon der bloße Akt des Entscheidens, des Ergreifens jenes Augenblicks mit beiden Händen, erfüllte sie mit dem belebenden Geist von Stärke und Macht. Sie hatte plötzlich das eigenartige Gefühl, dass diese Empfindung wahrscheinlich jedem anderen in ihrer Familie bekannt war. Vielleicht war das ja tatsächlich ihr Geburtsvorrecht. Sie ergriff die Türklinke.

»Warte«, sagte Tante Millicent.

Pamela sah sie an.

»Ich habe so etwas wie ein Bekenntnis abzulegen.« Tante Millicent schlang ihre Hände ineinander.

Pamela runzelte die Stirn. »Jetzt?«

»Ich würde ja das Wort *niemals* dem Wort *jetzt* vorziehen, aber ...« Ihre Tante atmete tief ein. »Ihr beiden wart wohl zu jung, um Euch daran zu erinnern, aber nachdem mein Mann gestorben war, kam ich einem bestimmten Gentleman ziemlich nah –«

»Wie nah?«, fragte Pamela.

Clarissa zog eine Augenbraue hoch. »Wie bald?« – »Knapp zwei Jahre.« Tante Millicent fixierte Clarissa mit einem festen Blick. »Ein völlig angemessener Zeitraum. Ich achtete damals, vielmehr sorgte mich damals mehr um solche Dinge wie Schicklichkeit.« Sie wandte sich Pamela zu. »Wir waren, na ja, verlobt.«

Pamelas Augen weiteten sich voll Überraschung. »Um zu heiraten, meinst du?«

»Na ja, verlobt bedeutet oft, sich zu verheiraten«, erwiderte Tante Millicent schneidend, dann hielt sie inne und atmete resigniert aus. »Wenn auch nicht unbedingt in diesem Fall.«

Pamela und Clarissa wechselten Blicke, aber keine sagte etwas.

»Es war diese ärgerliche Frage nach Beständigkeit, wisst ihr.« Auf Tante Millicents Stirn zeigte sich eine steile Falte. »Ich konnte einfach keine Beständigkeit für den Rest meines Lebens und all so was versprechen. Ich habe es einmal versprochen, und es war alles andere als beständig, weil Charles es wagte, allzu jung zu sterben. Ich spürte, dass ich es nicht noch einmal tun könnte, und verließ London.«

Clarissa nickte mitfühlend. »Und gingst auf Reisen.«

»Genau.« Tante Millicent schenkte ihrer Nichte ein dankbares Lächeln.

Eine äußerst schwache Erinnerung an hinter vorgehaltener Hand geflüsterten Klatsch regte sich im hintersten Teil von Pamelas Erinnerung. »Wann genau bist du gegangen?«

»Vor der Hochzeit.« Tante Millicents Lächeln war entschieden zu unschuldig.

Pamela kniff ihre Augen zusammen. »Wie lange davor?«

Tante Millicent sah zur Seite, sie schien müßig nach etwas Ausschau zu halten und alles andere als Pamela ansehen zu wollen. Ihre Stimme klang täuschend beiläufig. »Augenblicke, denke ich.«

Clarissa rang nach Luft: »Augenblicke?«

Tante Millicent weigerte sich, den Blicken ihrer Nichten zu begegnen. »Er hatte wohl schon auf meine Ankunft in, ach, wie nennt man den Ort, der mir nicht einfällt?«

Pamela hielt den Atem an. »Kirche?«

»Hervorragend, meine Liebe.« Tante Millicent lächelte schwach. »Er wartete in der Kirche, um getraut zu werden, als ich mich entschloss, lieber zu verreisen. Es war ganz und gar nicht höflich von mir, und ich habe ihm eine sehr nette Nachricht mit einer Erklärung gesandt; genauer gesagt, ich sandte sie meiner Schwester, aber alles in allem ...« Ihr Blick glitt zur Tür.

Pamela erstarrte. »Du glaubst doch wohl nicht, dass dein verschmähter Verehrer hier ist?«

»Nein, natürlich nicht«, murmelte Tante Millicent. »Obwohl auf der Welt vermutlich schon seltsamere Dinge geschehen sind.« Sie sah von der Tür weg und erwiderte Pamelas Blick. »Ich dachte nur, dass Ihr *alles* wissen sollt, bevor wir *irgendetwas* machen, was unwiderruflich ist.«

»Ich fürchte, ich bin etwas verwirrt.« Clarissas Blick schoss zwischen ihrer Cousine und ihrer Tante hin und her. »Was von all dem hat etwas mit dem hier zu tun?«

»Wirklich nichts davon. Ich dachte nur, ich sollte meine Zurückhaltung hinsichtlich der Rückkehr nach London erklären. Beständigkeit, ob in Bezug auf das Wohnen in einer besonderen Stadt oder einem speziellen Haus oder die Ehe mit einem bestimmten Mann, sollte sehr wohl überlegt und nicht leichtfertig beschlossen werden. Sobald wir durch diese Tür gehen und dieses Haus einfordern, gibt es kein Zurück mehr.« Tante Millicent seufzte. »Das ist wirklich alles, was ich damit sagen wollte.«

»Dein Argument ist sicher gut gewählt.« Eine Spur von Entschlossenheit färbte Pamelas Stimme, auch wenn sie sich fragte, um welches Argument es sich genau handelte. Aber das war im Moment wahrlich unbedeutend. »Wenn sonst weiter nichts ist.«

»Oh, ich bin mir sicher, dass mir noch etwas einfallen würde«, sagte Tante Millicent im Flüsterton, dann beehrte sie, so als sei ihr nicht bewusst, etwas laut gesagt zu haben, ihre Nichte mit einem strahlenden Lächeln.

Pamela griff einmal mehr zur Türklinke, öffnete die Tür, machte einen tiefen Atemzug und trat ein.

Der mehr als aufgeregte Butler hatte sich am anderen Ende des Raumes zwei sitzenden Herren zugewandt. Er war viel zu sehr mit den Fragen der bis jetzt nicht sichtbaren Gentlemen beschäftigt, um Pamelas Anwesenheit zu bemerken, bevor sie fast bei ihm war.

Sie schlug einen gebieterischen Ton an, von dessen Existenz sie bisher nichts geahnt hatte, und bemerkte eine weitere Aufwallung von Stärke in sich. »Mr. Graham, so heißen Sie doch?«

Sofort sprangen die beiden Herren aus ihren Stühlen hoch. Pamela überging sie und fixierte den Butler mit unnachgiebigem Blick. »Mr. Graham, ich fordere Sie auf, mir Ihr Benehmen sofort zu erklären.«

Die Augen des Butlers weiteten sich. Sein Mund öffnete und schloss sich einmal mehr. Etwas wie Panik blitzte in seinen Augen auf, wurde aber sofort von Ergebenheit verdrängt. Er seufzte schwach. »Es scheint so, als hätten wir ein Problem, Miss Effington.«

»Und was genau könnte dieses Problem sein, Mr. Graham?« Sie erwiderte offen den Blick des Butlers.

»Das Haus ist für die ganze Saison vermietet, Miss Effington«, antwortete Graham zögernd. »Wie im letzten Jahr und im Jahr vor jenem Jahr und wie in fast jedem Jahr, seit Lady Gorham nicht mehr nach London gekommen ist.«

»Das ist lächerlich.« Pamela zog ihre Augenbrauen zusammen. »Der Anwalt meiner Tante hat davon nichts erwähnt.«

»Ich bin mir nicht sicher, ob Lady Gorhams Anwalt davon wusste«, erwiderte Graham leise.

»Ich verstehe nicht.« Pamela betrachtete den Mann eingehend. Sie hegte den entschiedenen Verdacht, dass er nicht ganz ehrlich war. »Wusste Lady Gorham, was Sie mit ihrem Haus machen?«

»Aber sicher, Miss.« Der Butler klang entrüstet angesichts der Tatsache, dass sie ihm so etwas unterstellte. Vielleicht etwas zu entrüstet. »Lady Gorham hat mir schon vor langer Zeit erlaubt, ihren Wohnsitz während der Saison zu vermieten, da es sich als unmöglich herausgestellt hatte, das Haus und die Dienerschaft ohne ein festes Einkommen zu unterhalten.«

»Es mag sein, wie es will.« Pamela verschränkte ihre Arme über der Brust. »Lady Gorham ist verschieden. Genauer gesagt, sie ist vor mehr als einem halben Jahr verschieden. Dieses Haus gehört nun Lady Overton, Lady Smythe-Windom und mir. Und wir beabsichtigen voll und ganz, es in Besitz zu nehmen.«

»Bevor Ihr Euer Hab und Gut auspackt, erlaubt mir bitte, Miss Effington, mich vorzustellen. Ich bin Graf Roman Stefanowitsch.« Einer der Herren, groß, von vornehmer Erscheinung und mit einem schwachen ausländischen Akzent in der Stimme, trat einen Schritt nach vorne und verbeugte sich. »Im Augenblick und tatsächlich für den größten Teil der nächsten sechs Monate wurde dieses Haus völlig ordnungsgemäß und ich möchte hinzufügen: völlig legal von meiner Partei gemietet.«

Sie staunte verärgert, behauptete aber ihren Standpunkt. »Bedauerlicherweise, mein Herr, wurde dieser Vermietung unter falschen Voraussetzungen hinsichtlich des Eigentümers zugestimmt. Da meine Tante zu diesem Zeitpunkt bereits verstorben war, scheint es mir doch, dass Mr. Graham nicht die Befugnis hatte, eine solche Vereinbarung zu treffen.«

»Nichtsdestoweniger«, erwiderte der Graf ruhig, »gibt es allgemeingültige Rechtsgrundsätze, selbst in England, soweit ich weiß, die auf dem Gedanken bisheriger Gewohnheit beruhen.« Er zuckte abweisend mit einer Schulter. »Die Damen könnten sicher ihren Anspruch über die Gerichte ihres Landes einfordern; ich wage allerdings zu wetten, dass dies erst nach dem Ablauftag des Mietvertrages entschieden und bis dahin ein umstrittener Fall sein wird.«

»Der einzige Fall, den ich erkennen kann, ist äußerst einschlägig.« Sie verengte ihre Augen. Dieser Mensch war alles in allem sehr raffiniert und äußerst lästig. »Dies soll mein Zuhause werden, und ich beabsichtige entschieden, hier meinen Wohnsitz zu nehmen. Und zwar jetzt und sofort, nicht erst in sechs Monaten.«

»Miss Effington, ich bin sicher, wir werden eine Lösung finden, die für uns alle sehr gut hinzunehmen ist«, unterbrach der zweite Gentleman gelassen und diplomatisch.

Pamela atmete tief durch, um sich zu beruhigen, betete um Stärke und bereitete sich auf einen Kampf mit einem weiteren Fremden vor, der wahrscheinlich ebenso raffiniert war wie sein Freund. Aber dies war ihr neues Zuhause, ihr neues Leben, und sie hatte nicht vor, sich dies durch die Finger gleiten zu lassen – nicht einmal für nur sechs Monate, wegen eines unsinnigen Übereinkommens, bei dem sie nichts zu sagen haben sollte.

»Mein lieber Herr.« Pamela wandte sich an den Begleiter des Grafen und erstarrte zu Eis. Gewiss, das konnte nicht sein … Ihr Atem beruhigte sich, und ihr Oberkörper straffte sich. Es war einfach nicht möglich –

Hinter ihr keuchte Tante Millicent. »Euer Hoheit!«

Euer Hoheit? Alexej?

Prinz Alexej Pruzinsky, der Thronerbe des Königreichs von Groß-Avalonien, lächelte entschuldigend. »Verzeiht, meine Dame, aber ich fürchte, Ihr seht mich im Nachteil. Kennen wir uns?«

Kennen wir uns? Reine Panik brandete durch Pamela. Er sieht sich gegenüber Tante Millicent im Nachteil? Ha!

»Ich kann unmöglich erwarten, dass Ihr Euch erinnert, Hoheit. Ihr kennt unzählige Leute und habt sehr viele Verpflichtungen. Ich bin Lady Smythe-Windom.« Tante Millicent segelte an Pamela vorbei, wieder ihr früheres Ich, machte einen Hofknicks und streckte dem Prinzen ihre Hand entgegen. »Zudem ist es Jahre her, in Venedig, wenn mich mein Gedächtnis nicht trügt.«

Venedig. Pamela stöhnte innerlich. Von all den Prinzen, die Tante Millicent jemals kennengelernt hat, und all den Orten, wo sie sie kennengelernt hat, warum musste sie genau diesen Prinzen in Venedig kennenlernen? Oh gewiss, Pamela hatte ihn in Venedig kennengelernt, aber weder ihre Tante noch ihre Cousine wussten, dass der Gentleman, mit dem Pamela in jener Stadt getändelt hatte, eben jener Gentleman war, der jetzt in dieser Stadt ihr Haus in Beschlag nahm.

»Ach ja, Venedig, das erklärt meine Gedächtnislücke.« Der Prinz ergriff Tante Millicents Hand und führte sie an die Lippen.

Erinnerte er sich an Pamela? Wahrscheinlich nicht. Um ehrlich zu sein, wünschte sie sich nicht, dass er sich erinnerte. Hatte sie nicht große Mühen auf sich genommen, um gleichzeitig ihre Identität zu verheimlichen und sicherzugehen, dass er sie nicht erkennen würde, falls er sie jemals wieder treffen sollte? Tatsächlich hatte er ihr Gesicht nie anders als im schwachen Licht der Sterne gesehen. Und warum sollte er sich an sie erinnern? Sie war für ihn schlicht und einfach eine unbedeutende Unvorsichtigkeit in einem Leben voller Unvorsichtigkeiten.

»Ach?« Tante Millicent hob neugierig eine Augenbraue.

Natürlich erinnerte sich Pamela an Venedig und eine Nacht reinster Magie im Bett eines Prinzen, als sei es gestern gewesen. Eine Nacht einzig und allein erhellt vom Sternenlicht und begleitet vom leisen Hauch ferner Violinen und von Wasser, das sanft die Anlegestellen liebkoste.

»Nur Venedig kann die Erinnerung an die Begegnung mit einer Frau, die so reizend ist wie Ihr, auslöschen.« Seine Lippen strichen über den Rücken von Tante Millicents Hand, sein Blick löste sich nie von ihrem. Er besaß die vollendeten Manieren eines Mannes, der es gewöhnt war zu tändeln. Zu verführen.

Und Pamela erinnerte sich sehr wohl an ihn. An alles an ihm. Die dunkle Intensität seiner Augen, die zärtliche Geschicklichkeit seiner Berührungen, den bloßen Klang seiner Stimme, als er während der Wehen der Leidenschaft Koseworte flüsterte. Sie hatte sich in den langen einsamen Nachtstunden all der Jahre, die seitdem vergangen waren, an ihn erinnert und sich in der Freiheit ihrer Träume erneut mit ihm vereinigt. Und sie hatte sich jedes Mal an ihn erinnert, wenn sie auch nur annähernd erwog, das Bett mit einem anderen Mann zu teilen, was die Sache jedes Mal nicht wenig verpfuschte.

»Ich darf wohl sagen, dass ich Venedig immer recht amüsant gefunden habe«, sagte Tante Millicent nun ihrerseits mit einem kokettierenden Lächeln.

»Venedig ist viel mehr als nur amüsant.« Er gab Tante Millicents Hand frei und schwieg einen Augenblick, wie um sich die Freuden von Venedig ins Gedächtnis zu rufen.

Der Prinz hatte ihr einen Abend geschenkt, der so unbeschreiblich schön gewesen war, dass Pamela die Erinnerung daran nie durch einen anderen zerstören lassen wollte. Es – oder besser: er – hatte ihre Pläne, eine Frau von Welt zu werden, völlig durchkreuzt.

»Venedig ist auf der ganzen Welt einzigartig. Es gibt nichts Vergleichbares. Es ist ein Ort der Träume.« Ein geheimnisvolles Lächeln umspielte seine Lippen. »La Serenissima.«

La Serenissima? Pamela atmete heftig, versuchte sich zu fassen und verschluckte sich. Dann hustete sie und verschluckte sich erneut. Heftig wurde sie von Hustenanfällen geschüttelt, die ihr Bedürfnis fehlschlagen ließen, in diesem Augenblick so unbeachtet wie nur möglich zu bleiben. Stattdessen sicherten sie ihr die Aufmerksamkeit aller im Raum Anwesenden.

Tante Millicent blickte sie erstaunt und besorgt an. »Pamela, meine Liebe, geht es dir gut?«

»Durchaus«, keuchte Pamela, um Luft ringend. Wann immer sie davon geträumt hatte, den Prinzen – *Alexej* – wieder zu treffen, hatte sie sich das ganz bestimmt nicht so vorgestellt. Sie hatte sich eher vorgestellt, sie sehe elegant und gefasst aus, nicht aber prustend und luftschnappend wie ein verendender Fisch.

Der Butler, offensichtlich weitaus besser geschult, als es bisher den Anschein hatte, eilte mit einem Glas Wasser an ihre Seite, das sie dankbar annahm. Sie nippte daran und warf einen vorsichtigen Blick auf Alexej. Er betrachtete sie mit einem Gesichtsausdruck, der eine Mischung war aus Besorgnis und Belustigung, aber keinerlei Anzeichen für irgendeine Form des Wiedererkennens zeigte. Hervorragend. Sie hegte noch nicht einmal den Wunsch nach so etwas wie auch nur einem leichten Hauch von Skandal, und seine Erinnerung an ihre gemeinsame Nacht konnte sehr gut der erste Schritt zu einem Skandal ungeahnter Ausmaße sein. Schließlich war es eine Sache, die Unschuld im irregeleiteten Glauben an erwiderte Liebe zu verlieren, und eine gänzlich andere Sache, als Start in ein Leben voller Erfahrungen einen Prinzen zu verführen.

»Pamela?« Clarissa trat neben sie und schaute ihr angestrengt ins Gesicht. »Bist du sicher, dass es dir gut geht?«

»Ich bin vollkommen wiederhergestellt, danke.« Pamela warf ein höfliches Lächeln in die Runde und versuchte vergeblich, Alexejs klare braune Augen zu meiden. Sie zeigten einen Schimmer Neugier, aber nichts darüber hinaus. Pamela wischte den kleinsten Anflug von etwas, das vielleicht Enttäuschung war, beiseite.

»Euer Hoheit, erlaubt mir, Euch meine Nichten vorzustellen.« Tante Millicent deutete auf die jüngeren Frauen. »Clarissa, Lady Overton –«

Clarissa murmelte einen höflichen Gruß.

»Und Miss Pamela Effington.« Tante Millicent nickte in Richtung Pamela. »Ich fürchte, sie ist zurzeit recht freiheraus.«

Alexej gluckste. »Das habe ich sehr wohl bemerkt.«

»Wie haben uns noch nie getroffen«, entgegnete Pamela hastig.

»In der Tat, das haben wir nicht. Solch ein Treffen würde ich ganz sicher nicht vergessen haben.« Alexej beobachtete sie. »Ich habe mich nur auf Eure Konfrontation mit Graham und Graf Stefanowitsch bezogen.«

»Selbstverständlich«, gab sie leise zurück und betete dabei, dass ihre Wangen nicht annähernd so heiß aussahen, wie sie sich anfühlten.

»Es ist mir wirklich ein Vergnügen, Eure Bekanntschaft zu machen, verehrte Damen. Ich bin Alexej Pruzinsky.« Er verbeugte sich. »Und ich bin den Damen zu Diensten.«

Graf Stefanowitsch runzelte die Stirn. »Euer Hoheit, Euer Titel, Eure Position –«

»Sind ebenso umstritten wie andere Fälle, die heute zur Sprache gekommen sind.« Alexej erwiderte den Blick des anderen. »Wir stehen an der Schwelle eines neuen Lebens, Roman. Es ist Zeit, die Formalitäten des alten hinter uns zu lassen.«

Die Formalitäten des alten? Pamela staunte, dann verstand sie genau, was er damit meinte. Sie hatte gelesen, dass sein Land von Russland annektiert worden war und er allen Rechten auf den Thron entsagt hatte. Für ihn begann tatsächlich ein neues Leben. Ein Leben, das er sich nie vorgestellt haben konnte.

»Ihr werdet immer ein Prinz bleiben, Euer Hoheit«, sagte der Graf. »Wer Ihr seid, ist das Privileg Eurer Geburt.«

Alexej betrachtete den Grafen nachdenklich. Pamelas Herz machte Sprünge. Er war ein geborener Herrscher. Wie konnte er sein Erbe hinter sich lassen? Wie konnte er überhaupt weiterleben?«

»Euer Hoheit, ich verstehe Euer Bedürfnis, die Vergangenheit hinter Euch zu lassen«, warf Tante Millicent schnell ein. »Aber ich würde mich meinerseits sehr unbehaglich fühlen, wenn ich Euch anders als mit ›Euer Hoheit‹ ansprechen müsste, und ich wage zu sagen, dass andere ein ähnliches Unbehagen empfinden würden.«

Alexej lächelte gezwungen. »Denkt Ihr das wirklich, meine Dame? Ich bin letzten Endes doch ein Prinz ohne Land.«

»In meinen Augen tut das kaum etwas zur Sache.« Tante Millicent nickte bestätigend. »Ihr wart immer ein Prinz, und ungeachtet der politischen Zustände auf dieser Welt bleibt das auch so. Ich denke, Euer Benehmen und das anderer Euch gegenüber sollte weiterhin diesen Status widerspiegeln.«

»Ich weiß Eure Ansicht zu schätzen, aber die ganze Welt hat sich verändert, und ich sollte das ebenfalls.« Alexej zuckte die Achseln. »Doch sei's drum, das ist keine Frage, die jetzt entschieden werden muss.«

»Was macht Ihr hier?«, sagte Pamela, ohne nachzudenken. Alexej hob eine Augenbraue. »Ihr seid in der Tat freimütig. Nun gut, Miss Effington, die Antwort ist recht einfach. Ich lebe hier.«

»Wir haben das Haus gemietet«, bestätigte Stefanowitsch unnachgiebig.

Pamela fuhr ihn an. »Ich bin mir dessen sehr wohl bewusst. Ich meinte, was macht Ihr in England?«

»Es gibt kein Land, wo ich sonst hinkönnte.« Alexej lachte leise. »Es ist ein deprimierender Zustand, sich in einem Land im Exil wiederzufinden, das niemals eine große Anziehungskraft auf einen besessen hat. Ich habe aber Verwandte in England, und sie scheinen leidlich mit ihrem Schicksal zufrieden zu sein. Allerdings habe ich nicht vor, den Rest meiner Tage in London zuzubringen. Ich beabsichtige ein Landgut zu erwerben. Dieses Vorhaben hat sich verzögert, deshalb ist im Moment dieses Haus hier mein Wohnsitz, der Wohnsitz meines Gefolges und meiner Cousine. Unser Zuhause sozusagen.« Er erwiderte Pamelas Blick, und eine deutliche Herausforderung flimmerte in seinen Augen. »Und ich habe nicht die Absicht, es zu verlassen.«

Sie sah ihn unbewegt an, ignorierte ihre aufwühlenden Gefühle und hob ihr Kinn. »Und ich habe nicht die Absicht, Euch zu erlauben, hier wohnen zu bleiben. Dies ist nun mein Haus, bald wird es mein *Zuhause* sein, und ich wünsche, dass Ihr, der Graf und jeder, den Ihr sonst mit Euch habt, eben dieses unverzüglich verlasst.«

»Pamela!« Tante Millicent klang schockiert. Sie war schon immer übermäßig vernarrt in Prinzen oder Majestäten jeglicher Art gewesen. Zu ihren Freunden konnte sie Mitglieder der meisten europäischen Königshäuser zählen. Genau genommen sammelte sie gekrönte Häupter wie andere vielleicht wertvolle Edelsteine.

»Das ist ganz und gar nicht nett von dir«, sagte Clarissa leise und legte ihre Hand auf den Arm ihrer Cousine. »Sicher gibt es etwas anderes in London, wo wir bleiben können, bis der Mietvertrag ausläuft?«

»Und was würdest du vorschlagen?« Pamelas Worte waren an Clarissa gerichtet, aber ihr Blick blieb mit Alexejs verschränkt. »Weder du hast hier Besitz noch Tante Millicent. Es ist der Beginn der Saison, und ich vermute, dass in ganz London kein zweiter annehmbarer Wohnsitz zu finden ist.«

»Es gibt Hotels«, schlug Tante Millicent vor.

»Vornehme Damen wohnen nicht in Hotels.« Pamela kniff ihre Augen zusammen und ignorierte die Belustigung, die nun in den Augen des Prinzen aufleuchtete. »Ich habe genau hier ein vollkommen angemessenes Haus, und ich habe nicht vor, irgendwo anders zu wohnen.«

»Wie könnten jederzeit bei deiner Familie bleiben«, sagte Clarissa hoffnungsvoll. »Deine Eltern oder wahrscheinlich sogar der Herzog und die Herzogin würden zweifellos mehr als erfreut sein –«

»Nein.« Pamelas Ton war schneidend, und sie wandte sich schnell zu ihrer Cousine. »Das geht nicht!«

Clarissa und Tante Millicent tauschten resignierte Blicke. Pamela hatte keine Lust, diesen Herren zu erklären, warum sie keinerlei Bedürfnis verspürte, zu jenen Wohnhäusern zurückzukehren, in denen sie den größten Teil ihres Lebens verbracht hatte. Sie liebte ihre Familie und zweifelte nicht an deren Liebe zu ihr. Aber in den sechs Jahren, seit sie London verlassen hatte, war sie zu einer fähigen, unabhängigen Frau geworden. Sie hatte die äußerst unvernünftige Angst, dass alles, was sie erreicht hatte, wieder verloren ging, dass die Rückkehr in ihr früheres Zuhause zur Rückkehr ihres früheren Wesens führen würde. Das wollte sie keinesfalls, vor allem, wenn es keine Notwendigkeit dafür gab.

»Mr. Graham.« Pamela nickte dem Butler zu. »Bitte kümmern Sie sich darum, dass der Betrag, den der Prinz für die Miete bezahlt hat, an ihn zurückerstattet wird, und schicken Sie sofort einen Lakaien zum Clarendon oder Pulteney, um festzustellen, ob es dort Unterkunft für den Prinzen und seine Gesellschaft gibt.«

»Das wäre wohl ziemlich peinlich, Miss«, erwiderte Graham, der entschieden widerwillig war.

Ihr Blick schnellte zu ihm. »Was wäre ziemlich peinlich?«

»Hotels sind bekanntermaßen voll belegt um diese Jahreszeit und«, Graham fuhr zusammen, »was das Geld betrifft …«

Sie mochte den Gesichtsausdruck des Butlers absolut nicht. »Ja?«

»Es kann derzeit nicht zurückerstattet werden«, antwortete er langsam. »Das heißt nicht vollständig. Oder vielmehr nicht alles davon.« Er zuckte entschuldigend die Achseln. »Ausgaben, Miss.«

»Sehr gut.« Pamela biss die Zähne aufeinander. »Ich werde das Geld aus meinem eigenen Kapital ersetzen.«

»Auch das könnte peinlich werden, Pamela. Hast du vergessen, dass wir erst noch den finanziellen Teil unseres Erbes bekommen müssen? Mr. Corby sagte, das Kapital wäre nicht sofort abrufbar.« Tante Millicent blickte den Grafen an. »Es sei denn, es ist ein annehmbarer Betrag?«

»Er war Wucher«, antwortete Stefanowitsch trocken.

Tante Millicent ließ einen schwachen Seufzer vernehmen. »Ich fürchte, bei Wucher kommt das nicht infrage.«

Pamela warf ihrer Tante einen flehentlichen Blick zu. »Könntest du nicht –«

»Natürlich könnte ich, aber ich habe eine sehr, sehr viel bessere Idee, als das Geld des Prinzen zurückzuerstatten und ihn des Weges ziehen zu lassen.« Etwas Abwägendes schimmerte in Tante Millicents Augen. »Ich schlage vor, wir nehmen wie geplant unseren Wohnsitz hier und –«

»Und?« Pamela hielt den Atem an.

»Und«, fuhr Tante Millicent fort, »wir erlauben Seiner Hoheit, und selbstverständlich auch dem Rest seiner Gesellschaft –« – sie sah Alexej an – »Ihr habt gesagt, dass eine Cousine ebenfalls hier ist? Vermutlich eine königliche Cousine?«

Alexej nickte. »Eine Prinzessin.«

»Eine Prinzessin? Oh, das gefällt mir. Ein Prinz und eine Prinzessin unter meinem Dach, ich kann kaum erwarten, das meiner Schwester zu erzählen.« Ein schelmisches Funkeln trat in Tante Millicents Augen. »Wie ich bereits sagte, wir erlauben Euch zu bleiben –«

»Niemals!« Pamela sah wütend aus.

»Oje«, sagte Clarissa mit dünner Stimme. »Hier?«

»Als unsere Gäste«, beendete Tante Millicent mit Triumph in der Stimme.

»Entzückend«, brummte Stefanowitsch.

»Wie ausgesprochen klug von Euch, solch eine Lösung vorzuschlagen, Lady Smythe-Windom.« Alexej ging einen Schritt auf sie zu, nahm Tante Millicents Hand in seine Hände und sah auf sie hinunter. Gewiss hatte er nicht vor, ihre Hand nochmals zu küssen, oder? Das wäre entschieden zu viel, selbst für einen Mann von seinem Ruf. »Ich stehe in Eurer Schuld. Wenn es jemals irgendetwas geben sollte, das ich für Euch tun kann, zögert bitte nicht, es mich wissen zu lassen.«

»Ich bin sicher, dass ich etwas finden werde.« Tante Millicent blickte mit einem Lächeln zu ihm auf, das alles Mögliche andeutete. Unanständiges, Verruchtes.

Sofort blitzte eine Reihe von unanständigen, verruchten Dingen, die man mit Alexej zusammen tun konnte, in Pamelas Kopf auf, und einen Augenblick lang bekam sie weiche Knie. Sie schob diese Gedanken beiseite und kämpfte um ihre Selbstbeherrschung. »Tante Millicent«, sie atmete tief ein, »ich möchte diesen Mann und sein Gefolge nicht in meinem Haus haben.«

»Es ist wirklich kein großes Gefolge«, erwiderte Alexej nachdenklich. »Nicht wie in alten Zeiten. Was meint Ihr, Roman?«

»Stimmt, Euer Hoheit.« Der Graf schüttelte bedauernd den Kopf. »Verglichen mit den alten Zeiten, sind wir betrüblich wenige.«

»So ist es.« Alexej seufzte dramatisch auf. »Nun sind wir wirklich kaum mehr als eine Handvoll. Außer dem Grafen und mir gibt es noch Kapitän Petrow, unsere jeweiligen Kammerdiener, ein paar Kutscher und Stallburschen, die Dienerschaft meiner Cousine und natürlich unseren Koch.« Er beugte sich vertraulich zu Tante Millicent. »Er ist äußerst bemerkenswert, Lady Smythe-Windom. Die hiesige Köchin hat ihm vollkommen freie Hand in der Küche gelassen, und ich vermute, betrachtet man seine Stimmung seit unserer Ankunft, auch darüber hinaus –«

»Und vergesst nicht Eure Cousine, Hoheit«, warf Stefanowitsch ein.

»Wie könnte ich jemals Valentina vergessen.« Alexejs Stimme klang etwas resigniert.

»Na also, Pamela.« Tante Millicent lächelte ihre Nichte zufrieden an. »Es sind so wenige, und dieses Haus ist riesig, wir werden kaum bemerken, dass sie überhaupt da sind.« Sie sah den Butler an. »Würde es das Personal übermäßig stark in Anspruch nehmen, wenn eine größere Gesellschaft hier wohnt?«

»Nicht im Geringsten, Lady«, antwortete Graham mit einem raffinierten, aber eindeutigen erleichterten Ausdruck.

»Hervorragend.« Tante Millicent nickte. »Wenn Sie so nett wären, alle über diese Situation zu informieren.«

»Unverzüglich, Mylady.« Graham verbeugte sich und zog sich zurück.

In dem Moment, in dem der Butler die Tür hinter sich geschlossen hatte, warf Pamela ihre Hände enttäuscht in die Höhe. »Natürlich werden wir merken, dass sie hier sind. Jeder wird merken, dass sie hier sind. Die ganze Welt wird zweifellos wissen, dass er hier ist. Er ist ein Prinz. Es ist schwierig, die Anwesenheit eines Prinzen geheim zu halten. Und jede Chance auf guten Ruf und Schicklichkeit wird dahin sein.«

»Unsinn«, sagte Tante Millicent entschieden. »Ich bin eine Witwe und die Gräfin Smythe-Windom. Es ist nicht im Mindesten unschicklich, wenn ich königliche Gäste beherberge bei meiner Rückkehr, genauer gesagt bei meiner triumphalen Rückkehr nach London. Darüber hinaus ist Clarissa ebenfalls Witwe und in hohem Maße sittsam. Und wir waren lange deine« – Tante Millicents Blick hielt Pamelas fest – »Anstandsdamen.«

Pamela öffnete ihren Mund, um etwas zu erwidern, ließ es dann aber lieber sein. Tante Millicent war ihre Lehrerin, ihre Ratgeberin, ihre Führerin und ihre liebe Freundin gewesen, aber alle drei Frauen wussten, dass sie als Anstandsdame eine fürchterliche Versagerin war. Und keine von ihnen hätte es lieber anders gehabt.

Sie sah sich Hilfe suchend nach ihrer Cousine um. Clarissa sah genauso hilflos aus, wie sich Pamela fühlte. Pamela atmete tief ein. »Nach wie vor denke ich –«

»Effington war Euer Name, nicht wahr?«, fragte Alexej nachdenklich. »Seid Ihr eine Verwandte des Marquis of Helmsley?«

»Thomas ist mein Cousin.« Ihre Augen wurden schmaler. »Warum fragt Ihr?«

»Weil das alles ändert. Helmsley ist mit der Schwester der Viscountess Beaumont verheiratet. Der Viscount ist mein Cousin.« Alexej lächelte hämisch. »Ihr seid mit mir verwandt.«

Pamela schnaubte vor Wut. »Entfernt und durch Heirat. Das zählt schwerlich.«

»Aber ganz sicher zählt es.« Tante Millicent grinste. «Ein Prinz in meiner Familie. So etwas hätte ich mir nie träumen lassen, und mir gefällt das sehr.«

»Mir nicht. Es interessiert mich nicht, was er ist. Ich denke noch immer nicht, dass es sich schickt, ihn unter diesem Dach zu beherbergen. Außerdem« – Pamela zeigte anklagend auf ihn – »hat dieser Mann einen berüchtigten Ruf. Es heißt von ihm, dass er mit jeder zweiten Frau in Europa geschlafen hat.«

»Oh, nicht annähernd die Hälfte, obwohl ich dieses Kompliment zu schätzen weiß.« Alexej grinste. »Ich bin nicht alt genug, um mit der Hälfte geschlafen ...« Er machte eine Pause, als wollte er sich etwas ins Gedächtnis rufen, dann schüttelte er den Kopf. »Obwohl ich zugeben muss, diesen Ruf verdient zu haben, Miss Effington, muss ich bedauerlicherweise zugeben, dass ich ihm in den vergangenen Jahren nicht ganz gerecht werden konnte.« Er zuckte die Achseln. »Mein Leben war viel zu verwickelt mit Staatsangelegenheiten und Politik, mit Rebellion und Krisen, um mir die Zeit mit eher amourösen Dingen zu vertreiben. Ihr braucht Euch keine Sorgen wegen meiner Anwesenheit in Eurem Haus zu machen. Ich werde keinen Versuch unternehmen, Euch zu verführen.«

Pamela rang um Atem. »Ich habe nie angenommen ... das heißt, ich habe nicht gedacht –«

»Egal, welch schlechte Gedanken vielleicht in Eurem Kopf herumschwirrten, liebe Cousine« – Alexej ging zum nächsten Sessel, ließ sich auf höchst unprinzliche Weise hineinfallen, nahm ein Glas vom nebenstehenden Tisch und hob es zum Toast – »wir sind Verwandte, und Ihr könnt kein Mitglied Eurer Familie auf die Straße werfen.«

»Ich würde nichts lieber als genau das machen. Und merkt Ihr, dass Ihr sitzt, während ich stehe?« Sie sah ihn wütend an. »Wie unbeschreiblich unhöflich von Euch.«

»Nicht im Geringsten. Ich bin es gewohnt zu sitzen, während jeder in meiner königlichen Anwesenheit steht. Was meint Ihr dazu, Lady Smythe-Windom?« Alexej nickte Tante Millicent zu. »Ist es nicht vollkommen angemessen, wenn ich sitze?«

Tante Millicent blickte von Alexej zu Pamela, in ihren Augen war ein forschender Ausdruck. Pamelas Mut sank. Ihre Tante kannte sie besser als jeder andere. Diese wandte ihre Aufmerksamkeit wieder dem Prinzen zu. »Ihr seid ein Prinz, Euer Hoheit, und es ist vollkommen schicklich für Euch, das zu tun, was Ihr wünscht.«

Er lachte und stand auf. »Ihr seid zu gütig, Lady Smythe-Windom, doch Eure Nichte hatte recht. Es war eine unverzeihliche Unhöflichkeit. Selbst für einen Prinzen.« Er drehte sich zu Pamela um und verneigte sich. »Ich bitte um Entschuldigung, Miss Effington.«

Pamela sah ihn lange Zeit starr an. Hier stand ein Mann, der alles, was ihm wichtig war, verloren hatte. Sein Zuhause. Sein Land. Seinen Lebenszweck. Auch er versuchte einen Neubeginn. Sie hätte ihn von dem weggeschickt, was in diesem Augenblick sehr wohl seine einzige Freistätte war, weil sie Angst hatte, dass er ihr Geheimnis entdecken und erneut einen Skandal verursachen könnte. Es war nicht im Mindesten gütig oder nobel oder auch nur nett.

Ganz und gar nicht das, was ein Mitglied der Familie Effington tun würde.

»Nein, ich sollte mich entschuldigen und um Verzeihung bitten. Ich war diejenige, die unhöflich war. Ungeachtet der Umstände, in denen wir uns befinden, ist dies mein Zuhause, und ich hätte so gütig wie meine Tante sein sollen.« Sie senkte ihren Kopf und machte einen tiefen Hofknicks. »Verzeiht, Euer Hoheit.«

»Selbstverständlich«, murmelte er.

Sie blickte hoch und traf seinen Blick. Neugier und Anerkennung leuchteten in seinen Augen auf. Genau so, wie es vor sechs Jahren gewesen war. Ihr Atem stockte.

»Nachdem nun dieses Problem gelöst ist, sollten wir uns hier einrichten.« Tante Millicent tippte gedankenvoll mit ihrem Zeigefinger gegen ihre Unterlippe. »Ich muss Anzeigen verschicken, die meine – *unsere* – Rückkehr nach London bekannt geben. Dann werden natürlich die Einladungen hereinströmen. Vielleicht sollten wir selbst eine kleine Soiree veranstalten. Oder noch besser einen Ball. Dieses Haus schreit nach einem großen Ball, und vermutlich hat es viele Jahre lang keinen erlebt.« Tante Millicent glühte geradezu vor Vorfreude. Denkt nur, wie aufregend die Saison sein wird mit einem Prinzen im Schlepptau. Warum sollten wir nicht ihm zu Ehren etwas veranstalten? Etwas Einmaliges. Ein Empfang vielleicht oder ein Maskenball –«

»Nein«, platzte Pamela heraus.

»Nein«, sagte Alexej gleichzeitig.

Tante Millicent legte die Stirn in Falten. »Warum in aller Welt denn nicht?«

»Meine liebe Lady Smythe-Windom, ich fürchte, ich habe meinen Standpunkt nicht deutlich genug dargelegt.« Alexej sprach mit fester Stimme. »Dass ich gerade während einer Gesellschaftssaison hier bin, ist nichts als purer Zufall. Ich habe nicht das Bedürfnis, Bälle und Soireen zu besuchen, um ehrlich zu sein, habe ich nicht vor, auf welche Weise auch immer, an der Gesellschaft Anteil zu nehmen. Ich stimme Miss Effington zu. Ich möchte nicht, dass meine Anwesenheit in London, selbst nicht in diesem Haus, bekannt wird. Es tut mir leid, Eure Pläne zu durchkreuzen, aber ich weigere mich, irgendwohin ins Schlepptau genommen zu werden.«

»Ach du liebe Zeit, Euer Hoheit, ich fürchte, ich habe *meinen* Standpunkt nicht deutlich genug dargelegt.« Tante Millicent lächelte honigsüß, und Pamela erstarrte. Sie kannte dieses Lächeln. »An Euren Aufenthalt hier ist eine Bedingung geknüpft.«

Alexej verzog das Gesicht. »Ihr wünscht mich ins Schlepptau zu nehmen.«

»Nichts so Schreckliches, dessen kann ich Euch versichern, Euer Hoheit.« Tante Millicent schenkte ihm ein liebenswürdiges Lächeln. »Ich wünsche nur, dass Ihr meiner Nichte den Hof macht.«

4

Sollte ich sie jemals wiederfinden, werde ich ihr gestehen, dass sie, anders als alle anderen Frauen, in meinen Träumen verblieben ist und, wie ich vermute, auch in meinem Herzen. Doch da ich ihr nichts bieten kann, ist es besser, wenn ich sie nie wieder sehe. Ich kenne noch nicht einmal ihren Namen.

Seine Königliche Hoheit
Prinz Alexej Pruzinsky

Miss Effington rang um Atem. »Mir den Hof machen? *Mir?*

Alexej starrte Lady Smythe-Windom an. »Ihr meint in Hinsicht auf eine Heirat?«

»Heirat? Mit ihm? Niemals!« Miss Effington erhob die Stimme. »Er ist ganz und gar nicht das, was ich mir von einem Ehemann wünsche. Und warum? Er ist ein Prinz, und du hast eben gerade gesehen, wie ungeheuer fordernd und überheblich ein solcher sein kann. Sein Ruf ist schauderhaft und –«

»Verzeiht.« Alexej schob die Tatsache beiseite, dass er überhaupt nicht heiraten und von ihr ganz bestimmt die Finger lassen wollte, und sah wütend drein. »Schauderhafter Ruf oder nicht, ich bin in der Tat noch immer ein Prinz. Überheblichkeit ist mein Geburtsrecht. Trotzdem würden sich die meisten Frauen die Fersen abhacken, um einen Prinzen zu heiraten.«

»Ich ziehe es vor, meine Fersen zu behalten, danke«, gab Miss Effington bissig zurück. Ihren Entschluss, gütig zu sein, hatte sie offensichtlich vergessen. »Außerdem seid Ihr, das habt Ihr bereits selbst gesagt, ein Prinz ohne Land,

Mr. Pruzinsky. Ich meine, das sollte Euren Wert als eventueller Ehemann einigermaßen mindern.«

Lady Smythe-Windom atmete schwer. »Pamela!«

»Nichtsdestoweniger fließt königliches Blut in meinen Adern. Das Blut ganzer Generationen von Königen Avaloniens und des europäischen Hochadels. Eben das Blut, das auch in den Adern meiner Kinder fließen soll.« Er verengte seine Augen zu einem Schlitz. »Ihr könntet es weitaus schlechter treffen als mit einem Prinzen als Partner, Miss Effington, mit oder ohne Land. Und ich bezweifle ernsthaft, dass eine Frau in Eurem fortgeschrittenen Alter bessere Möglichkeiten hat.«

Miss Effingtons Augen weiteten sich, und ihr Mund öffnete sich vor Empörung.

»Euer Hoheit«, stöhnte Roman.

Alexej überging ihn und trat näher auf Miss Effington zu, und zwar auf eine, wie er beabsichtigte, äußerst bedrohliche Weise. Er sah starr auf sie hinunter und registrierte im Unterbewusstsein, dass sie ausgesprochen entzückend aussah, wenn sie wie betäubt schwieg, wobei er sich fragte, warum er das nicht schon vorher bemerkt hatte. Ihre ungewöhnlich dunklen Augen standen in reizvollem Gegensatz zu ihrem hellen Haar. Ihre Haut war weich und erinnerte an einen zarten Pfirsich. Zudem besaß sie die ideale Größe für ihn, gerade groß genug, um problemlos ihren Nacken zu küssen, wenn er sich das wünschte. Er genoss es sehr, einen entzückenden Nacken zu küssen. Allerdings hatte er nicht vor, diesen Nacken zu küssen. Denn kaum hatte er diese Frau kennengelernt, hatte er mehr als genug von ihr.

»Miss Effington«, sagte er mit einem leisen Grollen, das ausschließlich für ihre Ohren gedacht war. Sie sah finster zu ihm auf und wich nicht aus. Eine bewundernswerte, eine ärgerliche Angewohnheit. Sein Blick hielt ihren fest, und einen seltsamen Moment lang war er sich nicht ganz sicher, ob er sie lieber züchtigen oder küssen wollte. Und ebenso schien es einen Moment lang durchaus möglich zu sein, dass sie seinen Kuss erwidern würde. Eine lächerliche Idee natürlich. Er schob den Gedanken beiseite und fing von vorne an. »Miss Effington.«

»Mr. Pruz–« Sie seufzte. »Euer Hoheit?«

Es war etwas Einzigartiges an dieser Frau. Zum Verrücktwerden und zum Verzweifeln, aber trotzdem einzigartig. Welch ein Jammer, dass er versprochen hatte, sie nicht zu verführen.

»Euer Hoheit?«, wiederholte sie, während sie eine Augenbraue sanft hob.

»Frauen, Miss Effington, hatten schon immer einen bemerkenswerten Hang, sich mir zu Füßen zu werfen. Ich wäre ein Narr, wenn ich nicht einsehen würde, dass ein großer Teil meiner Anziehungskraft auf meinen Titel zurückzuführen ist, auf meinen Reichtum und auf die Macht, die ich einst ausübte.«

»Und ohne Macht?« Ihre Stimme war gesenkt, so als ob ihre Wut sich gemildert hätte, sich in etwas ... Verlockenderes verwandelt hätte. Doch es war, auch bei nochmaliger Überlegung, kein wirkliches Versprechen.

»Das weiß ich noch nicht, Miss Effington.« In Wahrheit war seine Bemerkung, sie nicht zu verführen, nichts weiter als ein Gerede aus dem Stegreif heraus gewesen. Sie konnte kaum das Gewicht eines echten Versprechens haben. »Aber ich bin zuversichtlich, dass meine Reize nicht von meinem Titel abhängig sind.«

»Selbstsicher oder überheblich?« Eine seltsame Eindringlichkeit leuchtete in ihren Augen, und er wusste, ohne sie fragen zu müssen, dass sie von ihm genauso fasziniert war wie er von ihr.

»Das tut schwerlich etwas zur Sache.« Wie würde sie reagieren, genauer, wie würde der ganze Raum reagieren, wenn er sie jetzt, in diesem Moment in die Arme zog? Würde Lady

Smythe-Windom ihm solche Freiheit gestatten, selbst wenn er ein Prinz war? Vermutlich nicht. Jammerschade. »Eure Augen sind wundervoll, Miss Effington.«

»Kommt, Hoheit. Wenn dies eine Zurschaustellung Eurer Talente ist, dann könnt Ihr es doch gewiss besser.« Ihre Stimme klang ein wenig atemlos.

»Das könnte ich tatsächlich, Miss Effington.« Er kam näher, so nahe, dass kaum mehr als ein Flüstern zwischen ihnen nötig war.« »Soll ich Euch vielleicht etwas über Eure Lippen sagen? Voll und reif und um einen Kuss bittend?« Sein Blick glitt zu ihrem Mund und zurück zu ihren Augen. »Oder soll ich von der Vollkommenheit Eurer Haut reden? Oder der –«

»Euer Hoheit«, Lady Smythe-Windoms verärgerter Ton hallte durch das Zimmer. »Keiner außer Pamela kann hören, was auch immer Ihr zu ihr sagt, da Ihr entschieden zu nah bei ihr steht, und das ist äußerst unschicklich. Immerhin, ich lasse es angehen, weil sie Euch bisher noch nicht ins Gesicht geschlagen hat und Ihr Eure Hände noch nicht um ihre Kehle gelegt habt. Ich vermute, dass diese Gewaltlosigkeit ein Zeichen dafür ist, dass Ihr beide Eure Meinungsverschiedenheiten für den Augenblick beigelegt habt.«

Alexej blickte in Pamelas dunkle Augen und war mehr als zufrieden, als er ein Flackern entdeckte, das eventuell auf ein Schwanken schließen ließ. Wie interessant. Vielleicht sogar aufregend. Er richtete sich auf und schritt zurück.

»Für den Augenblick.« Alexej begegnete dem starren Blick der anderen Frau. »Doch wie auch immer, ich habe derzeit nicht die Absicht, Miss Effington oder sonst jemanden zu heiraten.«

»Ich auch nicht«, erwiderte Miss Effington schnell, allerdings nicht mit derselben Heftigkeit wie zum früheren Zeitpunkt. »Nicht im Moment. So ist es eben!«

»Wenn Ihr mir erlauben würdet, mich meine Idee erklären zu lassen, könntet Ihr feststellen, dass ich nicht an eine Ehe gedacht habe. Das wäre unsinnig. Selbst ich kann erkennen, dass Ihr nichts gemeinsam habt außer einer augenblicklichen Abneigung füreinander, obwohl ich sagen muss, dass erfolgreiche Ehen schon auf erheblich weniger aufgebaut wurden.« Lady Smythe-Windom sprach mit kühler Stimme. »Was ich vorschlage, ist nichts weiter, als dass Ihr meiner Nichte den Hof macht.«

»Eine Werbung ohne Heirat«, sagte Alexej langsam.

»Ihr wart darin immer sehr gewandt, Hoheit«, bemerkte Roman leise.

»Also ich kann darin keinen Sinn erkennen.« Clarissa zuckte die Achseln. »Die Heirat ist der Höhepunkt einer Werbung. Eine Werbung ohne Heirat ist wie eine Heirat ohne –«

»Und da niemand hier an einer Heirat interessiert ist, zumindest nicht jetzt und nicht miteinander, sollte dies recht gut funktionieren.« Lady Smythe-Windom warf Alexej ein strahlendes Lächeln zu, und er hatte das Gefühl, dass er dieses Lächeln fürchten lernen könnte. »Es ist wirklich sehr einfach, Euer Hoheit. Vor sechs Jahren war Pamela verwickelt in – ach, wie heißt es?«

»Du guter Gott.« Pamela sank auf den nächstbesten Stuhl und bedeckte ihre Augen mit den Händen. »Nimm mich bitte jetzt zu dir.«

»Eine Unvorsichtigkeit«, schlug Clarissa vor.

»Einen Skandal. Eher ein Skandälchen, so würde es die übrige Welt sehen, aber in England war es trotzdem ein Skandal.« Lady Smythe-Windom senkte ihre Stimme auf vertrauliche Weise. »Darin verwickelt war ein wahrhaft verachtenswerter junger Mann, den man für seine Verbrechen hätte zerreißen und vierteilen sollen.«

»Miss Effington? Die ach so um die Schicklichkeit besorgte Miss Effington? Ich muss sagen, ich bin schockiert.« Alexej verbiss sich ein Lachen. »Augenscheinlich bin ich nicht der Einzige mit einer schrecklichen Vergangenheit.«

Miss Effington murmelte etwas, das er nicht hören konnte, und er fand es besser so.

»Unnötig zu sagen, dass natürlich ihr Ruf ruiniert war.« Lady Smythe-Windom seufzte bedauernd.

»Tatsächlich?« Alexej fragte sich, wie ernst dieser Ruin gewesen war. Was er über die Engländer im Lauf der Zeit gelernt hatte, hatte manchmal durchaus den Anschein, dass dies der Rest der Welt kaum als bemerkenswert wahrgenommen hätte. Es konnte aber auch ein Vorfall gewesen sein, den selbst er wahrlich als skandalös empfunden hätte.

Miss Effington ächzte, verbarg ihr Gesicht in ihren Händen und schien, wenn das überhaupt noch möglich war, weiter im Stuhl zu versinken. Alexej war sich einigermaßen sicher, hätte sich im Boden ein Spalt geöffnet, dann wäre Miss Effington ziemlich erleichtert hineingestürzt.

Lady Smythe-Windom nickte. »Ja, das war sie, obwohl in London mindestens alle drei Tage ein weniger bedeutender Skandal geschieht und etwas wirklich Stilvolles alle ein, zwei Wochen. Bis zur nächsten Saison kann es gut sein, dass all das wieder vergessen ist. Deshalb war es wohlgemerkt überhaupt nicht notwendig, aber Pamela nahm es dennoch auf sich, das Land zu verlassen und mich auf meinen Reisen zu begleiten. Sie war seitdem nicht mehr in London.«

Das war ausgesprochen interessant. Die Miss Effington, die er heute getroffen hatte, erschien ihm nicht wie jene Art Frauen, die wegen eines kleinen Skandals ihr Zuhause verlassen. Die heutige Miss Effington sah nicht so aus, als habe sie vor irgendetwas Angst.

»Jetzt, wo Pamela zurück ist, würde sie es vorziehen, wenn die Gesellschaft ihre Vergangenheit vergessen könnte. Der beste Weg, dies zu erreichen, ist der am Arm eines Prinzen.« Lady Smythe-Windom strahlte.

Miss Effington warf ihren Kopf hoch, Verwirrung im Gesicht. »Was?«

»Wenn ich richtig verstanden habe, Miss Effington, was Eure Tante zu erklären versuchte«, Alexej machte eine Pause, um die richtigen Worte zu finden, »heißt das, dass sich niemand darum kümmern oder an eine Unbesonnenheit erinnern wird, die – wie lange her ist?«

Miss Effington sah zur Decke. »Sechs Jahre.«

»Sechs Jahre? Das ist eine lange Zeit für ein Asyl.« Er war erst knapp sechs Monate weg aus seinem Vaterland, doch schon jetzt erschien es ihm wie ein ganzes Leben. »Auf alle Fälle wird die Vergangenheit letztlich nicht mehr zählen, wenn Ihr in der Gegenwart in Gesellschaft eines Prinzen gesehen werdet, der eindeutig von Euch bezaubert ist, selbstverständlich nur auf äußerst ehrenhafte Weise. Jegliche Erinnerung an Eure lange zurückliegende Unbesonnenheit wird vom Glanz der Partie, die Ihr nun gemacht habt, überdeckt werden.«

Miss Effington richtete sich auf, ihre Augen waren weit geöffnet. »Das ist sehr gut. Wahrlich sehr gut.«

»Nicht wahr?« Lady Smythe-Windom grinste äußerst unverschämt.

»Außerdem, wenn unsere Maskerade zu Ende ist und Ihr mich aus irgendeinem Grund, den Eure Tante sich ausdenkt, fortschickt –«

»Untreue würde funktionieren, Euer Hoheit«, schlug Roman vor. »Es ist ein wunderbarer Grund für eine Lady, um eine Beziehung zu lösen. Und wenn der fragliche Gentleman einen Ruf hat wie Ihr, wird Untreue nahezu erwartet.«

»Eine hervorragende Beobachtung«, erwiderte Alexej trocken. »Ich werde es mir merken. Was ich sagen wollte, ist, dass Ihr infolge unserer unglücklichen Beziehung vermutlich keine Schwierigkeit haben werdet, einen geeigneten Gatten zu finden, wenn Ihr das möchtet. Männer halten eine Frau, die bereits vergeben ist, vor allem eine, die von einem Mitglied eines Königshauses begehrt wird, für reizvoller als eine Frau, die frei ist.« Alexej warf einen Blick auf Lady Smythe-Windom. »Ist das so weit korrekt?«

»Das ist es in der Tat, Euer Hoheit.« Lady Smythe-Windom nickte begeistert. »Und es wird sogar noch besser gehen, wenn Ihr beide, wie Euer Hoheit vorgeschlagen hat, verlobt seid.«

Alexej fuhr hoch. »Wie ich vorgeschlagen habe? Ich kann mich nicht erinnern, etwas in dieser Art vorgeschlagen zu haben.«

»Es klang aber wirklich so, Euer Hoheit«, bestätigte Roman mit leiser Stimme. »Ich glaube, es war die Bemerkung zur glänzenden Partie.«

Pamela starrte Alexej an. »Und Ihr seid bereit, das zu machen?«

»Auf keinen Fall«, fuhr Alexej sie an. »Ich habe bereits gesagt, dass ich meine Anwesenheit in London nicht bekannt machen möchte. Das schließt die Anwesenheit bei irgendwelchen gesellschaftlichen Ereignissen aus und macht die öffentliche Bekanntmachung einer Verlobung vollkommen unmöglich.«

»Das war's dann, und, um ehrlich zu sein, es ist kaum von Bedeutung.« Miss Effington stand auf, Entschiedenheit spiegelte sich in ihrer ganzen Haltung. »Ich bin durchaus fähig, neu zu beginnen und mich ohne einen Prinzen in die Gesellschaft zu wagen. Genau das hatte ich nämlich vorgehabt.«

»Euer Hoheit, dies ist eine Bedingung, um in unserem Haus zu leben.« Lady Smythe-Windom fixierte ihn mit einem kompromisslosen Blick. »Wenn Ihr Euch weigert, werde ich ungeachtet Graf Stefanowitschs Feststellung, dass ein juristisches Vorgehen Zeit braucht, eben dieses in die Wege leiten. Das und die Tatsache, dass ich nicht zögern werde, in London den größten Klatsch über Euch zu verbreiten, wird sehr wirkungsvoll Euer Bedürfnis nach Anonymität und Zurückgezogenheit beenden.

Ich hoffe, Euch ist bewusst, dass, abgesehen von allem anderen, was Ihr vermeiden möchtet, ein nicht liierter Prinz, der in London residiert – egal ob mit oder ohne Land – in ganz England die Zielscheibe jeder Lady wird, die eine heiratsfähige Tochter hat. Ich wage zu behaupten, dass die Staatsangelegenheiten, die Politik, die Rebellion und die Krise, die Ihr vorhin erwähnt habt, verblassen werden im Vergleich mit der Schlacht, die um Eure Hand toben wird.« Sie begünstigte ihn mit einem liebenswürdigen Lächeln. »Wie auch immer, es ist ausschließlich Eure Entscheidung.«

»Ich sehe schon, Ihr seid keineswegs so gnädig, wie Ihr zuerst erschient.« Alexej starrte sie an.

Lady Smythe-Windom faltete ihre Hände vor sich und sah ebenso starr zurück. Ihr Blick und ihr Lächeln blieben standhaft. Wenn man es nicht besser gewusst hätte, hätte man geglaubt, sie sei unschädlich und recht harmlos. Offensichtlich eine irrige Vermutung. Trotzdem …

»Ich werde mich nicht gegen meinen Willen in diese lächerliche Posse hineinzwingen lassen.«

»Euer Hoheit«, Roman stellte sich hastig neben ihn und flüsterte ihm ins Ohr, »vergesst nicht, dass wir nicht das Geld haben, ein anderes Haus zu mieten, und selbst wenn sie Euer Geld zurückerstatten könnten, dass es nichts Freies geben wird außer einem Hotel. Und das würde überhaupt keine Zurückgezogenheit erlauben.«

»Das wär's also«, murmelte Alexej.

»Es ist durchaus möglich, dass die Bank mit Wohlwollen auf einen Mann sieht, der bald einer der angesehensten Familien Englands angehören wird, und Euer Kapital schneller freigibt. Ich werde unseren Verbindungsmann bei der Bank heute noch danach fragen.«

»Keine wirkliche Alternative also?«, fragte Alexej leise.

Roman schüttelte den Kopf. »Ich kann keine erkennen, Euer Hoheit.«

»Das dachte ich mir. Nun gut.« Alexej straffte sich. »Wie auch immer.« Er bot sein charmantestes Lächeln auf, dasjenige, das garantiert die widerstandsfähigste Jungfrau schmelzen ließ, und zielte damit auf Lady Smythe-Windom. »Als Ihr Gast freue ich mich, meine Hilfe bei allem, was Ihr wünscht, anzubieten.«

»Seid Ihr sicher?« Miss Effington bewegte sich auf ihn zu, und ihr Blick suchte vorsichtig seinen. »Selbst unter den gegebenen Umständen ist es viel, was von Euch verlangt wird.«

»Es gibt weit Schlimmeres auf der Welt, als vorzugeben, man sei in eine wunderbare Frau verliebt, und endlosen Einladungen nachzukommen und, wie ich vermute, eine recht gute Zeit damit zu verleben.« Er lächelte auf sie hinunter und zuckte die Achseln. »Ich denke, Miss Effington, ich kann mich nicht für immer verstecken, obwohl ich hoffte, genau das wenigstens für kurze Zeit tun zu können. Zudem ist mein Terminkalender derzeit überraschend leer, und ich habe eine Menge freie Zeit zur Verfügung.«

»Ich weiß es ausgesprochen zu schätzen, Euer Hoheit.« Zum ersten Mal, seit er sie kennengelernt hatte, formte ein Lächeln ihre liebenswerten Lippen. Und dies bewirkte etwas unbestreitbar Besonderes in seiner Magengrube.

»Merkt Euch meine Worte, es wird alles wunderbar werden. Euer Hoheit. Graf.« Lady Smythe-Windom nickte den Herren zufrieden zu und ging zur Tür. »Wir werden unser Vorhaben am Abend beim Dinner weiter besprechen. In der Zwischenzeit werden meine Nichten und ich den Rest des Tages damit verbringen, uns häuslich einzurichten und von Neuem Bekanntschaft mit dem Haus zu schließen.«

»Du solltest deine Familie von deiner Rückkehr unterrichten«, sagte Lady Overton zu ihrer Cousine.

»Meine Familie.« Miss Effington fuhr zusammen. »Ich

habe meine Familie völlig vergessen. Sie werden sicher« – sie schenkte Alexej ein schwaches Lächeln – »meinen Verlobten kennenlernen wollen.«

»Er wird großen Eindruck machen, genau deswegen zwingen wir ihn ja in unseren Dienst.« Lady Smythe-Windom warf einen Blick über ihre Schulter. »Es ist Jahre her, seit ich hier gewesen bin, wisst ihr. Ich merke schon, Elizabeth hat nichts getan, um das Haus in Ordnung zu halten. Wir müssen bestimmt…«

Die jüngeren Damen folgten ihrer Tante.

Alexej starrte auf die geschlossene Tür und nahm geistesabwesend ein Glas Kognak von Roman an. »Was ist hier gerade geschehen?«

»Was geschah, Euer Hoheit, ist, dass wir uns allem Anschein nach in der Gewalt dessen befinden, was wir fälschlicherweise das schwache Geschlecht nennen. Lady Smythe-Windom, Miss Effington und, ich glaube, selbst die ruhigere Lady Overton sind Größen, mit denen man rechnen muss.«

Alexej schnaubte. »Und vergesst nicht Valentina.«

Alexej trank einen großen Schluck Kognak und ließ die Wärme des Alkohols durch seine Adern fließen. »Warum legen Engländerinnen der bloßen Zahl von Frauen, mit denen ein Mann einmal zugange war, solche Bedeutung bei? Als ich das letzte Mal mit einer Engländerin zusammen war, hat diese ganz genau dasselbe gesagt: Ich hätte mit jeder zweiten Frau in Europa geschlafen.«

Roman schmunzelte. »Es ist eine Rechnung ohne Verdienst, Euer Hoheit.« Er hielt einen Moment lang inne. »Es war die Besitzerin des Ohrrings, oder? Die letzte Engländerin, die eine solche Rechnung aufgestellt hat? Die Dame aus Venedig?«

Alexej nickte.

»Und das war wann?«

Alexej atmete tief ein. »Vor vier Jahren.«

»Ja, richtig«, bestätigte Roman leise. Es war weiter nicht verwunderlich, dass Roman nicht wusste, dass das erwähnte Zwischenspiel mit dem Ende des Monats März genau vier Jahre zurücklag. Er hatte seinerzeit diese Stelle noch nicht. Es hatte stattgefunden, ehe Valentina versucht hatte, die Macht an sich zu reißen, und Alexejs früheren Stabschef korrumpiert hatte. Ehe seine Schwester Avalonien verlassen hatte, um einen englischen Lord zu heiraten, und als Dimitri noch zu ihrer Sicherheit abgestellt war. Ehe Alexejs Welt sich unwiderruflich verändert hatte.

Alexej hatte beiden Freunden die Geschichte mehr als einmal erzählt, für gewöhnlich spät nachts nach reichlichem Genuss von Alkohol und allerhand Erzählungen von den anderen Männern über reizende Damen. Geschichten aus einer anderen Zeit.

In jenen Tagen hatte Alexej tatsächlich ein Leben gelebt, das man als exzessiv bezeichnen konnte, zumindest nach englischem Begriff. Er selbst hatte es niemals so gesehen, auch war er nie dafür bestraft worden. Oh nein, er hatte sich zu keiner Zeit vor seiner Verantwortung oder seinen Pflichten gedrückt. Er hatte einfach nur so gelebt, wie Prinzen üblicherweise gerne leben, die den Thron noch nicht bestiegen haben: verschwenderisch, ein Auge schon auf das nächste Vergnügen gerichtet und auf die nächste leidenschaftliche und entgegenkommende Dame.

Es irritierte ihn immer noch, dass ihm gerade diese bestimmte Nacht und jene ganz bestimmte Dame im Gedächtnis geblieben waren. Wie eine Melodie, die einem nicht mehr aus dem Kopf geht und in der Ferne stets leise zu hören ist. Sie hatte in seinem Bett einen Ohrring verloren. Ein hübsches Stück aus venezianischem Glas. Überhaupt nicht wertvoll, aber entzückend und ungewöhnlich. Er bewahrte ihn seither in seiner Westentasche auf. Ein ungewöhnlicher Talisman, den er als Kind für verzaubert gehalten hätte. Er war es natürlich nicht, aber er hielt trotzdem daran fest. So wie er an seiner Erinnerung festhielt.

Genau genommen hatte er sich irgendwie belästigt gefühlt durch diese Herrschaft, die sie über ihn ausübte. Natürlich war sie schön gewesen, nach allem, was er wusste, er hatte ihr Gesicht nämlich nur im Sternenlicht gesehen. Aber er hatte eine ganze Reihe wunderschöner Frauen besessen, und er hatte ganz bestimmt liebreizendere gehabt. Auch hatte sie im Bett keine besonderen Fähigkeiten aufzuweisen gehabt, vielmehr war sie eher ruhig, ziemlich süß und äußerst begeisterungsfähig und, nun ja, *liebend,* obwohl das nicht ganz das richtige Wort dafür war. Wie hätte das auch anders sein sollen bei einer einzigen Nacht der Leidenschaft zwischen zwei Fremden?

Er hatte dieser Nacht ziemlich viel Nachdenken geopfert während der turbulenten Jahre, die jenen seltenen, eigenartigen Stunden gefolgt waren, sofern nichts anderes seine Aufmerksamkeit in Anspruch nahm. In den Augenblicken, in denen er sich nachts allein und erschöpft auf sein Bett warf, oder bevor er morgens aufstand. Angemessen viele, wie er meinte, denn er war mit ihr wieder und wieder in seinen Träumen zusammen gewesen. Er hatte versucht, sich einzureden, dass es weder die Dame noch der Abend waren, sondern eine einmalige Mischung aus vielerlei Dingen: Venedig und das Geheimnis, das sie umgab, weil er nicht wusste, wer sie war, vielleicht auch, ja, sogar Magie.

So oder so, sie hatte etwas in ihm berührt. Vielleicht seine Seele. Man hätte denken können, er sei zu zynisch, vor allem wenn es um Frauen ging, um überhaupt von etwas berührt zu werden. Er hatte sich gefragt, ob es so war, weil sie, als einzige von all den Frauen, die er erlebt hatte, scheinbar nichts von ihm wollte. Eine Heirat war außer Frage gestanden. Er sollte damals eine Ehe aus Staatsräson schließen. Noch hatte sie es darauf abgesehen, als seine Mätresse zu Ansehen zu kommen oder auch nur damit angeben zu können, in seiner Gesellschaft gesehen worden zu sein.

Und falls sie ein Kind von ihm hätte haben wollen, zu welchem Zweck dann? Sie war nie wieder mit ihm in Verbindung getreten, also nahm er an, dass aus ihrer Begegnung kein Kind hervorgegangen war. Er vermutete, dass er zu den Männern in seiner Familie gehörte, die nicht reihenweise Nachkommen gezeugt hatten. Seine Eltern hatten nur drei Kinder. Trotzdem war er in dieser Hinsicht immer sehr vorsichtig gewesen und hatte, zumindest seinem Wissen nach, nicht über ganz Europa unbekannte Kinder verteilt. Auf alle Fälle besaß er keine Krone und kein Land mehr, die er einem Kind hätte weiterreichen können, er hatte herzlich wenig zu bieten außer seinem Namen.

Er war ein Prinz ohne Land, verfolgt von der Erinnerung an eine unbekannte Frau, und dabei, sich auf eine betrügerische Verlobung mit einer Dame einzulassen, die unverkennbar nicht das war, was sie zu sein schien. Es wäre lustig, wenn es jemand anderem geschehen würde. Doch wie die Dinge lagen, war es sein Leben. Seine neue, absurde, lächerliche Farce von Leben.

Aber darin spielte die ach so berückende und vollkommen einzigartige Miss Effington eine sehr große Rolle, zumindest im Augenblick. Das Leben hielt trotz allem vielleicht doch recht Amüsantes bereit.

»Habt Ihr ihr Parfüm bemerkt, Roman?«

Roman runzelte verwirrt die Stirn. »Wessen Parfüm?«

»Das von Miss Effington.« Alexej zog seine Augenbrauen zusammen und versuchte sich daran zu erinnern, woher ihm dieser Duft vertraut war. »Er steigt einem sehr zu Kopf und ist mir irgendwie vertraut.«

»Ich habe es nicht bemerkt, Euer Hoheit.« Roman machte eine kurze Pause. »Allerdings stand ich nicht annähernd so eng bei der Dame wie Ihr.«

Alexej überging die Anspielung auf seine Unschicklichkeit in Romans Bemerkung und schwenkte den Kognak in seinem Glas. »Sie ist dennoch sehr schön, nicht wahr.«

Roman schmunzelte. »Welche?«

»Tatsächlich jede von ihnen, aber ich bezog mich auf Miss Effington.«

»Sie sieht hinreichend aus.«

Alexej warf einen verwunderten Blick auf Roman.

»Ich fand die Ruhigere im klassischen Sinn schöner.« Roman zuckte die Achseln. »Persönliche Vorlieben, höchstwahrscheinlich. Ich fühlte mich immer schon eher zu dunkelhaarigen Schönheiten mit grünen Augen hingezogen.«

Alexej grinste seinerseits. »Ihre Augen waren grün?«

»Das waren sie allerdings. Ein bezauberndes Smaragdgrün. Ausgesprochen exquisit. Aber dennoch sind sie nicht das Reizvollste an ihr.«

»Ach!«

»Das Beste an ihr war, dass sie bemerkenswert still war und von gutem Benehmen.« Roman nippte an seinem Getränk. »Im Gegensatz zu ihrer Cousine.«

Alexej lachte. »Ich wage zu behaupten, dass Miss Effington unter den Frauen eine einmalige Erscheinung ist. Sie hat sehr viel Verstand und weiß ganz genau, was sie will.«

»Sie ist zu direkt und eigensinnig und äußerst verletzend.«

»Was sie nur noch mehr zu einer Herausforderung macht. Sie bringt das Blut eines Mannes zur Wallung.«

»Ein kluger Mann würde gewiss davonrennen, schnell und so weit weg wie möglich«, sagte Roman leise.

»Aber wo bleibt dabei das Vergnügen?« Alexej schüttelte seinen Kopf. »Nein, Roman, wenn wir schon in dieser Posse mitspielen müssen, sehe ich keine andere Möglichkeit, als sie zu genießen. Ich glaube, Miss Effington ist nicht das, was sie zu sein vorgibt. Sie ist vielmehr ein Rätsel.«

»Ein Mysterium also, Euer Hoheit?«

»Ich liebe Rätselspiele.« Zumindest war das früher so. In den vergangenen Jahren hatte er nichts anderes getan als gegen die Anschläge und Intrigen, die meistens von Valentina ausgingen, zu kämpfen, um seiner Familie den Thron und seinem Land die Freiheit zu erhalten. Er war erfolgreich gewesen, und als sein Vater starb, herrschte Frieden in Avalonien, seine Untertanen lebten zufrieden, und seine Familie regierte in Ruhe. Selbstverständlich zählte das jetzt nicht mehr. Avalonien war ein Teil von Russland geworden, und er konnte nichts anderes tun, als dies zu akzeptieren.

Warum also sollte er seine Aufmerksamkeit nicht auf ein Geheimnis lenken, das er aufdecken konnte? Wie er ihr schon gesagte hatte, er hatte viel Zeit zur Verfügung.

»Und ich riskiere zu behaupten, ich werde es genießen. Abgesehen davon ist eine verführte Miss Effington eine vollkommen andere Sache als eine sittsame Miss Effington.« Alexej trank einen Schluck Kognak und grinste. »Und sehr viel interessanter.«

5

Sollte ich jemals den überaus scheinheiligen und ach so rechtschaffenen Kapitän Petrow wiedersehen, werde ich alles in meiner Macht Stehende tun, um ihn nicht auf der Stelle niederzuschießen. Es wird nicht einfach sein.

Ihre Königliche Hoheit
Prinzessin Valentina Pruzinsky

Dieser Mann hatte ihr Leben so selbstverständlich und so gründlich kaputt gemacht wie George vor ihm. Wenn sie nicht jede Sekunde auf der Hut sein würde, würde ihr das Schicksal noch einmal diesen Streich spielen.

Pamela durcheilte das große Schlafzimmer in der Zimmerflucht, die sie sowohl wegen ihrer Lage im entferntesten Teil des Hauses als auch wegen allem anderen für sich gewählt hatte.

Prinz Alexej Pruzinsky aus dem Königreich Groß-Avalonien war der allerletzte Mensch, den sie je erwartet hatte wiederzusehen und den sie – zum überwiegenden Teil – jemals wünschte wiederzusehen. Natürlich hatte sie immer gewusst, dass die Möglichkeit bestand, ihn Aug in Aug zu treffen, sei es in einem Pariser Ballsaal oder bei einem Gartenfest in Griechenland oder auf einer Jagdhütte in den Alpen, aber darauf war sie vorbereitet gewesen. Sie hatte sich ein Dutzend oder mehr charmante, witzige Sätze zurechtgelegt für den Fall, dass sie einander vorgestellt würden, da er sie ja nicht erkennen würde. Gleichzeitig hatte sie sich doppelt so viele Sätze für den Fall überlegt, dass er sie doch erkannte. Aber worauf sie überhaupt nicht vorbereitet gewesen war, war seine Anwesenheit in ihrem eigenen Haus.

Wenn es eine rettende Gnade gab, dann die, dass die Größe des Hauses mehr als ausreichend war für die Gesellschaft des Prinzen auf der einen und für die neuen Eigentümer auf der anderen Seite, ja es hätte sogar eine kleine Armee darin beherbergt werden können. Genau genommen konnte es von der Größe her mit dem Haus ihres Onkels – Effington House – mithalten. Schade nur, dass es das nicht in Sachen Vornehmheit konnte. Das Haus war nicht unbedingt schäbig, aber es bedurfte einer gründlichen Renovierung. Die jährlichen Mieteinkünfte hatten wohl dazu gereicht, das Gebäude und das Dach in annehmbaren Zustand zu erhalten, für mehr aber hatten sie sichtlich kaum herhalten können.

Es war aber jetzt ihr Haus, wenigstens zu einem Drittel, und Verbesserungen mussten auf alle Fälle vorgenommen werden. Allerdings war das im Moment nicht ihre Sorge.

Nein, jetzt hatte sie zu entscheiden, was sie mit Seiner Majestät machen sollte. Auch wenn *machen* nicht ganz der richtige Ausdruck war. Es gab nichts, was sie in Bezug auf ihn *machen* konnte.

Pamela blieb am Fenster stehen, ließ ihre Hände auf der Fensterbank ruhen und sah in den Garten hinunter. Dieser war vergleichsweise klein, aber dafür schien er wenigstens besser gepflegt zu sein als das Haus.

Sie hatte es mit verschiedenen Problemen zu tun. Erstens, wenn Alexej sie erkannte und ihre Vergangenheit bekannt machte, würde sie wieder einmal Gegenstand eines Skandals sein. Nachdem sie sich das allerdings genau überlegt hatte, kam sie zu dem Schluss, dass sie keinen Anlass zu dieser Sorge hatte. Alexej mochte gut und gern in der Vergangenheit ein Wüstling gewesen sein und die Bezeichnung nach allem, was sie wusste, noch immer verdienen, aber der Mann, den sie an diesem Nachmittag getroffen hatte, hatte sie als Ehrenmann beeindruckt.

Selbst wenn er sich an ihr kurzes Intermezzo erinnern und

erkennen sollte, dass sie die Dame hinter der Maske war, würde er sein Wissen wahrscheinlich nicht der Öffentlichkeit preisgeben. Sie konnte seinen Charakter falsch einschätzen, aber wie es aussah, würde sie reichlich Gelegenheit haben, das herauszufinden, da sie eine Menge Zeit miteinander verbringen würden.

Und das war das zweite Problem. Je mehr sie mit Alexej zusammen sein würde, desto größer wurde die Gefahr, dass sie sich versprach. Wie um Himmels willen sollte sie sich dagegen wappnen? Immerhin hatte sie von diesem verflixten Mann geträumt, hatte jeden Augenblick, den sie miteinander verbracht hatten, wieder und wieder durchlebt. Wenn sie nicht vorsichtig war, konnte es durchaus sein, dass sie »Alexej« anstelle von »Euer Hoheit« sagte. Zumindest würde er glauben, sie sei anmaßend und unverschämt. Das Letzte, was sie wollte, war, dass er sie erkannte und sich an sie erinnerte. Sie schämte sich nicht wegen ihrer gemeinsamen Nacht, obwohl sie ein klein wenig verlegen war über ihre offenkundigen Verführungsbemühungen. Es war nur so, dass das alles Vergangenheit war, und sie zog es entschieden vor, diese ruhen zu lassen. Lange vorbei und am besten vergessen.

Schlimmer als alles andere war, dass sie sich während jener einzigen Nacht vor vielen Jahren vermutlich mehr als nur ein wenig in ihn verliebt hatte. Gewiss, schon die bloße Idee erreichte ein Höchstmaß an Lächerlichkeit. Keiner verliebte sich nach nur einer Nacht. Man musste den anderen kennen, mit seinem Wesen, seinem Temperament sehr vertraut sein, bevor man ehrlich sagen konnte, man sei verliebt. Zugegeben, sie hatte gedacht, sie kenne George recht gut, und hatte sich hinsichtlich seines Charakters und ihrer eignen Gefühle doch schrecklich getäuscht. Die Liebe, die sie ihm voller Hingabe gestanden hatte, hatte nicht einmal so lange angehalten wie die reine Demütigung durch seinen Betrug.

Was immer sie für Alexej empfand, es hatte vier lange Jahre angehalten. Es mochte durchaus keine Liebe sein, aber immerhin eine Art von Begehren, das ohne Reue war, erregt durch einen Mann mit überaus großen Talenten in der Liebeskunst. Alles deutete darauf hin, dass Pamela diese Begegnung trotz dieser Erklärung gemeinerweise noch immer fesselte. Sie musste sich schwer zusammennehmen, um sich heute Nachmittag nicht in seine Arme zu werfen, als er aufdringlich mit ihr kokettierte und entschieden zu nah bei ihr stand. Es war etwas im Klang seiner Stimme, in dem Ausdruck seiner Augen und in der Erinnerung an seine Berührung, das selbst jetzt noch ihre Knie und ihre Entschlossenheit schwach werden ließ.

Doch ... ein ungewöhnlicher Gedanke überfiel sie, und sie richtete sich auf. War es nicht möglich, dass es die Erinnerung an diesen Mann war, der Traum, der sie verzauberte? Es war alles in allem vier Jahre her, und es war anzunehmen, dass Zeit und Entfernung einen netten Abend in etwas weitaus Aufregenderes verwandelt hatten, als es ursprünglich war. Wenn überhaupt Liebe mitspielte, dann konnte es Liebe zu einem Mann sein, den es in Wirklichkeit überhaupt nicht gab. Vielleicht musste sie sich erst einmal ihrer wahren Gefühle für diesen allzu realen Prinzen klar werden, bevor sie irgendetwas unternehmen konnte. Dazu musste sie wahrscheinlich diesen Prinzen – diesen Mann – besser kennenlernen. Sie hatte in seinem Bett gelegen, aber in Wahrheit kannte sie ihn nicht.

Sie sah auf die bejahrte französische Uhr, die neben dem Fenster auf dem Damenschreibtisch stand. Wenn sie sich beeilte, konnte sie sich umziehen und vor Tante Millicent und Clarissa unten sein. Vielleicht würde Alexej bereits dort sein. Wenn sie es klug anging, konnte sie sich dessen vergewissern.

Pamela setzte sich an den Schreibtisch und schrieb eine hastige Nachricht. Sie würde sie unverzüglich Alexej durch einen Lakaien übersenden.

Es war befremdlich, aber bereits die Tatsache, dass sie etwas unternahm, anstatt darauf zu warten, dass etwas geschah, verminderte ihre Angst. Natürlich erwartete sie weder, dass dieses Treffen ihre Fragen über ihre eigenen Gefühle beantworten würde, noch erwartete sie irgendetwas von Alexejs Seite. Doch es war ein erster Schritt. Besser zum jetzigen Zeitpunkt und zu ihren Bedingungen. Ihre heutige Reaktion auf ihn konnte leicht auf den Schock, ihn wiederzutreffen, zurückgeführt werden. An diesem Abend würde sie darauf vorbereitet sein. Sie würde charmant und klug sein und vielleicht sogar einige der Sätze benützen, die sie sich für solch eine Gelegenheit zurechtgelegt hatte.

Pamela würde von Kopf bis Fuß die vollkommene Gastgeberin sein und noch besser, von Kopf bis Fuß die vollkommene betrügerische Verlobte eines entthronten Prinzen. Außerdem hatte sie ihn einst mit einer Maske und ohne Kleider bezaubert, sicher würde es nicht viel schwieriger sein ohne Maske und mit Kleidern.

In ihrem Unterbewusstsein flüsterte allerdings auf höchst boshafte Weise eine ärgerliche Stimme, die nicht begreifen wollte, dass sie ein neues, ein solides Leben beginnen wollte, das gut und gern leichter sein könnte – aber bestimmt nicht so viel Spaß machte.

»Euer Hoheit.« Miss Effington segelte mit einer Ausstrahlung von Unbeschwertheit und einem bezaubernden Lächeln in den Salon. Man konnte sich nicht vorstellen, dass sie nur wenige Stunden zuvor eine Xanthippe gewesen war, bereit, ihn leibhaftig auf die Straße zu werfen.

»Miss Effington.« Alexej ging ihr bis zur Mitte des Raums entgegen – in vollem Bewusstsein der Ironie, die darin lag – und nahm ihre Hände in seine. »Ihr seht heute Abend außerordentlich schön aus.«

Sie zog eine Braue hoch. »Sehr zuvorkommend, Euer Hoheit. Noch ein Beispiel für Euren Charme?«

Sein Blick begegnete ihrem, und er führte ihre Hände an seine Lippen. »Nur wenn ich erfolgreich bin.« Er streifte mit seinen Lippen leicht über den einen Handrücken, dann über den anderen. »Ungeachtet dessen mindert der Erfolg nicht die darin enthaltene Wahrheit.« Die ganze Zeit war sein Blick fest auf ihre Augen gerichtet. »Ihr seid wirklich eine Erscheinung.«

»Und Ihr seid wirklich sehr geübt in der Kunst des Schmeichelns. Nichtsdestotrotz werde ich Euren Standpunkt anerkennen.« Ihre Mundwinkel formten sich zu dem zufriedenen Lächeln einer Frau, die wusste, dass sie schön aussah.

»Hervorragend. Ich verabscheue Bescheidenheit.« Er ließ ihre Hände sinken, gab sie aber nicht frei und sah ihr weiterhin in die Augen.

Zugegeben, dabei handelte es sich um eine Verführungstechnik, die überaus wirkungsvoll war. Das Umgarnen ihres Blickes schuf selbst in einem bis auf den letzten Platz gefüllten Zimmer den Eindruck von Vertraulichkeit, und er hatte dieses Spiel perfektioniert. Nicht dass es etwa eine Mühsal gewesen wäre, in Augen wie ihre zu blicken. Sie waren leuchtend und sehr dunkel, mit einer Spur Sinnlichkeit, unterdrückt, vielleicht weil sie verführt worden war, aber noch immer fast ... erotisch. Und verhüllt von Klugheit.

Alexej war noch nie sonderlich angetan gewesen von intelligenten Frauen. In der Politik waren sie gefährlich. Valentina war ein hervorragendes Beispiel dafür, wie gefährlich sie sein konnten. Im Privatleben waren kluge Frauen nie zufriedenzustellen und hatten immer mehr von ihm begehrt, als er bereit gewesen war zu geben. Politische Vergünstigungen, bevorzugte Behandlung bei Hofe, einen dauerhaften Platz in seinem Bett, Verbindlichkeiten irgendwelcher Art. Natürlich war sein Leben jetzt ein anderes. Er hatte nichts von alldem zu geben, oder besser, zu verlieren. Er hatte dies achtlos dahingesagt, als er Miss Effington erzählte, seine Reize seien nicht von seinem Titel abhängig. Nun war es eindeutig an der Zeit, dies zu beweisen.

Und welchen besseren Weg gab es, als es mit einer klugen Frau zu beweisen? Eben dieser klugen Frau?

»Was verabscheut Ihr sonst noch, Euer Hoheit?«

»Hammelfleisch«, antwortete er, ohne nachzudenken.

Sie lachte. »Hammelfleisch?«

»Schon als Junge mochte ich Hammelfleisch nicht.« Er erschauerte. »Ich habe es immer als ziemlich eklig empfunden.« Alexej schwieg nachdenklich. »Und avalonischen Kognak.«

»Avalonischen Kognak? Ich habe ihn nie gekostet.«

»Preist Euch glücklich.«

»Ihr mögt ihn also nicht? Ich schließe, er ist aus Eurem Land?«

»Aus dem Land, das meins gewesen ist«, korrigierte er sie. »Nein. Avalonischer Kognak ist wohl das Einzige, das ich nicht vermisse. Furchtbares, bitteres Zeug, das wir gezwungen sind – waren – bei öffentlichen Feierlichkeiten zu trinken, aufgrund eines von der Tradition diktierten gastronomischen Barbarentums. Es wird auf klösterlichen Befehl hin gebrannt, und ich glaube, die Herstellung ist eine Buße für die Sünden der Mönche und das Trinken eine Buße für unsere Sünden.«

»Bedürft Ihr der Buße für Eure Sünden, Hoheit? Wenn dem so ist, bin ich sehr gerne bereit, Eure Beichte zu hören.«

»Würdet Ihr auch die Absolution erteilen?«

Sie zuckte die Achseln. »Ich vermute, das hängt von den Sünden ab.«

»Und was ist mit Euren Sünden, Miss Effington?«

»Ich erlaube mir zu sagen, Euer Hoheit, meine Sünden würden im direkten Vergleich verblassen.« Sie zog ihre Hände entschlossen aus seinen. »Ihr würdet sie zweifelsohne als sehr, sehr langweilig empfinden.«

»Das kann ich mir nicht vorstellen.« Er schmunzelte. »Wie auch immer, da keiner von uns derzeit zur Beichte und somit zur Buße geneigt ist und da dankenswerterweise kein avalonischer Kognak erhältlich ist, denke ich, wäre ein Glas Champagner vor dem Dinner das Passende. Um auf unsere Verlobung anzustoßen.« Er warf einen Blick hinter sie. »Graham?«

Graham stand neben einer Anrichte an der Wand hinter Miss Effington. Er entkorkte sofort eine Flasche und schenkte zwei Gläser voll. Alexej war sich sicher, dass Miss Effington nichts von der Anwesenheit des Butlers bemerkt hatte, doch sie ließ sich keinerlei Überraschung anmerken. Wie interessant. Durch seinen Kopf schoss der Gedanke, dass sie eine hervorragende Königin gewesen wäre.

Graham brachte ihr ein Glas. Sie betrachtete es mit einem Anflug von Skepsis. »Ich hoffe, der Weinkeller ist besser gepflegt als der Rest des Hauses.«

»Der Weinkeller ist außergewöhnlich, Miss.« Graham klang etwas empört darüber, dass sie etwas anderes unterstellte. »Wir haben im Laufe der Jahre festgestellt, dass eine hervorragende Auswahl von Weinen und anderen Spirituosen entscheidend dafür ist, während der Saison angesehene Mieter zu finden. Entsprechend verhält es sich mit der Außenfassade und den Gartenanlagen. Deshalb war die Pflege dieser Bereiche immer von höchster Wichtigkeit.«

»Und das Innere wurde einfach vernachlässigt?« Sie gab sich beiläufig, so als sei ihre Frage von keiner weiteren Bedeutung, und nahm das Glas.

»Nicht im Mindesten, Miss«, antwortete Graham kühl. »Notwendige Reparaturen wurden immer ausgeführt. Aber es ist immerhin viel Zeit vergangen, seit Lady Gorham diesem Haus zum letzten Mal ihre Aufmerksamkeit geschenkt hat. Wir glaubten eigentlich, sie habe unsere Existenz vergessen. In den vergangenen Jahren hat uns ausschließlich das Einkommen aus der jährlichen Vermietung erhalten. Ihr solltet auch wissen, dass nach der Bezahlung unserer Gehälter die übrig bleibenden Erträge in den Erhalt des Hauses investiert wurden.« Er hob sein Kinn und sah auf eine ziemlich lange Nase hinunter. »Keiner hat auf irgendeine Weise davon profitiert, Miss Effington. Die Haushaltsbücher sind ganz und gar korrekt geführt.«

»Entschuldigen Sie bitte, Graham, wenn ich Sie beleidigt habe.« Miss Effington schüttelte den Kopf. »Das war gewiss nicht meine Absicht.«

»Selbstverständlich nicht«, fügte Alexej besänftigend hinzu und nahm dem Butler das andere Glas ab. »Man muss immer davon ausgehen, dass sich eine Reihe von Fragen auftut, wenn eine Situation nicht dem entspricht, was man erwartet hat.«

»Genau so verhält es sich.« Sie nickte. »Ich hatte einfach keine Ahnung, dass das Haus so … so …«

»Warm und einladend ist«, beendete Alexej mit Entschiedenheit ihren Satz. »Und den erfreulichen Eindruck vermittelt, geliebt und bestens gepflegt worden zu sein.« Er nickte dem Butler zu. »Das war im Augenblick alles, Graham.«

»Natürlich, Euer Hoheit.« Graham machte eine Pause. »Erlaubt, meine Glückwünsche zu Eurer Verlobung auszusprechen.«

»Danke, Graham.« Alexej lächelte erfreut.

Der Butler nickte kurz und ging ab. Das war's dann also. Sobald ein Dienstbote, egal welcher Dienstbote, in den Besitz einer Neuigkeit wie dieser gelangt war, wurde diese mit absoluter Sicherheit zu Allgemeingut. Allerdings machte das, wie er vermutete, schwerlich etwas aus. Alexej hatte schließlich Lady Smythe-Windoms Plan zugestimmt. Er hatte nur nicht erwartet, dass er so unverzüglich umgesetzt werden würde.

Immerhin gab es wesentlich Schlimmeres als die Vortäuschung der Zuneigung zu einer schönen Frau.

»Erwartungen hin oder her, wie fühlt es sich an, endlich wieder zu Hause zu sein, Miss Effington?«

»Ich vermisste London mehr, als ich mir jemals eingestanden habe, und natürlich vermisste ich auch meine Familie.« Sie nippte gedankenverloren an ihrem Champagner. »Allerdings ist dieses Haus nicht eben mein Zuhause. Noch nicht. Ich glaube nicht, dass ich diesen Ort jemals zuvor betreten habe.«

»Niemals?«, fragte er neugierig. »Man hat mir zu verstehen gegeben, Ihr hättet es von einer Verwandten geerbt.«

»So ist es auch, zusammen mit meiner Tante und meiner Cousine.« Miss Effington entfernte sich müßig und wanderte mit kritischem Blick in dem großen Salon herum. »Es wurde uns von meiner Großtante vermacht, die mit der Art, wie Tante Millicent ihr Leben lebte, nicht einverstanden war.«

»Dennoch hat sie Euch dieses Haus hinterlassen?«

»Und auch ihr Vermögen. Alles in der Hoffnung, dass dies ein besseres Benehmen von Seiten meiner Tante bewirken und so meine Cousine und mich vor einem Leben, das sie als unangemessen ansah, bewahren würde. Unangemessen im Sinne des Betrachters. In meinen Augen war das Leben von Lady Smythe-Windom immer ausgesprochen angemessen.«

»Wiederum im Sinne des Betrachters.«

»Genau.« Miss Effington lächelte gezwungen. »Tante Millicent lebte tatsächlich das, was jeder als ein in hohem Maß korrektes Leben ansehen würde, bis sie Witwe wurde und entdeckte, dass sie eine Abneigung gegen Beständigkeit und einen Hang dazu verspürte, nur das zu tun, was ihr beliebt. Natürlich hatte sie auch die Mittel, das zu tun. Sie gab London für das Abenteuer des Reisens auf und ist nur ein oder zwei Mal zurückgekommen. Zuletzt vor sechs Jahren. Damals beschlossen meine Cousine und ich, uns ihr anzuschließen.«

»Ach ja«, er nippte beiläufig an seinem Champagner, »nach dem Skandal.«

Sie warf ihm einen schneidenden Blick zu. »So ist es.«

»Ich glaube, als Euer Verlobter sollte ich etwas über diesen speziellen Vorfall wissen.« Er seufzte in vorgetäuschtem Mitleid. »Um in Zukunft Missverständnisse aus dem einen oder anderen Grund zu vermeiden.«

»Euer Hoheit, es wird keine Missverständnisse geben, weil es keine Zukunft gibt. Keine wirkliche Zukunft wenigstens. Darüber hinaus« – sie straffte ihre Schultern und begegnete seinem Blick – »würde ich es sehr vorziehen, wenn wir hinsichtlich unserer Privatleben zu der Übereinkunft kämen, dass Ihr meine Vergangenheit nicht ansprecht und ich die Eure ebenso wenig.«

»Ich würde sehr gerne über meine Vergangenheit sprechen, hinsichtlich meines Privatlebens.«

Sie legte die Stirn in Falten. »Tatsächlich?«

»Tatsächlich würde ich das. Selbstverständlich ist es vermutlich für einen Mann etwas anderes. Der Ruf, mit – was war es? Ach ja, mit jeder zweiten Frau von Europa geschlafen zu haben. Solch ein Ruf ist beinahe ein Zeichen der Anerkennung, müsst Ihr wissen, unter Männern.«

Sie schnaubte wütend. »Es ist nichts dergleichen. Ich denke, es ist allerhöchstens schlechter Geschmack, wenn man wahllos die Reize von einer Frau nach der anderen sammelt.«

»Aber Ihr seid eben kein Mann.« Sein Blick glitt an ihr hinunter. »Was mich zu ewigem Dank verpflichtet.«

Sie überging seine Bemerkung und betrachtete ihn neugierig. »Ihr seid also stolz auf Euren Ruf?«

»*Stolz* ist nicht ganz das richtige Wort dafür. Aber es sei so, allerdings nehme ich Anstoß an Eurem Gebrauch des Wortes *wahllos*. Ich war immer ausgesprochen wählerisch.«

»Ich bitte um Entschuldigung.«

»Angenommen.« Er überging ihren nicht ganz ernsten Ton. »Ich entschuldige mich nicht für meine Vergangenheit, Miss Effington, da es nichts gibt, dessen ich mich schämen müsste. Wenn ich mein Leben mit einer gewissen Unbekümmertheit, einer bestimmten Ausgelassenheit, sozusagen einer Begeisterung gelebt habe, dann nur, weil ich wusste, dass bald eine Zeit kommen würde, wo es mir nicht länger möglich sein würde, das zu tun, was ich tun möchte. Das Leben eines jeden Monarchen gehört seinen Untertanen. Meines würde in dem Augenblick meinen Untertanen gehören, in dem ich den Thron besteige. Und bis zu diesem Punkt, so war meine Absicht, wollte ich eine schöne Zeit verleben.« Er lächelte verrucht. »Und die hatte ich.«

»Daran zweifle ich nicht.«

»Das solltet Ihr auch nicht. Aber Ihr solltet Euch bewusst machen, dass jemand, der an der Reihe ist, einen Thron zu erben und ein Land zu regieren, mit jeder einzelnen Bewegung, jeder Handlung, jeder Bemerkung Grund zur Diskussion und Futter für Klatsch bietet. Ich gestehe Euch, und nur Euch, Miss Effington, und es schmerzt mich, das zu tun, dass mein Ruf übertrieben ist –«

Sie sah spöttisch aus.

»Wenn auch nicht sehr.« Er lächelte schelmisch und fuhr fort. »Wie auch immer, es gibt bestimmte Erwartungen –«

»Mit jeder zweiten Frau Europas zu schlafen?«

»Nein. Das ist nur ein erfreulicher Vorteil. Es wird erwartet, dass man, weil man ausersehen ist zu herrschen, in jeder Hinsicht bedeutender ist, als es das Leben erlaubt. Man kann sich nicht wie andere Menschen benehmen, man muss aber auch nicht die Grenzen anderer Menschen einhalten, weil man anders ist als die anderen Menschen. Deine Intelligenz, deine Fähigkeit, Treue einzufordern, dein Mut, selbst dein Appetit hat größer zu sein als bei gewöhnlichen Menschen.«

»Sieht man einmal von der Frage nach dem Appetit ab, so gab es unzählige Könige, selbst hier in England, die schwerlich solche Anforderungen erfüllt haben.«

»Ungeachtet des königlichen Blutes bestehen diese Männer noch immer aus Fleisch und Knochen und sind den Schwächen unterworfen, die der Menschheit angeboren sind. Aber die Könige, die erfolgreich regieren, deren Länder blühen und deren Untertanen glücklich sind, versuchen wirklich diesen hohen Erwartungen gerecht zu werden.« Er zog seine Augenbrauen zusammen und überlegte sich seine Worte reiflich. »Es gelingt nicht immer und ist eine ständige Herausforderung, aber es ist die Pflicht, die Macht und Privilegien mit sich bringen.«

Sie beobachtete ihn lange. Ihre Stimme klang kühl, doch in ihren Augen glimmte ein Funke Belustigung. »All das erklärt Euer Betragen gegenüber Frauen?«

Er verzog das Gesicht zu einer Grimasse. »Vielleicht sogar mehr, als Ihr wolltet?«

»Überhaupt nicht. Ich fand es, um ehrlich zu sein, faszinierend. Man hält nie inne, um über die Probleme eines Mannes von Eurer Stellung nachzudenken, und beschäftigt sich stattdessen nur mit den eher beneidenswerten Verzierungen.« Sie machte eine Pause. »Vermisst Ihr es?«

»Es gibt sehr vieles, was ich vermisse, obgleich ich – nochmals, Miss Effington, dies ist ein Zugeständnis, das ich einzig und allein Euch gegenüber mache – die Rolle des sorgenfreien Prinzen nicht sehr lange gespielt habe.«

Alexej schwieg, um seine Gedanken zu sammeln. Er war sich nicht ganz sicher, warum er ihr das alles erzählte, obwohl es kaum ein Geheimnis war. Noch immer hatte er sich nicht daran gewöhnt, jemandem zu vertrauen außer Roman und Dimitri. Er atmete tief aus. »Vor drei Jahren versuchte meine Cousine Valentina die Macht zu ergreifen. Mein Vater war damals krank, und es lag in meiner Verantwortung, ihre Absichten zu durchkreuzen. Ich hatte Erfolg, und obwohl sich mein Vater ein Stück weit erholte, war ich seit jener Zeit viel zu sehr mit Staatsangelegenheiten beschäftigt, um mein früheres großartiges Leben wieder aufzunehmen. Ich muss zugeben, dass ich es sehr vermisse.« Er sah sie an. »Hatte ich schon erwähnt, dass ich viel, viel Spaß hatte?«

Sie lächelte. »Nebenbei.«

»Irgendwann kommt in jedem Leben unausweichlich der Punkt, an dem man gezwungen ist, die Verantwortung, die die eigene Stellung mit sich bringt, zu übernehmen. Irrt Euch nicht, ich war darauf vorbereitet, dies zu tun! Ich war wirklich alles andere als unvorbereitet. Nach der Krankheit meines Vaters regierte ich im Wesentlichen an seiner Seite mit, auch wenn wir große Anstrengungen unternahmen, dies nicht deutlich zu machen. Schwäche, Miss Effington« – er begegnete ihrem Blick seinerseits mit einem standhaften Blick – »ist nicht erlaubt.«

»Nicht den Anforderungen entsprechend.«

»Richtig. Zum Zeitpunkt seines Todes war ich König in allen Funktionen, aber ohne Titel und ohne Krone. Es ist schlimm, einen Monarchen zu verlieren. Es ist etwas ganz anderes, den Vater zu verlieren.« Er zuckte die Achseln, gleichsam als mache es ihm nichts aus. »Er war ein guter Herrscher. Ein guter Mensch.«

Alexej schwenkte den Champagner in seinem Glas und beobachtete ihn einen Augenblick lang schweigend. Es war ihm bis zum jetzigen Zeitpunkt nicht wirklich bewusst gewesen, dass er keine Zeit gehabt hatte, um seinen Vater zu trauern. Zwar hatte es natürlich ein Staatsbegräbnis und Staatstrauer für den König gegeben, aber Russland hatte viel zu schnell gehandelt, um ihm Zeit zu lassen für die Trauer um den Vater. Jede Sekunde, in der Alexej wach gewesen war, hatte er damit zugebracht, einen Weg zu finden, sein Land zu retten.

»War er ein guter Vater?«, fragte sie mit weicher Stimme.

»Wohl so gut wie ein Mann, der sich als Vater eines ganzen Landes sieht, zu einem einzelnen Kind sein kann. Als ich ein Junge war, ließ er mich für gewöhnlich von einer verborgenen Stelle im Großen Saal aus zusehen, wenn er Hof hielt. Später besprachen wir beide seine Entscheidungen. Heute weiß ich, dass er mir damit beibringen wollte, nicht einfach nur zu regieren, sondern mit Rücksicht auf Gerechtigkeit und das Wohlergehen der Untertanen zu herrschen – und dabei beides als Einheit zu sehen. Das ist nämlich nicht immer identisch, müsst Ihr wissen.« Er lächelte in Erinnerung an die Unterweisungen durch seinen Vater. »Er war ein Mensch, der sein Land und seine Leute liebte, aber ich habe nie auch nur eine Sekunde bezweifelt, dass er seinen Sohn ebenfalls liebte.«

»Ihr vermisst ihn.« Es war eher eine Feststellung als eine Frage.

»Ja. Ich vermisse meinen Vater, ich vermisse meinen König, und ich vermisse mein Land. Und ich bedauere mehr, als ich sagen kann, dass ich nichts und niemanden von all dem jemals wiedersehen werde. Doch so spielt das Leben, Miss Effington. Willkommen und Abschied.« Er stürzte den Rest des Champagners hinunter und ging durch den Salon dorthin, wo Graham die Flasche abgestellt hatte. Er füllte sein Glas und bemerkte dabei ein leichtes Zittern seiner Hand und einen sehr bezeichnenden Durst. Ungewohnt und sehr lästig, insbesondere in Anbetracht dessen, was er gerade über Schwäche gesagt hatte. Doch er konnte sich nicht daran erinnern, jemals zuvor mit einem Menschen über solch persönliche Dinge gesprochen zu haben, und er hatte nicht die geringste Ahnung, warum er das gerade getan hatte. Es schien fast, als ob sie auch in Wirklichkeit die Frau war, mit der er den Rest seiner Tage verbringen könnte.

Er holte tief Luft, um sich zu beruhigen, und wandte sich mit einem erfreuten Lächeln zu ihr um. »Miss Effington, ich glaube, nun seid Ihr an der Reihe.«

Ihre Augen wurden groß. »Womit an der Reihe?« – »Bekenntnisse der persönlichen Art.« Er erhob sein Glas auf sie. »Trotz unserer Abneigung gegen Bekenntnisse sieht es so aus, als habe ich genau das eben gemacht. Nun seid Ihr dran.«

Sie schüttelte den Kopf und lächelte. »Das glaube ich nicht.«

»Nun kommt schon, Miss Effington. Ihr könnt mir doch gewiss etwas von Euch erzählen? Es muss nicht skandalös sein, ich nehme jedes Stückchen Information auf, das Ihr beliebt, von Euch zu geben. Zum Allermindesten über Eure Familie. Als Euer Verlobter wird von mir erwartet, dass ich etwas mehr weiß als Euren Namen und die Farbe Eurer Augen. Es scheint mir, dass wir zu –«

»Mein Vater« – etwas wie Resignation lag in ihrer Stimme – »ist der Bruder des Herzogs von Roxborough, und wie Ihr bereits wisst, ist Thomas, der Marquis von Helmsley, mein Cousin.«

»Von hier stammt unsere entfernte Verwandtschaft.«

»Sehr entfernt«, sagte sie bestimmt. »Um fortzufahren, Lady Smythe-Windom ist die Schwester meiner Mutter. Clarissa, Lady Overton, ist meine einzige Cousine mütterlicherseits, die Tochter der älteren Schwester meiner Mutter. Mein Vater ist ein Effington, was heißt, dass ich drei Garnituren Tanten und Onkel habe und die Gesamtsumme von acht Cousinen und Cousins ersten Grades. Von denen wiederum ist eine ganze Reihe verheiratet, was einem endlosen Heer von Verwandten gleichkommt. Ich habe zwei Brüder und eine Schwester. Es gibt unzählige angeheiratete Verwandte –«

Alexej hob seine Hand. »Meine Wenigkeit eingeschlossen.«

»Außerdem hatte mein Großvater drei Brüder, die England vor Jahren verließen, um in Amerika ihr Glück zu machen, und so lebt dort heute ebenfalls ein sehr großer

Zweig der Familie. Zweifellos produzieren sie nach allen Seiten Effingtons, allerdings habe ich darüber die Übersicht verloren. Meine Mutter müsste mehr wissen. Ich kann sie fragen, wenn Ihr neugierig seid.«

»Ich bin auf alles neugierig, was Euch betrifft, Miss Effington. Und auch wenn ich das, was Ihr mir bisher offenbart habt, höchst interessant fand, muss ich doch zugeben, dass ich auf ein kleines bisschen mehr hoffte als auf die Darlegung Eurer Ahnentafel.«

»Ich habe nicht die Absicht –«

»Ich fragte nicht nach Euren ureigensten Geheimnissen.« Er sah zur Decke hoch. Sie war nicht nur klug, sondern auch eigensinnig. Egal, er war es auch. »Ich möchte Euch nur besser kennenlernen. Nicht einfach nur, wer Eure Familie ist, sondern wer Ihr dem Namen nach seid.«

»Mein Name steht für das, was ich bin, Euer Hoheit.« Sie betrachtete ihn einen Moment, so als wollte sie feststellen, ob er ihres Vertrauens würdig war oder nicht. »Ich bin eine Effington, und die Effingtons sind bekannt als ehrenwert und offen und eigensinnig.«

»Nicht wahr!« Er schnappte scheinbar überrascht nach Luft. »Das hätte ich nie gedacht.«

»Ich kann Eure Erschütterung durchaus verstehen.« Sie lachte, dann besann sie sich. »Wirklich, Hoheit, so eigenartig es klingen mag, ich verließ London und meine Familie, um den Effingtons ähnlicher zu werden. Ich weiß, es klingt unsinnig, aber ich habe mich immer ziemlich, nun ja, von meiner Familie einschüchtern lassen. Es war immer, als würde ich meinen Fuß in einen Schuh pressen, der einfach nicht passen wollte.« Sie warf ihm einen ironischen Blick zu. »Es ist nicht ganz leicht, den Anforderungen entsprechend zu leben, müsst Ihr wissen.«

»Das habe ich schon einmal irgendwo gehört.«

»Und sicherlich auch erst vor kurzem.« Sie lachte erneut, und der Ton ihrer Stimme hallte in seinen Adern wider. Ausgesprochen angenehm. »Nun also.« Ihr Tonfall änderte sich und klang ganz und gar nicht mehr angenehm. »Ich bat Euch darum, mich hier zu treffen, bevor die anderen zum Dinner zu uns stoßen würden, weil es eine Reihe von Dingen gibt, die wir besprechen sollten.«

»Ich glaube, wir waren schon dabei, eine Reihe von Dingen zu besprechen.«

»Die Dinge, die ich meine, drehen sich um die Anstrengung, der wir uns zu unterziehen haben.«

»Anstrengung?« Er lachte.

»Wie würdet Ihr es denn nennen?«

»Posse. Maskerade. Blendwerk. Hochstapelei. Trav–«

»Ich ziehe Anstrengung vor«, fuhr sie ihn an. »Auf alle Fälle stimmen meine Tante und ich darin überein, dass es das Beste wäre, wenn keiner erfahren würde, dass ich Miteigentümerin des Hauses bin.«

Er hob fragend seine Augenbrauen. »Warum?«

»Erstens weil es besser aussieht, wenn Ihr Gast im Haus der verwitweten Lady Smythe-Windom seid und nicht –«

»Im Haus einer noch nicht verheirateten Frau. Selbstverständlich.« Er schüttelte den Kopf. »Ihr Engländer habt einen lächerlichen Sinn für Schicklichkeit, aber ich werde das machen, was Ihr wünscht.«

»Ich weiß das zu schätzen. Außerdem wäre es wohl klug, wenn außer denen, die bereits die Wahrheit kennen, keiner wüsste, dass unsere Anstrengung –«

»Unsere Vortäuschung. Unser Betrug. Unser –«

»Ja, ja, all das.« Sie wischte ungeduldig seine Worte weg. »Ich ziehe ›unsere Lüge‹ vor, da es tatsächlich eine Lüge ist. Und denkt daran, dass es nicht meine Idee war. Ich hielt es zu Beginn für keine gute Idee.«

»Und jetzt?«

»Nun, Euer Hoheit, denke ich ...«. Sie trank hastig den Rest des Champagners, stellte das Glas ab und lächelte auf eine betäubte Art, so als könnte sie ihre eigenen Worte nicht glauben. »Ich denke mir: Warum nicht? Ich würde viel lieber in die Gesellschaft als Verlobte eines Prinzen zurückkehren denn als Mitleid erweckendes Objekt von Tuscheleien.«

»Haben denn die Leute Eurer Meinung nach nicht längst Eure ...«

»Meine Unbesonnenheit? Meinen Fehler?« Sie verschränkte ihre Arme über der Brust und sah ihn wütend an. »Es war eine Unbesonnenheit und ein schrecklicher, schrecklicher Fehler. Also, seid Ihr nun zufrieden?«

»Nein. Es war klar, dass es sich um irgendeine Unbesonnenheit handelte. Schließlich wurde auch noch der Begriff *ruinierter Ruf* benützt. Die Frage ist« – er beobachtete sie neugierig – »um welche Unbesonnenheit es sich genau handelte.«

»Euer Hoheit, ich –«

»Ich meine, war es eine kompromittierende Situation, die leicht vertuscht werden könnte –«

»Euer Ho–«

»Oder war es etwas Eindeutigeres? Gewissermaßen in flagranti erwischt?«

»Euer Hoheit!« Ihre Augen waren vor Empörung weit geöffnet. »Ich wage zu sagen –«

»Nein, nein, Miss Effington.« Er hob eine Hand, um sie zum Schweigen zu bringen. »Ich werde Euch nicht um Einzelheiten bitten. Ich verstehe, warum Ihr zögert, Euch in die dunklen Seiten Eurer Vergangenheit zu vertiefen.«

»Dunkle Seiten?« Sie funkelte ihn an.

»Waren diese denn nicht schmutzig?«

»Nein«, fuhr sie ihn an. »Es war ein Fall von unbeschreiblich armseligen Entscheidungen, die aus damals vermeintlich hervorragenden Gründen getroffen wurden, und zwar von einer Frau, die nicht so vernünftig dachte, wie sie es hätte tun sollen.«

»Dann muss also der fragliche Herr ausgesprochen charmant gewesen sein?« Er grinste. »Mir nicht unähnlich.«

»Ausgesprochen charmant, allerdings. Ihr dagegen seid so anmaßend, wie ich am Anfang dachte.« Unerwartet drehte sie ihm den Rücken zu. »Welche Farbe haben meine Augen, Euer Hoheit?«

»Braun«, antwortete er, ohne zu zögern. »Obwohl braun ihnen nicht ganz gerecht wird. Sie haben ... die Farbe von Zobel. Tief und wertvoll und luxuriös, mit dem Versprechen von Wärme und –«

»Und das reicht.«

»Habe ich Eure Prüfung bestanden?«

Sie drehte sich wieder zu ihm um. »Es hatte herzlich wenig mit einer Prüfung zu tun. Ihr habt mir nur einen Augenblick zuvor in die Augen gesehen.«

»Ja, aber Ihr habt nicht darauf vertraut, dass meine Bemerkung über Euch nicht nur müßige Schmeichelei war. Teil meiner zweifellos oft eingesetzten Reize.« Er trat näher und sah in ihre Augen. »Diese Posse wird sehr viel komplizierter werden, Miss Effington, wenn Ihr mir weder traut noch mich mögt.«

»O Gott, Euer Hoheit, ich fürchte, Ihr versteht gar nichts.« Sie stieß einen bedauernden Seufzer aus. »Ich mag Euch. Und gerade darin liegt das Problem.«

Er legte die Stirn in Falten. »Ich sehe kein Problem.«

»Der einzige Zweck unserer vorgetäuschten Verlobung ist es, mir eine schickliche Rückkehr in die Gesellschaft zu ermöglichen. Sollte ich mich in Eure Arme werfen oder, noch schlimmer, in Euer Bett, würde das alles kaputt machen.«

Seine Augen verengten sich. »Wollt Ihr damit sagen, dass die Möglichkeit dazu bestünde?«

»Alles kaputt zu machen?«

»Nein, sich in meine Arme zu werfen oder, noch besser, in mein Bett?«

Sie lächelte unverbindlich.

Alexej starrte sie an. Diese Miss Effington war eine interessante Mischung aus Verlockung und Unschuld. Noch unmittelbar davor hätte Alexej gewettet, dass ihre elende Vergangenheit aus nichts weiter als einer augenblicklichen Unklugheit bestanden habe. Sie schien einfach nicht der Typ Frau zu sein, der sich in unabsichtliche Intimitäten einließ. Nun war er sich nicht mehr so sicher.

Er lächelte zurück. »Miss Effington, Ihr seid ein ziemliches Geheimnis.«

»Bin ich das, Euer Hoheit?«

»Ich habe Geheimnisse immer genossen. Das Lösen von Rätseln, das Aufklären von kniffligen Fragen. All solche Sachen.«

Ihr Blick verschränkte sich mit seinem. »Glaubt ja nicht auch nur eine Sekunde, dass ich irgendeine Form von Aufklären zulassen werde.«

»Aber Miss Effington, ist das nicht der Sinn von Verlobungen?« Sein Blick glitt zu ihren Lippen und zurück zu ihren Augen. Er war nahe daran, sie zu küssen. »Einander näher kennen zu lernen?« Es würde so gut wie keine Mühe kosten, sich weiter hinunterzubeugen und ihre Lippen zu berühren. »Die Geheimnisse einer Person zu entdecken, die man gewählt hat, um mit ihr den Rest des Lebens zu verbringen?« Was würde sie tun, wenn er es tat?

»Meine Geheimnisse sind es kaum wert, entdeckt zu werden.« Ihre Stimme war gesenkt und entschieden lockend. Wollte sie, dass er sie küsste?

»Das bezweifle ich, Miss Effington. Ich glaube schon, dass es eine große Herausforderung wäre, Eure Geheimnisse aufzudecken.« Seine Lippen waren kaum einen Hauch von ihren entfernt. Einladend und äußerst unwiderstehlich. »Ich liebe eine Herausforderung fast so sehr, wie ich ein Geheimnis genieße.«

»Dennoch, Euer Hoheit.« Ihre Worte glichen einem verlockenden Wispern. »Es soll kein Aufklären und kein Aufdecken geben.«

Sie wollte wirklich, dass er sie küsste. Er konnte es in ihren Augen sehen, und in Sachen Einladung irrte er sich in den Augen einer Dame so gut wie nie. Aber ob sie es ihm zugestehen würde oder nicht, das war eine andere Frage. »Oh doch, das wird es geben. Bevor unsere Posse beendet sein wird, Miss Effington, wird es ein Aufklären und Aufdecken und zahllose andere Vergnügen geben.«

»Nicht einmal ein Prinz kann jede Herausforderung bestehen.«

»So wie meine Reize sind auch meine Fähigkeiten, einer Herausforderung zu begegnen, nicht von meinem Titel abhängig. Ihr solltet darüber hinaus auch wissen« – er umfasste sie mit seinen Armen und bemerkte einmal mehr, dass ihre Größe perfekt zu ihm passte – »dass ich immer das bekomme, was ich will.«

Sie stemmte ihre Hände gegen seine Brust, schob ihn aber weder weg, noch entzog sie sich seinen Armen. Doch, sie würde ganz sicher erlauben, sie zu küssen. »Immer?«

»Immer, ich lasse nämlich die Herausforderung sonst nicht zu.« Er senkte seine Lippen, um ihre zu berühren, und hatte die bemerkenswerte Empfindung, dass dies von größerer Bedeutung sei als ein bloßer Kuss. Auch hatte er das Gefühl, als ob er dabei sei, über eine Klippe hinweg in eine unbekannte Tiefe zu stolpern und den Fall seltsamerweise zu genießen.

»Alexej! Cousin!« Eine entsetzlich bekannte Stimme ertönte von der Tür her. »Was für wunderbare Neuigkeiten!«

6

Sollte ich jemals diese verräterische Prinzessin Valentina wiedersehen, werde ich dem Bedürfnis, sie mit meinen bloßen Händen zu erwürgen, widerstehen. Was mehr ist, als sie verdient.

Kapitän Dimitri Petrow

»Ich kann dir gar nicht sagen, wie aufgewühlt ich war, als ich das hörte.« Eine auffallende, schwarzhaarige Frau, um ein paar Jahre älter als Pamela, rauschte auf eine Weise in den Salon, als gehörte er ihr. »Obwohl ich es von einer Bediensteten hören musste.«

Alexej biss seine Zähne zusammen, warf Pamela einen bedauernden Blick zu und gab sie frei. Pamela musste dem unvermittelten Drang widerstehen, von ihm wegzuspringen, als sei er plötzlich in Flammen aufgegangen. Stattdessen zwang sie sich, leichtfüßig aus seinen Armen zu treten, so wie eine Frau, die zwar in einer unschicklichen, aber doch verständlichen Umarmung mit dem Mann, den sie heiraten wollte, entdeckt worden war. Genau genommen hatte diese Frau, wer immer sie sein mochte, Pamela gerettet. Nicht vor Alexej, sondern vor sich selbst.

»Welche Neuigkeiten könnten denn das sein?«, fragte Alexej mit entsagendem Ausdruck.

»Ich hatte versucht, sie aufzuhalten, Euer Hoheit.« Ein zorniger Gentleman mit einem mörderischen Glanz in den Augen pirschte sich an die Frau heran. »Aber sie ist unmöglich.«

»Und Ihr seid ein Esel, Petrow«, warf die Dame über die Schulter zurück. »Aber nicht einmal Ihr könnt meine Aufregung über diese Nachricht dämpfen.« Sie bewegte sich auf Pamela zu, ergriff ihre Hände und küsste die Luft an einer ihrer Wangen, dann an der anderen. »Meine Liebe, lasst mich die Erste sein, die Euch offiziell willkommen heißt.«

Alexej stöhnte.

»Willkommen wo?«, fragte Pamela langsam.

»In der Familie natürlich. Dem Haus Pruzinsky. Dem regierenden Haus des Königreichs von Groß-Avalonien.« Die Dame zog ihre Nase kraus. »Oder besser, dem ehemaligen regierenden Haus. Ich sollte wahrscheinlich aufhören, es so zu nennen.«

»Verzeiht, aber« – Pamela wählte sorgsam ihre Worte – »wer seid Ihr?«

»Erlaubt mir, Euch meine Cousine vorzustellen.« Alexejs Stimme war durch eine lange Leidenszeit geschärft worden. »Prinzessin Valentina Pruzinsky.«

»Nennt mich einfach nur Valentina, da wir ja einander sehr nahe stehen werden.« Die Prinzessin beehrte sie mit einem strahlenden Lächeln. »Und wie darf ich Euch nennen?«

»Pamela.« Pamela starrte die andere Frau an. »Valentina? Ihr seid diejenige, die –«

»Ja, ja, diejenige bin ich. Ich werde immer als *diejenige* bekannt sein. Es ist das Kreuz, das ich zu tragen habe.« Die Augen der Prinzessin verengten sich argwöhnisch. »Hat er mich als schlecht bezeichnet?«

»Das nicht, es wäre besonders ungenau«, murmelte der Herr namens Petrow.

Alexej atmete langsam aus. »Ich nannte dich nicht schlecht. Du behauptest, du hättest dich geändert und –«

»Was ich auch wirklich habe«, erwiderte Valentina fröhlich.

»Und solange du nicht das Gegenteil beweist –« Alexej richtete einen Blick auf seine Cousine, der eines Prinzen oder Königs wert war. Ein merkwürdiges Gefühl tänzelte Pamelas Rückgrat entlang. »Bin ich bereit, dir das ›Im-Zweifel-für-den-Angeklagten‹ zuzugestehen.« Er wandte sich an Pamela. »Und das ist mein wohl ältester Freund auf der Erde, Kapitän Dimitri Petrow, früher der Kommandant meiner Armee.«

»Ihr müsst die bezaubernde Miss Effington sein.« Der Kapitän ging auf sie zu, nahm ihre Hand und führte sie an seine Lippen. »Obwohl ich einen Augenblick lang schockiert war, kann ich weiß Gott sehen, warum Seine Hoheit durch Euren Liebreiz so mitgerissen wurde.«

»Seid kein Narr, Petrow.« Valentina lenkte ihren Blick zur Decke. »Sie haben sich eindeutig schon früher kennengelernt. Deshalb vermute ich, dass sie der eigentliche Grund dafür ist, warum er sich entschlossen hat, in diesem schrecklichen Haus und diesem erbärmlichen Land zu residieren.« Sie warf einen Blick auf Pamela und gestikulierte ziellos. »Ich meine das natürlich im besten Sinn.«

»Natürlich«, murmelte Pamela. »Es gibt häufig mehrere Interpretationen für *schrecklich* und *erbärmlich.*«

Valentina nickte zustimmend. »Das habe ich auch immer so gesehen.«

Pamela bemühte sich, die andere Frau nicht anzustarren, versagte aber kläglich. Die Prinzessin hatte etwas Hypnotisierendes an sich. Nicht in ihrem Aussehen, obgleich sie unleugbar schön war, aber sie umgab eine Atmosphäre von Autorität, Stärke oder Entschlossenheit. Pamela kam der Gedanke, dass diese Dame ein fürchterlicher, ja ein tödlicher Feind sein konnte. Wenn sie sich wirklich geändert hatte – konnte sie dann auch eine ebenso gute Verbündete sein? Oder sogar eine Freundin? Alexej würde in der Zukunft Freunde brauchen.

Petrow schnaubte verächtlich. »So wie die Worte *verräterisch* und *mörderisch* mehr als eine Bedeutung haben.«

Valentina drehte sich mit einem unzweideutig mörderischen Blick zu ihm um. »Kapitän, ich sehe schon, Euer Vertrauen zu gewinnen wird angesichts meiner vergangenen Missetaten nur wenig schwieriger sein, als meine Person auf den Mond zu schießen. Mir wird außerdem klar, dass Ihr mich noch nie gemocht habt. Doch da ich Euch meinerseits auch niemals mochte, fällt das nur wenig ins Gewicht. Trotzdem« – ihre Augen wurden zu Schlitzen – »wenn Ihr nicht davon abseht, Worte wie *mörderisch* zu gebrauchen, werde ich die Reue über meine Sünden und meinen Entschluss, mich zu ändern, vergessen und alles in meiner Macht Stehende tun, Euch das Herz aus der Brust zu reißen.« Sie schenkte Pamela ein freundliches Lächeln. »Natürlich im besten Sinne der Redewendung.«

»Natürlich«, sagte Pamela ohne Überzeugung.

»Ihr solltet in einem kalten, finsteren Verließ sitzen, wo Ihr niemandem Schaden zufügen könnt.« Petrow sah wütend auf die Prinzessin hinunter.

»Ihr solltet gemästet, gepökelt und anschließend an kleine Tierchen mit ausgesprochen scharfen Zähnen verfüttert werden«, schnappte Valentina zurück.

»Hört sofort auf damit! Ihr solltet beide in Eure Schranken gewiesen werden, und in diesem Augenblick würde ich Ketten für Euch bevorzugen. Ihr seid wie ungezogene Kinder.« Einmal mehr nahm Alexejs Stimme den autoritären Ton eines Königs an. Es war sehr aufregend. Ein gequälter Blick traf sie. »Willkommen in meiner Familie, Miss –« ein vertrauliches Lächeln umspielte seine Lippen – »Pamela.«

Vielleicht war es der schwache ausländische Akzent in seinen Worten, vielleicht auch die Tatsache, dass er ihren Vornamen nie zuvor genannt hatte oder dass er ihn in ihren Träumen immer und immer wieder gemurmelt hatte, aber etwas an der Art, wie er ihren Namen aussprach, gab ihm einen intimen, persönlichen und außergewöhnlichen Klang.
Pamela.

Serenissima.

»Euer Hoheit.« Sie holte tief Luft und erwiderte sein Lächeln. »Alexej.«

»Ich sagte es Euch doch, Petrow.« Häme lag in Valentinas Stimme. »Zwei Menschen, die sich gerade erst kennengelernt haben, sehen sich nicht so an wie diese beiden.«

»Vielleicht«, murmelte Petrow.

»Es war zudem überaus klug von dir, Cousin, deine Gefühle so viele Jahre lang verborgen zu halten.« Valentina sah Alexej anerkennend an.

Pamela stockte der Atem.

Alexej schüttelte verwirrt den Kopf. »Wovon sprichst du?«

»Nun komm schon, Alexej, ich mag zahllose meiner einstigen Beschäftigungen aufgegeben haben, aber ich habe meine Fähigkeit zu denken nicht aufgegeben.« Sie warf ihm einen herablassenden Blick zu. »Wir wissen beide, dass du bis jetzt nicht frei warst, um zu heiraten, wen du wolltest, sondern eine Ehe schließen solltest, die politische Verbindungen schuf. Dass du das noch nicht gemacht hast, ist eindeutig eine Fügung des Schicksals.«

»Schicksal?«, sagte Alexej achtsam.

»Schicksal, Bestimmung, wie immer du es nennen willst. Cousin, du magst fähig sein, eine ganze Menge Leute an der Nase herumzuführen, aber mich hältst du nicht zum Narren. Trotz Petrows gespieltem Entsetzen bei der Nachricht von deiner Verlobung« – sie sah angewidert zu Petrow hinüber – »das nicht im Geringsten überzeugend war, wie ich hinzufügen möchte.«

Petrow zuckte die Achseln.

Valentina wandte ihre Aufmerksamkeit wieder Alexej zu. »Ich weiß sehr gut, dass du zuletzt vor drei Jahren in England warst, und ich weiß, dass es durch Einheiraten eine entfernte Verwandtschaft zwischen ihrer Familie und unserer gibt. Es ist also nicht weither geholt, wenn man annimmt, dass Ihr beide Euch damals kennengelernt habt, aber Eure

Zuneigung füreinander nicht ausleben konntet. Da das nun der Fall ist, bist du hierher zurückgeeilt, in ihr Zuhause, um deine Absichten zu erklären.«

Alexej nickte. »Das ergibt uneingeschränkt Sinn.«

»Und meiner Meinung nach hättest du keine bessere Partie machen können.«

»Hätte er nicht können?« Pamela sah Valentina überrascht an. »Warum nicht?«

»Weil Ihr eine Effington seid, meine Liebe.« Die Prinzessin wirkte schockiert angesichts der Tatsache, dass Pamela überhaupt diese Frage stellte. »Zwar stammt Ihr nicht aus einem echten königlichen Haus, aber Euer Familienoberhaupt ist ein Herzog, was in diesem Land eine höchst angesehene Position ist. Meine persönliche Erfahrung mit den Effingtons ist allerdings nicht besonders erfreulich.« Sie neigte sich vertraulich zu Pamela. »Ein unangenehmer kleiner Unfall vor drei Jahren während eines Empfangs. Eigentlich nichts weiter als ein Missverständnis, doch ich zweifle, dass die Erinnerungen der Effingtons an mich übermäßig liebevoll sind.«

»Liebevoll?« Dimitri schnaubte. »Ich kann mir nicht vorstellen, warum sie es nicht sein sollten. Ja sicher, da gab es den latent verhängnisvollen Unfall mit dem Ballon und das Problem eines Diebstahls, zudem ein paar üble Drohungen, und wir dürfen auch die Schießerei nicht vergessen.«

Valentina achtete nicht auf ihn. »Ich muss gestehen, dass ich damals nicht besonders beeindruckt war von den Effingtons. Ich hielt sie alle für recht scheinheilig und, na ja, lästig. Immerhin bin ich mehr als bereit, ihnen eine zweite Chance zu geben, und ich bin sicher, dass sie mein früheres Verhalten nicht Alexej vorwerfen werden. Ich bin zuversichtlich, dass sie viel zu gut dafür sind. Außerdem kann man sich seine Verwandten eben nicht aussuchen.« Sie machte eine wegwerfende Handbewegung. »Auf alle Fälle haben sie, Cousin, sehr viel Macht, politisch wie sozial, und ein noch größeres Vermögen. Es war äußerst klug von dir zurückzukehren, um sie zu deiner Braut zu machen. Ich würde wetten, dass uns – oder vielmehr dich – allein schon ihre Mitgift wieder auf eine sichere finanzielle Basis stellen wird.«

»Ach?« Pamela hob bei dieser Enthüllung eine Augenbraue. Ein Alexej ohne Vermögen konnte gut und gern ebenso selbstzerstörend sein wie ein Alexej ohne Land.

Alexej verengte seinen Blick. »Dimitri?«

»Sie ist eine bösartige, schlechte Frau, Euer Hoheit«, schimpfte der Kapitän und schüttelte verlegen den Kopf. »Ich habe keine Ahnung, wie es kam, es ist mir einfach entschlüpft. Einen Moment lang sprach ich von Belanglosigkeiten, und im nächsten erzählte ich ihr von der Stellung Eurer Verlobten. Ich vermute« – er senkte seine Stimme – »sie ist eine Hexe.«

»Oder Ihr seid ein Dummkopf«, erwiderte Valentina fröhlich, bevor sie sich Alexej zuwandte. »Es ist kein bisschen beschämend, Cousin. Europa ist ein Sumpf voller entthronter Hochadeliger: Könige, Prinzessinnen, Grafen und endlose andere Titel laufen alle in der Gegend herum, ohne zu wissen, woher der nächste Penny kommen soll. Oder« – Valentinas Blick schlüpfte vielsagend zu der Champagnerflasche auf dem Tisch – »ihr nächstes Glas Champagner.«

Alexej nickte Dimitri zu, der seine Hände hinter dem Rücken verschränkte und unschuldig aussah. «Ich fürchte, Euer Hoheit, ich sehe keine übrigen Gläser.«

»Es gibt im Augenblick keine übrigen Gläser, Valentina, also wirst du warten müssen«, sagte Alexej mit fester Stimme. »Und ich weiß sehr wohl, woher mein nächstes Glas Champagner und mein nächster Penny kommen werden.«

»Wie schön für dich.« Valentina schniefte und verschränkte ihre Arme vor der Brust.

Alexej überging seine Cousine und wandte seine Aufmerksamkeit wieder Pamela zu. »Miss – Pamela – ich bin Euch eine Erklärung schuldig.«

Plötzlich fiel ihr auf, dass sie mehr als nur ein wenig beunruhigt sein würde, wäre sie seine richtige Verlobte und hätte sie eben von seinen finanziellen Verhältnissen erfahren. Und vermutlich wäre sie sehr aufgebracht.

»Ja«, sagte sie langsam, »ich glaube, das seid Ihr.«

»Nichts weiter als eine vorübergehende finanzielle Krise.« Alexej zuckte die Achseln. »Sie sollte innerhalb von wenigen Monaten ausgestanden sein.«

»Hättet Ihr mir das erzählt?« Sie hob ihr Kinn und erwiderte seinen Blick. »Oder hättet Ihr mir das bis nach der Hochzeit vorenthalten?«

Er legte seine Stirn in Falten und wählte sorgsam seine Worte. »Ich war der Meinung, es sei nicht nötig, Euch einzuweihen.«

»Wenn man misstrauisch wäre, könnte man meinen, Eure Rückkehr nach London habe mehr mit meinen Aussichten als mit Eurem Herzen zu tun.« Sie zwang sich, empört zu klingen. Dieses Spiel war sehr unterhaltsam, insbesondere angesichts der Verwirrung, die Alexej ins Gesicht geschrieben stand. »Ja, man könnte tatsächlich glauben, Euer dringlicher Wunsch zu heiraten sei eher aus finanzieller Notwendigkeit als aus Zuneigung entstanden.«

»Pamela, ich kann Euch versichern, ich –« Plötzlich erhellte sich sein Gesicht, und Belustigung funkelte in seinen Augen. »Mein Drängen entstand einzig und allein aus der Sehnsucht heraus, Euch als meine Frau zu sehen, an meiner Seite, für den Rest meiner Tage.«

Bevor sie ihren Mund öffnen konnte, um etwas zu erwidern, war er bei ihr und zog sie in seine Arme. »Ich war ein Narr, dass ich bei unserem letzten Zusammensein meine Verpflichtungen und meine Verantwortung nicht zugunsten der Liebe aufgegeben habe. Aber wir haben eine zweite Chance erhalten, und ich werde sie nicht wieder verspielen.« Er grinste, und das war auch alles, was sie tun konnte, um nicht laut aufzulachen.

»Dann ist es nicht meine Mitgift oder mein Erbe, das Ihr haben wollt?« Sie zwinkerte ihm zu und fühlte, wie er ein Lachen unterdrückte.

»Ich begehre Euch und nur Euch.« Seine Stimme erhob sich mit der Leidenschaft seiner Worte. »Es macht mir nichts aus, wenn Ihr außer Eurem Namen nicht einmal einen Penny habt –«

»Obwohl das ein großer Jammer wäre«, fügte hinter ihm Valentina hinzu.

»Es macht für mich keinen Unterschied, ob Ihr ein Mitglied einer angesehenen Familie seid oder eine Zofe.« Seine Stimme tönte dramatisch durch den Raum.

Pamela warf einen kurzen Blick über seine Schulter. Valentina sah hingerissen und aufmerksam zu, Petrow etwas verwirrt, aber es war offensichtlich, dass sowohl Cousine als auch Freund auf ihre List hereingefallen waren.

»Ich liebte Euch damals, und ich liebe Euch heute, und ich werde Euch nicht wieder verlieren.« Vielleicht klang seine Stimme eine Spur zu dramatisch, doch es war sehr wirkungsvoll.

Pamela war sicher, dass Alexej dieses Schauspiel genoss. Warum auch nicht? Dieser Mann hatte wahrscheinlich jahrelang keinen Moment der Leichtfertigkeit erlebt. Das Mindeste, was sie tun konnte, war, mit dieser Vorstellung weiterzumachen.

»Wirklich?« Hoffnung färbte ihre Stimme, die seiner in Dramatik und Übertreibung ebenbürtig war. Es machte großen Spaß.

»Es ist so lange her, und ich wagte kaum darüber nachzudenken, mir vorzustellen, zu träumen …«

»Und ich habe jeden Augenblick seit unserem letzten gemeinsamen Augenblick damit verbracht« – er zog sie enger an sich und sah ihr in die Augen – »über niemand anderen nachzudenken, mir niemand anderen vorzustellen, von niemand anderem zu träumen als von Euch.«

Pamela schaute zu ihm auf. Er war sehr gut. Natürlich musste er das sein. Er hatte zweifellos solch schöne Phrasen bei einer endlosen Zahl Frauen angebracht.

»Doch« – ein natürliches Zittern war in ihrer Stimme, und sie klammerte sich an seine Rockaufschläge – »Ihr seid das, was Ihr immer wart, ein Prinz. Und ich bin nur –«

»Ihr seid die Sterne, die mir den Weg durch die Nacht weisen, die Sonne, die meinen Körper am Tag erwärmt.« Sein Blick bohrte sich in ihren. Seine braunen Augen waren endlos tief, geheimnisvoll und verlockend. Man könnte sich durchaus wahre Zuneigung darin vorstellen. Es war recht einfach zu vergessen, dass es von seiner Seite nur ein Schauspiel war. Und ebenso von ihrer. »Das Licht, das meine Seele erfüllt.«

Sah man davon ab, so hatte sie tatsächlich über ihn nachgedacht, sich vorgestellt, Teil seines Lebens zu sein, davon geträumt, in seinen Armen zu liegen.

Seine Lippen näherten sich ihren.

»Euer Hoheit. Alexej.« Sie flüsterte nur noch. »Ich denke, wir sollten an diesem Punkt vielleicht –«

»Seid still, Miss Effington.« Sein Blick glitt zu ihren Lippen und zurück zu ihren Augen. »Ich weiß genau, was wir an diesem Punkt tun sollten.«

Seine Lippen berührten ihre, und einen Augenblick lang atmete sie nicht. Konnte sie nicht atmen. Sie schloss ihre Augen und wurde sofort um Jahre und Meilen zurückversetzt in eine Nacht voller Magie. Ein Begehren, süß und schmerzend und fast vergessen, brandete durch sie hindurch, und alles, was sie konnte, war stehen zu bleiben und nicht zu seinen Füßen in einen See voll ungezügelter Bedürfnisse dahinzuschmelzen.

Er hob seinen Kopf und sah mit überraschtem Gesichtsausdruck auf sie hinunter. »Miss Effington – Pamela –«

»Ja?«, antwortete sie eine deutliche Spur zu sehnsüchtig. »Einen Moment lang glaubte ich ... das heißt ...«

»Ja?« Sie sah zu ihm auf.

»Sind wir ... Seid Ihr und ich –« Sein verwirrter Blick versank in ihrem. »Sind wir uns schon einmal begegnet?«

»Sind wir ...« *Einst, in einer sternenklaren Nacht, die erfüllt war von Magie und Geheimnissen und Erinnerungen, die niemals vergehen.* Sie atmete tief ein und zwang sich zu einem leichten Ton. »Wie unschmeichelhaft zu glauben, dass Ihr solch eine Begegnung vergessen haben könntet.«

»Ich hätte es nicht vergessen«, sagte er einfach nur. »Niemals.« Er betrachtete sie eine Weile eingehend, dann schüttelte er den Kopf und entfernte sich.

Es war natürlich klug, dass er einige Distanz zwischen sie beide brachte. Sie war überaus versucht, genau das zu tun, was sie vorher angedroht hatte, nämlich sich in seine Arme zu werfen. Genauso verführerisch war das Bedürfnis, ihn an ihre gemeinsame Nacht zu erinnern. Doch das wäre ganz sicher nicht das Richtige, wenn sie sich wirklich nach einem sittsamen, soliden Leben sehnte. Es war nicht besonders vernünftig, sich eine lang vergangene Liaison wieder ins Gedächtnis zu rufen, die ausschließlich zum Start in ein völlig neues Leben gedient hatte. Nein, es war gut, wenn er sich nicht an ihre gemeinsame Vergangenheit erinnerte.

Es sei denn, dieser Gedanke schoss ihr durch den Kopf, ihr Verlangen nach ihm war größer als ihr Verlangen danach, ihre Stellung in der Gesellschaft wiederzuerlangen.

»Guten Abend, Euer Hoheit.« Tante Millicent kam vergnügt in den Salon, wie immer mit der Aura der vollendeten Schauspielerin, die ihren ersten Auftritt hatte. Clarissa, in Begleitung von Graf Stefanowitsch, folgte ihr. Ihr gemeinsames Erscheinen war sicher nicht mehr als Zufall. Schade.

Tante Millicent hielt auf Alexej zu, erblickte dann aber Valentina und blieb stehen. »Ihr müsst die Cousine Seiner Hoheit sein, die Prinzessin.«

»Das muss ich wohl sein.« Valentina lächelte eingebildet. Die beiden Frauen taxierten sich gegenseitig wie Krieger, die sich einzuschätzen versuchten. Valentina schien etwa Alexejs Alter zu haben und damit ein Jahrzehnt oder so jünger zu sein als Tante Millicent. Ansonsten waren beide kultiviert, weit gereist und klug und allem Anschein nach sich sogar ebenbürtig.

»Ich habe schon viel von Euch gehört«, sagte Tante Millicent scheinbar erfreut.

»Ach?« Valentinas Augen wurden schmal. »Bestimmt von meinem Cousin, nicht wahr?«

»Nein, gar nicht. Seine Hoheit hat Euch so gut wie nicht erwähnt. Euer Name wurde in verschiedenen Kreisen auf dem Kontinent gelegentlich erwähnt.« Die Stimme von Tante Millicent war kühl. »Ihr habt einen ausgesprochen … interessanten Ruf.«

»Tatsächlich?« Der Gesichtsausdruck der Prinzessin klärte sich auf. »Wie interessant?«

»Höchst interessant.« Tante Millicent beobachtete sie neugierig. »Ich habe Worte wie *schlecht* und *gefährlich* und *verräterisch* in Bezug auf Euch vernommen.«

»Ach ja, die guten alten Tage…« Valentina seufzte und zuckte dann die Achseln. »Leider, ich habe mich geändert. Ich habe meine früheren unbesonnenen Methoden, das zu erreichen, was ich möchte, aufgegeben.«

Petrow schnaubte erneut verächtlich, und Valentina überging ihn einmal mehr.

»Habt Ihr das?« Tante Millicent nickte nachdenklich. »Meiner Erfahrung nach ändern sich nur wenige Menschen, selbst die mit den besten Vorsätzen, nicht wirklich.«

»Allerdings verlieren nur wenige Menschen ihre Heimat, ihr Vermögen und zwei Ehemänner«, erwiderte Valentina scharf. »Wenige Menschen werden gezwungen, der Tatsache ins Auge zu sehen, dass alles, was sie auf der ganzen Welt noch haben, eine Handvoll Verwandter ist, von denen die meisten sie verachten. Dies ist durchaus eine Offenbarung.«

»Ich verstehe, worauf Ihr hinauswollt.« Tante Millicent sah sie mit unverkennbarer Faszination an. »Es muss äußerst schwer sein, sich zu ändern. Sein schlechtes Verhalten aufzugeben.«

»Ihr könnt Euch das gar nicht vorstellen.« Valentina stieß einen tiefen Seufzer aus.

»Vor allem wenn man sein schlechtes Verhalten genossen hat«, fügte Tante Millicent hinzu.

»Ich hatte eine Menge Spaß«, murmelte Valentina.

»Hat sie sich wirklich geändert?« Tante Millicent schaute Alexej fragend an.

Alexej zuckte die Achseln. »Wir werden sehen.«

»Wir werden alle, daran besteht kein Zweifel, in unseren Betten erstickt werden«, murmelte Petrow.

Valentina warf ihm einen angeekelten Blick zu.

Tante Millicent sah ihn mit deutlichem Interesse an. »Mir fallen da eine Menge anderer Dinge ein, die ich in unseren Betten lieber hätte.«

Clarissa verschluckte sich, und der Graf machte einen Schritt nach vorne, um die nötigen Vorstellungen in die Hand zu nehmen. Einen Augenblick später war Tante Millicent in ein angeregtes Gespräch mit der Prinzessin verwickelt, die dies sehr zu genießen schien, und mit Petrow, der eigentlich nur finster dreinschaute. Dies mochte ihm zum Vorteil gereichen, da Tante Millicent schon immer eine Vorliebe für grübelnde Männer mit einer soldatischen Natur hegte. Alexej flüsterte Stefanowitsch etwas zu, der daraufhin mit Clarissa Blicke tauschte. Dann entschuldigte sich Alexej bei Pamela und ging zusammen mit dem Grafen zur Seite, um etwas Vertrauliches zu besprechen. Zweifellos wollte er berichten, was sich mit der Prinzessin und Petrow abgespielt hatte.

Graham erschien aus dem Nichts mit einem Tablett gefüllter Champagnergläser, und der Raum war von festlicher Atmosphäre erfüllt. Dies war an sich seltsam, denn die meisten der Anwesenden wussten ja, dass die Verlobung von Pamela und dem Prinzen ein Komplott war. Dennoch schien das keine Rolle zu spielen.

Clarissa trat an Pamelas Seite und nahm ein Glas Champagner. Ihr Blick schweifte neugierig über die Versammlung hinweg. »Es scheint, als wüsste jeder in diesem Haus inzwischen von deiner Verlobung.«

Pamela nahm sich selbst ein Glas und wartete, bis der Butler außer Hörweite war. »Ich finde es immer wieder erstaunlich, wie schnell Neuigkeiten dieser Art sich innerhalb eines Hauses verbreiten. Es ist nicht länger als eine halbe Stunde her, seit der Butler uns belauscht hat.«

Clarissa reagierte spöttisch. »Innerhalb eines Hauses? Ich wette, ganz London wird von deiner *glänzenden Partie* wissen, bevor du und Seine Hoheit auch nur mit einem Fuß einen Ballsaal betreten habt.«

Pamela zuckte zusammen. »Es geht alles ziemlich schnell, oder nicht?«

»Allerdings.«

Pamelas Blick glitt zu Alexej. Dem Ausdruck auf ihren Gesichtern nach zu schließen, besprachen er und Stefanowitsch offenbar etwas Wichtiges. »Noch heute Morgen ahnte ich kaum etwas von seiner Existenz.«

»Und heute Abend bist du im Begriff, dich auf eine große Maskerade einzulassen, die ersonnen wurde, um ganz London zum Narren zu halten.«

Alexej fing Pamelas Blick auf, lächelte und hob sein Glas, um ihr zuzutrinken. Ihr wurde im Magen flau, doch sie erwiderte das Lächeln.

»Es ist doch eine Maskerade, Pamela, nicht wahr?« Clarissa nippte nachdenklich an ihrem Champagner. »Du hast doch nicht vor –«

»Aber natürlich«, antwortete Pamela schnell. »Ich kenne

den Mann ja nicht einmal. Und außerdem ist er ein Prinz. Ungeachtet der momentanen Umstände wird er meiner Meinung nach noch immer als höchst standesgemäß für die Hand der einen oder anderen Prinzessin angesehen. Deshalb kann zwischen uns niemals etwas Dauerhaftes entstehen. Er erweist mir nur eine große Freundlichkeit.«

»Weil er keine Wahl hatte.«

»Trotzdem ist es sehr großzügig von ihm.« Pamela warf einen Blick auf ihre Cousine. »Warum um Himmels willen kommst du auf die Idee, ich könnte glauben, dass zwischen uns möglicherweise mehr sein könnte?«

»Ich weiß nicht. Einfach so, ohne Grund.« Clarissa zuckte die Achseln. »Es ist da etwas in der Art, wie du ihn ansiehst ...«

»Unsinn.« Pamela wischte die Bemerkung vom Tisch. »Ich sehe ihn so an wie jeden Mann, der so elegant und gut aussieht wie er.«

»Der Graf ist ganz genauso elegant und gut aussehend, doch mir ist nicht aufgefallen, dass du ihn auf die gleiche Weise ansiehst.«

»Der Graf spielt nicht meinen Verlobten«, sagte Pamela entschieden. »Es wird erwartet, dass ich Alexej an –«

Clarissa hob eine Augenbraue. »Alexej?«

»So wie erwartet wird, dass ich ihn beim Vornamen nenne.«

»Ja, natürlich«, erwiderte Clarissa betont beiläufig. »Tante Millicent sagt, sie habe ihn vor drei Jahren während unseres Aufenthalts in Venedig kennengelernt.«

»Hat sie das?« Pamelas Ton entsprach dem ihrer Cousine, so als sei es tatsächlich eine unbedeutende Feststellung.

»Ich kann mich nicht daran erinnern, ihn kennengelernt zu haben«, fuhr Clarissa fort. »Du?«

»Nicht dass ich wüsste«, murmelte Pamela. »Man trifft so viele Leute an so vielen Orten. Das ist in meinen Augen einer der größten Vorteile des Reisens.«

»Allerdings. Das Zusammentreffen mit unzähligen Leuten. Es ist so schwierig, ein einzelnes Zusammentreffen in Erinnerung zu behalten.« Clarissa machte eine Pause. »Jedoch erinnere ich mich vage an einen Gentleman, den du kennengelernt hast und ich nicht, ich glaube, es war bei einem Maskenball, und er hat den größten Teil des Abends deine Aufmerksamkeit auf sich gezogen.«

»Ja?« Pamela begegnete dem Blick ihrer Cousine geradeheraus und hielt den Atem an. Sie hatte nicht die Absicht, Clarissa anzulügen, aber sie hatte auch nicht das Bedürfnis, jetzt Alexejs Namen preiszugeben.

»Es war eine Nacht, die wichtiger für dich war als geplant.«

Pamela hob ihr Kinn ein Stück. »Ja?«

Clarissa betrachtete ihre Cousine eine Weile eingehend, dann zuckte sie die Achseln und nippte an ihrem Champagner. »Nur so eine Erinnerung von mir. Ich glaube, sie ist jetzt bedeutungslos.«

»Absolut.« Pamela verdrängte ihre Schuldgefühle. Es war wirklich keine Lüge, oder wenigstens keine richtige Lüge. Sie hegte keinerlei Zweifel, dass ihre gemeinsame Nacht für Alexej keine Bedeutung hatte. Deshalb hatte sie auch keine Bedeutung für sie. Jetzt.

Clarissas Blick ging zu Alexej und dem Grafen. »Aber auch wenn du ihn in Venedig nicht getroffen hast, es ist da etwas in dem Blick, mit dem du jetzt –«

»So wie etwas in dem Blick ist, mit dem du Graf Stefanowitsch ansiehst«, sagte Pamela knapp.

Ein äußerst ungewöhnliches Lächeln umspielte Clarissas Lippen. »Ist da etwas?«

Pamela staunte. »Du kennst ihn kaum.«

Es war ein mutwilliges Lächeln, das von einem unmissverständlichen Glanz in Clarissas Augen begleitet wurde. »Richtig, wir haben kaum mehr als ein Dutzend Worte miteinander gesprochen.«

»Ich kann nicht glauben, dass du ... warum du niemals –«
»Dann ist es wohl an der Zeit, dass ich es tue.« Clarissa warf ihr einen flüchtigen Blick zu. »Es ist dein Einfluss, weißt du.«

Pamela schnappte nach Luft. »Meiner?«

»All dieser Unsinn von wegen ›eine Effington werden‹, glaube ich. Und auch die Rückkehr nach London. Ich hatte Angst davor; es gibt viel zu viele Erinnerungen hier, um beruhigt zu sein, und es sind nicht nur gute.« Sie lächelte gezwungen. »Doch obwohl wir noch nicht länger als einen Tag zurück in der Stadt sind, fühlt es sich jetzt ziemlich, ich weiß nicht, gut an, hier zu sein. So als ob ich hierher gehöre und immer gehört habe. Und diese Empfindung bringt wiederum ein sehr bemerkenswertes Gefühl von Sicherheit und Vertrauen mit sich.«

»Ich weiß nicht, was ich sagen soll.« Pamela schaute sie lange Zeit mit großen Augen an. Einerseits hasste sie es, auch nur teilweise der Anstoß für die Entscheidung ihrer Cousine zu sein, dafür, was auch immer sie offensichtlich mit dem gut aussehenden Grafen vorhatte. Andererseits war es, na ja, höchste Zeit, dass Clarissa etwas unternahm. Irgendetwas. In den Jahren, die seit dem Tod ihres Ehemannes vergangen waren, schien es immer so, als warte Clarissa auf etwas, das bisher keinen Namen hatte und nicht fassbar war. »Außer vielleicht« – sie lächelte vielsagend – »dir viel, viel Glück zu wünschen.«

Clarissa lachte sanft. »Ich bin dafür ausgesprochen dankbar, aber ich denke, ich bin nicht diejenige, die Glück braucht.« Mitgefühl war in ihren Augen zu lesen. »Hast du darüber nachgedacht, wie du es deiner Familie sagen willst?«

»Meiner Familie?« Pamela machte große Augen. »Guter Gott, ich habe überhaupt nicht an meine Familie gedacht.«

»Na, dann solltest du das vielleicht tun.« Clarissa nippte an ihrem Champagner. »Du kannst ihnen möglicherweise nicht die Wahrheit sagen, wenn du den Rest der Welt zum Narren halten willst.«

»Ich hasse es, sie zu hintergehen, aber sie konnten noch nie sehr gut Geheimnisse für sich behalten, schon gar keine Geheimnisse dieser Größenordnung. Natürlich liebe ich sie, aber ...«

Pamela schüttelte den Kopf. Sie mochte ihre Familie sehr, ja sie kannte nicht einen Effington, den sie nicht mochte. Aber vor allem bei ihrer Mutter konnte man sich nicht darauf verlassen, dass sie ein derart delikates Geheimnis wie dieses für sich behalten würde. Ihre jüngere Schwester war vermutlich nicht anders. Ihrem Vater und ihren Brüdern würde es ganz und gar harmlos erscheinen, es einem Cousin oder einem Onkel zu erzählen, und jeder in der Familie würde binnen weniger Tage alles wissen.

»Nein.« Pamela straffte ihre Schultern. »Am besten erfahren sie niemals die Wahrheit. Was kann es denn schaden? Meine Eltern, ja meine Tanten, Onkel und alle anderen werden sehr froh darüber sein, dass ich am Arm eines Prinzen zurückgekommen bin. Darüber hinaus wird die ganze Geschichte bald vorbei und erledigt sein.«

»Selbstverständlich«, bemerkte Clarissa, ohne die leiseste Spur von Überzeugung in der Stimme.

Pamela legte die Stirn in Falten. »Worüber denkst du nach?«

»Nichts von Bedeutung, wirklich.«

Clarissas Blick kehrte zum Grafen zurück.

»Nur darüber, dass das Leben, egal wie vorsichtig du sein magst, ziemlich interessante Möglichkeiten bereithält, um deine Pläne zu ändern und auch deine vermeintlichen Wünsche.«

»Ich weiß, was ich will«, sagte Pamela mit Nachdruck. »Ich möchte diejenige sein, die ich immer bestimmt war zu sein, und zwar in der gesellschaftlichen Stellung, für die ich vorgesehen war.«

»Liebe Cousine, wenn ich du wäre, wäre ich vorsichtig mit dem, was ich mir wünsche.«

»Was meinst du damit?«

»Nur, dass du dir immer gewünscht hast, vom Wesen her so zu sein wie der Rest deiner Familie. Und obgleich ich glaube, dass du einzigartig bist, bist du in diesen Jahren fern von ihnen tatsächlich in vielerlei Hinsicht zu einer Effington geworden.«

»Wir haben das bereits festgestellt.« Pamelas Augen wurden schmal. »Worauf willst du hinaus?«

»Ich habe beobachtet, dass das Endergebnis zwar immer interessant ist, dass aber wenige gewagte Unternehmen, in die Mitglieder deiner glorreichen Familie verwickelt waren, so ausgingen, wie man das erwartet hatte.« Clarissa lächelte. »Und dieses hier wird allem Anschein nach so eines.«

»Miss Effington und ich haben uns schon früher getroffen.« Alexej richtete seine Worte an Roman, ließ aber seinen Blick unverwandt auf Miss Effington – Pamela – ruhen.

Roman runzelte die Stirn. »Seid Ihr sicher?«

»Das bin ich mir wirklich. Allerdings erst seit ich sie küsste –«

»Ihr habt sie geküsst?«

»Es gehörte zum Spiel.« Alexej wischte die Frage vom Tisch. »Sonst war da nichts.« Wobei da durchaus eine Menge mehr war, was er aber derzeit nicht in Erfahrung bringen konnte.

Es war ein einfacher Kuss. Daran war nichts wirklich Ungewöhnliches, weder in punkto Dauer noch Leidenschaft, und doch war er irgendwie außergewöhnlich. Er war sich sicher, dass diese Lippen schon früher die seinen berührt hatten, allerdings hätte er sich daran gewiss erinnert. Allein schon ihre Augen würden mindestens ein ganzen Leben im Gedächtnis bleiben. Es ergab absolut keinen Sinn, dass sie möglicherweise seiner Erinnerung entschlüpft sein sollte. Auch wenn er sie nicht alle präsent hatte, die einmal seine Bekanntschaft gemacht hatten, so bildete er sich viel darauf ein, dass er sich an all jene erinnerte, die er geküsst hatte. Und wenn er sie früher schon geküsst hatte, warum hatte sie dann vorgegeben, ihn noch nie getroffen zu haben?

Es war eindeutig ein Rätsel. Sehr spannend und erfreulich. Es zu lösen, würde ihm großes Vergnügen bereiten, vor allem auch, weil es von ihm verlangte, sie nochmals zu küssen. Nochmals und nochmals und nochmals. Mit viel Glück würde es ein äußerst schwierig zu lösendes Rätsel sein.

»Hat ihre Tante nicht erwähnt, dass Ihr Euch in Venedig gesehen habt?«

Alexej nickte. »Unglücklicherweise erinnere ich mich nicht an diese Begegnung. Ganz sicher war es bei der einen oder anderen Festlichkeit, mit einem Haufen Menschen und einem endlosen nebelhaften Schleier von Gesichtern und Namen.«

»Ihr habt die Tante vergessen; ist es nicht möglich, dass Ihr auch die Nichte vergessen habt?«

»Nein«, antwortete Alexej überzeugt. »Ich würde sie nicht vergessen.«

»Euer Hoheit.« Roman schwieg einen Augenblick nachdenklich. »Ihr habt den Vorwurf erwähnt, Ihr hättet mit jeder zweiten Frau in Europa geschlafen. Ist das nicht genau der Satz, den eine andere Engländerin, eine andere Engländerin in Venedig, Euch gegenüber einmal gebraucht hat? Ist es möglich –«

»Macht Euch nicht lächerlich. Miss Effington ist ganz und gar nicht der Typ Frau, der sich auf einen Abend einlässt, der auf nichts weiter basiert als auf Lust und Versteckspiel. Ich kenne sie kaum, aber ich bin mir dessen bereits sicher.«

Obwohl es da ihre überraschende Bemerkung gab über ›sich in seine Arme oder sein Bett zu werfen‹ ... Ungeachtet dessen war der Gedanke, dass Miss Effington jene Frau gewesen sein soll, die sich in seinem Bett zu ihm gesellt hat und die in seiner Seele geblieben ist, kompletter Unsinn.

Trotzdem ... gedankenverloren berührte er den gläsernen Ohrring in seiner Westentasche. »Ich wünsche, dass Ihr feststellt, wo sie und ich einander bereits getroffen haben.«

»Wie Ihr wünscht.« Roman klang beiläufig. »Lady Overton könnte vielleicht Einblick haben.«

»Das könnte sie wirklich haben.« Alexej lachte in sich hinein. Roman hatte offensichtlich Gefallen an der stillen Dame gefunden. Und warum auch nicht? Es war längst Zeit, dass er eine Frau und ein eigenes Leben fand. »Noch eins, Roman.«

»Ja, Euer Hoheit?«

»Ich benötige Euch für ein paar weitere diskrete Nachforschungen.«

»In Bezug auf?«

»Den Skandal, der Miss Effington veranlasste, vor sechs Jahren London den Rücken zu kehren. Ich möchte sehr gern die Einzelheiten dieses Vorfalls kennen, der ihren Ruf ruiniert hat, und auch den Namen des Mannes, der darin verwickelt war.«

Roman runzelte die Stirn. »Euer Hoheit, seid Ihr ganz sicher –«

»Ja, das bin ich. Immerhin bin ich ihr Verlobter, Roman. Ich möchte auf keinen Fall als Dummkopf dastehen, wenn eine Bemerkung darüber fallen würde. Außerdem ist unsere Miss Effington voll von Geheimnissen.« Alexej beobachtete Pamela, wie sie als Antwort auf etwas, das ihre Cousine sagte, lachte, und er lächelte leicht. »Und noch bevor unsere Eskapade zu Ende ist, werde ich alles und jedes darüber wissen.«

7

Wenn ich meine Schwester wiedersehe, werde ich sie nicht wissen lassen, dass das Leben, das ich gewählt habe, alles andere als schön war. Ich werde sie niemals wissen lassen, dass ich mit den Entscheidungen, die ich traf, und dem Weg, den ich ging, wohl nicht sehr glücklich bin. Und ich werde sie niemals wissen lassen, dass sie möglicherweise recht hatte.

Lady Millicent Smythe-Windom

Petrow verbrachte den größten Teil des Essens damit, Valentina misstrauisch anzustarren, diese wiederum übersah oder provozierte ihn abwechselnd. Tante Millicent schien von beiden begeistert zu sein und teilte ihre Aufmerksamkeit zwischen der Prinzessin und dem Kapitän, während sie es Pamela, Alexej, Clarissa und dem Grafen überließ, sich gegenseitig ins Gespräch zu verwickeln. Dies wäre durchaus unterhaltsam gewesen, hätte Clarissa nicht all ihre Bemühungen darauf gerichtet, unerschrocken mit Stefanowitsch zu kokettieren, der seinerseits nicht zögerte darauf einzugehen. Und dann war da noch Alexej. Er war ganz der vollendete Gast, der seine Aufmerksamkeit gerecht unter den Damen aufteilte, aber er hatte die äußerst ärgerliche Angewohnheit, Pamela zu beobachten, wenn er glaubte, dass sie ihn nicht dabei sah. Aber natürlich sah sie ihn sehr wohl.

Das Dinner besaß all die vermeintliche Wirklichkeit eines Traums, in dem man furchtbar durcheinander war, keine Ahnung hatte, wohin man eigentlich ging, sich aber verzweifelt danach sehnte, genau dorthin zu kommen, und erst viel zu spät merkte, dass man vollkommen nackt war. Am Ende des Mahls hatte Pamela entschieden genug davon und bat, sie für die weitere Beteiligung an der Gesellschaft zu entschuldigen, da sie von der Reise erschöpft sei und Kopfschmerzen habe, was immerhin teilweise der Wahrheit entsprach. Sie flüchtete auf ihre Zimmer.

Schlaf sollte sich allerdings genauso wenig einstellen wie Klarheit. Selbst die Natur verhöhnte sie mit ihrem blassen, heller werdenden Licht der Morgendämmerung. Pamela stieß einen enttäuschten Seufzer aus, warf die Bettdecken von sich und glitt aus dem Bett.

Es war nicht zu übersehen, dass ihre undefinierbaren Gefühle für Alexej nicht durch den zeitlichen Abstand geschwächt worden waren. Ob diese Gefühle eher erotischer Natur oder etwas Bedeutenderes waren, war ihr nicht klar. Alles, was sie wusste, war, dass sie in seinen Armen liegen wollte und, Gott stehe ihr bei, in seinem Bett. Das war nicht der Weg, um ein neues solides Leben zu beginnen.

Sie schritt im Zimmer auf und ab, nur vage spürte sie den fadenscheinig gewordenen Teppich unter ihren Füßen. Er war gewiss am vergangenen Abend hinreichend charmant gewesen. Nein, mehr als charmant.

Vor vier Jahren hatte Alexej den Charme eines Mannes besessen, der auf seine Fähigkeit vertrauen konnte, alles zu bekommen, was er haben wollte, Frauen und alles andere. Dieses Vertrauen schien nicht verschwunden zu sein, zumindest nicht in Bezug auf Frauen, aber es schien sich doch etwas abgeschwächt zu haben.

Darüber hinaus war er *noch* mehr, als er ihr bei ihrem früheren Zusammentreffen erschienen war, wobei sie zugeben musste, dass sie nicht gerade viel über so ernste Angelegenheiten wie das Regieren oder die Erwartungen an Prinzen miteinander gesprochen hatten. Nun verfügte er jedoch über eine entschieden andere Ausstrahlung. Sie war stärker, so als sei er tatsächlich durch ein Feuer geformt worden und daraus gesund und stark hervorgegangen. Und gleichzeitig lagen ein Schatten von Traurigkeit über seinen Augen und ein Hauch von Bedauern in seiner Stimme, beides war subtil und verborgen, und er würde es niemals enthüllen, zugeben oder anerkennen. Wenigstens niemand anderem als sich selbst gegenüber. All das ließ ihn ungewöhnlich und bewundernswert erscheinen.

Bei ihrem ersten Kennenlernen hatte sie geglaubt, dass er eines Tages ein guter König werden könne. Nun glaubte sie, dass er ein großer König gewesen wäre.

Vor vier Jahren war er ein Prinz gewesen, mit dem sie einen bezaubernden Abend verbringen konnte. Heute war er ein Mann, den sie vermutlich lieben könnte.

Wenn sie es nicht sowieso schon tat.

Noch vor wenigen Stunden hatte sie gedacht, man müsse einen Menschen kennen, bevor man sich in ihn verliebte. Doch seitdem hatte Alexej sowohl mit dem, was er sagte, als auch mit dem, was er nicht sagte, viel von sich preisgegeben. Und selbst wenn man nicht in Betracht zog, wie sie seine Berührung schwach werden ließ, war der Mann höchst interessant. Tatsächlich hatte sie in dieser einzigen Unterhaltung mehr über ihn erfahren als über jeden anderen Menschen, den sie bislang getroffen hatte. George eingeschlossen.

Alexej Pruzinsky, einst der Thronerbe des Königreichs Groß-Avalonien, war ein guter Mensch. Sie konnte sicher sehr viel schlechter fahren.

Dieser Gedanke ließ sie plötzlich innehalten.

Woher war er um alles in der Welt gekommen? Ihre Verlobung war ein Schauspiel – ein Betrug, ausgeheckt von ihrer Tante, um Pamela wieder in der Gesellschaft zu etablieren. Allein schon die Idee, dass sie mehr sein könnte, war unsinnig. Alexej war nun einmal ein Prinz und, wie sie vorhin Clarissa erklärt hatte, ungeachtet seiner politischen Position immer noch standesgemäß für eine königliche Partie.

Aber zu welchem Zweck? Da sein Land jetzt nichts weiter als eine Provinz von Russland war, war sein Wert für eine politische Ehe niedrig, denn eine Hochzeit mit ihm bot keinerlei Aussicht auf Allianzen. Seine Abstammung allerdings sicherte ihm eine Ehe mit einer weniger bedeutenderen Prinzessin aus einem ebenfalls weniger bedeutenden Land. Doch selbst wenn er sich dies für sein Leben wünschte, dann hätte es keinen Sinn, in England zu leben und sich nichts weiter zu wünschen als Zurückgezogenheit und Alleinsein. Zudem war Alexej nicht der Typ Mann, der damit glücklich ist, der Prinzgemahl zu sein. Welche Art von Frau, welche Art von Leben würden ihn glücklich machen?

Und was würde sie glücklich machen?

Ganz gewiss wollte Pamela ihr altes Leben wieder aufnehmen, ein schickliches und angesehenes Leben, das Leben, das sie geführt hätte, wäre sie nicht ein solcher Dummkopf gewesen. Hätte sie nicht den Fehler mit George gemacht, wäre sie eine standesgemäße Verbindung eingegangen, wäre Ehefrau und Mutter geworden und hätte ihren vorgesehenen Platz in der Gesellschaft eingenommen. Sie hätte genau das erfüllt, was man von ihr erwartet hätte.

Stattdessen war sie aus England geflohen, um die Welt zu bereisen. Sie war in Rom den Spuren der Cäsaren gefolgt und in Athen den Wegen der Philosophen. Sie hatte die Pyramiden erstiegen. Sie hatte in Paris die größten Kunstwerke der Welt betrachtet und war in Wien von der Musik Beethovens zu Tränen gerührt worden. Sie hatte große Männer getroffen, Komponisten, Künstler und Dichter, alles Menschen, die dank ihrer Geburtsprivilegien, ihres Vermögens oder ihres Talents Macht besaßen. Dachte man genauer darüber nach, dann war es kein Exil, sondern ein großes Abenteuer gewesen.

Und es hatte sie zu der Frau gemacht, die sie heute war.

Guter Gott. Sie sank auf ihr Bett nieder. Wie konnte sie auch nur eine Sekunde geglaubt haben, dass sie dort wieder anfangen konnte, wo sie aufgehört hatte? Oder dass sie das wollte? Natürlich hatte sie den Wunsch, zu heiraten und eine eigene Familie zu haben, aber es mochte nicht unbedingt der geeignetste Weg dazu sein, wenn sie sich erneut auf den Heiratsmarkt warf. Immerhin war sie keine achtzehn oder zwanzig Jahre mehr. Und selbst als sie jünger war, hatte sie keineswegs besonders erfolgreich Bewerber angezogen.

Sie erhob sich von ihrem Bett und durchmaß den Raum, um sich vor dem großen Drehspiegel aufzustellen. Ihr Spiegelbild wurde vom alten Glas und dem rosafarbenen Licht des neuen Tages verzerrt. Auch wenn es unbescheiden war, so musste sie zugeben, dass sie recht hübsch aussah, sogar schön, was sie früher nicht gerade gewesen war.

Sie wollte wieder von der Gesellschaft aufgenommen werden. Mit viel Glück konnte sie das durch diese List mit Alexej erreichen. Und sie wollte einen Ehemann. Pamela betrachtete ihr Spiegelbild kritisch. Sie war klug, sie sah gut aus, und sie kam aus einer erstklassigen Familie. Auch wenn sie älter als die anderen heiratsfähigen Damen dieser Saison war, war sie doch noch lange kein sitzengebliebenes Mädchen. Sie musste einfach nur den Richtigen finden. Einen Mann, der zu schätzen wusste, wer sie war. Einen Mann, dem ein lange zurückliegender Skandal absolut nichts ausmachte. Solch ein Mann mochte durchaus selten sein, aber mit der Hilfe von Alexej würde sie schließlich seine Aufmerksamkeit auf sich ziehen. Hatte er nicht gesagt, dass eine bereits vergebene Frau viel begehrenswerter sei als eine, die leicht zu gewinnen ist?

Alexej war allerdings jemand, den sie lieben könnte, wenn die Umstände stimmten. Aber die Umstände waren alles andere als stimmig, und sie konnte sich nicht vorstellen, dass sie sich jemals ändern würden.

Nein, dies war eindeutig der beste Weg. Sie nickte ihrem Spiegelbild zu. So leicht würde sie ihre Stellung in der Gesellschaft nicht zurückgewinnen, wenn sie sich jetzt nicht mit Alexejs Hilfe einen neuen Platz erkämpfte. Sie konnten ja bestimmt Freunde werden. Wenigstens solange er oder jemand anderes nicht erfuhr, dass sie während einer einzigen Nacht eindeutig mehr als nur Freunde gewesen waren. Sie war sich nicht ganz sicher, was er unternehmen würde, sofern er überhaupt etwas unternahm, wenn er ihre gemeinsame Vergangenheit entdeckte, und sie zog es vor, dies nicht herauszufinden.

Sie würde Alexej aus dem Gedächtnis tilgen und nur noch als Mittel zum Zweck ansehen. Nachdem sie diesen Entschluss gefasst hatte, verspürte sie Erleichterung und große Müdigkeit. Vielleicht konnte sie sich nun ausruhen.

In den letzten Sekunden, bevor der Schlaf endgültig sein Recht verlangte, fragte sie sich, ob sie ihn auch aus ihren Träumen tilgen konnte.

Alexej nickte dem Lakaien, der einen Herzschlag vor ihm die Tür öffnete, einen Morgengruß zu. Das Haus mochte nicht im besten Zustand sein, aber die Dienerschaft war tadellos ausgebildet, und die Einrichtungen für seine Pferde waren in hervorragendem Zustand. Alexejs Reittier war vermutlich besser untergebracht als der Rest seiner Gesellschaft.

Er war es seit langem gewohnt, frühmorgens auszureiten, und selbst in London hielt er an dieser Gewohnheit fest, wobei er den Hyde Park zwar als einschränkend, aber für seine Zwecke doch noch ausreichend empfand. Er freute sich sehr auf den Tag, an dem er auf dem Land und damit ohne Begrenzung reiten konnte. Im Moment musste es eben der Park tun. Immerhin gewährte ihm sein neues Leben das Geschenk eines einsamen Rittes anstelle eines Rittes in Gesellschaft eines Gefolges von Bediensteten. Einsamkeit, in der man unzähligen Fragen nachgehen konnte, einschließlich jener, wie um Himmels willen man in ein lächerliches, vorgetäuschtes Verlöbnis hineingeraten konnte, und, noch wichtiger, nach der Frau, die diese Farce mit ihm teilte.

Je mehr er darüber nachdachte, desto überzeugter war er, dass Pamela und er sich bereits früher getroffen hatten. Wenn es aber so war, wieso gab sie dann vor, dass es nicht so gewesen sei. Und warum erinnerte *er* sich nicht an *sie?* Es ergab alles keinen Sinn, es sei denn, man stimmte Romans Theorie zu, dass sie die Dame war, mit der er in Venedig eine einzige Nacht verbracht hatte.

Serenissima.

Es war nicht möglich. Er hatte ihr Gesicht nie gesehen, aber er zweifelte nicht daran, dass er sie bei einem Wiedersehen sofort erkennen würde, ohne zu zögern, ohne eine Frage zu stellen. Seine Seele würde sie erkennen. Plato und die alten Griechen hatten geglaubt, dass Mann und Frau ursprünglich ein Wesen waren, getrennt durch die Götter und dazu verdammt, ihr Leben lang mit der Suche nach der anderen Hälfte zuzubringen. Alexej hatte diese Vorstellung als närrischen romantischen Unsinn abgetan, bis zu jener erinnerungswerten Nacht und jener unvergesslichen Frau.

Nein, was immer Miss Effington verbergen mochte, das war es nicht.

Er machte sich auf den Weg zum Speisesaal. In den wenigen Tagen seit seiner Ankunft hatte sich das Personal gut auf seine Bedürfnisse eingestellt, und das Frühstück würde auf der Anrichte auf ihn warten. Er begann die Bediensteten hier sehr zu mögen, vor allem Graham. Immerhin hatte der Mann es fertig gebracht, das Haus weiterzuführen, es Jahr für Jahr zu vermieten, die Fassade und die Gartenanlagen nicht verkommen zu lassen, und das alles, ohne maßlose Aufmerksamkeiten von den Bewohnern oder den Anwälten einzufordern. Wenn Alexej schließlich ein Anwesen auf dem Land mietete, würde er wahrscheinlich zusätzliches Personal brauchen, und er zweifelte daran, dass er besseres finden konnte als Graham und die Übrigen. Vorausgesetzt, er konnte sie überreden, die neuen Besitzer zu verlassen. Das mochte nicht annähernd so schwierig sein, wie sie dazu zu bringen, das Haus selbst zu verlassen, was vermutlich eine Menge Treue erforderte. Immerhin war es ihr Heim.

Der Klang weiblicher Stimmen drang aus dem Salon und zog seine Aufmerksamkeit auf sich. Ärgerlich runzelte er die Stirn. Soweit zum Thema Einsamkeit. Er hatte eher erwartet, dass ihm Roman oder Dimitri oder sogar beide zusammen bald am Frühstückstisch Gesellschaft leisten würden, sofern sie nicht schon da waren, denn Lady Smythe-Windom schien ihm nicht der Typ Frau zu sein, der um diese Uhrzeit schon auf war. Doch es war eindeutig ihre Stimme. Er war sich ganz und gar nicht sicher, ob er schon fähig war zu hören, welche neuen und teuflischen Listen sie während der Nacht ersonnen hatte. Vermutlich ließ sie ihn und ihre Nichte vor einem Geistlichen unwahre Eheversprechen ablegen, um ihr absurdes Spiel noch weiter zu treiben. Womöglich spielten auch noch Kinder zu seinen Füßen, bevor er es überhaupt bemerkte. Allerdings erforderten Kinder eine rechtmäßige Hochzeitsnacht und eine Reihe von intimen Nächten danach.

Er lachte. Welch ein angenehmer Gedanke. Das Mindeste, was er für die Dame tun konnte, die so früh am Morgen eine derart erfreuliche Vorstellung in ihm wachgerufen und seine Stimmung erheblich verbessert hatte, war, ihr einen guten Tag zu wünschen. Er wandte sich um und trat in den Salon.

Lady Smythe-Windom war für einen Spaziergang angezogen und befand sich in Begleitung einer feinen jungen Dame, die ähnlich gekleidet war. Die beiden hatten sich auf einem Sofa niedergelassen und waren in lebhafter Unterhaltung mit Valentina begriffen, die Reitkleidung trug. Alexej unterdrückte ein Lachen. Vielleicht war es Teil ihrer Anstrengungen, sich zu ändern, dass sie den Tag in passender

Kleidung und mit einer schicklichen Beschäftigung begrüßte. Allerdings hatten sie sich am vergangenen Abend alle recht früh zurückgezogen. Es hatte einfach nichts mehr zu tun gegeben.

Dimitri und Roman standen zu beiden Seiten des offenen Kamins, der Kapitän bewachte mit über der Brust verschränkten Armen in jeder Sekunde Valentina, und Roman beobachtete mit merklichem Vergnügen die Damen.

»Guten Tag, Myladies.« Alexej trat ins Zimmer. »Ihr seht heute Morgen wundervoll aus, Lady Smythe-Windom.«

»Euer Hoheit.« Roman machte einen Schritt auf ihn zu. »Erlaubt mir, Euch –«

»Tue ich das, Euer Hoheit?« Lady Smythe-Windom sah zu ihm auf mit forschendem Blick und amüsiertem Lächeln. Sie streckte ihm ihre Hand entgegen. »Wie wundervoll?«

Er beugte sich über ihre Hand, führte sie an seine Lippen und erwiderte ihren Blick. »Außerordentlich.«

»Wirklich?« Lady Smythe-Windoms Augen weiteten sich unschuldig.

Valentina lächelte hämisch. »Findest du denn, dass sie heute Morgen schöner aussieht als etwa, sagen wir, gestern Abend?«

Alexej lachte und richtete sich auf. »Eindeutig schöner.«

Lady Smythe-Windoms Lächeln wirkte entschieden selbstzufrieden. »Und vielleicht auch jünger?«

»Die Jugend in Person«, sagte er mit fester Stimme.

»Man sagt, es gibt immer einen gelungenen Zwilling und einen weniger gelungenen Zwilling.« Eine verärgerte weibliche Stimme erklang von der Tür her. Alexej drehte sich um, um Lady Smythe-Windom in der Tür stehen zu sehen, oder eher jemanden, der genauso aussah wie Lady Smythe-Windom, das heißt genauso wie die Dame, die vor ihm saß und nur anders angezogen war. »Ich war der gelungene Zwilling.«

»Nicht lange.« Die erste Lady Smythe-Windom stand auf.

»Ich erlaube mir zu sagen, dass du das in den vergangenen Jahren richtiggestellt hast.«

»Du kannst versichert sein, ich habe die größte Mühe darauf verwendet.« Die neu hinzugekommene Lady Smythe-Windom ging auf ihre Zwillingsschwester zu. »Dennoch würde ich niemals einen Prinzen nötigen, mir zu sagen, dass ich jünger und schöner als meine Schwester aussehe.«

Die Schwester warf einen Blick auf Alexej. »Verzeiht, Euer Hoheit, wenn ich Euch auf irgendeine Weise genötigt habe. Oder wenn ich Euch getäuscht habe. Ich bin Abigail Effington. Lady Pamelas Mutter.«

»Ja, natürlich.« Er hätte es in dem Moment wissen sollen, in dem er begriffen hatte, dass es zwei von dieser Sorte gab. Sie konnte gar niemand anderes sein.

»Abigail.« Lady Smythe-Windom traf ihre Schwester in der Mitte des Zimmers.

Lady Edward musterte ihre Zwillingsschwester. »Millicent.«

Die Ähnlichkeit zwischen den beiden Frauen war frappierend. Alexej hätte gerne gewusst, ob sie über die äußere Erscheinung hinausging. Wenn man dem äußeren Anschein vertraute, dann schienen die Schwestern nicht besonders erfreut, sich zu sehen. Eine deutlich wahrnehmbare Spannung lag in der Luft.

»Ich fragte mich schon, ob du jemals nach Hause zurückkehren willst«, sagte Lady Edward.

Lady Smythe-Windom zuckte die Achseln. »Ich auch.«

Lady Edward kniff ihre Augen zusammen. »Bist du noch immer so sorglos, einseitig und entschlossen, genau das zu tun, was du willst, wie einst?«

»Aber sicher.« Lady Smythe-Windom studierte ihre Schwester. »Und bist du noch immer so eigensinnig, anmaßend und überzeugt davon, dass nur du, und zwar du allein recht hast?

Lady Edward nickte. »Absolut.«

»Gut. Ich hatte schon Angst, du könntest dich verändert haben.«

»Niemals.« Lady Edward lachte und schlang ihre Arme um ihre Schwester.

Die beiden Frauen umarmten sich unter Lachen, Scherzen und ein paar Tränen. Jede von ihnen versuchte allem Anschein nach, Jahre des Gesprächs in ein paar wenige Augenblicke zu drängen. Alexej atmete erleichtert auf. Welch seltsame Beziehungen diese Engländerinnen hatten. Vor wenigen Augenblicken hatte er nicht ausschließen können, dass sie handgreiflich werden würden, und war schon darauf vorbereitet, sich persönlich zwischen sie zu werfen, obwohl er diese Vorstellung nicht gerade angenehm fand. Nun wurde es glücklicherweise offensichtlich, dass sie große Zuneigung zueinander hegten.

Roman stellte sich an Alexejs Seite. »Ich versuchte Euch zu warnen, Euer Hoheit.«

Lady Smythe-Windom befreite sich aus der Umarmung ihrer Schwester. »Ich hätte Euch ebenfalls warnen sollen.«

»Ich muss sagen, eine kleine Vorwarnung wäre nicht schlecht gewesen.« Alexej lächelte gezwungen. »Es ist ziemlich beängstigend, festzustellen, dass es mehr als eine von den Damen gibt.«

»Mir ist klar, worauf es hinausläuft, aber ich dachte mir schon, ich hätte Euch vor Abigails Versuch warnen sollen, Euch dazu zu bringen, auf meine Kosten etwas schrecklich Schmeichelndes zu äußern.« Lady Smythe-Windom warf ihrer Schwester einen langmütigen Blick zu.

Lady Edward lachte. »Du hättest genau das Gleiche gemacht, wenn du vor mir auf die Idee gekommen wärst.«

»Stimmt«, bestätigte Lady Smythe-Windom selbstzufrieden. »Aber ich hätte es viel besser gemacht.«

»Wohl kaum.« Lady Edward lachte und ergriff die Hände ihrer Schwester. »Ich sehe, dass du dich ausgesprochen gut um Pamela gekümmert hast.«

»Selbstverständlich habe ich das.« Entrüstung spiegelte sich in Lady Smythe-Windoms Gesicht. »Ich würde, was das betrifft, weder Pamela noch Clarissa jemals etwas zustoßen lassen.«

»Natürlich nicht. Ich spreche nicht von ihrer Sicherheit. Ich spreche von ...« Lady Edward nickte vielsagend in Alexejs Richtung. »Ihm.«

Alexej fuhr hoch. »Mir?«

Lady Edward schenkte ihrer Schwester ein strahlendes Lächeln. »Du hast hervorragende Arbeit geleistet.«

»Habe ich das?«, fragte Lady Smythe-Windom vorsichtig.

»Seid gefasst, Euer Hoheit«, flüsterte Roman.

»Ja, das hast du wirklich. Auch wenn ich mir gewünscht hätte, dass du mir geschrieben hättest, wenigstens von den Perspektiven.« Lady Edward schüttelte den Kopf. »Wir könnten jetzt schon viel weiter sein.«

»Ich habe dir fast mein ganzes Leben lang gewissenhaft einmal im Monat geschrieben.« Lady Smythe-Windom sah verwirrt aus. »Mit was viel weiter?«

»Ich habe ihr alles von Pamela und Alexej erzählt«, sagte Valentina mit einem freundlichen Lächeln auf Lady Edward. »Wir haben die Vorbereitungen für die Hochzeit besprochen.«

»Die Hochzeit?« Lady Smythe-Windom streifte Alexej mit einem schnellen Blick.

»Habt Ihr das?« Alexej starrte seine Cousine an.

»Ganz gewiss.« Valentina nickte. »Oh, ich bin mir sicher, dies wird zwar nicht so verschwenderisch wie eine Staatshochzeit, aber es ist die Vereinigung des Hauses Pruzinsky und des Hauses Effington –«

»Ich weiß nicht, ob ich es wirklich ›Haus‹ nennen würde«, murmelte Lady Effington.

»Familie also. Egal« – Valentina zuckte die Achseln – »es sollte ein Fest geben, und ich beabsichtige meinerseits, alles zu tun, damit es gelingt.« Sie beugte sich zu Alexej und erwiderte seinen Blick. »Das Allermindeste, was ich tun kann, Cousin, ist, dir zu helfen, dein neues Leben glanzvoll zu beginnen, da ich bis zu einem gewissen Grad dafür verantwortlich bin, dass dein altes Leben hin und wieder ein klein wenig schwierig war. Du kannst mir später dafür danken.«

»Dir danken?« Alexejs Stimme erhob sich.

»Denk dir nichts dabei«, lächelte Valentina selbstgefällig.

»Ein bisschen schwierig?«, spottete Dimitri. »Hin und wieder?«

Valentina überging ihn. Lady Edward und Lady Smythe-Windom tauschten Blicke.

»Ich sagte den Damen, dass es möglicherweise etwas verfrüht ist für Hochzeitsvorbereitungen«, warf Roman sanft ein.

»Unsinn«, protestierte Lady Edward überzeugt. »Nach allem, was mir die Prinzessin erzählt hat, haben Euer Hoheit und Pamela schon viel zu lange gewartet.«

»Ja, aber«, Lady Smythe-Windom wählte ihre Worte sorgfältig, »Ihr habt Euch erst gestern wiedergesehen und sofort erkannt … dass das, na ja … das alles so schnell geschah –«

Die junge Dame, die auf dem Sofa saß, ließ einen aufrichtigen Seufzer verlauten. »Ich finde, es ist furchtbar romantisch.«

»Ich auch.« Valentina grinste ihren Cousin an. »Schrecklich.«

Ein höchst unsinniges Gefühl von Panik überfiel Alexej. Anscheinend reichte es nicht, dass er sein Land verloren hatte, nun wollten diese Frauen ihm auch seine Freiheit wegnehmen. Es war eine Sache, Pamelas Verlobten zu spielen, aber es war eine völlig andere Sache, sie als Teil der Maskerade wirklich zu heiraten, ungeachtet des beträchtlichen Reizes einer Hochzeitsnacht und endlosen Nächten mit ihr in seinem Bett. Das Hirngespinst von spielenden Kindern erschien einmal mehr vor seinem Auge.

Nein. Die Kinder verschwanden. Er hatte sein Leben in dem Bewusstsein zugebracht, wenig bei der Wahl seiner Braut zu sagen zu haben. Das hatte sich mit allem anderen zusammen geändert, und er würde sich verdammt noch mal nicht zu einer Heirat zwingen lassen, nur weil ein absurder Plan schiefging.

»Lady Edward.« Alexej richtete einen entschlossenen Blick auf diese Frau. »Bevor dies noch weitergeht, muss ich Euch davon in Kenntnis setzen –«

»Er muss dich in Kenntnis setzen ... oder vielmehr ...«, fuhr Lady Smythe-Windom dazwischen, »deinen Gatten. Ja, natürlich, das ist es. Pamelas Vater. Edward.« Ihr Gesichtsausdruck hellte sich auf. »Seine Hoheit fühlt sich einfach fürchterlich, weil er nicht die Möglichkeit hatte, alles auf angemessene Weise zu machen und um Pamelas Hand anzuhalten. Er sollte das unbedingt tun, bevor irgendwelche konkreten Hochzeitsvorbereitungen getroffen werden.« Sie wandte sich ihm zu. »Ist das richtig, Euer Hoheit?«

Alexejs Augen wurden zu Schlitzen.

Roman neigte sich näher, damit er nur für Alexej hörbar war. »Vergesst die Bank nicht, Hoheit.«

Alexej atmete heftig aus. »In der Tat, Lady Smythe-Windom, ich fühle mich« – er biss die Zähne zusammen – »fürchterlich.«

»Das dachte ich mir.« Erleichterung spiegelte sich in ihrem Gesicht, und sie lächelte ihm dankbar zu. »Und nennt mich doch Tante Millicent.«

»Das ist nicht ganz der Name, der mir auf der Zunge lag«, sagte er leise.

»Edward würde das sehr gefallen.« Lady Edward nickte zustimmend. »Und auch ich schätze diese Geste, obwohl ich mir nicht sicher bin, ob sie notwendig ist, zieht man Pamelas Alter in Betracht und, ja ...«. Sie winkte ab. »Vermutlich fällt das nun kaum mehr ins Gewicht.« Lady Edward bedachte Alexej mit einem strahlenden Lächeln. »Jetzt, wo sie eine wunderbare Partie gemacht hat, und das auch noch aus Liebe. Ich könnte nicht erfreuter sein.«

Alexej seufzte. »Lady Edward –«

»Wir sind alle erfreut, Mylady«, sagte Roman schmeichelnd, »über das Glück von Miss Effington und Seiner Hoheit.«

»Und es wird uns möglich sein, das Ereignis in großem Stil bekannt zu geben. Der Zeitpunkt ist perfekt gewählt. Lady Edwards Familie veranstaltet heute in zwei Tagen einen Ball.« Valentinas Stimme klang aufgeregt. »Es wird der ideale Ort für eine offizielle Bekanntgabe sein.«

»Was wird der ideale Ort für welche Bekanntgabe sein?« Pamela stand in der Tür und riss verwirrt die Augen weit auf. Sie sah bezaubernd zerzaust aus, so als ob sie gerade erst aufgewacht sei und sich hastig angezogen hätte. Alexej hatte das höchst lächerliche Verlangen, sie in seine Arme zu ziehen und zurück ins Bett zu tragen.

»Was auch immer macht ihr denn ...« Sie trat in den Raum, und ihre Augen wurden immer größer. »Mutter? Amanda?« Pamela flog durch das Zimmer und in die Arme ihrer Mutter und der jüngeren Dame, die zweifelsohne ihre Schwester war.

Die nächsten paar Minuten waren eine Wiederholung der vorangegangenen Begrüßung der beiden älteren Damen, nur lauter, länger und, was mehr als verblüffend war, mit noch größerer Begeisterung. Zumal sich auch noch Lady Smythe-Windom – oder vielmehr Tante Millicent – in das Kampfgeschehen einmischte. Sogar Valentina schien sich zu dem Knäuel aus aufgeregten Frauen hingezogen zu fühlen, das etwas von einer Naturgewalt an sich hatte, einem Strudel nicht unähnlich, der alles, was in seinen Weg kam, aufsog.

»Liebstes, du siehst wundervoll aus.« Lady Edward hielt ihre älteste Tochter auf Armlänge von sich und betrachtete sie aufmerksam. »Das Reisen bekommt dir offensichtlich.«

»Ich hatte eine wundervolle Zeit, Mutter«, sagte Pamela, »aber ich bin sehr froh, zu Hause zu sein.«

»Aber du bist nicht wirklich zu Hause. Ich wollte sagen, du bist hier.« Lady Edward sah sich im Zimmer um und erschauerte. »An diesem Ort, Großtante Elizabeths Haus – Gott schenke ihrer Seele Frieden –, und nicht in unserem Zuhause. Das ist einfach nicht richtig.«

Scheinbar wusste Lady Edward nicht, dass Pamela Mitbesitzerin dieses Hauses war.

»Richtig oder nicht, hier werde ich bleiben.« Pamela schüttelte ihren Kopf. »Ich kann nicht dorthin zurückkehren, wo ich gelebt habe, genauso wenig wie ich dazu zurückkehren kann, was ich war.«

»Sie ist hier ausgesprochen willkommen«, warf Tante Millicent schnell ein. »Ich wüsste nicht, was ich ohne Pamela und Clarissa anfangen sollte. In meinen Augen sind sie mehr als nur Nichten. Sie stehen mir so nahe, als wären sie meine eigenen Töchter.« Sie seufzte tief. »Ich war nie mit eigenen Kindern gesegnet, müsst Ihr wissen.«

Lady Edward schnaubte. »Du hast Kinder nie besonders gemocht.«

»Ich finde, dass ich sie recht gern mag, sobald sie all den Kindheitskram hinter sich gelassen haben«, erklärte Tante Millicent hochmütig. »Sobald sie das Erwachsenenalter erreicht haben, ähneln sie sehr stark ... Menschen.«

Pamela lachte. »Danke, Tante Millicent.« Sie atmete tief ein und wandte sich an Lady Edward. »Mutter, eben weil ich erwachsen bin, würde ich es vorziehen, nicht die gleichen Stätten zu bewohnen, die ich als Kind bewohnt habe. Ich weiß, dass die meisten unverheirateten Frauen meines Alters es so halten. Aber ich habe mir nie gewünscht, eine von ihnen zu sein.«

Sie sah ihrer Mutter direkt in die Augen. »Ich fürchte, ich bin zu ... unabhängig geworden, um zu dem Leben zurückzukehren, das ich als Kind gelebt habe. Es klingt verrückt, und ich hoffe, du verstehst, aber, nun ja, so ist es nun einmal.«

Lady Edward betrachtete ihre Tochter lange. »Deine Briefe, Millicent, waren genauer, als ich dachte, obwohl ich so etwas aufgrund der Art und Weise, wie sich Pamelas eigene Mitteilungen im Laufe der Jahre verändert haben, erwartet habe.« Lady Edward sah ihre Tochter skeptisch an. »Sie hat sich sehr verändert.«

Tante Millicent lachte. »Sie ist eine von ihnen geworden.«

»Es war wahrscheinlich unumgänglich, es steckt ihr im Blut. Und ich kann keineswegs behaupten, dass es nicht zu ihrem Besten ist.« Lady Edward umfasste mit ihrer Hand das Kinn ihrer Tochter und lachte ihr in die Augen. »Du warst immer viel zu reserviert und ruhig für ein Mitglied dieser Familie. Manchmal fürchtete ich, du könntest einfach platzen vor der Anstrengung, die dir deine Zurückhaltung abverlangte.«

»Was in gewisser Weise der Fall war, Mutter«, sagte Amanda in prosaischer Manier. »Mit Penwick. Erinnerst du dich nicht?«

Penwick? Alexej sah zu Roman, der leicht nickte.

Lady Edward warf einen kurzen, prüfenden Blick auf Alexej. »Wir erinnern uns alle daran, Liebes, aber es ist vorbei und vergessen. Es besteht keine Notwendigkeit, es jetzt aufzuwärmen.«

»Erzähl mir von dem Ball, Mutter«, bat Pamela. »Sieht man einmal davon ab, dass du ihn in deinen Briefen vergessen hast zu erwähnen, ihr habt doch seit Jahren keinen Ball mehr veranstaltet.«

»Genau genommen wird er bei deiner Tante und deinem Onkel gegeben. In Effington House«, murmelte Lady Edward.

»In Effington House? Das letzte Mal, dass *ich* mich an einen Ball in Effington House erinnern kann, war es wegen …« Sie verengte ihre Augen. »Mutter?«

»Es ist Amandas Einführungsball.« Ein widerwilliger Ton schwang in der Stimme von Lady Edward. »Trotzdem sehe ich keinen Grund, warum wir dort keine Ankündigung machen sollen.«

»Auf keinen Fall!« Pamela sah angesichts des Vorschlags entsetzt aus. Hervorragend. Alexej war bei der Aussicht darauf selbst entsetzt. Sie wandte sich an ihre Schwester und nahm ihre Hände. »Amanda, es ist dein Ball. Du sollst im Mittelpunkt der Aufmerksamkeit stehen, und absolut nichts soll sie von dir abziehen.«

»Pamela, Liebes, das wird nicht geschehen.« Amanda sagte es mit der Sicherheit einer Frau, die sich ihrer eigenen Schönheit gewiss ist. Bei jemandem, der so jung ist, war dies etwas ungewöhnlich, aber ihr Äußeres rechtfertigte sie eindeutig.

Amanda war wesentlich kleiner als ihre ältere Schwester, aber es gab eine ausgeprägte Ähnlichkeit zwischen ihnen. Amandas blondes Haar war einen Hauch dunkler als Pamelas, ihre Augen dagegen waren etwas heller. Sie war zart, während Pamela stattlich war, und sie hatte eine fast ätherische, eine engelhafte Ausstrahlung. Die meisten heiratsfähigen Männer Londons würden in kürzester Zeit um ihre Gunst werben, wenn sie es nicht sowieso schon taten.

»Du warst sechs endlos lange Jahre weg. Wir haben dich nur einmal gesehen, als wir dich im ersten Jahr nach deiner Abreise in Paris getroffen haben. Ich habe dich schrecklich vermisst. Natürlich bin ich wegen des Balls fürchterlich aufgeregt – es ist nun einmal meine offizielle Einführung in die Gesellschaft –, aber er ist für mich, und ich sollte alles bekommen, was ich in diesem Zusammenhang wünsche. Nichts wäre mir lieber, als ihn mit meiner einzigen Schwester zu teilen. Die Bekanntmachung der Verlobung wird ohnehin irgendwann und irgendwo stattfinden. Warum nicht auf meinem Fest?« Amanda lachte höchst schelmisch, und jeder Eindruck von Heiligkeit verschwand. »Die Ankündigung von der bevorstehenden Hochzeit meiner Schwester mit einem echten Prinzen und seine Anwesenheit – Ihr werdet doch anwesend sein, oder nicht?«

Alexej lächelte gequält. »Da es sich um meine Verlobung handelt, würde ich es nicht wagen, sie zu verpassen.« In Wahrheit begann er sich zu fragen, wo all dies enden würde. Er hasste es nämlich sehr, eine Oper zu verlassen, bevor die Schlussarie gesungen worden war.

»Es wird meinen Ball zum Gespräch der Saison machen.« Amanda neigte sich vertrauensvoll zu ihrer Schwester. »Lucy Berkleys Ball findet nächste Woche statt, und sie behauptet, er sei das Ereignis des Jahres. Das glaube ich nun kaum mehr.«

Pamela sah zu ihrer Mutter. »Lucy Berkley?«

Lady Edward seufzte. »Ihre älteste und liebste Freundin auf der Welt.«

Amanda gluckste auf äußerst unengelhafte Weise. »Ich kann es kaum erwarten, genau zu sehen, welchen Grünton sie annimmt, wenn sie das hört.«

Pamela wählte ihre Worte sorgsam. »Immerhin sind wir erst gestern in London angekommen, und da Seine Hoheit und ich uns seit Jahren nicht mehr gesehen haben, nun ja, da scheint das alles ziemlich schnell zu gehen.«

»Genau das, was ich sagte«, murmelte Tante Millicent.

»Aber warum soll man warten, wenn man verliebt ist?«, sagte Valentina.

»In der Tat, warum warten?« Lady Edward zuckte zusammen. »Das heißt, mit der Hochzeit.«

»Ich ... ich...« Pamela warf Alexej einen flehentlichen Blick zu. Er lächelte aufmunternd. »Ich würde es vorziehen, mit einer offiziellen Bekanntmachung zu warten. Immerhin ist einige Zeit vergangen, seit Seine Hoheit und ich voneinander schieden. Ich denke einfach, es wäre klug für uns beide, wenn wir uns erst einmal wieder miteinander vertraut machten, bevor wir uns in öffentliche Bekanntmachungen stürzen. Seid Ihr nicht auch dieser Meinung?«

Er sah sie eine Weile starr an. Es wäre nichts weiter als ein Aufschub, doch zu welchem Zweck? Er hatte sein Wort nun einmal gegeben. Alexej war immer so etwas wie ein Anhänger der Idee gewesen, dass jemand, der im Begriff war, in kaltes Wasser zu steigen, am besten gleich springen sollte. Der anfängliche Schock war heftig, aber letztlich war es viel einfacher. Außerdem fing das alles an, recht unterhaltsam zu werden.

»Ich bin gleicher Meinung, meine Liebe.« Er unterdrückte ein Lachen. »Mit Eurer Schwester.«

»Seid Ihr das?« Amandas Augen wurden groß.

Pamelas Augenbrauen wölbten sich. »Seid Ihr das?«

»Gott sei Dank«, flüsterte Tante Millicent.

»Wie wunderbar.« Lady Edward seufzte erleichtert auf.

»Meine liebe Miss Effington.« Er schritt auf Amanda zu, nahm ihre Hand und führte sie zu den Lippen. »Ich kann mir keinen besseren Grund denken, um meine Absichten gegenüber Eurer Schwester öffentlich bekannt zu geben, als den, Eure Miss Berkley so grün wie irgend möglich werden zu lassen.«

»Wir werden bestens miteinander auskommen, Euer Hoheit.« Amanda lächelte hintergründig, und äußerst bezaubernde Grübchen erschienen in ihren Mundwinkeln. Sofort empfand Alexej Mitleid mit jenem potenziellen jungen Mann, auf den sie vielleicht ein Auge werfen würde. Er würde keine Chance haben.

Pamela starrte ihn an. »Ich glaube wirklich, dass es vernünftiger ist zu warten, bis wir einige Zeit miteinander verbracht haben –«

»Unsinn.« Er begegnete standhaft ihrem Blick und versuchte über ihre offensichtliche Verärgerung nicht zu lachen. Er genoss dies alles sehr. »Sich besser kennenzulernen ist ja schließlich genau der Grund für eine Verlobung, zumal wir nicht aus politischen oder strategischen Gründen heiraten. Wir folgen unseren Herzen, Pamela, wohin sie uns auch tragen mögen. Sie haben uns zu diesem Augenblick geführt, und wir können sie nicht übergehen.«

Sie starrte ihn weiter an. »Wir können nicht?«

»Nein, wir können nicht.« Sein Blick fing ihren ein, und er trat näher zu ihr. »Es sind unsere Herzen, die uns sagen, dass etwas richtig und wahr ist, egal wie schlecht beraten es wirken mag, wenn man es mit Vernunft und Logik betrachtet.« Er nahm ihre Hände in seine. »Es sind unsere Herzen, die über trennende Meilen und Jahre hinweg nach dem jeweils anderen gerufen haben.« Er küsste die eine Hand, dann die andere, sein Blick war noch immer ihrem verschlossen. »Und es sind unsere Herzen, die uns schließlich wieder zueinander geführt haben.«

Pamelas Mund öffnete sich. »Ach du Schreck!«

»Das war furchtbar romantisch«, murmelte Valentina.

»Ich kann dir gar nicht sagen, wie erfreut ich bin«, sagte Lady Edward leise zu ihrer Schwester.

»Wir sind alle erfreut.« Tante Millicents Stimme klang eindeutig nachdenklich.

Alexej schenkte ihnen keine Beachtung und sah weiterhin in Pamelas dunkle Augen. »Ich warne Euch, Pamela, ich gedenke jeden einzelnen Augenblick bis zum Ball zu nützen, um daran zu arbeiten, Eure Ängste zu lindern. Wir müssen sehr viel Zeit miteinander verbringen.«

Sie sah unbewegt zu ihm auf. »Ich werde mich darauf freuen.«

»Natürlich in schicklicher Begleitung«, gab Lady Edward mit entschlossener Stimme zu verstehen.

Alexej gab ihre Hände frei, wobei er ausgeprägten Widerwillen dagegen empfand und das Gefühl entschiedenen Verlustes, als die Wärme ihrer Finger seine verließ.

»So, jetzt gibt es eine Reihe von Einzelheiten, die wir besprechen sollten …« Lady Edward begann, und die anderen

Damen fielen ein, um ihre Meinung kundzutun oder einen Kommentar zu äußern. Nur Pamela machte eine Ausnahme. Sie wirkte wie betrunken. Herrlich. Er mochte es, wenn sie betrunken war.

Alexej hielt sich heraus, zwar nickte und lächelte er, wenn es notwendig war, aber in Wirklichkeit war er bei dieser Unterredung überflüssig und schenkte ihr keinerlei Aufmerksamkeit. Seinetwegen konnten sie weiße Tauben über seinem Kopf frei lassen, so wenig interessierte es ihn.

Nein, er war eifrig darauf bedacht, Pamela zu beobachten. Es war ärgerlich, erkennen zu müssen, dass sie etwas wusste, in das er nicht eingeweiht war. Genau aus diesem Grund hatte er erklärt, dass sie vor dem Ball viel Zeit zusammen verbringen würden. Oh ja, er beabsichtigte voll und ganz, diese Zeit zu seinem Vorteil zu nützen und sie – einerseits um sein Gedächtnis aufzufrischen und andererseits weil er es unbedingt wollte – nochmals zu küssen, und zwar sehr gründlich.

»Jetzt, wo wir alles bestens in der Hand haben« – Valentina hielt auf die Tür zu, ihre Stimme klang feurig – »verabschiede ich mich, um dem Beispiel meines Cousins zu folgen und auszureiten.« Sie sprach über die Schulter hinweg, drehte sich aber nicht um. »Kommt Ihr mit, Petrow?«

Dimitri presste seine Kiefer zusammen und sah Alexej verzweifelt an. Dieser zuckte die Achseln und schüttelte entschuldigend seinen Kopf. Der Kapitän lenkte seinen Blick zum Himmel. Man konnte meinen, er wollte um göttlichen Beistand bitten.

»Kapitän!«, rief Valentina.

Dimitri schloss einen Augenblick lang seine Augen, murmelte etwas in sich hinein und folgte der Prinzessin.

»Wir sollten auch gehen. Es sind noch zahllose Details vor dem Ball zu bedenken.« Lady Edward wandte sich an ihre ältere Tochter und umarmte sie. »Ich habe dich mehr vermisst, als ich sagen kann. Versprich mir, dass du niemals mehr so lange wegbleibst.«

Pamela nickte, ihre Augen strahlten. »Das verspreche ich dir, Mutter. Ich habe dich auch vermisst.«

»Wir werden eine großartige Zeit bei dem Ball erleben, Pamela.« Amanda nahm ihre Schwester schnell in die Arme, bevor sie sich zu Alexej umdrehte und ihm ihre Hand entgegenstreckte. »Habt nochmals herzlichen Dank dafür, Euer Hoheit, dass Ihr zugestimmt habt, meinen Ball zum allerbesten der Saison zu machen.«

Zuvorkommend strich er mit seinen Lippen über ihre Hand und versuchte nicht zu lachen. »Ich werde tun, was in meiner Macht steht, Miss Effington.«

»Darf ich fragen, ob Ihr nicht zufällig einen Bruder habt«, sagte Amanda nachdenklich. »Jung und sehr gut aussehend vielleicht?«

Er lachte. »Ich habe tatsächlich einen Bruder, Miss Effington. Er ist um einiges jünger als ich und sieht zudem erheblich besser aus. Zumindest in den Augen der Frauen.«

»Wirklich?« Amanda gab sich naiv. »Meint Ihr, er könnte überredet werden, auch zum Ball zu kommen?«

»Im Interesse der Übertrumpfung von Miss Berkely könnte er gewiss überredet werden zu erscheinen –«

Amanda öffnete ihren Mund, aber Alexej hob seine Hand, um sie zu bremsen.

»– wenn ich wüsste, wo er ist, und ich fürchte, ich weiß das im Moment nicht.«

»Welch ein Jammer.« Amandas Augenbrauen zogen sich gedankenverloren zusammen. »Vielleicht könnt Ihr den Versuch machen, dies herauszufinden –«

»Das reicht, Amanda.« Lady Edward führte das Mädchen zur Tür. »Du bekommst die Bekanntmachung einer Verlobung, und ein Prinz sowie eine Prinzessin besuchen deinen Ball. Ich wage zu behaupten, das ist mehr als genug, um die Begeisterung deiner liebsten Freundin zu dämpfen.«

»Das ist es, nicht wahr?« Amanda grinste ihm blitzartig selbstgefällig zu, und er grinste zurück. Sie würde ganz gewiss für jeden Mann, der den Mut hatte, es mit ihr zu versuchen, eine Nervensäge sein.

Nach einem Durcheinander von Abschiedsworten und Versprechungen, sich morgen wieder zu treffen, gingen die beiden Damen und ließen Pamela, Alexej, Roman und Tante Millicent zurück.

Tante Millicent wandte sich mit einem liebenswürdigen Lächeln den andern zu. »Das ging gut.«

»Gut?« Pamelas Stimme erhob sich. »Also, ich würde es kaum als gut bezeichnen. Bekanntmachungen bei Bällen? Hochzeitsvorbereitungen? Findest du nicht, dass das alles zu weit geht?«

Tante Millicent staunte. »Was meinst du damit, meine Liebe?«

»Was ich damit meine?« Pamela sprühte vor Wut. »Ich meine, dass ich gerade eben meine Mutter angelogen habe.«

Tante Millicent reagierte höhnisch. »Nun komm schon, Pamela, du hast schon, bevor sie ihren Fuß über die Schwelle gesetzt hatte, die klare Absicht gehabt, sie anzulügen.«

»Ja, aber es ist etwas vollkommen anderes, ob man nur beabsichtigt zu lügen oder ob man es wirklich macht«, fauchte sie zurück, bevor sie ihre Aufmerksamkeit Alexej widmete. »Und was Euch betrifft –«

»Ich war der Meinung, dass ich meine Sache ausgesprochen gut gemacht habe.« Alexej versuchte vergeblich, sich die Befriedigung nicht anhören zu lassen. »Was denkst du, Roman?«

Roman nickte. »Mir lief es kalt den Rücken hinunter, Hoheit.«

»Ausgesprochen gut?« Pamela erstarrte. »Ausgesprochen gut?«

»Macht sie das oft?«, fragte Alexej seitlich zur Tante. »Ich meine, dass sie wiederholt, was man eben gesagt hat?«

»Es ist mir noch nie zuvor aufgefallen.« Tante Millicent

sah ihre Nichte prüfend an. »Sie ist allerdings ziemlich aufgebracht.«

»Aufgebracht, natürlich bin ich aufgebracht.« Pamela strich sich mit der Hand über die Stirn und ging im Raum auf und ab. »Das ging weit über das hinaus, was ich erwartet hatte. Zugegeben, ich hätte es erwarten sollen, alles, und ich gestehe, dass ein großer Teil davon mir anzulasten ist. Es schien gestern, als er vorgeschlagen wurde, so ein netter kleiner Plan zu sein, aber ist über alle Dimensionen hinausgewachsen. Ich habe nicht nachgedacht über die Folgen. Ich habe nicht nachgedacht –« Sie hielt kurz inne, ihre Augen waren geweitet. »Wir müssen es abbrechen. Sofort.«

Tante Millicent schnaubte verächtlich. »Wir werden nichts dergleichen unternehmen.«

»Warum nicht? Wir könnten sagen ... herrje, ich weiß nicht.« Sie sah flehentlich zu Alexej. »Was könnten wir sagen?«

»Wir könnten plädieren auf« – Alexej sah schnell auf Roman – »geistige Umnachtung? Das müsste gehen, oder?«

»Ganz bestimmt, Euer Hoheit«, bestätigte Roman ernst. »Der europäische Hochadel hat seit Anbeginn der Zeit geistige Umnachtung als Entschuldigung für schlecht beratenes Benehmen benützt.«

»Dann könnte es gehen«, stellte Pamela eifrig fest. »Abgesehen davon könnte ein berechtigter Beweis für geistige Umnachtung von jedem gefunden werden, der sich diesen Plan ansieht.«

»Mach dich nicht lächerlich.« Tante Millicent verschränkte ihre Arme über der Brust. »Selbst geistige Umnachtung kann uns nicht retten. Erstens wissen schon viel zu viele Leute von dieser vermeintlichen Verlobung, und ich wette, Lucy Berkley wird noch innerhalb dieser Stunde davon erfahren und es bestimmt ihrer Mutter erzählen. Diese wiederum wird schnellstens ihren guten Freundinnen davon erzählen und so weiter und so weiter. Nicht alle von ihnen werden an geistige Umnachtung glauben.«

»Bist du sicher?«, fragte Pamela schwach.

»Ganz sicher.« Tante Millicent nickte. »Und selbst wenn sie es glauben würden, so ist geistige Umnachtung ein unmenschlich schwer zum Schweigen zu bringendes Gerücht.«

»Das ist es allerdings.« Alexej schüttelte bedauernd seinen Kopf. »Es gibt eine Reihe königlicher Häuser, deren Angehörige so gesund sind wie Ihr und ich, aber trotzdem können sie die Meinung, dass sie verrückt sind, nicht zerstreuen, und jede ihrer Handlungen wird dementsprechend interpretiert.«

»Da war doch diese eine Prinzessin aus irgendeinem Königreich, die Namen sind mir jetzt entfallen, die unablässig nach Fliegen schlug, die gar nicht da waren«, sagte Roman. »Erinnert Ihr Euch?«

»Ja, ich erinnere mich.« Alexej dachte kurz nach. »Wenn ich mich richtig entsinne, aß sie sie auch auf. Höchst betrüblich. Obwohl sie in diesem Zustand wohl immerhin etwas verwirrt war.«

»Also gut.« Pamela atmete hörbar aus. »Geistige Umnachtung wird nicht funktionieren, aber sicher –«

»Nein«, sagte Tante Millicent entschlossen. »Es gibt zum jetzigen Zeitpunkt keine Möglichkeit, uns aus dieser Geschichte zu winden, ohne sowohl beträchtliche Verwirrung als auch einen Skandal zu provozieren. Viel zu viele Leute wissen davon. All deine Hoffnungen, wieder in der Gesellschaft aufgenommen zu werden, werden zerstört sein. Ich gebe zu, nicht erwartet zu haben, dass es so eskalieren würde, wie es jetzt offensichtlich der Fall ist, und vielleicht war der ganze Plan nicht gründlich genug durchdacht –«

»Er war überhaupt nicht durchdacht!« Pamelas Stimme klang hart.

»Aber wir stecken nun einmal darin, und zwar seit dem

Moment, in dem der Butler die Neuigkeiten gehört hat. Wir werden eben so gut wie möglich spielen müssen. Überdies« – Tante Millicent atmete tief ein – »wenn meine Schwester jemals die Wahrheit erfährt, wird sie mir das nie verzeihen. Sie wird mir das den Rest meiner Tage vorhalten.«

»Das sollte sie auch!« Pamela sah wütend drein. »Heißt das, dass du nicht vorhast, ihr jemals davon zu erzählen?«

»Ich habe mich noch nicht entschieden.« Tante Millicent dachte über die Frage nach. »Wie auch immer, wenn es funktioniert, wird sie erfreut sein.«

»Guter Gott.« Pamela schloss ihre Augen und ballte ihre Fäuste, sie war offensichtlich bemüht, sich zu beruhigen. Oder sie betete vielleicht. Schließlich atmete sie durch und öffnete ihre Augen wieder. »In Ordnung, wir werden unsere Rollen spielen, und diese Posse wird letzten Endes vielleicht doch nicht unser Untergang. Nun, entschuldigt mich bitte, ich habe das Bedürfnis, mich für eine Weile mit einem kühlen Tuch über meiner Stirn hinzulegen.«

Alexej hob fragend eine Augenbraue. »Kopfschmerzen?«

»Verursacht durch ernsthaften Schlafmangel. Mir ging eine Menge im Kopf herum. Allerdings nicht annähernd so viel wie jetzt.« Sie nickte und hielt auf die Tür zu.

»Miss Effington«, sagte er, ohne nachzudenken.

Sie wandte sich um. »Ja?«

Er lächelte so einnehmend, wie er nur konnte. »Mir fällt niemand ein, mit dem ich lieber in einer Posse verwickelt wäre.«

Ihre Mundwinkel verzogen sich leicht zu einem widerwilligen Lächeln. »Wie ich sehe, konnte nicht einmal diese morgendliche Schlacht Euren legendären Charme dämpfen.«

»Das ist eine der besten Seiten am Charme. Er wächst mit seinen Aufgaben.«

»Ich wage zu behaupten, er wird in den nächsten Tagen zahllose Aufgaben bekommen, an denen er wachsen kann.« Sie seufzte und versuchte erneut, sich zu entfernen.

»Ach, Miss Effington, ich meinte das wirklich so, als ich sagte, ich möchte gerne jeden Augenblick mit Euch verbringen.«

Sie hielt eine ganze Weile inne, stieß noch einen Seufzer aus, möglicherweise einen Seufzer der Kapitulation, und sah über die Schulter zu ihm zurück. Ein ehrliches Lächeln umspielte ihren Mund. »Gut.«

Bevor er antworten konnte, war sie durch die Tür verschwunden.

»Ich muss ebenfalls einer Menge Dinge meine Aufmerksamkeit widmen.« Tante Millicent betrachtete ihn gedankenvoll. »Und auch ich meinte, was ich sagte.«

»Ach?«, erwiderte Alexej abwesend, während er noch immer zur Tür blickte. Was hatte sie nur mit *gut* sagen wollen?

»Über Anstandsdamen, Euer Hoheit«, antwortete Tante Millicent.

Alexej lachte. »Ihr vertraut mir also nicht?«

»Ihr seht sie auf eine Weise an, die nicht unbedingt Vertrauen schafft, Euer Hoheit. Und was noch schlimmer ist, sie sieht Euch auf genau dieselbe Art an.« Ihre Augen wurden zu Schlitzen. »Ich bin mir nicht sicher, ob ich einem von Euch traue.«

Alexej zuckte die Achseln. »Das ist Teil und Los der Rolle, Tante Millicent.«

»Das sehe ich, Hoheit.« Sie betrachtete ihn noch einen Moment, dann nickte sie, wünschte einen guten Morgen und rauschte aus dem Zimmer.

Alexej sah ihr gedankenverloren hinterher.

»Das war sehr gut, Euer Hoheit«, sagte Roman.

»Was?«

»Der Monolog über Herzen, die über die Jahre hinweg nacheinander verlangen.«

»Allerdings, das war sehr gut, nicht wahr?« Es war eigenartig, aber während er ihr in die Augen sah, hatte er alles auch so gemeint, wie er es gesagt hatte. »Hattet Ihr Gelegenheit, Lady Overton wegen Pamelas Vergangenheit oder ihrer Reisen auszufragen, damit ich vielleicht darauf komme, wo wir uns schon einmal gesehen haben?«

»Bisher nicht, Euer Hoheit.« Roman lachte in sich hinein. »Aber das ergibt sich noch.«

»Und Ihr habt Euch den Namen merken können, den die jüngere Miss Effington erwähnte?«

»Penwick?« Roman nickte. »Ich werde mich sofort darum kümmern.«

»Hervorragend.«

»Euer Hoheit«, sagte Roman langsam, »es kommt mir so vor, als würdet Ihr in einer Ehe enden, wenn Ihr nicht ungeheuer vorsichtig seid.«

Das war ein höchst interessanter Gedanke und nicht ganz unangenehm. Dennoch war es der Gipfel der Ironie, dass er, als er Erbe eines Königreichs war und der Frau, die seine Gemahlin werden würde, die ganze Welt hätte bieten können, kein Mitspracherecht bei der Auswahl seiner Braut hatte. Jetzt konnte er heiraten, wen immer er wollte, doch hatte er nichts mehr anzubieten als seinen Namen, und der war in diesen Tagen von geringem Wert.

Nein, er hatte nicht die Absicht, irgendjemanden zu heiraten. Was Pamela betraf, so braute sich etwas zwischen ihnen beiden zusammen. Er fühlte es so deutlich wie seinen Herzschlag und wusste zugleich, dass sie es ebenfalls fühlte. Er hatte keine Ahnung, wohin das führen würde, aber sie war keine unschuldige Jungfrau. Sie war eine willensstarke, unabhängige Frau, die ihre Entscheidungen selbstverantwortlich trug. Und eine unüberwindliche Herausforderung für jeden Mann.

Mit Ausnahme von ihm vielleicht.

8

Wenn ich meine Schwester wiedersehe, werde ich nicht einen Augenblick lang den Verdacht in ihr aufkommen lassen, dass ich – obwohl mein Leben so verlief, wie ich es mir immer gewünscht habe, und ich wirklich glücklich bin – mir nicht helfen kann und sie gelegentlich beneide, weil sie einen Weg eingeschlagen hat, der ihr herrlich aufregende neue Orte und interessante neue Männer bietet. Und ich werde sie niemals wissen lassen, dass ich je denken könnte, sie hatte recht.

Abigail, Lady Edward Effington

»Guten Tag, Euer Hoheit.« Pamelas Pferd holte in kurzem Galopp Alexejs ein, und sie hielt es zu Schritttempo an. »Ein wunderschöner Morgen für einen Ausritt, findet Ihr nicht auch?«

»Ja, das finde ich durchaus, Miss Effington.« Alexej lächelte warmherzig zum Willkommen, es schien, als sei er ehrlich erfreut, sie zu sehen. »Und er ist durch Eure Anwesenheit noch schöner geworden.«

Pamela hob zustimmend eine Augenbraue. »Sehr gut, Euer Hoheit.«

Er lächelte schelmisch. »Das dachte ich mir.« Er warf einen Blick hinter sie. »Habt Ihr es geschafft, ohne Anstandsdame zu entkommen, oder lauert Eure Tante irgendwo in den Büschen.«

»Seid nicht kindisch. Das ist viel zu früh am Tag für Tante Millicent. Einzig der Besuch meiner Mutter gestern konnte sie um diese Zeit aus dem Bett holen.«

»Dann bin ich momentan sicher?«

»Momentan schon.« Pamela lachte. »Sie war in letzter Zeit ziemlich wachsam.«

»Wachsam?« Alexej schnaubte. »Ich war einst umringt von einer Armee von Männern, deren einzige Aufgabe es war, mich vor Mördern zu schützen, und diese waren nicht annähernd so wachsam wie Eure Tante. Ich muss gestehen, dass ich noch nie zuvor einen ganzen Tag und einen kompletten Abend verbracht habe, ohne auch nur einmal die Möglichkeit zu haben, so etwas wie einen kurzen Augenblick mit einer Frau allein zu sein, mit der ich vorhatte, einen Augenblick allein zu sein. Sie beobachtete uns, oder vielmehr mich, wie ein Habicht einen Hasen.«

»Vielleicht dachte sie, dass Ihr der Habicht seid und ich der Hase?«

»Glaubt Ihr, dass ich der Habicht bin?«

»Ihr besitzt diesen Ruf, müsst Ihr wissen.«

»Ach so.« Er seufzte bedauernd, doch sie glaubte ihm keine Sekunde. Immerhin hatte er ja zugegeben, dass er seine Vergangenheit gründlich genossen hatte. »Mein Ruf – gewiss können wir den hinter uns lassen, oder?«

»Habt Ihr ihn hinter Euch gelassen?«

Er grinste, und ein angenehmer Schauder lief über ihren Rücken.

»Ich habe Anstandsdamen«, sagte sie unvermittelt, fuhr dann aber innerlich zusammen. Guter Gott, sie hörte sich an wie ein verängstigter, ja, *Hase* – ein besseres Wort fiel ihr nicht dafür ein. Ein jungfräulicher Hase obendrein.

Das war lächerlich. Sie war schließlich an kokette Scherze gewöhnt, und sie hatte jahrelange Erfahrung mit Männern, die in jeder Hinsicht genauso brillant in dieser Kunst waren wie Alexej. Prinz oder nicht, er war nur ein weiterer Mann. Sie würde gut daran tun, sich daran zu erinnern und ihn entsprechend zu behandeln. Andererseits existierte wohl kein anderer Mann, bei dem ihr Herz schon einen kleinen Sprung machte, wenn er einfach nur ins Zimmer kam.

Pamela zuckte die Achseln, so dass es schien, als habe die Frage von Anstandsdamen, anwesend oder nicht, nicht die geringste Bedeutung. »Lady Overton ist direkt hinter uns.«

Besorgt legte er seine Stirn in Falten. »Alleine?«

»Nein, Graf Stefanowitsch begleitet sie.«

»Ich verstehe.« Er lachte in sich hinein.

»Was genau versteht Ihr?«

»Nur, dass Lady Overton und Roman die perfekten Anstandsdamen sind. Reif, diskret und« – er warf einen Blick nach hinten – »und noch immer nicht in Sicht.«

»Genau deswegen habe ich sie gebeten, mich zu begleiten.«

»Ach?«

»Ich habe noch nie zuvor einen ganzen Tag und einen kompletten Abend verbracht, ohne auch nur einmal die Möglichkeit gehabt zu haben, so etwas wie einen kurzen Augenblick mit einem Mann allein zu sein, mit dem ich vorhatte, einen Augenblick allein zu sein.« Sie lächelte hintergründig.

Er betrachtete sie gedankenverloren. »Der Hase zieht es üblicherweise vor, nicht eine einzige Sekunde mit dem Habicht zu verbringen.«

»Ja, aber wir müssen erst entscheiden, wer von uns der Hase ist.« Sie näherte sich ihm und dämpfte ihre Stimme. »Und wer der Habicht ist.«

»Hervorragend, Miss Effington.« Er lachte. »Sehr gut gesagt.«

»In der Tat.« Sie neigte ihren Kopf und beobachtete ihn. »Ihr nanntet mich gestern Pamela. Sind wir wieder zurück bei ›Miss Effington‹?«

»Ich nannte Euch in Anwesenheit der anderen Pamela, weil es mir passend für das Täuschungsmanöver zu sein schien. Doch« – er begegnete ihrem Blick – »ich würde mich geehrt fühlen, Euch bei Eurem Vornamen zu nennen, wenn Ihr das wünscht.« – »Ja, das wünsche ich.«

»Sehr gut.« Er lächelte. »Pamela.« Vielleicht sollte er sie doch lieber Miss Effington nennen. Die Art, wie er Pamela sagte – so als ließe er sich den Klang auf der Zunge zergehen –, verursachte ausgesprochen seltsame Dinge in ihrer Magengrube.

»Und ich würde es entschieden vorziehen, wenn Ihr mich Alexej anstelle von Euer Hoheit nennen würdet. Um ehrlich zu sein, erscheint mir das jetzt alles nichtig zu sein – Überbleibsel aus der Vergangenheit und all so etwas. Mir macht es nicht so viel aus bei Roman, Dimitri oder Eurer Tante, aber bei Euch« – er warf ihr einen Blick zu – »wirkt es so unpersönlich. Ich war noch nie zuvor verlobt, ob nun vorgetäuscht oder nicht, und ich vermute, dass Unpersönliches vermieden werden sollte.«

»Aber Ihr wurdet Euer ganzes Leben lang ›Euer Hoheit‹ genannt. Ich kann mir nicht vorstellen, dass Eure Mutter Euren Vater nicht auf die gleiche Weise angesprochen hat.«

»Er war ein König. Sie war eine Königin. Sie waren durch Traditionen und Ansprüche gebunden, die für mich nicht mehr existieren. Mein Leben unterscheidet sich grundlegend von dem meiner Eltern.« Eine sehr schwache Andeutung von Bedauern zeigte sich in seinem Lächeln, so schwach, dass sie völlig übersehen werden konnte, wenn man sich nicht der Veränderungen in seinem Leben bewusst war.

Sie ritten schweigend Seite an Seite weiter. Pamela hatte beschlossen, sich ihm heute Morgen anzuschließen, weil sie seit dem Abend ihrer Ankunft keine Möglichkeit gehabt hatten, ein Gespräch unter vier Augen zu führen. Sie hielt es für vernünftig, wenn sie in nur zwei Tagen in der Öffentlichkeit zusammen erscheinen sollten, sich in der Gegenwart des jeweils anderen ungezwungen zu fühlen. Außerdem fand sie es so lästig wie er, dank ihrer Tante niemals ein vertrauliches Wort miteinander wechseln zu können. Es gab so viel, was sie über ihn wissen wollte – was er dachte und was er sich nun für ein Leben wünschte. Eine Verlobte würde so etwas sicher wissen.

»Warum habt Ihr niemals geheiratet?«, fragte sie ihn spontan. Es war das Erste, was ihr jetzt in den Kopf kam, und die Frage, die sie seit Jahren beschäftigte.

»Ich habe einen Bruder«, antwortete er einfach nur.

»Einen Bruder? Ich verstehe nicht.«

»Mein Bruder, Nikolai, war der Nächste in der Thronfolge, sollte mir etwas zustoßen. Deshalb gab es keinen wirklich drängenden Grund, zu heiraten und einen Erben zu zeugen. Ich hätte vermutlich vor Jahren heiraten sollen« – er warf ihr ein flüchtiges Lachen zu – »aber ich hatte entschieden zu viel Vergnügen.«

»Ich erinnere mich an einige diesbezügliche Erwähnungen.«

»Doch dann erkrankte mein Vater, es gab politische Schwierigkeiten –«

»Verursacht durch die Prinzessin?«

»Eher unterstützt von ihr als verursacht. Selbst sie hatte nicht die Macht, mehr zu tun, als das Feuer zu schüren, wobei sie es bis zur Feuersbrunst schürte.« Alexej zuckte die Achseln. »Avalonier konnten schon immer leicht zu einem guten Kampf angestachelt werden. Wir sind sehr leidenschaftliche Menschen.«

»Wahrhaftig.« Sofort erinnerte sie sich sehr lebhaft daran, wie leidenschaftlich der eine Avalonier, den sie kannte, werden konnte, sobald er angestachelt worden war. Sie schob den Gedanken zur Seite.

»Vielleicht habe ich das Unvermeidliche gemieden, aber ich war zu beschäftigt, um der Suche nach einer Braut meine Aufmerksamkeit zu schenken. Um die Wahrheit zu sagen: Ich habe immer gedacht, ich hätte genug Zeit, eine Dame zu finden, die sich nicht nur zur Ehefrau, sondern auch zur Königin eignen würde. Man denkt so, nicht wahr?«

Sie zog ihre Augenbrauen zusammen. »Dass man genug Zeit hat, eine Frau zu finden?«

»Dass man genug Zeit für alles hat, was man plant. Dass das Leben so weitergeht, wie es immer war.« Er hielt inne, um seine Gedanken zu sammeln. »Ich wusste, dass sich die Welt veränderte, Pamela, zum großen Teil dank Napoleons Raserei wie auch dank einer Reihe anderer Ursachen. Darunter, wie ich glaube, auch der Fortschritt der Menschheit selbst. Länder, die seit unvorstellbaren Zeiten unabhängig waren, gingen in dem einen oder anderen Reich auf. Von größeren Mächten völkerrechtlich beansprucht oder erobert. Ich wusste, dass Avaloniens Lage gefährlich war. Sie war es schon immer. Aber was einem Logik und Verstand sagen, hat wenig zu tun mit den Gefühlen. Die Bereitschaft, den wirklichen Zustand der Welt auf der Verstandesebene anzuerkennen, hat nicht im Geringsten etwas mit dem zu tun, was man im Herzen fühlt.

Und deshalb ist so etwas wie eine Erklärung sicher keine Antwort.« Er gluckste. »In Wahrheit glaube ich, dass ich einfach keine Braut gefunden habe, die sowohl politisch von Vorteil war als auch meinem persönlichen Geschmack entsprach.«

»Ich verstehe, inwiefern es schwierig wäre, gleichzeitig politisch von Vorteil zu sein und Eurem persönlichen Geschmack zu entsprechen.«

Er schüttelte den Kopf. »Ihr habt keine Ahnung.«

Sie erreichten die Serpentine, und er sah sie an. »Würde es Euch etwas ausmachen, ein Stück am See entlangzugehen?«

»Das wäre herrlich.« Sie lächelte. »Alexej.«

In dem Augenblick, in dem sie seinen Namen laut ausgesprochen hatte, bereute sie es schon. Es war ein gewaltiger Unterschied zwischen der Benutzung seines Vornamens im Beisein von anderen und dem Aussprechen von »Alexej«, wenn sie alleine waren. Letzteres war sehr persönlich und sehr vertraulich. Noch schlimmer war, dass sie sich ihn in ihren Erinnerungen und Träumen immer als »Alexej« gedacht hatte. Mit jeder Minute in seiner Gesellschaft wurde es schwieriger und schwieriger, ihre Erinnerungen und Träume vom Hier und Jetzt zu trennen.

Er stieg ab und kam zu ihr, um ihr herunterzuhelfen. Seine Hände fassten sie fest um die Taille, und sie glitt von ihrem Pferd und in seine Arme. Er unternahm nichts, um sie loszulassen. Sie sahen sich lange an.

»Ihr seid eine hervorragende Reiterin, Pamela.« Der Ausdruck seiner Augen, Bewunderung und Einladung zugleich, raubte ihr fast den Atem. »Mir ist nicht klar, wie Frauen sich im Damensattel halten können.«

»Ich bin auf dem Land gelegentlich im Herrensitz geritten und ziehe es eigentlich vor.« Seine Hände lagen noch immer locker auf ihrer Taille, ihre auf seinen Schultern. Pamela wunderte sich, dass sie noch imstande war zu atmen.

»Tut Ihr das?« Seine Stimme war leise und eindringlich und hallte in ihrem Blut nach.

»Ich traf in Italien einmal eine Gräfin, die ein Kissen in Form eines Beines besaß. Dieses befestigte sie so am Sattel, dass es aussah, als ob sie in schicklicher Weise ritt, in Wirklichkeit ritt sie« – sie schluckte schwer – »im Herrensitz.«

»Tatsächlich?« Sein Blick glitt zu ihren Lippen und zurück zu ihren Augen. »Im Herrensitz, sagtet Ihr?«

»Ach du Schreck, ja!« Ihr Herz pochte in ihren Ohren. »Ich dachte mir oft, dass es ein schlauer Trick sei und des Aufwands durchaus wert, der ... der ... *Bequemlichkeit* wegen« – sie rang um Luft – »im Herrensitz zu reiten.«

»Und des Genusses wegen?« Das Wort war eine Liebkosung, ein Versprechen.

»Ganz gewiss.« Geistesabwesend benetzte sie ihre Lippen. »Des Genusses wegen.«

»Miss Effington.« Er zog sie näher zu sich. »Pamela.«

»Ja?« Ihre Stimme war kaum mehr als ein Wispern.

»Seid still«, sagte er, und sein Mund begegnete ihrem mit einem Kuss, der zugleich fest und zart war.

Einen endlosen Augenblick lang umschmeichelten seine Lippen die ihren und erkundeten sie sanft. Lockend, verführend, einladend. Hitze erfüllte ihre Magengrube. Sie schlang ihre Arme um seinen Hals, und er drückte sie enger an sich. Sie konnte durch die Schichten von Kleidern, die sie trennten, die Wärme seines Körpers spüren, die Festigkeit seiner Brustmuskulatur, die kräftigen Linien seiner Oberschenkel. Begehren, Hitze und ein sehnsüchtiger Schmerz durchströmten sie. Sein Kuss wurde dringlicher, und seine Lippen bedrängten ihre so, als würde auch er es spüren. So als würde das Verlangen, das Pamela ergriffen hatte, zwischen ihnen hin und her fließen und sie beide zusammenbinden. Sein Mund plünderte ihren, fordernd und hungrig, und sie antwortete ihm mit ihrer eigenen Begierde. Der Herr helfe ihr, sie wollte ihn jetzt haben, so wie sie ihn jeden Tag und jede Nacht der vergangenen vier Jahre hatte haben wollen. Wollte seine Lippen auf ihren spüren, seine Hände auf ihrem nackten Körper, seine Beine verschlungen mit ihren –

Alexej riss seine Lippen von ihren, hielt sie um Armeslänge von sich und starrte sie an. »Wo im Namen aller Heiligen sind wir uns schon begegnet?«

»Was?« Sie rang nach Atem. »Wovon sprecht Ihr?«

»Wo haben wir uns schon einmal gesehen, Pamela?« Seine Stimme klang scharf vor Enttäuschung. »Diese Frage ist ganz einfach.«

»Einfach? Zweifellos, aber …« Sie schüttelte ihren Kopf, um ihn klar zu bekommen, mehr als nur ein wenig enttäuscht. »Was fragt Ihr mich das jetzt? Genau in diesem Augenblick? Ich weiß, dass ich nicht im Geringsten interessiert war an … an Fragen! Schon gar nicht an solchen!«

Seine Augenbrauen zogen sich zusammen, und er sah sie wütend an. »Weil Ihr behauptet, wir hätten uns nie zuvor gesehen, ich mir aber sicher bin, dass wir uns sehr wohl gesehen haben.«

Sie staunte ungläubig, schüttelte seine Hände ab und entfernte sich von ihm. Ein weiterer Augenblick in seinen Armen, und sie wäre bereit, ja sogar versessen darauf gewesen, ihm alles, was er wissen wollte, zu sagen. Sie hätte die Vorsicht in den Wind geschlagen und alles gestanden. Nun war sie sich nicht einmal mehr sicher, ob sie überhaupt so viel wie ihren Namen preisgeben wollte. Er war so … so … herrisch und *majestätisch*.

Sie wählte ihre Worte sorgfältig. »Warum seid Ihr Euch so sicher, dass wir uns schon einmal begegnet sind?«

»Ich vergesse niemals eine Frau, die ich geküsst habe. Und eine Frau, die ich geküsst habe, vergisst niemals mich.« Sein Benehmen war auf eine gewisse nüchterne Art überheblich, so als sei es tatsächlich unmöglich, dass sein Kuss vergessen werden konnte.

»Nun kommt, Euer Hoheit.« Pamela schnaubte verächtlich. »In Anbetracht der enormen Zahl von Frauen, die Ihr geküsst habt, kann ich nicht glauben, dass Ihr Euch an alle und jede erinnert.«

»Doch ich erinnere mich, und Ihr auch.«

»Unsinn. Man küsst so viele Männer, und die wenigsten sind es wert, sich daran zu erinnern.«

»Vielleicht ist das der Grund, warum man in einen Skandal verwickelt wird, der gute Ruf dahin ist und man aus dem eigenen Land fliehen muss!«

Sie schluckte schwer.

Sofort zeigte sich Bedauern in seinen Augen. »Pamela, ich –«

»Wenigstens habe ich ein Land, aus dem ich fliehen kann«, entgegnete sie, ohne nachzudenken, drehte sich auf dem Absatz um und stolperte davon.

Wie hatte er nur so etwas zu ihr sagen können? Und noch schlimmer: Wie hatte sie das nur zu ihm sagen können? Sie schämte sich entsetzlich dafür. Wie hatte sie das ausgerechnet zu ihm sagen können? Sie wusste doch, was der Verlust seines Landes ihm angetan hatte. Sie hatte niemals Verletzendes dieser Art einem Menschen gesagt, aber dieser verdammte Mann brachte sie dazu. Er ließ sie Sachen sagen und machen, von denen sie überhaupt nicht wusste, dass sie deren fähig war. Natürlich rechtfertigte seine eigene billige Bemerkung ihre Reaktion, aber das war trotzdem keine –

»Ihr kommt nicht so einfach davon«, rief er hinter ihr her. Einen Moment später griff er nach ihrem Ellbogen und wirbelte sie herum, damit sie ihn ansah. »Das, was Ihr gesagt habt, war gemein und boshaft, Pamela.«

»Ich weiß.« Sie atmete tief durch. »Und ich bedauere es mehr, als ich sagen kann. Ihr habt nicht –«

»Ich habe es verdient. Meine Bemerkung Euch gegenüber war verachtenswert und von schlechter Gesinnung. Ich weiß nicht, was Ihr an Euch habt, Pamela. Ich ertappe mich dabei, wie ich Sachen sage, die ich nicht sagen sollte, und Sachen denke, die ich nicht das Recht habe zu denken.«

»So?« Sie hob ihr Kinn. »Welche Sachen?«

Er riss sie unvermittelt in seine Arme. »Ich denke an das Gefühl der seidigen Hitze Eurer bloßen Haut an meiner.«

»Hört auf!« Sie schob ihn von sich, aber er ließ sie nicht frei.

»Niemals.« Er neigte seinen Kopf und flüsterte in ihren Hals. »Ich denke an die Art, wie sich Eure Augen in den Wehen der Leidenschaft verdunkeln.«

»Aufhören«, sagte sie erneut, aber ziemlich schwach und ohne die geringste Überzeugung. Sie versuchte an ihrer Wut festzuhalten. Doch sie scheiterte.

»Ich denke an die Töne, die Ihr von Euch gebt, wenn ich Euch ein Vergnügen bereite, das Ihr Euch niemals vorgestellt habt.«

»Alexej …« Sie erschauerte sowohl wegen seiner Worte als auch wegen seiner Berührung.

»Ich denke an Euren Duft, der auf meinem Kopfkissen zurückbleiben wird, nachdem Ihr weg seid.«

»Guter Gott!« Sie konnte kaum die Worte hervorbringen. »Ihr habt ziemlich viel Übung darin.«

In dem winzigen vernünftigen Stückchen ihres Gehirns, das sich noch um ihr Ansehen Sorgen machte, bemerkte sie, dass es sich trotz der außerordentlich frühen Stunde – der Park war tatsächlich fast leer – immerhin um einen öffentlichen Ort handelte, und ein Anblick wie der eines Alexej, der ihren Nacken auf eine Weise liebkoste, die sie schwach machte, war einfach nicht zulässig. Wenn sie genug Willensstärke finden konnte und ihre Beine nicht unter ihr nachgaben, würde sie ihm das sagen. Schon im nächsten Moment.

»Ich habe an Euch gedacht, liebste Pamela, jeden Tag, jede Stunde, jede Minute, seit wir uns das erste Mal begegnet sind.« Seine Stimme war berauschend, verführerisch und unwiderstehlich. »Erinnert Ihr Euch? An den ersten Moment, in dem wir uns sahen? An das erste Mal, dass wir uns küssten?«

»Ja, natürlich.« Sie rang nach Atem, nach klaren Gedanken. »Das erste … dass wir …« Die Erkenntnis traf sie wie ein Strahl kalten Wassers, und sie zog sich aus seinen Armen. »Ihr seid ein Biest! Ein königliches, ein unmögliches Biest! Spielt es denn eine Rolle, ob wir uns früher begegnet sind? Oder uns schon zuvor geküsst haben?«

»Ja. Ich täusche mich nie in solchen Dingen. Außerdem« – er verengte seinen Blick – »mag ich keine Geheimnisse, und Ihr, meine Liebe, habt Geheimnisse.«

»Kein Geheimnis, das ich haben oder nicht haben könnte, geht Euch etwas an. Ihr seid in Wahrheit ja nicht mein Verlobter.«

»Ich mag auch keine Unehrlichkeit.«

»Ach ja?« Sie hob ihren Kopf und schaute ihn an. »Und dennoch seid Ihr dabei, Euch an einem allgemeinen Betrug zu beteiligen. Offensichtlich habt Ihr kein Problem damit, zu heucheln.«

»Das ist etwas völlig anderes. Ich hatte keine Wahl.«

»Dann ist Unehrlichkeit also tragbar, wenn man sie begründen kann?«

Er biss seine Zähne aufeinander. »Pamela –«

»Ich war Euch gegenüber nicht unehrlich, und ich weise Eure Unterstellung, ich sei es gewesen, aufs Entschiedenste zurück. Ich habe Euch nicht eine einzige Lüge aufgetischt, noch habe ich Euch auf irgendeine Weise in die Irre geführt. Was ich getan habe, war, meine Geheimnisse, wie Ihr sie meinetwegen nennen könnt, für mich zu behalten.« Sie drohte ihm mit anklagendem Finger. »Ich habe Euch in der allerersten Nacht gesagt, dass ich es vorziehe, die Geschichte meines Lebens, meine Vergangenheit für mich zu behalten. Ich weiß, das ist für Euch schwierig zu verstehen, da Ihr in Eurer eigenen Vergangenheit schwelgt und immer wieder damit angebt.«

»Ich gebe nicht an. Ich habe niemals –«

»Und außerdem« – sie streckte die Hand aus, um ihn zum Schweigen zu bringen – »so wie Ihr behauptet, keine Unehrlichkeit zu mögen, mag ich keine« – sie spuckte das Wort regelrecht heraus – »Überheblichkeit.«

»Überheblichkeit?« Er zischte das Wort praktisch heraus. »Überheblichkeit?«

»Ja, Überheblichkeit!«

»Ihr könnt mir unmöglich Überheblichkeit vorwerfen.« Er starrte sie völlig ungläubig an. »Ich habe keine Überheblichkeit nötig. Überheblichkeit ist für Männer, die es nötig haben, der Welt ihren Wert zu beweisen. Ich vertraue ganz einfach darauf, dass ich weiß, wer ich bin, und habe nicht das Bedürfnis, irgendetwas zu beweisen.« Er verschränkte seine Arme über der Brust. »Ich bin ein Prinz.«

»Ihr glaubt nicht, dass Ihr überheblich seid? Ha, ha!« Sie stemmte ihre Arme in die Hüften und imitierte ihn durch eine äußerst sarkastische Nachahmung eines kontinentalen Akzents. »›Isch verrrgesse niemalls eine Frrrau, die isch gegüüst abe, und eine Frau, die isch gegüüst abe, verrrgisst niemalls misch.‹ Entschuldigt, Euer Hoheit, aber Euch nun geküsst zu haben bedarf ganz besonders des Vergessens.«

Er funkelte sie an. »Ich kann das nicht leiden.«

Sie zuckte abweisend mit den Achseln.

»Ich spreche neun Sprachen fließend, und jede davon spreche ich so gut wie akzentfrei, geschweige denn, dass auch nur eine wie die Sprache eines schlechten Schauspielers in einem schlechten Stück klingt.«

»Der Akzent war nicht der springende Punkt.«

»Trotzdem bin ich höchst beleidigt.« Empörung lag in seiner Stimme.

»Genau das war meine Absicht«, stieß sie hervor, drehte sich um und ging zu ihrem Pferd zurück. »Wenn Ihr so gut wärt, mir in den Sattel zu helfen, ich möchte nun nach Hause zurückreiten. Alleine.«

»Wie Ihr wünscht.« Er ging an ihr vorbei, um die Pferde ein oder zwei Schritt vor ihr zu erreichen. »Ich weiß, dass ich mir nichts mehr wünsche als Eure Rückkehr nach Hause. Allein.«

Er beförderte sie auf eine Weise in den Damensattel, die kaum als höflich und schon gar nicht als langsam bezeichnet werden konnte, und wandte sich von ihr ab. Nicht, dass sie sich darum gekümmert hätte.

»Ich werde Euch den fähigen Händen von Lady Overton übergeben. Wie ich sehe, sind sie und Graf Stefanowitsch nur ein Stück von hier entfernt.« Er gab sich steif und kühl, und sie hätte ihn am liebsten einen äußerst heftigen Schlag auf den Kopf versetzt. Es wäre äußerst kindisch gewesen, aber auch äußerst befriedigend.

»Hervorragend.« Sie warf ihr Pferd herum und hielt es zu einem leichten Galopp an. Als sie Clarissa und den Grafen vor sich entdeckte, fiel sie sofort in Schritt. Sie konnte gut und gern einige Minuten brauchen, um über das, was eben geschehen war, nachzudenken.

Selbst in hundert Leben hätte sie sich nicht vorstellen können, dass er sie aufgrund eines Kusses erkennen könnte. Sie hätte am vergangenen Abend dem Moment, in dem er sie gefragt hatte, ob sie sich schon einmal getroffen hatten, mehr Beachtung schenken sollen. Es war ihr einfach entgangen. Allerdings war er nicht so beharrlich gewesen wie jetzt.

Hätte es wirklich Schaden angerichtet, wenn sie es ihm nun erzählt hätte? Natürlich hatte sie zu Beginn Angst, dass er etwas sagen und damit jede Möglichkeit auf eine schickliche Zukunft voll gesellschaftlichen Ansehens zerschlagen könnte. Jetzt wusste sie, dass er niemals ein Wort verraten hätte. Sie vertraute seiner Verschwiegenheit und seinem ehrenhaften Charakter. Um ehrlich zu sein, gab es überhaupt keinen Grund, es ihm zu verschweigen.

Außer er erinnerte sich nicht an ihre gemeinsame Nacht. Es war durchaus möglich, dass eine Nacht, die er mit irgendeiner Frau verbracht hatte, für die Geschichte seines Lebens unerheblich war. Es hatte vermutlich unzählige solcher Nächte mit unzähligen Frauen gegeben. Wie konnte sie erwarten, dass er sich ausgerechnet an die eine Nacht erinnern würde, die er mit ihr verbracht hatte? Und falls, oder vielmehr, *wenn* er sich nicht erinnerte?

Es wäre so ziemlich das Verheerendste, was sie jemals erlebt hatte. Sicher war es verrückt von ihr, dieser einen Nacht so viel Bedeutung beizumessen, aber es war nun einmal die schönste Nacht ihres Lebens gewesen. Wenn sie erkennen müsste, dass sie ihm dagegen nichts bedeutet hatte – nun ja, das würde Georges Betrug im Vergleich dazu verblassen lassen.

Nein, sie würde ihn lieber niemals wissen lassen, dass sie einst einen verzauberten Abend miteinander verbracht hatten, als dies zu riskieren.

»Clarissa, Graf Stefanowitsch.« Pamela nickte grüßend. »Clarissa, ich würde jetzt gerne nach Hause zurückkehren. Sofern es dir nichts ausmacht, mich zu begleiten.«

»Selbstverständlich nicht«, erwiderte Clarissa lächelnd.

»Und ich denke, ich sollte mich Seiner Hoheit anschließen.« Der Graf erwiderte Clarissas Blick. »Es war ein ausgesprochen erfreulicher Morgen, Lady Overton.«

»In der Tat, das war er, Mylord.« Ein nur halbwegs geheimnisvolles Lächeln umspielte Clarissas Lippen. Es war genau das Lächeln, das sie immer zeigte, wenn Stefanowitsch in der Nähe war.

Der Graf berührte seinen Hut, wandte sein Pferd um und ritt weg.

Pamela hob fragend eine Augenbraue. »Ein erfreulicher Morgen?«

Clarissa sah ihm nach, das zufriedene Lächeln verweilte noch immer auf ihrem Gesicht. »Der einem ziemlich außergewöhnlichen Abend folgte.«

»Ach ja?«

Clarissa riss ihren Blick von der entschwindenden Gestalt des Grafen los. »Ich mag ihn, Pamela. Sogar sehr. Ich hätte nicht gedacht, dass ich nochmals einen Mann so sehr mögen könnte wie nun ihn.«

»Er ist vermutlich genauso schlecht wie sein Prinz«, entgegnete Pamela finster.

»Er ist nicht im Mindesten auch nur ein bisschen schlecht, und ich zweifle daran, dass es sein Prinz ist.« Clarissa warf einen Blick auf ihre Cousine. »Was hat Seine Hoheit angestellt?«

»Er ist überzeugt, dass ich schwerwiegende Geheimnisse habe, und er besteht darauf, sie zu erfahren. Er ist sowohl überheblich als auch fordernd, majestätisch, wenn du so willst. Nichts davon finde ich anziehend.«

»Schwerwiegende Geheimnisse?« Clarissa lachte. »Das glaube ich kaum.«

»Aber er glaubt es. Er beharrt darauf, dass wir uns schon früher begegnet sind, und ist höchst verärgert, weil ich seine Vermutung nicht bestätige.« Sie dirigierte ihr Pferd auf das weit entfernte Parktor zu.

Clarissas Pferd war neben Pamelas, und für einige Zeit ritten sie schweigend dahin.

»Also«, fragte Clarissa schließlich, »hast du Geheimnisse?«

Eine ganze Weile sagte Pamela gar nichts. Endlich seufzte sie kapitulierend. »Vielleicht.«

Clarissa nickte. »Der Prinz ist der Gentleman aus Venedig, nicht wahr? Derjenige, der niemals dein Gesicht gesehen hat? Derjenige, von dem du seitdem träumst?«

Pamela nickte. »Du klingst nicht sehr überrascht.«

»Bin ich auch nicht. Trotz deiner Dementi habe ich es mir die ganze Zeit gedacht.« Clarissa kicherte. »Deine Reaktion, als du ihn gesehen hast, Tante Millicents Erinnerung, dass sie ihn kennengelernt habe, als wir in Venedig waren, und die Art, wie du ihn ansiehst, haben es mir verraten.«

»Meinst du, dass es Tante Millicent weiß?«

»Sie könnte es wissen. Das könnte genau der Grund sein, warum sie so darauf erpicht ist, Euch zwei voneinander fernzuhalten. Sie könnte aber auch der Meinung sein, dass sie nun, wo wir zurück in London sind, doch noch eine ernst zu nehmende Anstandsdame werden sollte.«

»Im Gegensatz zu der Anstandsdame, die uns beide ermutigt hat, das Leben auf jede Weise zu erforschen, die wir uns nur wünschten?«

»Sie war nie eine normale Anstandsdame«, sagte Clarissa mit verzogenem Mund. »Doch ich glaube, dass es durchaus möglich ist, dass sie nicht nur die Art und Weise, wie du ihn ansiehst, bemerkt hat, sondern auch die Art und Weise, wie er dich ansieht.«

»Er sieht alle Frauen so an.« Pamela wischte die Bemerkung vom Tisch. »Er ist von dieser Sorte Mann.«

»Mag sein, aber es ist da etwas in seinen Augen, wenn sein Blick auf dir ruht. Etwas, das ich nicht ganz definieren kann…« Clarissa zuckte die Achseln. »Selbstverständlich habe ich von Männern keine Ahnung.« Sie machte eine Pause. »Wirst du ihm denn sagen, dass er recht hat? Dass ihr euch tatsächlich begegnet seid? Dass ihr euch genau genommen viel mehr als nur begegnet seid?«

»Nein.« Pamela schüttelte ihren Kopf. »Ich habe nie erwartet, dass er mich wiedererkennen würde. Ich habe sehr darauf geachtet, diesbezüglich sicherzugehen. Aber wenn er diese Nacht vergessen hätte und ich erfahren müsste, dass es so ist – nein, das will ich überhaupt nicht wissen. Es wäre höchst demütigend und, um ehrlich zu sein, ziemlich verheerend.« Sie atmete langsam aus. »Außerdem habe ich keine Ahnung, wie ich an die Sache herangehen sollte. Ich kann ja nicht einfach auf ihn zugehen mit einem ›Ich muss schon sagen, Euer Hoheit, es ist ausgesprochen amüsant, aber wir haben uns tatsächlich vor einigen Jahren getroffen, in Eurem Bett, wenn ich mich recht erinnere.‹«

»Das wäre ziemlich peinlich.«

»Peinlich? Ha, ha. Nein.« Pamela presste ihre Kiefer fest aufeinander. »Es ist besser, wenn ich gar nichts sage.«

»Ich verstehe.« Clarissa sah sie prüfend an. »Und was ist, wenn er sich erinnert?«

»Ich weiß es nicht.« Pamela dachte einen Augenblick nach. »Ich habe das nie ernsthaft in Erwägung gezogen.«

»Was ist, wenn er die vergangenen vier Jahre damit verbracht hat, an dich zu denken? Und von der unbekannten Frau zu träumen, die in Venedig sein Bett mit ihm geteilt hat? Was ist, wenn das, neben einer Reihe anderer Dinge, der wahre Grund dafür wäre, in Wirklichkeit also ein Grund des Herzens, warum er nie geheiratet hat? Was, wenn er dich gesucht hätte?«

Pamela lachte spöttisch. »Das ist absurd.« Allerdings war

es trotzdem ein Gedanke, der es wert war, darüber nachzudenken. »Meinst du, dass es möglich wäre?«

Clarissa warf einen Blick über die Schulter in die Richtung, die der Graf eingeschlagen hatte, und lächelte. »Alles ist möglich, meine liebe Cousine.«

»Ist dir bewusst, dass das alles ändert?« Pamela zügelte ihr Pferd und hielt an. Aufregung tönte ihre Stimme. »Wenn er tatsächlich auf die gleiche Weise an mich gedacht hat wie ich an ihn, dann gibt es keinen Grund, warum wir nicht zusammen sein könnten.«

»Du hast gesagt, er sei noch immer eine gute Partie für eine Prinzessin.«

»Unsinn.« Sie zuckte die Achseln. »Ich war großzügig. Welche Prinzessin würde ihn denn ohne Land nehmen? Politisch gesehen, ist er so gut wie wertlos.«

»Pamela!«

»Ach komm schon, Clarissa, du weißt, dass das so ist. Aber ich würde ihn nehmen. Ja, ich will ihn. Ich wollte ihn schon immer. Und wir wären das ideale Paar. Ein Prinz und eine Effington.«

»Ein Prinz im Exil«, warf Clarissa vorsichtig ein.

»Und ich bin eine Effington, deren Ruf dahin ist. Wir sind füreinander geschaffen!« Pamela lachte begeistert. »Und wir sind bereits verlobt. Von der Verlobung zur Hochzeit ist es nur ein winziger Schritt.«

»Es ist keine echte Verlobung. Außerdem weißt du doch nicht –«

»Du hast recht, ich weiß es nicht.« Pamela legte ihre Stirn in Falten und dachte einen Augenblick nach. »Aber du kannst es für mich herausfinden.«

»Ich?« Clarissas Augen weiteten sich. »Wie denn?«

»Der Graf wird es wissen. Ich wette, er und der Kapitän kennen alle Geheimnisse Alexejs.« Pamela kicherte. »Zweifellos besitzt Seine Hoheit alle Sorten von Geheimnis. Wahrscheinlich will er deswegen meine kennen.«

Clarissa verengte ihre Augen zu einem Schlitz. »Was genau schlägst du vor, damit ich diese Auskunft vom Grafen bekomme?«

»Das, was Frauen schon immer getan haben, um den Männern Informationen zu entlocken«, sagte Pamela fröhlich. »Schließlich gehst du mit ihm ja ins Bett und –«

Clarissa schnappte nach Luft. »Das mache ich ganz sicher nicht!«

»Du sagtest, du hast einen außergewöhnlichen Abend gehabt.«

»Das stimmt.« Clarissa kochte vor Empörung. »Wir unterhielten uns. Wir schlenderten durch den Garten. Wir sahen zu den Sternen hoch. Wir küssten uns. Einmal!«

»Oh!« Pamela betrachtete die andere Frau. »Aber du wirst mit ihm ins Bett gehen?«

»Ich habe nicht die Absicht –«

Pamela hob skeptisch eine Augenbraue.

»Na gut, ich habe jede nur erdenkliche Absicht.« Clarissa fuhr sie beleidigt an. »Aber ich schlüpfe ganz bestimmt nicht in das Bett eines Mannes, nur um ihn für dich über einen anderen Mann auszufragen.«

»Natürlich nicht.« Pamela zwang sich zu einem schockierten Gesichtsausdruck. »Das wäre nicht richtig.«

»Nein, das wäre es nicht.«

»Doch«, Pamela klang gleichgültig, »solltest du dich in seinem Bett wiederfinden und diese Angelegenheit zufällig zur Sprache kommen –«

»Pamela!«

»Du meine Güte, Cousine, ich bitte dich schließlich nicht, ihn zu verführen.« Pamela lehnte sich ungeduldig nach vorn. »Zu diesem Zeitpunkt wird der Verführungsteil bereits erledigt sein. Ich bitte dich einfach nur, dass du danach, oder davor, wenn dir das lieber ist, allerdings nicht dazwischen, denn das wäre äußerst peinlich und würde bestimmt Misstrauen bezüglich anderer Dinge aufkommen lassen, dass du ihm also ein paar beiläufige Fragen stellst über –«

»Also gut, ich mache es«, fuhr Clarissa sie an.

»Wirklich?«

»Ja.« Clarissa seufzte. »Ich werde herausfinden, was du unbedingt wissen willst, obwohl ich es möglicherweise nicht in Romans Bett herausfinden werde. Wenn ich ihm in seinem Bett Gesellschaft leiste, dann wird es aus Gründen sein, die nichts mit dir oder dem Prinzen zu tun haben. Du und Seine Hoheit, ihr werdet dann in meinen Gedanken an allerletzter Stelle kommen.«

»Selbstverständlich. Und du musst ihn auch ganz bestimmt nicht ausfragen, während du in seinem Bett liegst. Es schien nur so, als würdest du offensichtlich, nun ja, vielleicht sehr bald, wie ich mir denke –«

»Ja, ja, vielleicht.« Clarissa atmete hörbar langsam aus. »Ich weiß nicht, warum ich dir das zugestehe.«

»Ich schon.« Pamela grinste. »Weil ich deine liebste Freundin auf der ganzen Welt bin und du alles für mich tun würdest. Weil der Graf frei wäre, seinem eigenen Herzen zu folgen, wenn ich Alexej wirklich heiraten würde. Weil du unverkennbar sowieso im Bett des Grafen landen wirst, es könnte also gut und gern einem doppelten Zweck dienen.«

Clarissa erwiderte standhaft den Blick ihrer Cousine. »Dir ist doch klar, dass es immer noch die Möglichkeit gibt, dass er sich nicht an jene Nacht erinnert? Noch vor wenigen Augenblicken hast du gesagt, du möchtest es nicht wissen. Hast du deine Meinung geändert?«

»Ja. Nein.« Pamela holte tief Luft. »Ja. Es scheint mir ein Risiko zu sein, dass ich eingehen muss.« Sie machte eine Pause, um die richtigen Worte zu suchen. »Ich habe mich immer gefragt, ob, oder ich habe vielleicht immer gehofft, dass ihm unsere gemeinsame Nacht genauso viel bedeutet wie mir. Aber ich wusste, dass es eher eine vergebliche Hoffnung war. Jetzt, wenn ich mit ihm zusammen bin, empfinde ich für ihn –«

»Du hast ihn gern?«

»Es ist wohl ziemlich lächerlich, ich weiß, und es könnte in Wirklichkeit auch nur ein nicht bereutes Verlangen sein, aber ich fürchte, ich würde gerne den Rest meiner Tage damit verbringen, das herauszufinden.« Sie fuhr zusammen. »So viel zu meinem Vorhaben eines soliden Lebens.«

»Aber willst du heiraten?«

»Ich möchte schon, aber nur ihn, was den eigentlichen Zweck von Tante Millicents vorgetäuschtem Verlobungsplan zunichte macht.« Pamela schwieg eine Weile, dann seufzte sie. »Ich habe es dir nie erzählt, aber ich hätte vor vier Jahren seine Mätresse werden können. Ich wollte das damals nicht und würde auch heute nicht zustimmen. Wenn diese eine Nacht für ihn so etwas Besonderes war wie für mich, dann könnte es durchaus eine Chance für eine gemeinsame Zukunft geben. Wenn nicht« – sie straffte ihre Schultern – »dann werde ich ihm niemals sagen, was einst zwischen uns war. Ich werde die Vergangenheit hinter mir lassen und mich darauf stützen, was jetzt zwischen uns zu sein scheint.«

»In Ordnung, ich werde alles in meiner Macht Stehende tun, um herauszufinden, was Roman vielleicht weiß. Ich muss ihn nicht wirklich viel fragen.« Clarissa zeigte ein zögerndes Lächeln. »Und ich habe vor, jede Minute zu genießen.«

Pamela lachte. »So wie ich vorhabe, es zu genießen, die Verlobte eines Prinzen zu sein. In Wirklichkeit oder in anderer Hinsicht.«

Clarissa sah ihre Cousine forschend an. »Ist er wirklich das, was du dir wünschst?«

»Mir war es bis jetzt nicht bewusst, aber er ist nicht nur das, was ich mir wünsche.« Bestimmtheit lag in Pamelas Stimme. »So oder so« – sie grinste – »ist er das, was ich bekommen werde.«

»Hast du schon etwas herausgefunden?« Alexej fragte in der Sekunde, in der Roman sein Pferd neben ihm in Schritt fallen ließ.

»Und einen guten Tag auch, Euer Hoheit«, erwiderte Roman mit einem spitzbübischen Lächeln. »Wie war Euer Gespräch mit Miss Effington?«

»Es war wahrscheinlich die ärgerlichste Unterhaltung, die ich je geführt habe.« Alexej schüttelte den Kopf. »Ich bin mir nie sicher, ob ich sie lieber in meine Arme nehmen und bewusstlos küssen oder meine Hände um ihre Kehle legen möchte.« Er sah seinen Freund schnell an. »Findet Ihr, dass ich einen Akzent habe, der in etwa so klingt wie in einem schlecht gespielten Stück?«

»Überhaupt nicht, Euer Hoheit«, antwortete Roman empört.

»Oder dass ich überheblich bin?«

Roman zögerte und wählte seine Worte mit Bedacht. »Überheblichkeit, denke ich, ist eine Frage des Standes.«

»Dann bin ich es?«

»Ich würde eher das Wort *stolz* bevorzugen.«

Alexej schnaubte verächtlich. »Wortklauberei.«

Roman verbiss sich ein Grinsen.

»Miss Effington hält mich für überheblich.«

»Nichtsdestotrotz mag sie Euch. Sogar sehr, glaube ich.«

»Das dachte ich mir.« Alexej lächelte vielsagend.

Roman lachte. »Es zeigt sich deutlich an der Art, wie sie Euch ansieht, wenn sie glaubt, dass Ihr sie nicht seht. Was ziemlich schwierig ist, denn Ihr scheint sie jede Minute zu beobachten.«

Alexej zuckte zusammen. »Bin ich so leicht zu durchschauen?«

»Vielleicht nicht für jeden, Euer Hoheit, aber ich stehe bereits seit einiger Zeit in Euren Diensten und bin noch viel länger Euer Freund.«

»Denkt Lady Overton, dass sie mich mag?«

»Entschuldigt mich, wenn ich das sage, Euer Hoheit«, Roman wählte seine Worte erneut mit Sorgfalt – »aber Lady Overton und ich haben eine Menge anderer Themen als Euch und Miss Effington für unsere Unterhaltung gefunden.«

»Schon klar. Es ist ja auch ein wenig überheblich von mir zu glauben, dass Ihr Eure Zeit in der Gegenwart einer wunderbaren Frau mit der Erörterung meiner Belange zubringen würdet. Ich bitte um Verzeihung, Roman.«

»Angenommen.« Roman grinste. »Trotzdem war es mir im Verlauf eines für Lady Overton und mich interessanten Gesprächs möglich, etwas über den Skandal in Miss Effingtons Vergangenheit zu erfahren.«

»Hervorragend.« Alexej hielt den Atem an. Er hatte nicht die mindeste Ahnung, was er erwarten sollte. Schnell hatte er festgestellt, dass feste Erwartungen in Bezug auf Pamela recht sinnlos waren. Sie war eine ständige Quelle von Überraschungen. »Fahrt fort.«

»Laut Lady Overton war Miss Effington als Kind außergewöhnlich schüchtern und nicht sonderlich gut aussehend. Sie – wie hieß doch das Wort, dass sie benutzte? – *erblühte* sozusagen erst, als sie knapp zwanzig Jahre alt war. Es war deshalb fast unumgänglich, dass sie sich in den erstbesten Mann verliebte, der ihr irgendeine Form von Aufmerksamkeit entgegenbrachte.« Roman zuckte die Achseln. »Zu Miss Effingtons Unglück war dies ein Schuft namens George Fenton, inzwischen Lord Penwick. Allem Anschein nach glaubte sie, dass er ehrliche Absichten hatte, was aber nicht der Fall war. Was Miss Effington nicht wusste, war, dass man schon in seiner Kindheit die Ehe mit der Erbin eines beträchtlichen Vermögens vereinbart hatte.«

»Ich verstehe«, sagte Alexej finster. Das war keine ungewöhnliche Geschichte, obwohl er gedacht hätte, dass Pamela zu intelligent sei, um von einem solchen Mann geblendet zu werden. Doch sie war jung und unerfahren, zudem machten Frauen im Namen der Liebe oftmals dumme Sachen.

»Ihre Familie hätte es wohl verhindern können, dass Miss Effingtons Unvorsichtigkeit allgemein bekannt wurde, wenn Penwick nicht überall mit seiner Eroberung geprahlt hätte. Wie es mit dem Klatsch so geht, erfuhr es laut Lady Overton jeder in kürzester Zeit, und Miss Effingtons Ruf war ruiniert.«

»Warum hat man Penwick nicht dazu gebracht, sie zu heiraten?«

»Ihre Familie hätte sicher solch eine Ehe erzwingen können, doch als sie erfuhr, dass er einer anderen versprochen war, erkannte Miss Effington, dass er ihre Gefühle nicht erwiderte und sie die Dumme war. Sie weigerte sich, eine Heirat in Betracht zu ziehen, und wollte nichts mehr mit ihm zu tun haben.«

»Das ist die Miss Effington, die ich kenne.« Alexej nickte zufrieden. Auch wenn es vielleicht nicht der klügste Weg für eine verführte junge Dame aus guter Familie gewesen sein mag, so war es doch ziemlich mutig.

»Sie schloss sich dann ihrer Cousine und ihrer Tante an, und alle zusammen haben seitdem die Welt bereist und kamen nur nach London zurück, weil sie das Haus erbten.« Roman hielt inne. »Ihre Cousine behauptet, sie habe sich weit von der zurückhaltenden, ruhigen Person, die sie einst war, wegentwickelt.«

»Ruhig und zurückhaltend?«

»Das kann man sich kaum vorstellen, ich weiß, Euer Hoheit, doch Lady Overton schwört, dass das die Wahrheit ist.«

»Miss Effington hat da so etwas erwähnt. Was war es noch?« Er dachte einen Augenblick nach. »Etwas von einem Schuh, den sie getragen habe, nein, sie sei ein Schuh gewesen, der nicht gepasst habe.«

Romans Augenbrauen zogen sich fragend hoch. »Das ergibt keinen Sinn.«

»In Wirklichkeit ergibt es schon einen, Roman. Nicht jeder hat das Glück, immer sein eigenes Wesen zu verstehen, niemals seinen eigenen Wert anzuzweifeln und die Selbstsicherheit zu besitzen, die durch solches Verstehen entsteht. Oder, wenn Ihr so wollt« – er lächelte – »die Überheblichkeit zu besitzen.«

»Das heißt, dass Überheblichkeit nicht unbedingt etwas Schlechtes ist, Euer Hoheit.«

»Auf Euch ist Verlass, Roman.«

Roman lachte. »Ja, so bin ich. Da war ich allein mit einer Frau, die gut und gern das sein könnte, was ich mir immer gewünscht –«

Alexej zügelte sein Pferd, um anzuhalten, und starrte ihn an. »Was?«

Roman verzog das Gesicht. »Nicht ganz das, was ich plante, aber –«

»Das ist doch nichts, das man plant.« Alexej klopfte seinem alten Freund auf den Rücken. »Das ist etwas, das dir einen Schlag ins Gesicht versetzt, wenn du es am wenigsten erwartest.«

Roman nickte widerwillig. »Etwas, das dir den Magen verdreht, bis du dich fragst, wie du überhaupt noch essen kannst.«

»Das dich in einen Vollidioten verwandelt.«

»Und zwar genau in dem Moment, in dem du einen klaren Kopf brauchst.«

»Das dich an deinem gesunden Menschenverstand zweifeln lässt, weil du auch nur einen Augenblick glaubst, dass eine Frau, die so eine Plage ist wie sie, genau die eine Frau sein könnte, die dein Herz gefangen nahm.«

Roman schmunzelte. »Euer Hoheit, ich wage zu sagen, dass Lady Over–«

Alexej fuhr ohne Unterbrechung fort. »Etwas, das dir unsinnige Fragen in den Kopf setzt nach dem Für-immer und Bis-dass-der-Tod und all solchen Kram, der nicht funktionieren kann, weil du bist, wer du bist.«

»Euer Hoheit, ich kann mir nicht vorstellen –«

»Und dich erkennen lässt, dass du nichts außer deinem Herzen verschenken konntest, als du die Welt zu bieten hattest, und nun alles, was dir geblieben ist, dein Herz ist und sonst nichts.« Seine Worte schienen von selbst zu kommen. »So ist es mehr als lächerlich, auch nur mit dem Gedanken zu spielen, sich zu verlieben, geschweige denn sich zu verheiraten, zumal wenn du in dem Augenblick, in dem du das erkennst, auch noch erkennst, dass es zu spät sein könnte.«

»Euer Hoheit –«

»Dass du vielleicht schon dein Herz verloren hast, es aber schwerlich eine Rolle spielt, weil du sie nicht mit dem belasten kannst, was aus dir geworden ist, mit den Mitleid erregenden Überresten deines Lebens, und weil es in Wahrheit, ungeachtet deiner Gefühle, keine gemeinsame Zukunft für euch beide geben kann. Und du hast sie zu gern, um ihr zuzumuten, ein Schicksal zu teilen, das du verabscheust, und sie dazu zu verurteilen, den Rest ihres Lebens beobachten zu müssen, wie du dich in Trauer suhlst.«

Sofort war Alexej betroffen über das, was er gesagt hatte. Wie viel er verraten hatte. Nicht nur gegenüber Roman, sondern auch gegenüber sich selbst. Es war ihm nicht bewusst gewesen, was er in Bezug auf seine Person und auf seine Zukunft empfand. Und er hatte nicht erkannt, dass er sich verliebt hatte. Wie sollte er auch? Er hatte nur einmal, und da auch nur entfernt, so etwas gefühlt wie jetzt, und er hatte niemals ihr Gesicht gesehen. Dieses Mal kannte er das Gesicht der Dame, die sein Herz erobert hatte, sehr gut. Er konnte es mit geschlossenen Augen sehen. Die Linie ihrer Wangen. Der Bogen ihrer Augenbrauen. Die tiefe Dunkelheit ihrer Augen.

Nicht, dass es eine Rolle gespielt hätte. Er tat seine Bemerkungen mit einem Achselzucken ab. »Ihr versteht, dass ich das alles streng theoretisch meine.«

»Theoretisch? Genau das dachte ich mir, Euer Hoheit.« Ein beiläufiger Ton war in Romans Stimme zu hören. »Würdet Ihr, das ist nicht theoretisch gemeint, wissen wollen, was ich noch über Miss Effington in Erfahrung bringen konnte?«

»Wenn Ihr Euch schon die Mühe gemacht habt ...« Alexejs Ton entsprach dem seines Freundes, so als habe alles, was Pamela betraf, keine besondere Bedeutung.

»Nur, dass es durchaus möglich ist, dass Miss Effington tatsächlich die geheimnisvolle Affäre von Venedig war. Die Daten ihres und Eures Aufenthalts in dieser Stadt vor vier Jahren überschneiden sich erheblich.«

»Ich verstehe.« War das alles möglich? Noch vor zwei Tagen war er sich sicher gewesen, dass es nicht möglich war. Doch jetzt ...

»Habt Ihr vor, Miss Effington daraufhin anzusprechen?«

»Sie leugnet, dass wir uns jemals getroffen haben. Nein, wenn ich es recht überlege ...« Alexej durchforstete sein Gedächtnis. »Streng genommen leugnet es diese verflixte Frau gar nicht, sie geht einfach nur der Frage aus dem Weg. Oder verdreht alles zu ihrem eigenen Vorteil. In der einen Minute fordere ich sie auf, mir zu sagen, wo wir uns getroffen haben, in der nächsten bin ich ein überheblicher Esel.« Er lachte. »Sie ist eine zwielichtige Person.«

»So wie Ihr«, sagte Roman ruhig. »Was beabsichtigt Ihr zu tun?«

»Ich beabsichtige, die Wahrheit herauszufinden, und ich werde alle Mittel, die mir zur Verfügung stehen, einsetzen. Ich mag ihr Gesicht nicht kennen und ich mag auch unzählige andere Frauen in meinem Leben genossen haben, aber ich habe niemals auch nur das kleinste Detail jener Nacht vergessen. Wenn sie diejenige ist, werde ich es erfahren.« Sein Puls beschleunigte sich bei diesem Gedanken.

»Verführung?« – »Wiedervereinigung. Etwas vollkommen anderes als Verführung.«

»Und wenn diese Frau, die augenscheinlich schon Euer Herz erobert hat, jene Frau ist, die Euch so lange in Euren Träumen verfolgt hat, was dann, Euer Hoheit?«

Allerdings, was dann?

»Ich weiß nicht. Ich habe gedacht, dass ich sie wiederfinden werde, auch wenn ich immer der Überzeugung war, dass jene besondere Nacht etwas Schicksalhaftes hatte. Wenn sie ein und dieselbe ist ... Ich werde mich dieser Offenbarung stellen, wenn – oder falls – ich dazu komme.« Er verengte seinen Blick. »Miss Effington besteht darauf, ein Spiel mit mir zu spielen, Roman. Sie hat mich dazu herausgefordert, als sie sich weigerte, meine Fragen zu beantworten, und wenn sie nichts zu verbergen hat, ergibt diese Weigerung keinen Sinn. Wie auch immer, ich habe keine ausgesprochene Abneigung gegen Spiele, und ich gewinne immer. Und das, alter Freund, ist nicht Überheblichkeit, sondern eine einfache Feststellung von Tatsachen.«

»Es ist ein gefährliches Spiel, oder nicht, Euer Hoheit?« Roman klang gleichgültig, so als ob seine Worte unwichtig wären. »Euer Herz steht vielleicht schon auf dem Spiel, und soweit ich weiß, habt Ihr Euer Herz bisher noch nie riskiert.«

»In jedem Spiel, in dem es nur einen Sieger gibt, wird auf Risiko gespielt.«

Vielleicht gab es keine Zukunft mit Pamela oder Serenissima. Vielleicht gab es nur das Heute.

»Mein Leben scheint in diesen Tagen mit Dingen angefüllt zu sein, die ich noch nie zuvor gemacht habe. Mit einem Ende, das unsicher ist. Das ist hier nicht anders. Aber ich hatte schon immer eine Vorliebe für Spiele, Rätsel und so weiter. Und ich beabsichtige, ungeachtet des Endresultats« – er lächelte ironisch – »dieses zu genießen.«

9

Wenn ich Millicent wiedersehe, werde ich ihr auf keinen Fall erlauben zu erfahren, dass sie einst mein Herz gebrochen hat. Ich werde mich zurückhaltend und uninteressiert geben. Darüber hinaus werde ich dem Bedürfnis widerstehen, sie über die Knie zu legen und sie gründlich zu versohlen. Nach all den Jahren im Ausland könnte ihr das durchaus gefallen.

Sir Winchester Roberts

»Miss Effington – Pamela – ich bin hocherfreut, dass Ihr einwilligt, mich zu sehen.« Alexej durchquerte die Bibliothek mit ungeduldigem Schritt. Ihr Herz schlug schneller, als sie seinem Blick begegnete. »Ich fürchtete, dass Ihr mir nach unserem Ausritt heute Morgen aus dem Weg gehen würdet. Ihr wart fast den ganzen Tag nicht da.«

»Ich war bei meiner Familie. Es war äußerst erfreulich. Und das ›Euch-aus-dem-Weg-Gehen‹ – das ist Unsinn.« Pamela schenkte ihm ihr strahlendstes Lächeln. Man hätte sich niemals vorstellen können, dass sie ihn erst vor wenigen Stunden am liebsten erwürgt hätte. Allerdings hätte auch er sie am liebsten erwürgt. »Außerdem konnte ich schwerlich eine solch charmante Nachricht wie Eure übergehen, Euer Hoheit.« Sie streckte ihm ihre Hand entgegen. »Alexej.«

»Dann hat sie den richtigen Ton für eine Entschuldigung getroffen?« Er führte ihre Hand an seine Lippen.

»Das hat sie.«

»Eine angemessene Menge Gewissensbisse?« Sein Blick hielt ihren fest. – »Angemessen, ja.«

»Sowie auch Reue.« Er drehte ihre Hand um und küsste die Innenseite ihres Handgelenks. »Bußfertigkeit.«

Sie hob eine Augenbraue. »Es war keine so lange Nachricht.«

»Vergebt Ihr mir denn?«

»Natürlich.« So gerne sie ihre Hand für immer in seiner belassen hätte, so zog sie sie doch weg. »Was genau soll ich Euch denn vergeben?«

Er schnappte in gespielter Ungläubigkeit nach Luft. »Was? Meine rüpelhafte, überhebliche Haltung natürlich. Eure Geheimnisse sind Eure Geheimnisse, Eure Vergangenheit ist Eure Vergangenheit. Und wenn wir uns tatsächlich schon früher begegnet sind und Ihr nicht wünscht, es zuzugeben, dann kann ich mir denken, dass Ihr Eure Gründe habt.«

»Könnt Ihr das?« Sie betrachtete ihn neugierig. Alexej schien ihr nicht die Sorte Mann zu sein, die leicht aufgibt.

»Was ich mir nicht denken kann, ist, welche Gründe das sind, obwohl mir einige Möglichkeiten in den Sinn kommen.«

»Ach ja?«

»Ich habe gelegentlich eine überraschend erfinderische Fantasie, Pamela, und ich habe mir erlaubt, ihr keine Zügel anzulegen im Hinblick auf Spekulationen über die Frage, warum eine Frau, die ich getroffen habe, ja eine Frau, von der ich weiß, dass ich sie geküsst habe –«

»Weil Ihr nie eine Frau vergesst, die Ihr geküsst habt?«

»Genau.«

»Darf ich fragen, zu welchen Antworten Ihr gelangt seid?«

»Das hoffte ich.« Er verschränkte seine Hände hinter seinem Rücken und durchschritt den Raum in der vollkommenen Nachahmung eines Lateinlehrers, den sie als Mädchen gehabt hatte. »Zuerst dachte ich, Ihr hattet vielleicht einen schrecklichen Unfall und habt Euer Gedächtnis völlig verloren.«

Sie schüttelte den Kopf. »Ich kann mich nicht erinnern, jemals meine Erinnerung verloren zu haben.«

»Aha, aber wenn es so wäre, könntet Ihr Euch nicht daran erinnern, dass Ihr sie verloren habt, nicht wahr?«

»Ein Punkt für Euch.«

»Dann dachte ich über die Möglichkeit nach, dass der fragliche Kuss einen von uns beiden, oder uns beide, in Verlegenheit gebracht hat und Ihr ihn deshalb zusammen mit anderen unerfreulichen Erinnerungen aus Eurer Vergangenheit verbannt habt.«

Sie unterdrückte ein Lächeln. »Kein zuträglicher Kuss also?«

»Ziemlich weit hergeholt, ich weiß, aber nichtsdestotrotz möglich. Als Nächstes fragte ich mich, ob mein Kuss Euch vielleicht für weitere – nun ja, verdorben hat, für immer, und Ihr es deshalb für das Beste hieltet, alles aus Eurem Gedächtnis zu tilgen.« Er warf ihr einen Blick zu. »Natürlich um in Zukunft Enttäuschungen zu vermeiden.«

»Ich verstehe.« Sie biss sich auf die Lippen, um nicht lachen zu müssen. »Wenn Euer Kuss –«

»Für die weiteren Überlegungen würde ich es, glaube ich, passender finden, ihn *unseren* Kuss zu nennen.«

»Sehr gut. Also war *unser* Kuss entweder so schrecklich, dass ich nicht wünsche, mich daran zu erinnern, oder er war so wunderschön, dass ich mich gezwungen sähe, ihn zu vergessen, weil« – sie schüttelte verwirrt den Kopf – »wie war das noch?«

»Weil Ihr jeden anderen Mann mit mir vergleichen würdet und« – er blitzte sie mit einem boshaften Grinsen an – »keiner gut abgeschnitten hätte.«

Sie lachte.

»Ihr müsst zugeben, dass Letzteres durchaus vorstellbar ist.«

»Obwohl es eine ziemlich überhebliche Antwort ist, findet Ihr nicht?«

»Ja schon, allem Anschein nach ist Überheblichkeit das Kreuz, dass ich als Zugabe zu meinem Charme tragen muss. Was haltet Ihr von meinen Thesen?«

»Sehr gut.« Sie grinste. »Recht einleuchtend.«

»Klingen welche davon, äh, stimmig?«

Sie dachte einen Augenblick nach. »Ich würde sie eher interessant als stimmig nennen.«

»Ich bin froh, dass Ihr so denkt.« Er unterdrückte ein Lächeln und deutete auf ein Tablett, das auf der einen Seite des Tisches neben dem Kamin platziert war und auf dem eine Teekanne, Tassen und ein Keksteller standen. Auf der anderen Seite befand sich dank des immer tüchtigen Graham nach wie vor die allgegenwärtige Karaffe mit Kog-nak samt Gläsern. »Wünscht Ihr eine Erfrischung? Ich dachte, Ihr würdet vielleicht gerne Tee trinken, oder auch Kognak, wenn Ihr den vorzieht. So spät am Tag liebe ich einen guten Kognak, wobei es für Euch noch zu früh sein könnte.«

»Tee wäre gut. Ich habe den Verdacht, dass ich alle Sinne beisammen haben muss.«

Alexej lächelte auf eine höchst wissende Art, die die seltsamsten Dinge in ihrer Magengrube verursachte.

Das würde niemals gut gehen. Eine weitere Minute, und sie würde sich in seine Arme werfen. Sie atmete gleichmäßig ein und aus und sah um sich. »Verbirgt sich Graham in einem dunklen Winkel, oder soll ich mir selbst einschenken?«

Alexej schmunzelte. »Weder Graham noch Eure Tante sind im Moment irgendwo zu finden. Dafür habe ich gesorgt.«

»So?« Sie ging auf das Tablett zu, schenkte sich eine Tasse ein und ließ sich auf der Kante eines Sofas nieder. »Warum?«

»Weil ich mich unter vier Augen mit Euch unterhalten möchte.«

Ihr Blick verengte sich. »Warum?«

Er lachte. »Kommt, Pamela, Ihr müsst mich nicht so ansehen. Ich habe mich entschuldigt. Ich bin sogar ein bisschen zu Kreuze gekrochen –«

»Wohl kaum.«

»Zugegebenermaßen kann ich nicht sehr gut zu Kreuze kriechen.« Er zuckte die Achseln. »Ich hatte bisher wenig Übung darin.«

»Ich würde mich freuen, Euch dabei behilflich zu sein, etwas dagegen zu unternehmen.« Sie lächelte süß.

»Davon bin ich überzeugt. Ein anderes Mal vielleicht.« Er sprach lebhaft. »Um zu Eurer Frage zurückzukommen. Ich glaube einfach nicht, dass wir beide uns gut genug kennen, um fähig zu sein, unser Rätselspiel weiterzuspielen. Wir erscheinen morgen zum ersten Mal in der Öffentlichkeit, und es gibt eine Menge Dinge, die ich von Euch nicht weiß.«

Sie nippte an ihrem Tee und sah ihn über den Rand ihrer Tasse hinweg prüfend an. »Was würdet Ihr denn gern wissen?«

»Ich glaube, ein Mann, der beabsichtigt, eine Frau zu heiraten, sollte, sagen wir, ihre Lieblingsfarbe kennen.«

»Blau.«

»Das Blau des Meeres während eines Sturms oder das Blau des Himmels am Mittag?«

»Eines Sturms, denke ich«, sagte sie spontan. »Ich mag Stürme sehr.«

»Eine hervorragende Wahl.« Ein fesselnder Glanz funkelte in seinen klaren braunen Augen. »Blumen?«

»Rosen.«

»Natürlich. Rote?«

»Gelbe.«

»Höchst interessant.« Er trank nachdenklich einen kleinen Schluck Kognak. »Komponist?«

»Ich mag viele Komponisten. Haydn, Bach.«

»Bücher?«

»Viel zu viele, um sie aufzuzählen.« Sie setzte ihre Tasse ab, stand auf und ging zu dem Buchregal, das am nächsten stand. Ihr Blick überflog die Buchrücken, die aussahen, als seien sie jahrelang nicht in ihrer Ruhe gestört worden. Doch sie war viel stärker auf Alexej konzentriert, der sich einen Kognak einschenkte, als auf irgendeinen Titel vor ihr. *Emmeline* war eines meiner Lieblingsbücher, als ich ein Mädchen war, ebenso *The Mysteries of Udolpho* und *Cecilia.*«

»Ihr bevorzugt also Abenteuergeschichten, in denen hauptsächlich Frauen die Hauptfiguren sind?«

»Ja. Aber ich mochte auch *Robinson Crusoe.*« Sie sah ihn an. »Und *Tom Jones.*«

»Höchst interessant«, murmelte er.

Sie lachte und wandte ihre Aufmerksamkeit wieder den Buchregalen zu und einer Sammlung von Shakespeares Schauspielen. »Ich mag natürlich Shakespeare, aber nur die Lustspiele. Die Geschichtsdramen und Tragödien sind mir zu finster. Obwohl ich *Antonius und Kleopatra* immer sehr gerne mochte, trotz des Endes.«

Er stellte sich hinter sie und studierte seinerseits die Buchregale. Wenn sie sich plötzlich umdrehen sollte, konnte es sehr gut sein, dass sie in seinen Armen lag. Und dann würde er die wunderbare Gelegenheit, die sich ihm bot, ergreifen, um ihr einen Kuss –

»Was ist mit *Romeo und Julia?*« Er streckte die Hand aus und fuhr mit der Fingerspitze einen Titel nach. »Ich dachte Frauen, insbesondere Frauen mit einem Hang zur Romantik, lieben *Romeo und Julia.*«

»Und Ihr glaubt, ich habe einen Hang zur Romantik?«

»Ich weiß es nicht.« Sie spürte, wie er sich näher zu ihr beugte. Seine Worte erklangen neben ihrem Ohr. »Ich hoffe es aber.«

»So?« Ihr stockte der Atem. »Warum?« – »Weil ich selbst eine Vorliebe für Romantik habe.« Seine Worte waren leise und verführerisch, sein Atem wärmte ihr Ohr.

Sie schluckte heftig. »Ich habe *Romeo und Julia* nie besonders gemocht.«

»Nicht?« Seine Lippen strichen seitlich an ihrem Hals entlang. »Ihr interessiert Euch nicht für Romeos Liebeserklärungen?«

»Seine Erklärungen sind im Hinblick auf den Ausgang des Schauspiels bedeutungslos.« Sie schüttelte den Kopf und versuchte, all die herrlichen Empfindungen, die er geschickt in ihr weckte, zu ignorieren. »Ich fürchte, mir war es viel zu traurig.«

»Das verstehe ich sehr gut.« Er rieb seine Nase entlang der Kurve ihres Halses, und Lust durchfuhr ihren Körper. »Sie sterben am Ende schließlich doch.«

»Die ganze Geschichte bricht einem das Herz. Vom Schicksal verfolgte Liebende, die dazu verdammt sind, niemals zusammenzukommen. Und trotzdem können sie keinen anderen lieben. Sie sind füreinander bestimmt, füreinander geschaffen wie die beiden Hälften eines Ganzen.«

Er bewegte sich nicht. »Glaubt Ihr an so etwas?«

Musste er das immer machen? Gerade wenn sie drauf und dran war, zu seinen Füßen in einen See hinzuschmelzen, wechselte er das Thema. Es wurde langsam lästig. »An was?«

»Vorsehung. Dass zwei Menschen vom Schicksal füreinander bestimmt sein könnten? Hälften eines Ganzen?«

»Ja«, sagte sie langsam. Sie hatte nicht daran geglaubt, als sie ihm zum ersten Mal begegnet war, damals hatte sie einfach nur eine einzige Nacht mit ihm verbringen wollen. Sie war nicht auf die Idee gekommen, dass sich diese Nacht in ihren Träumen, in ihrem Herzen festsetzen würde, und zwar für immer. Tatsächlich hatte sie aber erst heute die Entdeckung gemacht, dass sie perfekt zueinander passten. Das er höchstwahrscheinlich der einzige Mann auf Erden für sie war.

Er straffte sich. »Welches Schauspiel von Shakespeare mögt Ihr denn am liebsten?«

Sie seufzte. »Vermutlich *Ende gut, alles gut.*«

»Und Eure Lieblingsnascherei?« – »Ich weiß nicht. Vielleicht Erdbeertörtchen.«

»Bevorzugt Ihr Hunde oder Katzen?«

»Hunde.« Das alles war lächerlich.

»Euer Lieblingsort?«

»Ven–« Sie konnte sich gerade noch beherrschen und wirbelte herum, um ihm ins Gesicht zu sehen. »Wien.«

Er stemmte rechts und links von ihr je eine Hand auf das Bücherregal und grinste. »Ven-Wien? Reizvoller Ort. Ich glaube, ich war einmal da. Das Essen war allerdings, wie ich mich erinnere, nicht sehr gut.«

»Ich wollte Wien sagen«, entgegnete sie mit hochmütigem Ton.

»Ihr wolltet Venedig sagen.«

Er hatte sie effektvoll zwischen seinen Armen eingesperrt. Das war nicht unbedingt eine schlechte Position, sofern man nicht gerade versuchte, Fragen und dem eigenen wachsenden Verlangen aus dem Weg zu gehen. »Also gut, ich gestehe.«

Er gluckste. »Das dachte ich mir.«

»Ich hatte tatsächlich angefangen, Venedig zu sagen, aber dann meine Meinung geändert.« Sie lächelte. »Ich entschied, dass ich in Wahrheit Wien den Vorzug gebe.«

»Kommt, Pamela.« Er sah unverschämt selbstzufrieden aus, so als könnte er ihre Gedanken lesen.

Sicher hatte er sie nicht mit der Frau in Verbindung bringen können, die er in Venedig getroffen hatte. Es war entschieden zu weit hergeholt, dass Pamela und Serenissima ein und dieselbe Person sein sollten. Es sei denn, er erinnerte sich an ihre gemeinsame Nacht und hatte es irgendwie geschafft, ihre Anwesenheit dort mit seiner zusammenzubringen. Immerhin behauptete er, eine lebhafte Fantasie zu haben.

Dennoch, interessierte es ihn? Bedeutete es ihm etwas, oder war es einfach nur eines der Rätselspiele, die er so gern löste?

»Ihr könnt unmöglich Wien oder sonst einen Ort in dieser Welt Venedig vorziehen.«

»Und doch tue ich es.« Sie begegnete kühl seinem staunenden Blick.

»Wirklich?« Seine Augen suchten ihre. »Warum?«

Sie zuckte die Achseln. »Es ist eine der großen Metropolen dieser Welt. Das Zentrum von Kunst und Musik –«

»Und Kaffeehäusern.«

»Und Kaffeehäusern.« Sie lachte.

»Und doch« – er kam dicht heran und strich mit seinen Lippen leicht über ihre – »fehlt Wien das, was Venedig zu etwas ganz Besonderem macht.«

»Ach?« Lieber Gott, er war gut. Er umnebelte ihren Verstand und wirbelte ihre Sinne durcheinander. War es wirklich notwendig, ihr Verlangen zu missachten?

»Magie«, sagte er sanft.

»Ich wage zu behaupten, dass Wien Magie besitzt.« Immerhin schien es nicht so, als seien sie früher noch nicht zusammen gewesen.

»Ist Euch schon aufgefallen, Pamela, dass Ihr gerade die richtige Größe für mich habt?« Sein Blick bohrte sich in ihren.

Sie hob ein wenig ihr Kinn. »Ich habe es nicht bemerkt.«

»Es ist ausgesprochen einfach, Euch zu küssen. So als ob Ihr gerade für mich geschaffen seid.«

»Vielleicht seid Ihr für mich geschaffen?«

Er lachte in sich hinein. »Vielleicht.«

Sie atmete tief ein. Entweder würde sie nun anfangen, ihn leibhaftig in sein Bett zu ziehen, oder es war an der Zeit, einigen Abstand zwischen sie zu bringen.

»Gibt es noch etwas, das Ihr gerne über mich wissen möchtet?«, sagte sie scheinbar gleichgültig und strafte damit ihr pochendes Herz Lügen.

»Ich würde gerne alles über Euch wissen.« Er küsste den alles in allem zu reizbaren Fleck unterhalb ihrer Ohrläppchen. »Wo ich Euch berühren muss, damit Ihr wie eben jetzt zu zittern anfangt.«

»Ich zittere nicht«, sagte sie mit einer Stimme, die alles andere als fest klang.

Seine Lippen flüsterten gegen das Grübchen am unteren Ende ihrer Kehle. »Wo ich Euch küssen muss, um zu fühlen, wie Eure Haut unter meinen Lippen zu glühen anfängt.«

Sie versuchte all die Bilder, die seine Worte in ihr weckten, zu ignorieren. »Dies ist wirklich nicht –«

»Oder wie Ihr meinen Namen ausruft, wenn Ihr –«

»Jetzt reicht es aber«, sagte sie mit all der Bestimmtheit, die sie aufbringen konnte. »Ihr benehmt Euch vollkommen unschicklich. Ja, schändlich und unverschämt, und ich könnte Euch dafür heftig ins Gesicht schlagen.«

Er grinste. »Ihr würdet das tun?«

»Nein. Ihr würdet es entschieden zu gerne mögen.« Sie sammelte die Scherben ihrer Zurückhaltung auf, tauchte unter seinen Armen weg und entfernte sich aus seiner Reichweite. »Muss ich Euch daran erinnern, Alexej, dass der uneingeschränkte Zweck unserer Verlobung die Wiederherstellung meiner gesellschaftlichen Stellung ist und eventuell einen standesgemäßen Ehemann für mich zu finden?«

Er schnaubte wütend. »Ihr würdet mit der Gattung standesgemäßer Ehemann nicht glücklich werden.«

Sie starrte ihn an. »Warum um alles in der Welt denn nicht?«

Er zuckte die Achseln. »Ich kann mir Euch einfach nicht mit jemandem Standesgemäßen vorstellen. Ihr wärt innerhalb einer Woche gelangweilt.«

»Seid nicht absurd.« Sie nahm ihre Teetasse hoch, trug sie zur Kognakkaraffe, goss sich einen tüchtigen Schluck ein und nahm einen tiefen Zug. Tante Millicent behauptete immer, und sie stimmte ihr zu, eine Spur Kognak im Tee, oder vielleicht meinte sie auch eine Spur Tee im Kognak, konnte helfen, beruhigte die Nerven. Und ihre Nerven konnten im Augenblick ganz gewiss eine Beruhigung vertragen. »Ich werde vermutlich recht zufrieden sein.«

Er zog eine Augenbraue hoch. »Zufrieden?«

»Glücklich. Ich wollte glücklich sagen. Sogar überglücklich.«

»Unsinn.« Er nahm sein Glas und wirbelte den Kognak herum. »Ich habe eine Reihe von Engländern kennengelernt, und sieht man einmal von meinem Cousin ab, und vielleicht auch Eurem, habe ich niemals einen getroffen, der nicht geistlos, scheinheilig und erstaunlich überheblich gewesen wäre.«

»*Ihr* seid überheblich.«

»Ja, aber meine Überheblichkeit ist begründet.«

Sie rollte ihre Augen zur Decke.

»Ihr habt Jahre auf Reisen verbracht, eine Menge fremder Länder besucht, unzählige interessante Leute kennengelernt. Ich würde wetten, dass Euch dies drastisch verändert hat.«

»Das habe ich bereits zugegeben.«

»Ich meine damit nicht die Eigenschaften, die Euch dem Rest Eurer Familie ähnlich gemacht haben. Diese waren unverkennbar Teil Eures Charakters, sie mussten sich noch entwickeln und kamen mit dem Alter, der Erfahrung und wahrscheinlich durch den wegfallenden Einfluss der Effingtons.«

»Wahrscheinlich«, bestätigte sie mit gezwungenem Lächeln, während sie einen Schluck vom kognakhaltigen Tee nahm. Er war wirklich sehr wohlschmeckend.

»Ich meine, dass Ihr die Welt mit anderen Augen anseht. Gewiss habt Ihr in den Jahren Eurer Reisen viel Zeit mit der Elite der Gesellschaft, den Reichen, den Mächtigen und so weiter, verbracht, aber Ihr seid auch Zivilisationen und Gebräuchen von Ländern begegnet, die Ihr nicht kennengelernt hättet, wenn Ihr England nicht verlassen hättet.«

»Reisen ist immer eine Form von Bildung. Das ist Teil der Freude daran.« – »Und ich nehme an, Ihr seid dadurch sehr viel weniger dafür geeignet, die Sorte standesgemäßen Mann zu akzeptieren, die Ihr noch vor sechs Jahren akzeptiert hättet.«

Verärgert zog sie ihre Augenbrauen zusammen. »Selbst damals hätte ich gewiss nicht jeden akzeptiert, nur um des Heiratens willen.«

»Nein, ich wage zu behaupten, dass Ihr das nicht hättet.«

»Nicht etwa, dass ich glaube, Ihr habt in Bezug auf die englischen Männer recht, doch verzeiht, welche Sorte Mann sollte ich denn Eurer Meinung nach heiraten?«

»Jemanden mit einer Abenteurernatur. Und mit Mut, natürlich. Ich vermute, dass eine Ehe mit Euch ziemlich viel Mut erfordert.«

»Danke!«

»Ich bin mir nicht ganz sicher, ob das ein Kompliment war.« Er lachte. »Ihr benötigt zudem jemanden mit ziemlich viel Intelligenz. Ihr habt einen außerordentlich scharfen Verstand.« Er hob sein Glas auf sie. »*Das* war ein Kompliment.«

»Einmal mehr meinen Dank.«

»Darüber hinaus braucht Ihr jemanden, der die Einzigartigkeit Eures Charakters zu schätzen weiß. Der nicht versuchen wird, Euch zu einem von jenen perfekten und fügsamen Wesen zu formen, die englische Männer zu bevorzugen scheinen. Der Euch als eine Herausforderung begreift, die sein Blut in Wallung bringt.«

»Eine Herausforderung, die Blut in Wallung bringt?« Sie lachte. »Das ist ein Kompliment.«

»Wahrlich, das ist eins.« Sein Blick begegnete ihrem, und ihr Atem stand still.

»Soll ich zu hoffen wagen, einen solchen Musterknaben zu finden?« *Obwohl ich ihn in Wahrheit schon gefunden habe?* »Er scheint doch zu vollkommen zu sein, um ein Sterblicher zu sein.«

»Er ist doch nicht vollkommen, Pamela.« Er nippte an seinem Kognak und betrachtete sie gedankenvoll. »Ihr würdet mit der Perfektion nicht zurechtkommen, noch würde die Perfektion mit Euch zurechtkommen. Ihr braucht einen Mann, der Euch genauso herausfordert, wie Ihr ihn herausfordert. Einen Mann, mit dem man Schlachten schlägt.«

»Und was ist mit der Liebe?«

Er lachte in sich hinein. »Liebe ist ein interessantes Problem.«

»Habt Ihr jemals geliebt?« Sie hielt den Atem an.

»Ich weiß es nicht.« Er zuckte die Achseln. »Vielleicht. Vielleicht auch nicht.«

»Gewiss würdet Ihr wissen, wenn Ihr –«

»Ich sehe schon, Eure Regeln gelten nur für Euch allein.«

Sie schüttelte den Kopf. »Was meint Ihr damit?«

»Nur, dass Ihr keine Unterhaltung über Eure Vergangenheit führen wollt, während meine eindeutig Gegenstand beträchtlichen Interesses ist.«

»Ihr mögt Unterhaltungen über Eure Vergangenheit.«

»Viele davon mag ich.« Nun schüttelte er den Kopf. »Aber diese nicht.«

»Warum nicht?«

»Sie ist entschieden zu persönlich.«

»Persönlicher als Eure romantischen Eroberungen?«

»Anscheinend.«

Sie sah ihn eine Weile prüfend an. »Wurde Euch denn das Herz gebrochen? Irgendwann in der Vergangenheit?«

Er seufzte. »Ihr habt wirklich kein Verständnis für das Wort nein, oder?«

»Ich glaube einfach nur, dass es ein paar Dinge gibt, die eine Verlobte von ihrem Bräutigam wissen sollte«, sagte sie leichthin.

»Es freut mich sehr, wenn Ihr mir meine Worte im Mund umdreht, bis sie Euch genehm sind. Also gut, Pamela. Nein.« Er sagte es mit fester Stimme. »Mein Herz wurde nie gebrochen. Es wurde einmal ... verdreht, vielleicht sogar verbogen, obwohl mir das erst viel später bewusst wurde.«

»So?« Ihr eigenes Herz schlug schneller.

»Es war nur ein Augenblick, nicht mehr. Den Realitäten des Lebens gestohlen.« Er zuckte die Schultern. »Es sollte nie mehr als nur ein Augenblick sein und doch ...«

»Und doch?«

»Und doch war es mehr.« Er hielt inne, und sie fragte sich, ob er an ihren gemeinsamen Augenblick dachte oder an einen ganz anderen. Schließlich holte er tief Luft. »Und Ihr?«

»Und ich?«

»Habt Ihr schon einmal geliebt?«

»Hervorragender Themenwechsel, Alexej.«

Sein Blick traf ihren, er war scharf und eindringlich, so als könnte er geradewegs durch sie hindurchsehen. »Und es ist nur zu gerecht, dass Ihr antwortet.«

»Das ist es wohl.« Sie trank einen kleinen Schluck Tee. »Ich dachte einmal, dass ich verliebt sei, aber ich hatte mich geirrt.«

»Nur einmal?«

»Ich habe mich nur einmal geirrt, ja.«

Er starrte einen Moment vor sich hin und musste dann lachen. »Und ich wette, ich erfahre nicht mehr von Euch.«

Sie lächelte schelmisch. »Bin ich denn sonst noch eine Herausforderung? Noch ein Geheimnis, das enthüllt werden soll?«

»Immer, nehme ich an.« Der Klang seiner Stimme war weich, aber der Ausdruck in seinen Augen blieb.

»Doch nicht heute.« Sie leerte den Rest ihrer Tasse, stellte sie auf den Tisch und stand auf. »Clarissa und ich haben Besorgungen zu machen, ich muss gehen.«

»Schade. Ich hatte eigentlich gehofft, den Rest des Nachmittags mit Euch zu verbringen, um miteinander zu ... reden.«

»Nur um zu reden?« – »Ihr seid eine Plage.« Er seufzte resigniert, setzte sein Glas ab, und bevor sie etwas sagen konnte, war er bei ihr und nahm sie in die Arme. »Eine große Plage.«

Sein Kuss war hart, fast fordernd, so als wollte er Besitzanspruch auf sie erheben. Und, guter Gott, sie wünschte sich, dass er Anspruch auf sie erhob, sie auszeichnete, sie in Besitz nahm. So, wie sie ihn im Gegenzug besitzen würde. Sie schlang Ihre Arme um seinen Hals und schwelgte in der Kraft, die sie miteinander verband. Nichts weiter als reines Verlangen. Wiedererkennen. Der Hälfte, die sie zu einem Ganzen machte. Fühlte er auch so? Oder empfand er nur Lust? Und interessierte es sie? Hier und jetzt lag sie in seinen Armen, und hier und jetzt zählte sonst nichts.

Sie lehnte sich zurück und schaute zu ihm hoch, ihre Stimme klang ärgerlicherweise atemlos. »Habt Ihr vor, mich zu verführen?«

Seine Stimme schwankte fast genauso wie ihre. »Was? Hier? Jetzt? In der Bibliothek?«

Sie nickte. »Hier und jetzt?«

»Eine Bibliothek ist dafür ein recht unpassender Ort, oder?« Er atmete langsam aus. »Und wie ich finde, auch ziemlich beleidigend.«

»Beleidigend?«

»Denn sie verrät einen entschiedenen Mangel an Planung.« Er grinste zögernd, auf diese boshafte Weise, die ihr ein Schaudern durch die Adern trieb. »Nein, ich habe nicht wirklich an eine Verführung in der Bibliothek gedacht, aber es scheint mir einen gewissen Reiz zu haben. Vor allem« – er strich mit seinen Lippen über ihre – »jetzt.«

Sie konnte einen leisen Seufzer nicht zurückhalten. »Dann habt Ihr nicht geplant, mich zu verführen?«

Er lachte in sich hinein. »Ich mag diesen Ton von Enttäuschung in Eurer Stimme sehr gern.«

»Ich bin nicht enttäuscht«, erwiderte sie entrüstet, während sie versuchte, sich aus seinen Armen zu befreien, doch er hielt sie fest.

»Missversteht meine Worte bitte nicht, Pamela. Ich habe durchaus die Absicht, Euch zu verführen.« Sein Blick suchte ihre Augen. »Oder vielleicht sollte ich Euch erlauben, mich zu verführen?«

Sie atmete hastig. »Wieso, ich würde niemals ...«

»Niemals?« Seine Augenbrauen hoben sich.

»Nun, vielleicht einmal.« Sie schlang ihre Arme erneut um seinen Hals und zog seine Lippen wieder zu ihren. Sie küsste ihn, bis sie das Gefühl hatte, dass ihre Knie unter ihr wegsacken könnten, dann zog sie sich widerstrebend zurück. »Oder zweimal.«

»Nur zweimal?«

Sie trat zurück. »Ihr seid darin sehr gut. Euer Ruf ist durchaus begründet.«

»Sicher habt Ihr das nicht angezweifelt?«

»Nicht eine Sekunde.« Sie fing seinen Blick auf, ein unbeugsamer Ton lag in ihrer Stimme. »Ich sollte Euch warnen, Alexej, es ist mir mit meinem Wunsch nach einer Ehe vollkommen ernst. Ich werde es nicht erlauben, dass Gefühle, ein Verlangen oder Lust ein gesundes Urteilsvermögen einfach hinwegfegen.«

»Etwas anderes hätte ich von Euch auch nicht erwartet.« Er machte eine Pause und schien nach Worten zu suchen. »Ich sollte Euch ebenfalls warnen, Pamela, ich habe nicht die Absicht zu heiraten. Niemals.«

Ein schwerer Stein schien sich in ihre Magengrube zu senken. Sie überging es und behielt ihren beiläufigen Ton bei. »Solange wir uns beide verstehen.« Sie nickte. »Dann werde ich Euch beim Dinner sehen?«

»Ich würde es ungern versäumen.« Seine Stimme war so kühl wie seine Augen, und sie konnte sich nicht vorstellen, was er dachte.

»Bis zum Abend also.« Sie zwang sich zu einem freundlichen Lächeln und ging auf die Tür zu.

Ihre Gedanken waren ein einziges Durcheinander und schrecklich verwirrt. Sie begehrte ihn jetzt und für den Rest ihres Lebens. Und wenn sie ihn nicht als seine Frau haben konnte, würde sie sich mit weniger zufriedengeben?

Sie wusste es nicht. Sie wusste nur, dass sie ohne ihn nicht leben konnte.

»Pamela.«

»Ja?«, antwortete sie, ohne sich umzudrehen.

»Ist Euch bewusst, dass sich meine Absichten nicht geändert haben? Ich möchte Euch in meinem Bett haben, und ich werde Euch darin haben.«

Sie zögerte eine ganze Weile, ihre Finger lagen auf dem Türgriff. Schließlich holte sie lange und schaudernd Atem und warf ihm über die Schulter ein strahlendes Lächeln zu.

»Ich freue mich darauf.«

Die Tür fiel hinter ihr ins Schloss, und er starrte geistesabwesend darauf.

Was in Gottes Namen dachte er bloß?

Er hatte recht. Er wusste es so sicher, wie er seinen eigenen Namen wusste. Er hätte es bei ihrem ersten Kuss erkennen müssen, aber er hätte sich nie vorstellen können, dass die wütende Miss Effington die unvergleichliche Serenissima sein könnte. Serenissima. Seine Serenissima. Die Frau seiner Träume.

Er ergriff sein Glas, schritt zur Kognakkaraffe und füllte sein Glas wieder auf, ohne darauf zu achten, dass die Flüssigkeit über den Rand schwappte. Mit zittriger Hand stürzte er es hinunter und füllte das Glas sofort wieder nach.

Und er hätte es überhaupt nicht erfahren, wäre da nicht diese absurde Farce von Verlobung gewesen. Ja, wenn sie nicht unabsichtlich in die Gesellschaft des jeweils anderen geraten wären, hätte er nie die Wahrheit vermutet. Er hätte sie niemals wiedergefunden. Und jetzt?

Alexej zog den Ohrring, ihren Ohrring, aus seiner Westentasche und starrte ihn an. Das venezianische Glas fing die späte Nachmittagssonne ein und glitzerte in seiner Hand, so als hätte es ein Eigenleben. So als besitze es Magie.

Er hätte nie gedacht, dass er sie wiederfinden würde. Er hatte all die Jahre hindurch mit der Idee gespielt, sie zu suchen, aber er hatte keine Ahnung, wo er anfangen sollte. Bald nach seinem Aufenthalt in Venedig war sein Leben viel zu sehr in die Belange von Staat und Politik sowie den Überlebenskampf seines Landes hineingezogen worden, um Herzensangelegenheiten Aufmerksamkeit zu schenken. Zudem besaß er nichts weiter als einen Ohrring und die Erinnerung an ein Gesicht, das er nur im Mondlicht gesehen hatte. Und selbst das verwischte im Lauf der Zeit und im Lauf von viel zu vielen Träumen, bis er sich nicht mehr sicher war, was eigentlich Erinnerung und was Fantasie war.

Aber er erinnerte sich daran, wie sich ihre Haut unter seinen Händen angefühlt hatte und wie sehr ihre Körper zusammengepasst hatten. Und er erinnerte sich an ihren Kuss.

Es fiel ihm nun auf, dass, noch bevor er die Wahrheit entdeckt hatte, vielleicht schon von dem Moment an, in dem ihn Pamela aus dem Haus hatte weisen wollen, etwas an ihr etwas in ihm angesprochen hatte. Etwas Undefinierbares, aber deswegen nicht weniger Verlockendes. Und es fiel ihm auch auf, dass das, was er für sie empfand, und er fürchtete, dass es wirklich Liebe war, schon existiert hatte, bevor er nur die geringste Ahnung hatte, dass Pamela und Serenissima eventuell ein und dieselbe waren.

Das alles ergab Sinn. Ohne Rücksicht auf Namen oder Umstände war sie die andere Hälfte seiner Seele. Er hatte es schon vor vier Jahren erkannt, und er spürte es jetzt. Sie war sein Schicksal. Seine Liebe. Doch wozu?

Er hatte alles, was er heute Morgen zu Roman gesagt

hatte, auch so gemeint. Er konnte der Frau, die er liebte, nicht erlauben, sein Schicksal zu teilen. Es war schlimm genug, dass er es Roman und Dimitri erlaubt hatte. Er besaß kein Land mehr, keine Zukunft und, zumindest im Augenblick, kein Geld. Sein Schicksal war so unsicher wie die Winde. Er hatte ihr nichts zu bieten außer seinem Herzen, und das war einfach nicht genug.

Nein. Das Beste, was er für Pamela tun konnte, war, mit ihrer Posse genau so fortzufahren, wie sie es geplant hatten. Er würde den vollkommenen Verlobten aus königlichem Haus spielen und damit ihre Aufnahme in die Londoner Gesellschaft ermöglichen. Er würde dafür sorgen, dass jeder Mann, der sie sah, sie mit seinen Augen sah, bis sie einen Mann gefunden hatte, den sie heiraten konnte. Dann würde er ihr erlauben, mit ihm zu brechen, und er würde sicherstellen, dass der Rest der Welt ihre Handlung für klug und gerechtfertigt hielt.

Und es würde kein weiteres Gespräch, keinen weiteren Gedanken zum Thema Verführung geben.

Natürlich würde sie das niemals verstehen. Er nahm an, nein, er war sich sicher, dass sie seine Gefühle erwiderte. Er las es in ihren Augen. Es war eine Ironie des Schicksals, dass er feststellen musste, wie wenig sie sich wohl für seine Stellung, seine Zukunft oder sein Vermögen interessierte. Aber er tat es. Es war zweifelsohne der Gipfel der Überheblichkeit. Und es würde seinen Untergang bedeuten.

Alles in allem war es eine Schande, sie nach all den Jahren wiederzufinden, nur um feststellen zu müssen, das sie niemals zusammen sein konnten. Vom Schicksal verfolgt.

Ja, er stimmte mit ihr überein. Das Ende von *Romeo und Julia* war ganz und gar nicht nach seinem Geschmack.

10

Wenn ich ihn wiedersehe, werde ich mich überreichlich entschuldigen und ihn um Verzeihung bitten. Oder, noch besser, ich könnte einfach aus dem Land flüchten. Ja, der Gedanke gefällt mir.

Lady Millicent Smythe-Windom

»Euer Hoheit?«

Effington House, das Londoner Domizil des Herzogs von Roxborough, war gewiss kein Palast, aber es war dennoch höchst beeindruckend, und entsprechend waren auch die Festlichkeiten. Im großen Ballsaal drängten sich die Gäste, der Lärm der Menge übertönte die Anstrengungen der Musiker. Doch Alexej nahm es kaum wahr. Sein Blick überflog die Versammlung und suchte nach einem ganz bestimmten Gast.

Pamela und Lady Overton hatten den Tag mit ihrer Familie verbracht, um sich auf den Abend vorzubereiten, und er hatte sie seit dem gestrigen Dinner nicht mehr zu Gesicht bekommen. Sie war auffallend ruhig gewesen beim Abendessen, aber er ebenfalls.

»Euer Hoheit?«

Selbst Lady Smythe-Windom hatte ihn im Stich gelassen, weil sie der Meinung war, sie müsse unbedingt schon vor Beginn des Balls anwesend sein. Roman und er waren vor knapp einer halben Stunde angekommen. Der einzige Segen, den dieser Abend bereithielt, war die Tatsache, dass er sich nicht darum sorgen musste, was Valentina sagen oder tun könnte. Angesichts ihrer früheren Zusammenstöße mit den Effingtons waren sie übereingekommen, dass die Prinzessin, und damit auch Dimitri, den Ball nicht besuchen würden. Ihr widerwilliges Zugeständnis, dass ihre Abwesenheit das Beste sei, war, obwohl sie darüber nicht glücklich war, immerhin ein Hinweis auf Valentinas Bedürfnis, sich zu ändern.

Alexej beneidete sie momentan sehr. Hier im Haus von Pamelas Onkel fühlte er sich auffallend unwohl in seiner Haut. Ja, er konnte sich nicht erinnern, sich jemals so unwohl in seiner Haut gefühlt zu haben. Nicht die Ankündigung ihrer vorgetäuschten Verlobung quälte ihn. Schließlich hatte er in dieser Angelegenheit keine Wahl gehabt, und am Ende geschah dies alles zu Pamelas Besten.

Nein, seine eigenen aufgewühlten Gefühle hatten seine Nerven aufs Äußerste gereizt. Wie konnte er nur einen ganzen Abend, eine Woche, einen Monat als zuvorkommender Verlobter zubringen und dann Abstand von ihr gewinnen? Es war der Gipfel der Ironie, dass aus der Vorspiegelung eines verliebten Mannes Wirklichkeit geworden war. Und dass es nun eine Vortäuschung war, wenn er so tat, als sei er nicht an ihr interessiert.

»Euer Hoheit!«

»Ja«, antwortete er gereizt, atmete dann aber tief durch. »Verzeiht, Roman. Was sagtet Ihr?«

»Ich frage mich, ob etwas nicht in Ordnung ist. Ihr seid seit unserer Ankunft nicht mehr Ihr selbst. Das heißt, nein«, Roman betrachtete ihn nachdenklich. »Ihr seid schon seit gestern nachdenklich und reserviert.«

Alexej lächelte grimmig. »Meine Verlobung wird gleich öffentlich verkündet. Meine vorgetäuschte Verlobung. Gewiss ist unter solchen Umständen jede Befangenheit von meiner Seite verständlich.«

»Verständlich schon, aber ...«, Roman schüttelte den Kopf. Er hielt einen vorbeigehenden Diener lang genug an, damit sie beide ihre leeren Champagnergläser durch neue ersetzen konnten. »Das ist es nicht, was Euch beschäftigt.«

»Vielleicht mag ich einfach nicht auf dem Präsentierteller liegen.« Alexej hatte tatsächlich das Gefühl, als seien alle Augen auf ihn gerichtet, seit man ihn angekündigt hatte. Als sei er der Gegenstand aller hinter vorgehaltener Hand stattfindenden Unterhaltungen, die Zielscheibe des Mitleids.

»Ihr seid sozusagen schon immer auf dem Präsentierteller gelegen, Euer Hoheit.« Roman machte eine Pause. »Allerdings ist mir durchaus bewusst, dass dies Euer erstes öffentliches Auftreten ist, seit ...«

»Ihr könnt es laut sagen. Mein erstes öffentliches Auftreten, seit Avalonien aufgehört hat zu existieren. Seit dem Verlust meines Vaters, meines Landes, meines Zuhauses.« *Seit meinem Versagen, als es galt, die Unabhängigkeit meiner Nation und das Vermächtnis meines Vaters zu retten.*

Roman nippte scheinbar beiläufig an seinem Champagner. »Auch mein König, mein Land und mein Zuhause.«

Alexej starrte seinen alten Freund an. »Oh ja. Entschuldigt. Es ist so leicht zu vergessen, dass der Verlust nicht nur mich betrifft.« Er trank einen kräftigen Schluck von seinem Champagner. Albernes, wertloses Zeug, aber er mochte es gern. »Glaubt nur nicht, dass es mir um mich leidtut oder ich mich in Selbstmitleid wälze.«

»So etwas würde ich nie denken«, warf Roman nachsichtig ein. »Ich glaube, es hat weniger mit dem Verlust eines Landes als mit dem Verlust einer Frau zu tun. Und in dieser Hinsicht sollte vielleicht ein bisschen Selbstmitleid oder sogar ein Augenblick des darin Wälzens erlaubt sein.«

»Macht Euch nicht lächerlich. Ich habe Miss Effington nicht verloren. Ich habe sie schließlich noch nie besessen, wie könnte ich sie verlieren?«

»Lady Overton und ich bemerkten, dass am vergangenen Abend ziemlich große Spannung zwischen Euch beiden herrschte.«

»Natürlich war da eine Spannung«, erwiderte Alexej schärfer als beabsichtigt. »Wir sind dabei, uns auf ein enormes Täuschungsmanöver einzulassen.« Er sah sich in dem vor Menschen wimmelnden Saal um. »Wo ist überhaupt diese verflixte Frau? Wie lange dauert es wohl, ein Kleid auszubessern?«

Bei ihrer Ankunft waren sie von Pamelas Eltern, Lord und Lady Edward, der jüngeren Miss Effington und schließlich Lady Smythe-Windom begrüßt worden. Lord Edward war herzlich, aber nicht übermäßig freundschaftlich gewesen, es schien, als wolle er Alexej hinsichtlich seiner Eignung als Ehemann abschätzen. Ganz anders dagegen Amanda, die bei Alexejs Ankunft gleichsam überwältigt zu sein schien vor lauter Freundlichkeit. Lady Edward hatte ihnen mitgeteilt, dass sich Pamela und Lady Overton zurückgezogen hatten, um ein Problem mit Pamelas Kleid zu beheben, sie aber schon bald zurückkommen würden. Unmittelbar danach wurden Alexej und Roman einem Gast nach dem anderen vorgestellt. Eine aus Neugier angefangene Unterhaltung folgte der anderen – mit unzähligen Leuten, deren Namen er sich unmöglich alle merken konnte. Auch das war ein Hinweis auf seinen Zustand, denn er hatte sich immer extrem gut an Namen erinnern können.

»Euer Hoheit.« Roman stieß ihn an und nickte zu einer Tür, die sich am entgegengesetzten Ende des Saals befand. »Ich glaube, die Reparatur ist beendet.«

Alexej warf einen Blick in die Richtung, die ihm Roman gewiesen hatte. Ihm stockte der Atem.

Pamela stand da – eine Erscheinung, die aus Magie und Feuer geformt worden war, erstanden aus allen Träumen, die er jemals geträumt hatte. Sie unterhielt sich mit Lady Overton und einer weiteren Frau, aber er sah nur sie. Selbst die Menschenmenge schien sich zu verlieren, so wie Schiffe, die von Nebel umhüllt wurden.

Pamela trug ein Ballkleid aus schimmernder Kupferfarbe,

und selbst aus der Ferne konnte er sehen, dass diese die hellen Töne ihrer Haut, die goldene Schattierung ihres Haars und die Schwärze ihrer Augen noch steigerte. Sie war jeder Zoll eine Göttin. Jeder Zoll eine Königin. Ein Traum – sein Traum –, der schließlich lebendig geworden war.

Serenissima.

Ihr Blick begegnete seinem, und ein strahlendes Lächeln erhellte ihr Gesicht. Sein Herz raste, und er stählte sich gegen seine Sehnsucht, an ihre Seite zu eilen, sie auf seine Arme zu nehmen und hinauszutragen – und sie niemals mehr gehen zu lassen. Das alles war entschieden schwieriger, als er es sich jemals vorgestellt hatte.

»Sie ist bemerkenswert.« Ehrfurcht war in Romans Stimme zu vernehmen.

»Das ist sie wirklich«, sagte Alexej sanft.

Roman schwieg einen Augenblick. »Mit Eurer Erlaubnis, Euer Hoheit, gedenke ich sie zu heiraten.«

»Ihr gedenkt sie zu …«, Alexej starrte ihn an, schmunzelte dann aber. »Ihr sprecht von Lady Overton.«

»Clarissa.« Roman sprach ihren Namen wie ein Gebet oder ein Versprechen aus, und Alexej konnte sich nicht eines kleinen neidischen Stichs erwehren.

Er schob ihn beiseite. »Ihr braucht keine Erlaubnis, alter Freund, aber wenn Ihr meine Zustimmung haben wollt, dann habt Ihr sie. Genauso wie meine besten Wünsche für jedes erdenkliche Glück.«

»Ich dachte immer, ich sei glücklich oder zumindest zufrieden mit meinem Leben. Ganz sicher habe ich niemals gedacht, dass eine Frau dazu nötig wäre, mein Leben zu vervollkommnen. Allerdings hatte ich nie diese eine, diese ganz besondere Frau getroffen.« Roman nippte an seinem Champagner, aber sein Blick lag weiterhin auf Lady Overton. »Ich hatte keine Ahnung.« Er sah Alexej an. »Wir sollten uns zu ihnen gesellen.«

»Beginnen wir also mit dem Theaterstück«, sagte Alexej

leise. Er konnte das natürlich machen. Er konnte auf dem Feld der Politik viel verräterischere Spiele spielen, bei denen die Einsätze beträchtlich höher waren. Dieses Mal stand nur sein Herz auf dem Spiel. Unglücklicherweise aber auch ihres.

»Euer Hoheit?« Ein Lakai erschien neben ihm. Er trug ein Silbertablett mit einer zusammengefalteten Nachricht.

Alexej nahm sie, las die wenigen Zeilen und sah Roman an. »Es scheint, als möchte der Vater meiner Auserwählten mit mir sprechen.«

»Das könnte etwas peinlich werden«, murmelte Roman.

»Ich kann mir nicht vorstellen, warum«, sagte Alexej und schnitt eine Grimasse.

Wenig später betrat Alexej die Bibliothek von Effington House. Es war ein außerordentlich imposanter Raum mit voll gestellten Bücherregalen, die bis zum Himmel zu reichen schienen – ebenso Ausdruck eines beachtlichen Vermögens wie eines gelehrten Zeitvertreibs.

»Die Sammlung wurde in erster Linie im vergangenen Jahrhundert zusammengetragen. Gelegentlich wurden weitere Bände als Alibi hinzugefügt.« Lord Edward ließ seinen Blick durch den Raum gleiten. »Aber dieser Raum sieht noch genauso aus wie zu der Zeit, als ich ein Junge war.«

»Und habt Ihr als Junge viele davon gelesen?«

»Ich gebe zu, dass ich, außer denen, zu denen ich nicht gezwungen wurde, nicht viele gelesen habe. Mein Bruder Henry war sehr viel mehr an Gelehrtem interessiert als sonst einer von uns.« Lord Edward lachte auf. »Ich fürchte, ich war niemals besonders gelehrt.«

Alexej lächelte. »Das haben wir gemeinsam.«

»Das und meine Tochter.« Lord Edward nickte lebhaft und setzte sich hinter einem Tisch nieder, der so eindrucksvoll wie der übrige Raum wirkte. Er wies auf den Stuhl vor dem Tisch. »Setzt Euch, Euer Hoheit.«

»Ich glaube, ich würde es vorziehen zu stehen, Lord Edward«, sagte Alexej langsam.

»Dies ist kein Verhör, Ihr könnt Eure Wachsamkeit ablegen.« Lord Edward sah zu ihm auf. »Ich würde Euch gerne einen Kognak anbieten, aber das hier dauert nicht lange. Es ist nichts weiter als eine geschäftliche Angelegenheit, die ich gerne regeln würde, damit wir den Rest des Abends genießen können.«

»Eine geschäftliche Angelegenheit?« Alexej ließ sich auf den Stuhl sinken.

Guter Gott, er würde doch wohl nicht Pamelas Mitgift als geschäftliche Angelegenheit bezeichnen, oder? Natürlich wurden zwischen Staatsoberhäuptern Eheverhandlungen, die die Verbindung ihrer jeweiligen Nachkommen betrafen, sowohl als geschäftliche wie auch als politische Angelegenheit betrachtet, aber dies war eindeutig etwas anderes. Allem Anschein nach handelte es sich um eine Liebesheirat, oder zumindest wurde es als solche gesehen.

Lord Edward wühlte sich durch verschiedene Schriftstücke, die vor ihm ausgebreitet auf dem Tisch lagen. »Ich habe erfahren, dass Ihr bei der Bank von England beträchtliches Kapital angelegt habt.«

»Fahrt fort.« Alexej kniff seine Augen zusammen. Er hätte es selbstverständlich leugnen können, aber dies schien ihm ziemlich sinnlos zu sein.

»Soweit ich weiß, ist es Euch nicht möglich, von den Konten abzuheben, ja, man hat Euch überhaupt jeden Zugang versagt. Das ist zwar eine politische Absurdität, aber es ist eben so.« Er sah Alexej an. »Habe ich recht?«

»Bezüglich der politischen Absurdität oder meiner Unfähigkeit, mein Kapital einzufordern?«

»Beides.«

»Ja.«

Lord Edward nickte. »Man hat sich dieser Angelegenheit angenommen. Eure Gelder werden Euch innerhalb der nächsten Tage zur Verfügung gestellt. Vermutlich frühestens morgen oder spätestens in einer Woche, aber nicht später.« Lord Edward warf ihm ein zufriedenes Lächeln zu, dann stand er auf. »Jetzt, schlage ich vor, kehren wir zum Fest zurück.«

»Das war's?« Alexej erhob sich langsam. Sicher steckte hinter diesem Treffen mit Pamelas Vater doch mehr als das? »War das alles, was Ihr mit mir bereden wolltet?«

Lord Edward hob eine Augenbraue. »Gibt es noch etwas, über das wir sprechen sollten?«

»Ich dachte, Ihr wolltet etwas über Pamela sagen. Über meine Absichten, meine Aussichten und all so etwas.«

»Euer Hoheit, ich kenne Eure Aussichten bis zum letzten Pfennig. Zumindest in finanzieller Hinsicht. Ich kenne ebenso Euren politischen Status und Euren persönlichen Ruf.« Sein Gesichtsausdruck verriet Zurückhaltung und Zuvorkommenheit, und einmal mehr hatte Alexej den entschiedenen Eindruck, dass dieser Mann seinen Wert taxierte. »Bis vor ein paar Jahren habt Ihr Euch in hohem Maße als Lebemann aufgeführt, dann aber erforderten die politischen Angelegenheiten Eures Landes Eure volle Aufmerksamkeit. Seitdem habt Ihr Avalonien kaum noch verlassen. Allen Berichten zufolge werdet Ihr als klug und ehrbar angesehen.

Ich kenne zwar, abgesehen von der Heirat mit meiner Tochter, Eure Pläne bezüglich Eures Lebens nicht, aber ein Mann mit einem solch großen Vermögen wie Ihr kann sich den Luxus gönnen, sich Zeit zu lassen bei der Entscheidung über seinen weiteren Weg. Und hinsichtlich Eurer Absichten: In der Annahme, dass ich später am Abend eine Bekanntmachung – ach ja, ich finde, wir könnten das unmittelbar vor dem Dinner machen, wenn Ihr zustimmt?«

Alexej riss die Augen weit auf.

»Ja, ich dachte, dass Ihr zustimmt. Wie ich schon sagte, da ich Eure Verlobung bekannt gebe, nehme ich an, dass Eure Absicht eine Heirat ist.«

»Dann haben wir nichts mehr zu besprechen?«, fragte

Alexej zögernd. »Nichts, worüber Ihr mit mir reden oder über das Ihr mich befragen wollt?«

»Ich bin überzeugt, ich weiß bereits eine Menge.« Lord Edward sah ihn einen Augenblick lang prüfend an, dann seufzte er resigniert, ließ sich wieder auf seinen Stuhl sinken und winkte Alexej zu, sich ebenfalls zu setzen. »Ich habe das befürchtet.«

Alexej folgte ihm und wählte seine Worte vorsichtig. »Was habt Ihr befürchtet?«

»Dass Ihr eine lange und ernsthafte Unterhaltung wünscht über all das, über das sich Männer in Eurer Stellung augedehnt und ernsthaft zu unterhalten wünschen. Es ist sehr lange her, seit ich eine solche Unterhaltung mit dem Vater des Mädchens, das ich heiraten wollte, führen musste, und ich erinnere mich an nichts außer an den unerbittlich ernsthaften Ton des Gesprächs.« Er öffnete ein Fach, holte eine Flasche Kognak hervor, stellte sie auf den Tisch und nahm dann zwei Gläser heraus. »Dies wird länger dauern, als ich erwartet habe.«

Er füllte die Gläser und schob eines über den Tisch zu Alexej. »Um den Anfang zu machen: Ihr wollt sicher wissen, woher ich Eure finanziellen Schwierigkeiten und die übrigen Einzelheiten über Euer Leben kenne.«

»Überhaupt nicht.« Alexej zuckte die Achseln. »Euer Bruder ist der Herzog von Roxborough, und er besitzt sehr viel Einfluss. Darüber hinaus nehme ich an, habt Ihr zahllose geschäftliche Verbindungen, und somit kennt Ihr Leute, die bereit sind, solche Informationen zu liefern. Ich würde Euch, ehrlich gesagt, für ziemlich schlecht beraten halten, wenn Ihr nicht bestimmte Nachforschungen in Bezug auf den Mann, den Eure Tochter zu heiraten gedenkt, angestellt hättet.«

Lord Edward lachte. »Gut gesagt, Euer Hoheit.« Eine Falte zog sich über seine Stirn. »Soll ich Euch weiterhin mit Eure Hoheit ansprechen? Es würde entschieden seltsam aussehen, nachdem Ihr offiziell ein Mitglied der Familie geworden seid. Wie soll ich Euch nennen?«

»Nennt mich so, wie Ihr jeden anderen Mann, der Eure Tochter zu heiraten gedenkt, auch nennen würdet.« Alexej sagte es weich.

»Verdammter Glückspilz, Euer Hoheit. Ich würde ihn verdammten Glückspilz nennen.« Lord Edward nahm einen Schluck Kognak, machte es sich auf seinem Stuhl bequem und betrachtete Alexej eingehend. »Glaubt ja keinen einzigen Augenblick, dass ich meine älteste Tochter nicht ausgesprochen gern hätte.«

»Das solltet Ihr auch, Lord Edward.«

»Sie war ein aufgewecktes Kind, und ein hübsches dazu. Zumindest für mich, aber ich bin allem Anschein nach nur der Vater und habe von so etwas keine Ahnung.« Er machte eine Pause und schien nach Worten zu suchen. »Ich möchte nicht, dass sie in ihrem Leben einen weiteren Fehler begeht. Aber sie ist eine erwachsene Frau, die bald die Empfängerin eines ansehnlichen Erbes ist, das sie schließlich unabhängig machen wird. Das, gepaart mit ihrem Alter, bedeutet, dass sie mit ihrem Leben genau das machen kann, was sie möchte. Um ehrlich zu sein, so hat sie in diesem Augenblick keinen Bedarf mehr an einem Vater oder, in dieser Hinsicht, keinen an einem Ehemann.«

Alexej trank einen Schluck von seinem Kognak, bemerkte die hervorragende Qualität und wartete.

»Unabhängigkeit ist nicht das, was ich ihr wünschte. Ich habe ihr immer gewünscht, dass sie heiraten und eine eigene Familie haben würde. Es ist überflüssig zu sagen, dass ich erfreut war zu erfahren, dass sie tatsächlich eine standesgemäße Partie macht.«

Alexej lächelte unverbindlich, hielt aber seine Zunge im Zaum. Er war bereit, das Täuschungsmanöver weiterzuspielen, aber es war ihm nicht egal, diesen Mann geradewegs anzulügen.

»Selbst in der kurzen Zeit, die ich heute mit ihr verbracht habe, konnte ich feststellen, dass sie sich während der Jahre ihrer Abwesenheit wesentlich verändert hat. Sie ist nun eine selbstbewusste Frau, Gott sei mit Euch.

Ihr müsst wissen, ich dachte immer, sie würde es so weit bringen, sich selbst zu erkennen. Schade, dass es nicht früher der Fall war.« Lord Edwards Augen wurden zu einem Schlitz. »Ihr wisst Bescheid über ihre Vergangenheit, oder nicht?«

Alexej nickte.

»Gut. Ich denke, eine Ehe sollte nicht auf Täuschung aufbauen.« Der Ältere schwieg einen Moment. »Zumindest nicht auf einem erheblichen Maß an Täuschung. Ein Hauch von Täuschung zwischen einem Mann und einer Frau ist allerdings erlaubt. Es fügt etwas Geheimnisvolles hinzu.« Er schmunzelte, schüttete den Rest seines Kognaks hinunter und stand auf. »Wenn es nichts weiter gibt?«

»Ich glaube nicht ... doch.« Alexej erhob sich und begegnete dem Blick des anderen Mannes. »Es geht um den Vorfall, der Pamela veranlasste, London zu verlassen.«

»Vielleicht«, Lord Edward wählte seine Worte sorgfältig, »sollten alle Fragen darüber an Pamela gerichtet werden.«

»Nein, Lord Edward«, Alexej schüttelte den Kopf. »Diese ist an Euch gerichtet.«

»Also gut.«

»Soweit ich weiß, heiratete Pamela den fraglichen Herrn nicht, weil sie es nicht wollte. Warum aber wurde sie unter den gegebenen Umständen nicht zur Ehe gezwungen?«

»Ungeachtet eines Skandals würde ich keines meiner Kinder dazu zwingen, gegen seinen Willen zu heiraten. Eine Ehe ist ein viel zu dauerhafter Zustand, um sie widerwillig einzugehen.« Lord Edward hielt kurz inne. »Ihr müsst wissen, obwohl Pamela äußerst intelligent ist, war sie hinsichtlich der Verhaltensweisen von Männern unerfahren. Sie war im Gegensatz zu ihrer Schwester nie sehr kokett. Amanda besaß von dem Augenblick an, in dem sie die ersten Schritte machte, die Fähigkeit, Männer um den Finger zu wickeln.

Ich wage zu sagen, dass Pamela mehr Bücher aus dieser Bibliothek und den Bibliotheken aller Familienmitglieder gelesen hat als der Rest der Sippe. Sie war trotz ihrer Gefühle für diesen Mann klug genug zu erkennen, dass eine schlechte Ehe schlimmer ist als keine Ehe.« Er lachte. »Damals ahnte ich zum ersten Mal, dass ihr ruhiges und zurückhaltendes Auftreten nicht ihrer wahren Natur entsprach.«

»Ich verstehe.« Alexej nickte. »Ich muss außerdem noch fragen, warum Ihr oder einer Eurer Söhne nicht ihre Ehre verteidigt habt.«

Lord Edward hob eine Augenbraue. »Ihr meint ein Duell?«

»Ja.«

»Mein verehrter Herr, in diesem Land ist es verboten, sich zu duellieren.«

Alexej zuckte die Schultern. »Trotzdem –«

»Pamela verbot uns das. Sie meinte, und sie hatte recht damit, dass ein Duell nur zu einem noch größeren Skandal führen und vielleicht in einer Tragödie enden würde. Sie hatte sich zu diesem Zeitpunkt schon ihre eigene Strategie zurechtgelegt.«

»Die Reisen mit ihrer Tante?«

Lord Edward nickte. »Sie sagte, wenn einer von uns Penwick zum Duell fordern würde, würde sie davon erfahren und nie mehr nach Hause zurückkehren.«

»Weil sie ihn gernhatte?« Alexej hielt den Atem an. Es war vor langer Zeit gewesen, und Pamela hatte behauptet, sie habe sich in ihren Gefühlen für Penwick geirrt. Doch was eine Frau laut aussprach, war nicht immer das, was sie fühlen mochte.

»Ich würde lieber glauben, weil sie *uns* gernhatte.«

»Dennoch –«

»Dennoch.« Genugtuung leuchtete in Lord Edwards Augen auf. »In dem Augenblick, in dem Pamela sicher außerhalb von England war, erlitt Penwick einen üblen Schlag von der Hand eines unbekannten Angreifers. Und zwar in seinem eigenen Haus. Es dauerte Wochen, bis die blauen Flecken so weit verschwunden waren, dass er sich wieder in der Öffentlichkeit zeigen konnte.«

»Eure Söhne?«

»Duellierten sich nicht mit dem Herrn, gemäß den Wünschen ihrer Schwester. Allerdings gaben sie ihm eine vielversprechende Möglichkeit, sich selbst zu verteidigen. Sie gingen sogar so weit, dass er selbst wählen durfte, wer von ihnen ihn verprügeln durfte.« Lord Edward schmunzelte. »Meines Wissens hat Pamela keine Ahnung von diesem Vorfall.«

»Ich verstehe.«

»Auch wenn ich nicht glaube, dass es von Bedeutung ist, solltet Ihr vielleicht doch davon unterrichtet werden«, der Blick von Lord Edward begegnete Alexejs, »dass Penwicks Gattin vor ein paar Jahren verstorben ist und er bis jetzt nicht wieder geheiratet hat.«

»Und?«

»Und weiter nichts. Ich dachte einfach nur, dass Ihr es wissen solltet. Ihr solltet außerdem wissen, dass es mir lieber ist, wenn Ihr meine Tochter heiratet und nicht Penwick. Aber natürlich ist das Pamelas Entscheidung und nicht meine.«

»Natürlich.« Und wie würde sich Pamela entscheiden? Wusste sie, dass Penwick nun frei war, um zu heiraten, was er vor sechs Jahren nicht gewesen war? Und noch wichtiger: Interessierte es sie?

»Ihr solltet noch etwas anderes wissen. Ich würde es nicht gerne sehen, wenn meine Tochter in einen weiteren Skandal verwickelt würde. Ungeachtet der äußeren Schicht von Weltgewandtheit, die sie sich zugelegt hat, ist sie vermutlich zerbrechlicher, als sie wirkt. Penwick brach ihr das Herz. Ich werde nicht erlauben, dass es ein zweites Mal gebrochen wird.«

Alexej hob fragend eine Augenbraue. »Vielleicht verstehe ich Euch falsch, Lord Edward, doch das klingt verdächtig nach einer Drohung.«

»Nicht im Geringsten, Euer Hoheit.« Pamelas Vater lächelte liebenswürdig, aber sein Blick war hart und unnachgiebig. »Dies ist ein Versprechen.«

»Wohin um alles in der Welt glaubst du, ist er verschwunden?« Pamelas Blick glitt über die Gesellschaft. Sie wusste aus früheren Erfahrungen sehr gut, dass nur Glück oder Gebet jemanden innerhalb angemessener Zeit wieder ins Blickfeld führen konnten, wenn man ihn in dem überfüllten Ballsaal von Effington House aus den Augen verloren hatte. »Er war vor einer Sekunde noch da, dann wandte ich mich um, um mit Lady Frederick zu sprechen, und nun scheint er vom Erdboden verschwunden zu sein.«

»Und den armen Grafen Stefanowitsch sich selbst überlassen zu haben.« Clarissas Blick heftete sich auf den Grafen. »Glücklicherweise findet er seinen Weg durch die Menge.«

Pamela sah ihre Cousine an und schmunzelte. »Ach je, das nennt man also Glück.«

»Allerdings, das nennt man Glück. Für mich.« Clarissa lachte. »Was dich betrifft, möchtest du mir jetzt, wo wir einen Augenblick für uns allein sind, erzählen, was dir den ganzen Tag auf der Seele gelegen hat?«

Pamela zuckte die Achseln. »Was könnte mir denn schon auf der Seele liegen?«

»Außer Seiner Hoheit?« Clarissa lächelte schelmisch. »Keine Ahnung.«

»Ich weiß nicht, was ich mit ihm machen soll.« Sie atmete tief ein. »Er begehrt mich so sehr, Cousine, wie ich ihn begehre.«

»Ja, dann –« Pamela fuhr fort: »Aber er behauptet, nicht an einer Ehe interessiert zu sein. Und er sagt das in einer Weise, die keinen Widerspruch und keine Diskussion duldet.«

»Das ist allerdings ein Problem.«

Pamela zwang sich zu einem beiläufigen Ton. »Hattest du schon Gelegenheit herauszufinden, ob er –«

»Nein«, erwiderte Clarissa mit fester Stimme. »Ich habe mein Versprechen nicht vergessen, aber die passende Gelegenheit« – sie schnitt eine Grimasse – »um den Grafen zu *verhören,* hat sich bisher nicht ergeben.«

»Ein Jammer«, murmelte Pamela. »Wenn ich mich richtig erinnere, kann ein Verhör recht –«

»Pamela!«

»Verzeih mir.« Pamela schmunzelte. »Aber es macht entschieden zu viel Spaß, dich aufzuziehen, als dass ich widerstehen könnte. Ich weiß deine Bereitschaft zu schätzen, mir zu helfen. Ich muss dich aber noch um einen weiteren kleinen Gefallen bitten.«

Clarissas Augen verengten sich argwöhnisch.

»Vielleicht könntest du im Lauf des Verhörs zumindest herausfinden, warum Alexej unnachgiebig ist in seiner Ablehnung einer Heirat.«

»Ich denke, dass kann ich tun.«

»Ich danke dir.« Pamela atmete erleichtert auf. »Meine ganze Zukunft hängt davon ab.«

»Deine Zukunft?« Clarissa sah sie einen Moment lang prüfend an. »Mir gefällt dieser Ton nicht.«

»Ich muss eine Entscheidung treffen.«

»Ich mag auch diesen Ton nicht. Welche Entscheidung?«

»Es ist alles ganz einfach. Alexej ist der einzige Mann auf Erden, mit dem ich mein Leben verbringen möchte, und ich werde mit ihm zusammenkommen.« Pamela atmete erneut tief durch. »Auch wenn ich ihn nicht als Ehemann haben kann.«

»Das habe ich befürchtet.« Clarissa stellte sich näher zu ihrer Cousine, ihr Blick suchte ihren. »Meinst du das ernst?«

Pamela zuckte die Achseln. »Ich fürchte schon.«

»Das klingt, als hättest du deine Entscheidung bereits gefällt«, bemerkte Clarissa langsam.

»Vielleicht.« Pamelas Magen zog sich zusammen. Vor langer Zeit hatte sie geplant, dass Alexej der erste Mann in ihrem neuen Leben als welterfahrene Frau sein sollte. Stattdessen hatte sich herausgestellt, dass er der einzige Mann in ihrem Leben war. Seine gestrige Feststellung, er werde niemals heiraten, hatte sie lange und intensiv darüber nachdenken lassen, wie viel sie bereit sein würde, für ihn zu opfern.

»Ich dachte, du wolltest nicht seine –«

»Geliebte sein? Ich will auch nicht, nicht wirklich. Da ich nun mein eigenes Vermögen besitze, werde ich hinsichtlich meines Lebensunterhalts nie auf ihn angewiesen sein. Mein Dasein wird nie von seinen Launen abhängig sein.« »Pamela, ich –«

»Clarissa, ich würde lieber in jeder nur erdenklichen Weise mit ihm zusammen sein, als den Rest meines Lebens ohne ihn verbringen zu müssen.«

»Ich verstehe.« Clarissa dachte einen Moment nach. »Hast du vor, ihm das zu sagen?«

»Ihm sagen, dass ich bereit bin, den Rest meiner Tage mit ihm das Bett zu teilen, ohne in den Vorteil einer Ehe zu kommen?« Sie schnaubte aufgebracht. »Ich mag verliebt sein, aber ich habe doch nicht meinen Verstand verloren. Nein, was ich bereit bin zu tun und was ich tue, sind zwei vollkommen verschiedene Paar Schuhe.«

»Ich fürchte, ich verstehe dich nicht.«

»Ich verstehe mich selber nicht, liebe Cousine. Ich habe nicht die entfernteste Idee, was am Ende passieren wird. Vielleicht hat das Schicksal für uns nur eine einzige gemeinsame Nacht vorgesehen. Gut« – sie warf der anderen Frau ein schalkhaftes Lächeln zu – »eine weitere gemeinsame Nacht.« Sie zwang sich zu Nüchternheit, und ihr Entschluss festigte sich. »Ich möchte Kinder haben, Clarissa. Ich möchte mit ihm alt werden. Ich möchte die letzten Augenblicke meines Lebens damit verbringen, in seine braunen Augen zu schauen. Ich werde alles, was nötig ist, dafür aufgeben.«

»Was aber, wenn er sich nicht für dich interessiert?«, fragte Clarissa langsam.

»Das ist letztlich der Kern der Sache.« Pamela lächelte grimmig. »Ich glaube, er könnte sich für mich interessieren. Es ist da in seinen Augen etwas Wunderbares, aber ...« Sie schüttelte den Kopf. »In Wahrheit weiß ich nicht, was er fühlt. Er ist ein Fachmann in Sachen Tändelei. Seine Berührung, sein Kuss, seine Worte ...« Sie stieß einen tief empfundenen Seufzer aus. »Er ist darin sehr gut.«

»Offensichtlich«, erwiderte Clarissa ironisch.

»Ich bin bereit, ihm all das zu opfern, von dem ich lange dachte, dass er es vielleicht haben möchte, aber ich kann ihn nicht dazu zwingen, mich zu lieben. Und so sehr ich mit ihm zusammen sein möchte, werde ich doch weder Ehe noch Liebe dafür aufgeben.«

»Pamela.« Clarissa legte eine Hand auf den Arm ihrer Cousine. »Es ist noch nicht zu spät, dieses Spiel zu beenden. Dein Vater hat noch nichts bekannt gegeben. Bisher wissen nicht so viele Leute, dass deine Verlobung jetzt stattfinden soll und –«

»Sprich keinen Unsinn.« Pamela lachte höhnisch. »Auch wenn ich derzeit etwas melancholisch klinge, habe ich ganz sicher nicht aufgegeben. Es kann gut sein, dass Seine Hoheit morgen um diese Zeit mir Hals über Kopf verfallen ist und erkennt, dass er ohne mich nicht leben kann. Und zwar vorzugsweise als seine Frau. Nein, ich werde unsere Komödie bis zum letzten Vorhang weiterspielen.

Außerdem möchte ich auf Erinnerungen an meine königliche Verlobung zurückgreifen können, wenn ich an der Seite von Tante Millicent oder – schlimmer – allein mein Leben in Großtante Elizabeths Haus zubringen sollte.«

»Unsinn. Ich werde immer bei dir sein«, sagte Clarissa zuverlässig.

»Du, meine liebe treue Cousine« – Pamela hakte Clarissa unter – »wirst zweifelsohne vor Ende des Monats verheiratet sein.«

»Roman hat nichts von Heirat gesagt.«

»Er wird es noch tun, da bin ich mir ganz sicher. Und wenn es nur ist, um dich davor zu bewahren, den Rest deines Lebens mit einem verbitterten alten Weib verbringen zu müssen.«

Clarissa lachte. »Ich kann mir dich nicht als verbitterte alte Frau vorstellen.«

»Doch ich habe vor, sowohl ungeheuer verbittert, ziemlich lästig, herrisch und jähzornig zu sein. Und absolut exzentrisch.« Pamela lachte. »Glaub mir nur, wenn ich dir rate, dass du mit deinem Grafen Stefanowitsch sehr viel besser fahren wirst als mit mir.«

»Sprecht Ihr wieder von mir, Lady Overton?« Graf Stefanowitsch stellte sich neben Clarissa, nahm ihre Hand und führte sie an seine Lippen. »Bin ich in der Unterredung gut weggekommen?«

»Das habe ich noch nicht entschieden, mein gnädiger Herr.« Clarissas Augen begegneten seinen, und sie hätten genauso gut ganz allein und nicht mitten in einer Horde von Ballgästen sein können, so wenig Notiz nahmen sie von den anderen.

Pamelas Herzschlag stockte bei dem Blick, der zwischen den beiden gewechselt wurde. Sie war gleichzeitig entschieden neidisch und doch auch hocherfreut für ihre Cousine, die ihre engste Freundin war. Clarissa hatte es verdient, wieder solches Glück zu finden.

»Guten Abend, Miss Effington.« Der Graf gab widerwillig Clarissas Hand frei, um Pamelas zu nehmen. »Eine angenehme Versammlung so weit.«

»Meine Mutter wird sehr erfreut sein, dass Ihr das denkt«, sagte Pamela leichthin. »Geht es auch Seiner Hoheit gut?«

»Das bezweifle ich für den Augenblick, Miss Effington.« Der Graf schmunzelte. »Als ich ihn das letzte Mal gesehen habe, war er auf dem Weg zu einer Unterredung mit Eurem Vater.«

»Meinem Vater?« Pamelas Stimme wurde lauter. »Warum wollte er mit meinem Vater sprechen?«

»Erstens, Miss Effington, war es nicht Seine Hoheit, die mit Eurem Vater sprechen wollte, sondern Euer Vater, der mit Seiner Hoheit sprechen wollte.« Stefanowitsch sah deutlich belustigt aus. »Und zweitens ist es meines Wissens nach oft so, dass die Väter von Damen, die dabei sind, verehelicht zu werden, mit dem betreffenden Gentleman über eine Reihe von Fragen sprechen möchten.«

Pamela stöhnte. »Lieber Gott, nimm mich bitte auf der Stelle zu dir.«

Der Graf lachte. »Ich kann mir nicht vorstellen, dass es so schlimm ist.« Er beugte sich näher zu ihr, damit seine Worte nur von ihr verstanden werden konnten. »Fasst Euch ein Herz, Miss Effington. Das Stück hat gerade angefangen, wer weiß, wie es enden wird?«

»Herrschen Zweifel über das Ende?« Pamelas Blick suchte den von Stefanowitsch.

»Ich wage zu sagen, dass über das Ende immer Zweifel herrschen, wenn das Stück zugleich geschrieben und aufgeführt wird«, sagte er.

»Und was ist es, was wir spielen, eine Komödie oder eine Tragödie, mein Herr?«

»Es ist eine Posse, Miss Effington.« Stefanowitsch lächelte. »Das Ende wird von Nuancen der Handlung abhängen, aber seinem Charakter nach ist das Stück höchst erheiternd und unterhaltsam.«

»Für das Publikum vielleicht«, entgegnete Pamela ironisch.

Der Graf schmunzelte. »Ich vermute, für die Schauspieler hängt die Unterhaltsamkeit proportional von ihren Talenten ab.«

»Und dennoch soll Talent den Ausschlag geben?« Sie lachte. »Ich muss gestehen, ich bin noch nie auf einer Bühne von solcher Bedeutung aufgetreten. Genau genommen verblassen alle Täuschungsmanöver, die ich in der Vergangenheit ausgeführt habe, im Vergleich zu diesem.«

»Ich kann mir vorstellen, dass der Schwierigkeitsgrad ohne Requisiten, Kostüme« – er machte eine Pause – »Masken und all solchen Sachen zunimmt.«

»Eine Maske wäre mir im Moment sehr willkommen.« Der oberflächliche Ton ihrer Stimme wurde durch den Krampf in ihrem Magen Lüge gestraft. Sicher war es nichts weiter als Zufall, dass der Graf Masken erwähnte. »Und das wäre mir auch mein Mitspieler.«

»Ist das nicht Seine Hoheit?« Clarissa nickte zur Saaltür.

Pamela folgte dem Blick ihrer Cousine, Alexej stand da und überblickte die Menge auf deutlich majestätische Weise. In seinem Abendanzug wirkte er groß und gut aussehend, jeder Zoll ein Prinz. Ihr Blick traf seinen über den Ballsaal hinweg, und er lächelte. Selbst aus dieser Entfernung brachte er ihren Herzschlag zum Stocken. Alexej nickte einen Gruß und hielt auf sie zu.

»Ich würde gerne wissen, wie es ihm ergangen ist«, murmelte der Graf.

»Es ist höchste Zeit, das herauszufinden.« Pamela ging auf ihn zu.

»Vielleicht solltest du warten, bis er …« Clarissas Worte hallten nach.

Pamela hätte tatsächlich warten sollen, bis er zu ihr gekommen war, es wäre das einzig Schickliche gewesen. Aber derzeit interessierte sie das nicht. Auch interessierte es sie nicht sonderlich, was zwischen Alexej und ihrem Vater vorgegangen war. Jetzt, in diesem Augenblick, wollte sie einfach nur bei ihm sein. Verrückt, gewiss, aber was zwischen ihnen war denn nicht ziemlich verrückt?

Sie bahnte sich ihren Weg durch den Ballsaal, ignorierte die Tänzer auf der Tanzfläche, hielt aber, wie es ihr schien, jeden halben Meter an, um mit Leuten zu sprechen, die sie seit Jahren nicht getroffen hatte. Alle wirkten aufrichtig erfreut darüber, sie zu sehen. Keiner von ihnen schien auch nur im Mindesten missbilligend zu sein. Sie war seit ihrem Unglück nicht mehr in London gewesen, aber die Londoner Gesellschaft hatte ohne sie scheinbar ganz gut weitergemacht. Sie fragte sich, ob die Leute ihren Fehltritt tatsächlich vergessen hatten oder ob es seit ihrem Skandal so viele mannigfache und verschiedene Skandale gegeben hatte, dass ihrer nicht länger Gegenstand des Interesses war.

Es war eigenartig, wieder hier zu sein. Sie hatte sich verändert, aber das meiste um sie herum war wie immer. Der Ballsaal war überflutet mit Girlanden aus leuchtend bunter Seide, die über jeder Tür und jedem Fenster angebracht waren. Bänder flatterten von Wandleuchtern und Säulen. Große mit Blumen gefüllte Vasen besetzten die verschiedenen Nischen, flankierten Eingänge und hoben selbst solche Alkoven hervor, die lange Zeit lauschige Treffpunkte für Liebende oder solche, die Liebende sein würden, darstellten. Das Haus war fast auf die gleiche Art geschmückt wie für ihre eigene Einführung in die Gesellschaft und für die von all ihren Cousinen. Die Einführung der weiblichen Mitglieder der Effingtons in die Gesellschaft war eine große Sache, die aus der Tradition heraus nach dem großen Ballsaal von Effington House verlangte. Dies war immerhin der Londoner Stammsitz der Familie. Tante Katherine, die Herzogin von Roxborough, sah es als ihre Verpflichtung an, oder vielmehr als ihr Vorrecht, solche besonderen Gesellschaften in ihrem Haus auszurichten, wobei sie genau genommen einfach nur erfreut war, einen Vorwand für die Veranstaltung eines Balles zu haben. Onkel Phillip, der Herzog, ertrug es tapfer, wenn auch mit erheblich weniger Begeisterung als seine Frau, da es seine Aufgabe als ältester Bruder und Träger des Familientitels war.

Es war eine äußerst vertraute Szenerie, doch niemals war sie ihr so einzigartig, fast verzaubert erschienen. Pamela traf Alexej ungefähr in der Mitte des Saals. Wenn das hier ein Theaterstück war, dann konnte man nirgends besser damit anfangen als im Zentrum der Bühne.

Pamela begünstigte ihn mit ihrem strahlendsten Lächeln. »Guten Abend, Euer Hoheit.«

»Miss Effington.« Alexej nahm ihre Hand und führte sie an seine Lippen, sein Blick wich nie aus ihrem. »Ihr seht heute Abend ganz besonders reizend aus.«

Sie lachte. »Und Ihr seid so charmant wie immer. Eure Worte werden mir noch den Kopf verdrehen.«

»Nichtsdestotrotz seid Ihr eine Erscheinung, ein Traum, der lebendig geworden ist.« Seine Augen hielten ihren Blick gefangen. »Eine Erinnerung.«

»Eine Erinnerung?« Ihr stockte der Atem.

»An einen Augenblick, der zur rechten Zeit festgehalten wurde.«

Sie zwang sich zu einem sorglosen Ton. »Nur ein Augenblick?«

»Ein Augenblick, der sowohl unerwartet war als auch für immer verweilen wird.« Seine Stimme klang vertraulich und leise, sie bebte durch ihren Körper. »Aus Licht und Magie und … Leidenschaft.«

»Seid Ihr Euch bewusst, dass die Leute uns anstarren?« Nicht, dass es ihr etwas ausgemacht hätte oder sie wirklich bemerkt hätte, dass überhaupt jemand außer ihnen beiden anwesend war.

»Meiner Erfahrung nach haben die Engländer immer die Neigung, etwas anzustarren.« Ein verlangender Ausdruck spiegelte sich in seinen Augen, und alles, was sie tun konnte, war, sich nicht in seine Arme zu werfen.

»Vielleicht starren sie uns ja an, weil Ihr meine Hand schon entschieden zu lange festhaltet.« *Oder vielleicht können sie spüren, was zwischen uns beiden vorgeht. Das bindet uns unerbittlich aneinander. Kannst du das nicht fühlen, Alexej?*

»Oder vielleicht, weil es nicht lange genug war.« Er gab ihre Hand mit einem widerwilligen Lächeln frei, und ihr Herz schmerzte wegen des Verlustes seiner Berührung.

Sie atmete langsam. »Ich hörte, Ihr habt mit meinem Vater gesprochen.«

»Es war sehr aufschlussreich.« Er schmunzelte.

»Ach ja?« Ihre Augenbraue hob sich fragend. »Ich bin mir ganz und gar nicht sicher, ob ich will, dass Ihr ein aufschlussreiches Gespräch mit meinem Vater führt.«

»Und warum nicht?«

»Ihr könntet alle meine Geheimnisse kennenlernen. Meine Rätsel enthüllen, und was wird dann aus mir?«

»Was wünscht Ihr Euch?« Er klang unbeschwert, was der Eindringlichkeit seiner Augen widersprach.

Bei dir zu sein. Für immer. »Ihr seid ein entsetzlicher Kokettierer, Alexej.«

»Nicht im Geringsten, Pamela.« Er zeigte sein verruchtes, oft geübtes Lächeln. »Ich bin ein hervorragender Kokettierer. Vergesst nicht meinen Ruf.«

Sie lachte. »Ich dachte, den wolltet Ihr hinter Euch lassen?«

»Habe ich das behauptet?« Er runzelte seine Stirn. »Das klingt ganz und gar nicht nach mir.«

»Ich weiß.« Sie stieß einen übertriebenen Seufzer aus. »Ihr seid ärgerlicherweise stolz auf Euren Ruf. Ihr habt das jedoch gesagt.«

»Nun gut« – er zuckte die Achseln – »scheinbar habe ich das vergessen.«

»Ich aber nicht.«

»Interessant, findet Ihr nicht« – seine Stimme klang beiläufig, aber sein Blick hielt ihren fest – »dass ich etwas so Neues vergesse, während andere weit zurückliegende Vorkommnisse so frisch sind wie gestern?«

»Sind sie das?« Ihr Herz schlug gegen ihre Rippen.

»Ja, sie sind es.« Er sah sie eindringlich an, so als versuchte er, in ihr Innerstes vorzudringen. Die Zeit schien sich gleichzeitig auszudehnen und anzuhalten. Sie war sich nur seiner dunklen Augen, der Wärme seines nahen Körpers und des Pochens ihres Blutes in den Adern gegenwärtig – und eines Verlangens, das sie zu überwältigen drohte. Es war nur eine einzige Sekunde oder aber die ganze Spanne eines Lebens, doch schließlich schüttelte er leicht den Kopf wie ein Mensch, der aus einem tiefen Schlaf erwachte, und lächelte. »Es kommt mir in den Sinn, dass wir noch nie miteinander getanzt haben. Wir hätten das schon früher zu einem Programmpunkt machen sollen, als Teil des Rätselspiels und so weiter.«

»Natürlich.« Ihre Stimme klang sonderbar atemlos.

»Es ist recht ungewöhnlich für einen Mann, mit der Dame, die er immerhin beabsichtigt zu ehelichen, niemals getanzt zu haben.« Er seufzte übertrieben dramatisch. »Noch etwas, dass in den vergangenen Tagen meinem Gedächtnis entschlüpft ist. Scheinbar habt Ihr das bemerkenswerte Talent, Pamela, meinen Verstand durcheinanderzubringen.«

Sie bog ihren Kopf nach hinten und warf ihm ihrerseits ein kokettes Lächeln zu. »Nur Euren Verstand?«

»Nein«, antwortete er in einer Weise, die zeigte, dass dieser Teil der Unterhaltung beendet war. »Sie spielen einen Walzer, und es gibt auf der Welt wenig, was mir so viel Vergnügen bereitet, wie einen Walzer mit einer wunderschönen Dame im Arm zu tanzen.« Er streckte seine Hand aus.

»Würdet Ihr mir die große Ehre erweisen, mir diesen Tanz zu schenken?«

»Nichts lieber als das.« Sie legte ihre Hand auf seine und erlaubte ihm, sie auf die Tanzfläche zu geleiten. Einen Augenblick später lag sie in seinen Armen.

Er hielt sie völlig korrekt, mit exakt dem richtigen Abstand zwischen ihnen, aber das fiel kaum ins Gewicht. Sie passten zusammen, als seien sie aus derselben Form gegossen worden. Bewegten sich zusammen, als seien sie eins. Zwei Hälften eines Ganzen. Sie wusste, dass sie es waren.

Die glitzernden Lichter, die festlichen Roben, der gefüllte Ballsaal, die Farben und die Musik, alles trug sie zurück zu einem anderen Ball und in eine andere Zeit. Venedig. Eine Nacht voll unglaublicher Magie. Und trotz der Maske, die sie getragen hatte, wich, damals wie heute, sein Blick nie von ihr. Er führte sie vollendet durch die Tanzschritte, und sie bewegten sich mit einer Leichtigkeit und Harmonie, die nur durch Übung entstehen konnte. Oder durch Schicksal.

Viel zu schnell verklang die Musik, und sie hielten an. Er begleitete sie von der Tanzfläche.

»Euer Vater möchte unsere Verlobung unmittelbar vor dem Dinner bekannt geben.«

Sie holte tief Atem. »Alexej, ungeachtet der Drohungen meiner Tante, ich möchte Euch nicht zur Einhaltung unserer Abmachung zwingen. Wenn Ihr nicht wollt –«

»Meine liebe Pamela, ich habe bei diesen Bemühungen nichts zu verlieren, und es gibt kaum etwas anderes, das momentan meine Zeit beanspruchen würde.« Seine Augen suchten ihre. »Wie immer diese Komödie enden wird, das Risiko ist in der Tat Eures, und zwar einzig und allein Eures. Dies ist Eure Welt und hat nichts mit mir zu tun. Wenn die Wahrheit über unsere Verlobung entdeckt wird, werdet Ihr einen Skandal auslösen. Selbst jetzt schon haben wir uns viel zu weit darauf eingelassen, um mit Anstand daraus hervorzugehen. Wie Eure Tante gesagt hat: In der Sekunde, in der Eure Mutter und Schwester glaubten, dass wir verlobt sind, wusste es zugleich eine ganze Reihe anderer Leute.«

»Sie waren noch nie dafür bekannt, dass sie etwas derart Interessantes für sich behalten konnten.«

»Ich werde Euch nicht einem weiteren Skandal aussetzen. Ich habe mein Wort gegeben, und ich werde es jetzt nicht zurücknehmen. Ich stehe Euch ganz und gar zur Verfügung.«

»Tut Ihr das?« Sie lächelte langsam. »Ich sollte Euch warnen, Alexej, ich werde vollen Gebrauch von Eurer Großzügigkeit machen.«

»Werdet Ihr das wirklich?« Seine dunkeln Augen funkelten vor Vergnügen. »Ich freue mich darauf.«

Sie sah ihn lange prüfend an. »Wenn Ihr sicher seid –«

»Ich kann mir nichts denken, das ich lieber täte, als vorzugeben, ich sei in eine wunderbare Frau verliebt. Und noch besser: eine wunderbare Frau dazu zu bringen, vorzugeben, sie sei in mich verliebt. Darüber hinaus habe ich noch kein gut gespieltes Schauspiel vor dem letzten Vorhang verlassen.« Er grinste. »Ich würde ungern verpassen, wie alles endet.«

11

Wenn ich jemals George wiedertreffen sollte, kann ich nur beten, dass ich ihn sehe, bevor er mich sieht, damit es mir möglich ist, ihn zu meiden. Es ist schrecklich, einer Jugendsünde Aug in Aug gegenüberzustehen. Oder in diesem Fall: George.

Miss Pamela Effington

»Pamela, Liebes, ich muss dich sofort sprechen.« Tante Millicent hakte sich bei ihrer Nichte unter und zog sie zu einer der offenen Türen, die auf die Terrasse führten.

»Tante Millicent, ich warte auf Seine Hoheit.« Pamela reckte den Hals, um über ihre Schulter zurückzuschauen. »Es ist fast Zeit für das Dinner und –«

»Mein Gott, Pamela, es gibt im Moment viel Wichtigeres, um das man sich kümmern muss, als Essen.« Tante Millicent schob sie durch die Tür und verlangsamte ihren Schritt nur unwesentlich, bis sie an der Steinbalustrade am anderen Ende der breiten Terrasse eine verschwiegene, abseits liegende Stelle gefunden hatten, die so weit wie irgend möglich von den Türen entfernt war. Aber selbst hier erfüllte der Duft von blumengefüllten Vasen die Nachtluft; Kandelaber verbreiteten einen warmen Schein.

»So.« Tante Millicent spähte von einer Seite zur anderen, um sicherzugehen, dass sie allein waren. »Das wird reichen.«

»Wofür soll es reichen?«

»Ich brauche deine Hilfe. Ich befinde mich in einer Art Verlegenheit.« Tante Millicent schlang ihre Hände ineinander. »Ist dir aufgefallen, dass wirklich jeder, der etwas darstellt, hier ist? Und auch eine Menge von denen, die nichts Besonderes darstellen?«

»Es ist eine ziemlich große Gesellschaft«, antwortete Pamela langsam. »Amanda ist vor Aufregung ganz außer sich.«

»Ja, ja, natürlich ist sie das. Ein gewaltiger Erfolg und so weiter.« Tante Millicent wischte die Bemerkung vom Tisch. »Aber du verstehst nicht – jeder ist hier. *Jeder!*«

»Wir haben es so gewollt.« Pamela legte verwirrt ihre Stirn in Falten. »Du hast recht, ich verstehe dich nicht.«

»Offenbar kann ich mich nicht verständlich machen.« Tante Millicent drehte sich um und ging durch das flackernde Licht, das die Kandelaber warfen, ein paar Schritte in die eine Richtung, dann machte sie kehrt und kam zurück. »Wenn ich sage, dass jeder hier ist, meine ich nicht wirklich jeden. Obwohl es angesichts der ungeheuren Menge im Ballsaal gewiss jeder sein könnte. Mein Gott, wir sind darin zusammengepfercht wie Schweine auf dem Weg zum Schlachten. Es war aber auch wirklich ziemlich warm und stickig, findest du nicht auch?«

Pamela starrte sie an. »Tante Millicent, du plapperst wirr.«

Tante Millicent hielt kurz an und schnappte nach Luft. »Hast du mich schon jemals zuvor wirres Zeug plappern hören?«

Pamela verbiss sich das Lachen. »Nicht, dass ich mich erinnern könnte.«

»So wahr mir Gott helfe.« Sie fuhr mit ihrem Hin-und-her-Wandern fort. »Du musst wissen, dass ich für gewöhnlich wirres Zeug plapperte, als ich jünger war. Ich plapperte die ganze Zeit wirr. Meine Schwester drohte mir häufig, mich zu schlagen, wenn ich nicht aufhören würde.«

»Das kann ich allerdings verstehen«, murmelte Pamela.

»Ich wusste, dass ich niemals nach London hätte zurückkehren dürfen. Ich wusste, dass genau das passieren würde, wenn ich für längere Zeit zurückkehren sollte. Erst das wirre Geplapper, nun gut, das wirre Geplapper kam nicht als Erstes, aber ziemlich –«

»Tante Millicent, wovon sprichst du denn?«

Sie blieb im flackernden Licht der Kerzen stehen, richtete sich auf und verkündete übertrieben dramatisch: »*Er* ist da.«

»Er? Wer?«

»Winchester Roberts.«

Pamela schüttelte den Kopf. »Wer?«

»Jetzt Sir Winchester.«

»Es tut mir leid, aber ich –«

»Der Mann, den ich nicht geheiratet habe …«

»Der Mann, den du nicht …« Sofort wusste Pamela, was ihr Tante Millicent zu sagen versuchte. »Der, den du vergeblich hast am Altar warten lassen?«

»Genau der.« Tante Millicent presste die Hände zusammen. »Ich weiß nicht, ob er mich gesehen hat, aber ich habe ihn gesehen. Bisher habe ich es geschafft, ihm auszuweichen, aber es ist nur eine Frage der Zeit. Er weiß vermutlich, dass ich hier bin. Pamela« – sie umklammerte den Arm ihrer Nichte – »du musst mir helfen zu entfliehen.«

»Was zu entfliehen? Dem Ball?«

»Nein, nicht dem Ball.« Tante Millicent schüttelte den Kopf. »London. Ich muss London auf der Stelle verlassen. Italien ist in dieser Jahreszeit sehr nett. Oder die Schweiz. Oder vielleicht China? Ich war noch nie in China, und es ist sehr, sehr weit weg. Ich könnte –«

»Mach dich nicht lächerlich.« Pamela löste mühsam Tante Millicents schmerzvollen Griff von ihrem Arm. »Wie lange ist es her? Zwölf Jahre? Vielleicht erinnert sich der arme Mann ja gar nicht mehr an dich.«

»Natürlich erinnert er sich an mich.« Empörung schwang in der Stimme ihrer Tante. »Er liebte mich. Selbst wenn ich ihn nicht öffentlich gedemütigt hätte, würde er sich schon allein deswegen an mich erinnern. Sich nicht an mich zu erinnern! Unmöglich!«

Pamela versuchte, nicht zu lachen. Tante Millicent war es todernst damit. »Vielleicht ist es dann an der Zeit, ihm gegenüberzutreten? Sich sogar zu entschuldigen?«

»Entschuldigen? Oh, nein, das könnte ich nicht. Ich sollte selbstverständlich, aber ...«

Tante Millicent nahm ihre Wanderung wieder auf. »Du musst wissen, er war ein so liebenswürdiger Mann, und ich war ihm äußerst zugetan –«

Pamela hob eine Augenbraue. »Zugetan?«

»Möglicherweise mehr als zugetan. Ich habe ihn eventuell auch geliebt, aber er hat einfach ... na ja, er hat nicht ... und ich war nicht ...« Sie schwieg und begegnete dem Blick ihrer Nichte. »Er hatte Besseres verdient, Pamela.«

»Besseres als an einem Altar wartend verlassen zu werden?«

»Das, ja, natürlich auch, aber Besseres als mich.« Tante Millicent atmete langsam aus. »Du musst wissen, dass Charles bloß zwei Jahre tot gewesen ist. Das ist keine lange Zeit, um dich daran zu gewöhnen, ohne die erste große Liebe deines Lebens auskommen zu müssen.«

»Nein, zwei Jahre sind tatsächlich keine lange Zeit«, bemerkte Pamela weich.

»Ich war völlig davon überzeugt, dass ich bereit sei, mit meinem Leben fortzufahren, aber ich war nicht so weit. Auch wenn ich etwas für Winchester empfand, schien es nicht gerecht, ihn für den Rest seiner Tage mit einer Ehefrau zu beladen, und ich war mir nicht sicher, ob ich wieder eine Ehefrau sein wollte oder nicht. Zumindest nicht jene Sorte Frau, die zu ihm passte. Habe ich schon gesagt, dass er ein ausgesprochen liebenswürdiger Mann war?«

»Du hast es erwähnt.«

»Ja, das war er. Wahrscheinlich ist er es noch. Und genau deshalb darf ich ihm nicht begegnen.« Ehrliche Verzweiflung lag in Tante Millicents Stimme. »Wenn ich in London bleibe, ist es unausweichlich, dass sich unsere Wege kreuzen. Und ich habe keine Ahnung, was ich ihm sagen soll.«

Pamela betrachtete ihre Tante lange Zeit. Das einzige Mal, dass sie sie so nervös erlebt hatte, war vor ein paar Tagen gewesen, unmittelbar bevor sie entdeckt hatten, dass Alexej seinen Wohnsitz in ihrem Haus aufgeschlagen hatte. Damals wie heute war es wegen eines Mannes gewesen. Tante Millicent hatte sich im Lauf der Jahre mit einer Reihe von Männern eingelassen, aber keiner hatte, soweit Pamela wusste, eine solche Wirkung auf sie gehabt. Wie überaus interessant.

Pamela wählte ihre Worte mit Bedacht. »Du hast doch sicher in den vergangenen Jahren darüber nachgedacht, was du sagen könntest?«

»Gelegentlich, vielleicht. In solch seltenen Zeiten, wo man mit nichts anderem beschäftigt ist. Wenn man in einer Badewanne einweicht oder nachts auf Schlaf wartet, dann könnte es sein, dass die Gedanken zu dem wandern, was hätte sein können und was, unter den geeigneten Umständen, gesagt werden könnte.« Tante Millicent seufzte. »Ich habe mir gedacht, dass ich sagen könnte, ich sei eine Närrin gewesen. Dass es ein gewaltiger Fehler war, ihn zu verlassen, vielleicht der größte meines Lebens, und dass ich mein Verhalten bitter bereue. Natürlich könnte ich ihm eine Erklärung anbieten, ihn um Verzeihung bitten, so etwas in der Art.«

»Du könntest auch sagen, dass du ihn vermisst hast«, ertönte eine tiefe männliche Stimme aus dem Schatten heraus.

Tante Millicent holte tief Atem und starrte auf eine Stelle über Pamelas Schulter. Ihre Augen weiteten sich, und selbst in dem schwachen Licht konnte Pamela sehen, wie das Gesicht ihrer Tante blass wurde. Pamela wandte sich um, um den zu sehen, der zu jener Stimme gehörte, offenkundig Sir Winchester.

Ein großer Gentleman, etwa ein oder zwei Jahre älter als Tante Millicent, trat ins Licht. Er war von vornehmer Erscheinung, ja sogar sehr gut aussehend, mit dunklem Haar, das an den Schläfen ergraut war. Sehr elegant.

Tante Millicent starrte ihn ungläubig an und stand augenscheinlich unter Schock.

Pamela ging auf ihn zu und streckte ihre Hand aus. »Sir Winchester, wie ich annehme?«

»Und Ihr müsst Miss Effington sein.« Er lächelte und küsste ihre Hand. Es war ein außerordentlich freundliches Lächeln.

»Muss ich das?« Pamela erwiderte sein Lächeln. Sie mochte ihn sofort. »Könnte ich nicht jemand anderes sein?«

»Ihr könntet vermutlich schon.« Er nickte nachdenklich. »Doch als ich sah, wie Eure Tante Euch hier herausgezogen hat, und einen Mann fragte, wer Ihr seid, da schien er sich Eures Namens ganz sicher zu sein.«

Pamela lachte. »Ihr habt mich also erwischt.«

»Würdet ihr beide bitte aufhören, so herzlich miteinander umzugehen?«, fuhr Tante Millicent sie an. »Es ist ausgesprochen ärgerlich.«

Er schnaubte. »Und ich würde dich ganz bestimmt nicht auf irgendeine Weise verärgern wollen.«

Tante Millicent kreuzte die Arme über der Brust. »Was machst du hier?«

»Ich war eingeladen.«

»Nein, ich meine nicht hier im Allgemeinen«, gab sie beleidigt zurück. »Ich meine hier auf der Terrasse. Wo du *nicht* eingeladen warst.«

»Wir haben eine Menge zu besprechen«, sagte er mit fester Stimme. »Ich habe zwölf lange Jahre auf diese Diskussion gewartet, Millicent, und ich lasse mich keine weitere Minute hinhalten.«

»Ich sollte jetzt besser gehen.« Pamela hielt auf die Tür zum Ballsaal zu.

»Das wirst du ganz bestimmt nicht.« Tante Millicent griff nach Pamelas Hand und zog die jüngere Frau mit einem kräftigen Ruck neben sich. »Ich brauche Zeugen. Vermutlich sogar Schutz. Er könnte ... er könnte mich erschießen. Oder noch Schlimmeres.«

Pamela starrte sie an. Im Gegensatz zum jetzigen Verhalten ihrer Tante wirkte ihr früheres wirres Geplapper geradezu normal. »Was würde schlimmer sein, als dich zu erschießen?«

Sir Winchester kicherte. »Glaubst du wirklich, ich würde dich erschießen?«

»Ich würde es an deiner Stelle tun.« Tante Millicents Augen wurden zu einem Schlitz. »Warum bist du so liebenswürdig zu mir?«

»Du sagtest, er sei ein liebenswürdiger Mann«, bemerkte Pamela leise.

»Ich hatte ganz und gar nicht vor, liebenswürdig zu sein. Du hast mich in der Öffentlichkeit gedemütigt, und lange Zeit plante ich alle Sorten von unterschiedlichen Racheakten.«

»Das kann ich mir gut vorstellen«, gab Tante Millicent widerwillig zu. »Aber ich kann dir deswegen keine Vorwürfe machen.«

»Nein, das kannst du nicht. Ich glaube nicht, dass du dir annähernd vorstellen kannst, was ich deinetwegen durchgemacht habe. Ich habe sogar in Erwägung gezogen, dir zu folgen, nachdem du mich sitzen gelassen hast –«

»*Sitzen gelassen* ist solch ein hartes Wort«, murmelte Tante Millicent.

»Hart, aber ehrlich. Dann beschloss ich« – er zuckte die Achseln – »dass du einfach nicht der Mühe wert warst.«

»Was? Nicht der Mühe wert? Wie kannst du nur, Winchester?« Tante Millicent funkelte ihn böse an. »Ich bin ganz, ganz sicher der Mühe wert, und das weißt du genau!«

»Tante Millicent!«, rief Pamela scharf.

»Ich bin es.« Tante Millicent sah Sir Winchester wütend an. »Ich denke, ich habe dir das Herz gebrochen?«

»Das hast du«, antwortete er einfach nur.

»Warum bist du mir dann nicht gefolgt?« Ihre Stimme klang äußerst überspannt. »Um mir das Herz oder zum Allermindesten das Genick zu brechen?«

»Warum sollte ich einer Frau hinterherjagen, die mich nicht haben wollte?«

»Du hättest es einfach tun sollen, das ist alles.« Tante Millicent war eindeutig durcheinander.

»Hätte es etwas geändert?«, sagte er ruhig.

»Keine Ahnung«, fuhr sie ihn an. »Hätte ja sein können.«

»Ich verstehe.« Sir Winchester machte eine kurze Pause. »Das habe ich nicht bedacht.«

»Und es verändert die Situation ganz entschieden, nicht wahr?« Tante Millicent gab sich arrogant, so als entschuldigten seine Handlungen die ihren.

»Nicht im Geringsten.« Der Mann schüttelte den Kopf, vielleicht im Versuch, ihn wieder freizubekommen von Tante Millicents eigenwilliger Sichtweise. »Verflucht noch mal, Millicent, du hast mich verlassen! Du hast mir das Herz gebrochen!«

»Das haben wir bereits festgestellt.« Mit einer Handbewegung wischte sie ihre Bemerkung beiseite und lockerte den Griff auf Pamelas Arm. Pamela begab sich unverzüglich außer Reichweite. »Du brauchst es nicht zu wiederholen.«

»Es verträgt Wiederholung«, erwiderte er scharf.

Noch eine Minute, und Pamela könnte selbst die Flucht ergreifen. Dies war eine viel zu persönliche Unterhaltung für einen Beobachter. Sie machte einen scheinbar zufälligen Schritt in Richtung Ballsaaltür.

»Nun gut, es tut mir leid.« Tante Millicent war beleidigt. »Also, ich hab es gesagt. Hiermit hast du meine ernst gemeinte Entschuldigung.«

»Das ist alles?« Seine Stimme erhob sich. »Das ist alles, was du sagen willst? Du hast mich in der Erwartung, dich zu heiraten, vor einem Altar stehen lassen, in Gesellschaft einer großen Zahl von Familienangehörigen und Freunden, und du hast weiter nichts zu sagen?«

Tante Millicent zuckte die Achseln. »Es war unverantwortlich von mir.«

»Unverantwortlich? Ha! Du hast mir nicht einmal eine Nachricht, einen Brief zukommen lassen, rein gar nichts!« Ärger hallte in Sir Winchesters Stimme wider. »Es hat Stunden gedauert, bis mir klar war, dass du überhaupt nicht kommen würdest. Ich musste von deiner Schwester erfahren, dass du das Land verlassen hast, weil du ihr eine Nachricht hast zukommen lassen!«

»Sie ist meine Schwester.«

»Und ich war der Mann, den du heiraten wolltest.«

Weil Tante Millicent vielleicht doch jemanden als Abschreckungsmittel, wenn schon aus keinem anderen Grund, bei sich haben musste, seufzte Pamela in sich hinein und ging auf ihre frühere Position zurück.

»Es tut mir *außerordentlich* leid«, sagte Tante Millicent in einem Ton, an dessen Aufrichtigkeit selbst Pamela zweifelte.

»Na, das klingt besser.« Sir Winchester sah sie wütend an. »*Außerordentlich* macht gewiss alles wieder gut! Es gibt nichts Besseres, als das Wörtchen *außerordentlich* hinzuzufügen, um alle Schmerzen eines Lebens zu stillen.«

Tante Millicent konnte vermutlich doch selbst auf sich aufpassen. Pamela warf einen sehnsuchtsvollen Blick auf die Türen, die viel zu weit weg waren.

Tante Millicent sah böse aus. »Ich kann mich nicht erinnern, dass du so zynisch warst, Winchester.«

»Ich kann mich nicht daran erinnern, dass du so selbstsüchtig warst, Millicent.«

Pamela fuhr zusammen.

Tante Millicent keuchte. »Selbstsüchtig! Ganz sicher bin ich nicht selbstsüchtig.«

Er schnaubte ungläubig.

»Nun ja, vielleicht bin ich ein winziges Stück selbstsüchtig, aber ... aber ...« Sie lächelte hämisch. »Ich kann mich nicht daran erinnern, dass du so scheinheilig warst.«

Pamela stöhnte.

»Scheinheilig? Scheinheilig?«, zischte Sir Winchester.

»Scheinheilig«, wiederholte Tante Millicent selbstzufrieden.

Sir Winchester biss die Zähne aufeinander und ballte seine Hände zu Fäusten. Das war wahrscheinlich kein gutes Zeichen.

»Allerdings erinnere ich mich daran, dass du so« – er machte eine Pause und verengte seine Augen – »schön bist.«

»Da hast du es! Das ist genau das, wovon ich gesprochen habe. Das ist eindeutig Zynismus, und das passt einfach nicht zu dir. Du bist überhaupt nicht ...« Sie hielt inne und legte ihre Stirn in Falten. »Hast du schön gesagt?«

»Ja«, entgegnete er kurz angebunden.

»Warum?«

Er warf seine Hände resigniert in die Höhe. »Weil du es bist.«

»Aber ich bin wesentlich älter geworden«, sagte sie langsam.

»Und hoffentlich auch klüger!«

»Hoffentlich.« Sie sah ihn lange Zeit prüfend an. »Hast du mir denn verziehen?«

»Nein«, antwortete er scharf, worauf er mit seinen Händen durch sein Haar fuhr. »Verdammt, Millicent, ich habe dir nicht verziehen. Ich werde dir vielleicht nie verzeihen, aber in dem Augenblick, in dem ich dich heute Abend erblickte, habe ich erkannt, dass ich der schlimmste Dummkopf bin. Zwölf lange Jahre, und meine Gefühle für dich haben sich nicht verändert.«

»Wirklich?« Tante Millicents Gesichtsausdruck hellte sich auf.

Er sah sie wütend an.

Sie schwieg eine Weile, dann atmete sie tief durch. »Dann gebe ich zu, dass ich dich tatsächlich vermisst habe.«

Er starrte sie an.

»Ich glaube, wir sollten miteinander sprechen.«

»Ja.« Er atmete seinerseits tief durch. »Das sollten wir.«

»Natürlich nicht hier. Diese Terrasse ist eindeutig zu öffentlich. Man kann keinen Augenblick allein sein.« Tante Millicent sah Pamela auffordernd an. »Du kannst dich entfernen, wenn du möchtest.«

»Nur wenn du sicher bist, dass du nicht länger in Gefahr bist, erschossen zu werden«, sagte Pamela mit übertrieben süßer Stimme. »Und zwar von Sir Winchester.«

»Ihr könnt beruhigt sein, Miss Effington. Ich würde Eure Tante niemals erschießen.« Sir Winchester lachte schelmisch. »So verlockend es auch sein mag.«

»Unsinn, keiner wird mich erschießen. Welch lächerliche Vorstellung. Winchester.« Tante Millicent ging auf Sir Winchester zu und sah zu ihm auf. »Würdest du mich nach Hause begleiten?«

Er sah staunend zu ihr hinunter. »Jetzt?«

»Wir haben eine Menge zu besprechen.« Sie fuhr mit einem Finger am Rand seines Revers entlang. »Ich finde, es ist höchste Zeit.«

Er nahm ihre Hand und starrte weiterhin auf sie hinunter. »Das ist es allerdings.«

Einen nicht enden wollenden Augenblick lang sahen sie sich auf höchst vertrauliche und äußerst private Weise an.

Pamela wandte ihren Blick ab und räusperte sich. »Ich denke, ich sollte in den Ballsaal zurückkehren.«

»Ja, das solltest du«, sagte Tante Millicent, obwohl sich Pamela sicher war, dass ihre Tante ihr nicht die geringste Aufmerksamkeit schenkte. »Amüsier dich gut, Liebes.«

»So wie du es zweifelsohne auch tun wirst«, sagte Pamela leise, schritt ohne zu zögern über die Terrasse und ließ das Paar allein im Schatten zurück.

Das war eindeutig eine unerwartete Wendung der Ereignisse. Wer hätte wohl gedacht, dass der Mann, den Tante Millicent sitzen gelassen hatte, nach einem Dutzend Jahren noch immer Gefühle für sie hegte? Und wer hätte wohl gedacht, dass Tante Millicent ebenso empfand? Daran, wie sie sich in der Anwesenheit von Sir Winchester verhalten hatte, konnte man deutlich ersehen, dass sich hinter ihrer Verlegenheit über die unerwartete Begegnung mit dem Mann, den sie an ihrem Hochzeitstag verlassen hatte, ihre Gefühle für ihn verbargen.

Es hatte etwas von einer Offenbarung. Sir Winchester schien Pamela nicht die Sorte Mann zu sein, mit der sich Tante Millicent sonst abgab. Er schien von der solideren Art zu sein. Der Typ Mann, auf den man sich dauerhaft verlassen konnte. Vielleicht war das der Grund, warum Tante Millicent ihn verlassen hatte? Pamela lächelte in sich hinein. Nein, Sir Winchester war keine bloße Spielerei, es konnte gut sein, dass er etwas Dauerhaftes war.

Ohne Vorwarnung trat ein, zwei Meter vor ihr eine Gestalt aus dem Schatten. Sie stoppte kurz und wäre fast mit ihr zusammengestoßen.

Pamela unterdrückte einen Anflug von Ungeduld. Sie musste zum Ballsaal zurück und hatte kein Bedürfnis nach einer höflichen Konversation auf der Terrasse.

Sie zwang sich zu einem freundlichen Lächeln. »Entschuldigung, ich habe nicht aufgepasst, wohin ich …«

Er trat ins Licht.

Ihr stockte der Atem.

»Guten Abend, Pamela.«

»Habt Ihr sie gesehen?« Alexej ließ einen ungeduldigen Blick über die Menge schweifen. »Es ist fast Zeit für das

Dinner, und sie ist nirgends zu sehen.« Er sah Lady Overton an. »Ist das eine Angewohnheit von ihr? Weicht sie immer so aus? Man könnte denken, sie versteckt sich vor mir.«

»Oder Ihr versteckt Euch vor ihr.« Lady Overton lächelte unverbindlich.

»Es ist wirklich seltsam, dass Eure Hoheit und Miss Effington es nicht schaffen, sich gegenseitig im Blick zu haben«, bemerkte Roman.

»Wie können wir uns denn im Blick haben, wenn ständig irgendein Mensch ein persönliches Wort mit uns sprechen möchte? Ganz London scheint anwesend zu sein.« Alexej ließ einen angewiderten Blick über den Saal schweifen. »Ich habe kaum einen einzigen Tanz mit Miss Effington tanzen können, da wurde ich schon von einem Herrn und seiner anmaßenden Frau angesprochen, die behaupteten, frühere Bekannte zu sein. Und Pamela wurde von einem Verwandten weggezogen, den sie seit Jahren nicht gesehen hatte. Wie viele von diesen vermaledeiten Effingtons gibt es hier eigentlich? Zehntausende bestimmt.«

»Nicht ganz so viele.« Lady Overton verbiss sich ein Lachen. »Obwohl man zugeben muss, dass es eine ziemlich große Familie ist.«

»Ich meine, Euer Hoheit, nicht bemerkt zu haben, dass Ihr während Miss Effingtons Abwesenheit müßig herumgestanden habt«, sagte Roman.

»Unglücklicherweise nicht.« Alexej atmete hörbar aus. »Es ist eine Reihe von Leuten hier, die ich bei meinem letzten Besuch kennengelernt habe, und einige andere, denen ich sonstwo auf dieser Welt begegnet bin. Sie alle sind wild darauf, unsere Bekanntschaft zu erneuern.«

»War der Herr, mit dem Ihr eben gesprochen habt, nicht Lord Westerfield?« Roman deutete auf die Versammlung. »Da drüben? Ich glaube, ich habe ihn im vergangenen Jahr auf unserer Rückreise nach Avalonien kennengelernt.«

Alexej nickte. »Westerfield war lange Zeit eine der führenden Mächte hinter der Gesellschaft für die Erhaltung der Angloavalonischen Bruderschaft. Deren Mitglieder haben alle irgendeine meist angestammte Verbindung zu Avalonien, und zwar eher sozialer als politischer Natur.«

»Was wollte er von Euch?« Romans Blick begegnete Alexejs.

Dieser zuckte die Achseln. »Nichts Besonderes.«

»Ach?« Roman sah ihn prüfend an. »Der Ausdruck auf dem Gesicht Eurer Hoheit und dem von Lord Westerfield scheint mir für etwas Bedeutungsloses viel zu angespannt gewesen zu sein.«

»Es war aber eine bedeutungslose Unterhaltung, Roman«, sagte Alexej bestimmt, »und sollte am besten gleich vergessen werden.«

Trotzdem war es schwer, Westerfields Bemerkung völlig zu übergehen, laut der es möglich sein könnte, Avalonien als selbstständigen Staat zurückzugewinnen, wenn Großbritannien Österreich und Preußen dazu veranlassen könnte, Russland aufzufordern, die Kontrolle über das Land wieder herzugeben. Es war ein Gedanke, dem Alexej einst verzweifelt, aber erfolglos nachgejagt war. Russland hatte zu schnell gehandelt, und die Entfernung zwischen Avalonien und England, das heißt eigentlich zwischen jedem Land, das Avalonien vielleicht zu Hilfe hätte kommen können, war viel zu groß, um damit wirkungsvollen diplomatischen Druck ausüben zu können. Außerdem hatte der größte Teil der europäischen Welt Ehrfurcht vor Russlands Macht und seiner Erbarmungslosigkeit. Nun war es zu spät, die Gelegenheit für diplomatische Lösungen war längst verpasst.

»Ich glaube, ich sah Pamela mit Tante Millicent auf die Terrasse hinausgehen«, berichtete ihm Lady Overton.

»Was habe ich eben gesagt?«, fuhr Alexej verstimmt auf. »Wir können uns nicht gegenseitig im Blick haben, wenn wir ständig für irgendwelche gegenstandslose Unterhaltungen hinweggeschafft werden. Sie soll meine Verlobte werden, und dabei kann ich sie nicht einmal für zwei Minuten an meiner Seite behalten. Es ist kein gutes Vorzeichen für eine Ehe, das sage ich Euch.«

Lady Overton und Roman wechselten Blicke.

»Und was genau haltet Ihr für so verdammt amüsant?« Alexej war wütend.

»Ganz und gar nichts, Euer Hoheit.« Roman versuchte es, scheiterte aber dabei, ein Grinsen zu unterdrücken. »Außer vielleicht der Tatsache, dass Ihr auffällig nervös seid.«

»Ihr wärt auch nervös, wenn Ihr drauf und dran wärt, einem ehrbaren Mann, der Euch gerade einen großen Dienst geleistet hat, zu erlauben, Eure Absicht, dessen Tochter zu ehelichen, verkünden zu lassen, obwohl Ihr nicht wirklich die Absicht habt, das zu tun, und die Tochter nicht aufzufinden ist.« Alexej starrte wütend auf die geöffneten Türen auf der anderen Seite des Ballsaals, von denen er annahm, dass sie auf die Terrasse führten. »Darf ich es wagen zu fragen, ob sie gedenkt zurückzukommen, oder hat sie vor, auf der Terrasse Wurzeln zu schlagen?«

»Vielleicht«, antwortete Roman langsam, »überlegt Miss Effington noch einmal, ob ihr Täuschungsmanöver ratsam ist.«

Alexej schnaubte. »Nur ein Idiot würde es sich nicht noch einmal überlegen. Ich habe seit der Zeit, seit diese Idee vorgeschlagen wurde, unablässig darüber nachgedacht.«

Dennoch war es trotz seiner vorherigen Versicherungen ihr gegenüber durchaus möglich, dass sich Pamela tatsächlich entschlossen hatte, ihre Maskerade nicht zu Ende zu spielen. Ein höchst eigenartiges Gefühl von Enttäuschung beschlich ihn. Ganz bestimmt war er ursprünglich von der Idee nicht begeistert gewesen, noch war er jetzt sonderlich begeistert, und es stand ganz sicher infrage, ob all das klug war, aber er musste gestehen, dass er sich sehr darauf freute,

Pamelas zuvorkommenden Verlobten zu spielen. Es würde natürlich keine gemeinsame Zukunft mit ihr geben, aber konnte es wirklich schaden, jede Minute, die er mit der Frau verbrachte, von der er so lange geträumt hatte, die er so lange in seinem Herzen bewahrt hatte, auszukosten? Wenn es ihm vom Schicksal auferlegt war, sein Leben ohne sie zu verbringen, war diese gemeinsame Zeit zu viel verlangt?

»Ich kann mir vorstellen, dass ein Gentleman immer noch ein oder zwei Mal nachdenkt, bevor er seine Heiratsabsichten verkünden lässt«, sagte Lady Overton beiläufig.

»Ich wüsste nicht, warum«, bemerkte Roman trocken. »Sobald er erkannt hat, dass die betreffende Dame genau das ist, was er immer wollte, was er sich immer ersehnt hat, selbst wenn ihm das nicht bewusst war, wäre er ein Narr, auch nur eine Sekunde zu zögern.«

»Aber was ist mit den Zweifeln?«, fragte sie. »Gewiss hegt er Zweifel? Eine Ehe ist ein auffallend dauerhafter Stand.«

»Zweifel sind für jene, die sich nicht selbst kennen.« Romans Stimme war fest.

Lady Overton sah ihn gedankenverloren an. »Kennt Ihr Euch denn selbst, Mylord?«

»Ja, das tue ich.« Roman nickte.

»Und doch scheint Ihr zu zögern. Das ist hochinteressant.« Sie lächelte zuvorkommend, wandte dann aber ihren Blick Alexej zu. »Und was ist mit Euch, Euer Hoheit?«

»Ich hege keine Zweifel, weil ich nicht vorhabe zu heiraten. Vergesst nicht, dass diese Verlobung nichts als eine Posse ist.«

»Was, wenn es das nicht ist?«

»Aber es ist so.«

»Ach, lasst mir bitte einen Moment meinen Willen, Euer Hoheit. Wenn Ihr Pamela in Wirklichkeit heiraten wolltet, hättet Ihr Zweifel?«

»Nein, Lady Overton, ich hätte keine.« Er sagte es, ohne

zu zögern, und es wurde ihm bewusst, dass er jedes einzelne Wort auch so meinte. »Ich würde mich außerordentlich glücklich schätzen, da ich sie für etwas Besonderes halte. Nichtsdestoweniger ist dies ein umstrittener Punkt.«

»Warum?«

»Weil Miss Effington nicht die Absicht hat, mich zu heiraten, noch habe ich die Absicht, sie oder irgendeine andere Frau zu heiraten. Niemals.«

»Warum nicht?«

Alexej starrte sie an. »Früher am Abend sagte Lord Edward, unsere Unterhaltung sei kein Verhör. Konnte er das sagen, weil er diese Aufgabe Euch übertragen hat?«

»Nun kommt schon, Euer Hoheit, Pamelas Vater würde niemals eine so wichtige Aufgabe anderen übertragen. Wenn er den Eindruck gehabt hätte, dass ein Verhör notwendig ist, hätte er es ganz bestimmt auf sich genommen, es selbst zu führen.« Lady Overton lachte. »Jedes Verhör, das ich vielleicht leiten könnte, ist einzig und allein meine Idee.«

»Zu welchem Zweck, Lady Overton?«

»Pamela ist nicht nur meine Cousine, sie ist auch meine beste Freundin. Mich beschäftigt alles, was sie beschäftigt. Trotzdem« – sie zuckte die Achseln – »ist das hier einfach nur Neugier, Euer Hoheit. Nichts weiter.«

»Nichts?«

»Sonst nichts.« Ihre grünen Augen waren geweitet und sahen vollkommen unschuldig aus, doch Alexej glaubte ihnen nicht eine Sekunde. In dieser stillen, zurückhaltenden Lady Overton steckte offensichtlich viel mehr, als mit bloßem Auge erkennbar war. Aber er vermutete, dass Roman das bereits wusste.

»Wünscht Ihr, dass ich Pamela für Euch suche?«, fragte Lady Overton. »Ich würde selbst nichts gegen ein paar Minuten auf der Terrasse einzuwenden haben. Es ist ausgesprochen warm hier, aber das ist es immer.«

»Ich würde mich glücklich schätzen, Sie zu begleiten.« Roman bot ihr seinen Arm.

»Nein, ich werde selbst gehen.« Alexej seufzte. »Es verschafft mir eine flüchtige Atempause, wenn schon sonst nichts.«

»Ich schlage vor, dass wir alle gehen«, sagte Lady Overton strahlend. »Wir werden sicher jede Spur von Unschicklichkeit vermeiden, wenn wir alle zusammen sind.«

Roman hob eine Augenbraue. »Unschicklichkeit?«

»Die Effington-Terrasse ist allgemein bekannt als ein Ort für vertrauliche Unterhaltungen.« Lady Overton warf Roman einen unmissverständlich verführerischen Blick zu. »Es gibt hier eine Reihe von verschwiegenen Stellen, die sich sehr gut für heimliche Begegnungen eignen.«

Ein nachdenklicher Glanz trat in Romans Augen. »Dann sollten wir keine Zeit verschwenden, auf die Terrasse zu kommen.«

Alexej lächelte unwillkürlich. Es war äußerst ärgerlich, mit zwei Menschen zusammen zu sein, die offensichtlich so sehr voneinander hingerissen waren wie diese beiden, während Alexej versuchte, seine Gefühle unter Kontrolle zu halten. Er war sich nicht sicher, ob er schon jemals zuvor einen anderen Mann beneidet hatte, aber nun beneidete er Roman. Roman und Lady Overton hatten den Rest ihres Lebens gemeinsam vor sich.

Pamela und er hatten nur die Zeit, die diese beschämende Verlobung dauerte.

Allerdings gab es keinen Grund, warum sie diese nicht genießen sollten. Sobald er Pamela gefunden hatte, Lady Smythe-Windom ausgespielt werden konnte und Roman und Lady Overton ermutigt werden konnten, sich zu ihrem eigenen Rendezvous zu entfernen, konnten ein paar vertrauliche Momente mit Pamela auf einer dunklen Terrasse unter den Sternen der beste Weg sein, genau das zu tun.

12

Wenn ich Pamela wiedersehe, werde ich keine Zeit damit verschwenden, mich ihr zu erklären. Ich werde sie auf der Stelle heiraten. Sie wird darüber zweifellos sehr erfreut sein.
George Fenton, Viscount Penwick

Pamela holte tief Atem. »George!«

»Ich hörte, dass du wieder in London bist.« George starrte sie an, als sei er ein verhungernder Mann und sie ein Kalbsbraten. Es war höchst verwirrend. »Es ist sehr lange her.«

George Fenton, nun Viscount Penwick, sah noch genauso aus wie bei ihrem letzten heimlichen Treffen auf eben dieser Terrasse. Damals wie heute war er ein attraktiver Mann, einige Zentimeter größer als sie, mit fast ebenso hellem Haar und regelmäßigen Gesichtszügen. Er schien sich überhaupt nicht verändert zu haben, zumindest nicht in seiner äußeren Erscheinung.

»Wirklich?«, erwiderte sie mit schwacher Stimme, während sie sich fragte, wie sie dieser Situation mit Anstand entkommen konnte.

Sie hätte auf diese Begegnung vorbereitet sein sollen, sie hätte sich denken können, dass George heute Abend hier sein konnte, oder wenigstens damit rechnen müssen, ihn irgendwo zu treffen, sobald sie nach London zurückkam. Sie hatte bestenfalls einen flüchtigen Gedanken daran verschwendet. Selbst wenn sie darüber nachgedacht hätte, wäre sie nie auf die Idee gekommen, dass ihre erste Begegnung auf der Terrasse von Effington House – und auch noch allein – stattfinden würde. Guter Gott, hätte sie auch nur im Entferntesten vermutet, dass es dazu kommen könnte, hätte sie diese Terrasse wie die Pest gemieden.

»Wenn du mich jetzt bitte entschuldigen würdest.« Sie versuchte, an ihm vorbeizugehen, aber er trat ihr in den Weg.

»Einen Augenblick bitte, Pamela.« Seine Stimme klang flehentlich, was vielleicht recht wirkungsvoll gewesen wäre, wäre er ein anderer gewesen. »Wir haben eine Menge zu besprechen.«

»Wir haben nichts zu besprechen.« Sie nickte betont und versuchte erneut, an ihm vorbeizukommen. Doch einmal mehr versperrte er ihr den Weg.

»Wir haben uns sehr lange nicht gesehen.«

»Es war nicht annähernd lang genug.«

»Du hast mir also nicht verziehen?« Er klang ungläubig.

»Dir verziehen?« Sie schwieg einen Moment und schien über diese Frage nachzudenken, dabei widerstand sie dem Drang, ihn anzuschreien, und zwang sich zu einem freundlichen Lächeln. »Nein.«

»Du hast mir nie die Möglichkeit gegeben, dir alles zu erklären«, sagte er derart tadelnd, dass es sie zur Raserei brachte.

»Habe ich das nicht?« Sie fauchte ihn in gespielter Bestürzung an. »Wie konnte ich nur so gedankenlos sein? Ja, ich erinnere mich nun.« Sie kreuzte ihre Arme über der Brust. »Ganz London hatte irgendwie mitbekommen, dass du und ich, na ja, dass du mich verführt –«

»Wenn ich mich richtig erinnere, warst du nicht gerade abgeneigt.« George ließ ein selbstzufriedenes Kichern hören.

»Nein, George, ich war nicht abgeneigt, weil ich dummerweise glaubte, dass wir einander liebten und vorhätten, den Rest unserer Tage gemeinsam zu verbringen.«

»Ich habe dich geliebt«, sagte er standhaft. »Zutiefst.«

»Wenn du mich so sehr geliebt hast, wie konntest du es

zulassen, dass jeder von meiner … meiner Unbesonnenheit erfahren hat?«

»Es geschah nicht absichtlich, das kann ich dir versichern. Sicher kannst du das verstehen. Man erwähnt etwas gegenüber einem Freund, dem man vertraut, der erzählt es wiederum einem anderen und so weiter und so fort. Und bevor du weißt, wie dir geschieht –«

»Bevor du weißt, wie dir geschieht, ist dein Ruf zerstört.« Sie starrte ihn wütend an. »Hast du überhaupt darüber nachgedacht, was mit mir passieren würde, als du es deinem Freund anvertraut hast?«

»Es könnte mir entgangen sein.«

»Und das war nicht das Einzige, was dir entgangen ist, oder?« Sie biss ihre Zähne aufeinander. »Als mir zum ersten Mal bewusst wurde, dass unsere Beziehung öffentlich bekannt geworden war, dachte ich, wir könnten ja sofort heiraten und der Skandal würde schließlich verblassen. Kannst du dir meine Überraschung vorstellen, als ich entdecken musste, dass du so gut wie verlobt warst mit einem Mädchen, von dem ich gar nicht wusste, dass es existiert?«

»Constance hatte schon immer eine Vorliebe für das Land«, entgegnete er schnell. »Sie war auf gewisse Weise sehr schüchtern.«

»Ich war sehr schüchtern!«

»Du warst aufregend, Pamela.« Er ging begierig auf sie zu, doch sie wich zurück. »Ich habe noch nie eine solch aufregende Frau getroffen wie dich.«

»*Ich* war aufregend?« Sie konnte nicht glauben, dass er so etwas sagte. Vor sechs Jahren hätte sie niemals das Wort *aufregend* benutzt, um sich selbst zu irgendeinem Zeitpunkt ihres Lebens so zu charakterisieren. Wenn es ein Wort gab, das sie damals beschrieb, dann war es – *langweilig*.

»Das warst du wirklich.« Er nickte energisch. »Du warst wunderschön und hattest keine Ahnung, dass du wunderschön warst. Es war höchst aufregend. Darüber hinaus warst du leidenschaftlich und verlangend und gleichzeitig bezaubernd unschuldig. Deine familiären Verbindungen waren auch untadelig.«

»Meine familiären Verbindungen?«, fragte sie langsam.

»Makellos. Das ist doch wohl klar, Pamela, Gefühlsregungen hin oder her, ich würde mir niemals erlauben, mit einer Frau eine Beziehung einzugehen, deren familiäre Verbindungen nicht untadelig sind. Schließlich kann man nicht wissen, wohin einen eine solche Beziehung führen kann.«

War er schon immer so oberflächlich gewesen? Sie kniff ihre Augen zusammen. »Wenn meine familiären Verbindungen so tadellos waren und ich so liebenswert und du zutiefst verliebt, warum hast du dann deine Verlobung nicht gelöst und mich geheiratet?«

»Ich hätte das auf keinen Fall machen können.« Er antwortete derart spöttisch, dass man hätte meinen können, allein der Gedanke sei zu lächerlich, um überhaupt in Betracht gezogen zu werden. »Ich hatte immerhin mein Wort gegeben. Außerdem erwartete Constance, sehr viel Geld zu erben. Sehr viel mehr, um es freiheraus zu sagen, als deine Mitgift oder dein zu erwartendes Erbe. Sie hat es übrigens wirklich geerbt.«

Und käuflich? »So, hast du die Liebe also dem Geld geopfert?«

»Ganz und gar nicht. Ich mochte Constance sehr gern. Und du musst es nicht so sagen. So als wäre es« – Entrüstung spiegelte sich in seinem Gesicht – »falsch gewesen.«

Pamela erstarrte. Für diese Kreatur hatte sie ihre Zukunft weggeworfen? Konnte sie jemals geglaubt haben, dass sie dieses lächerliche Etwas von Mann liebte? Was war sie für eine Närrin gewesen. Und was hatte sie für einen auffallend schlechten Geschmack gehabt.

»Ich freue mich so, dass du bekommen hast, was du wolltest, George.«

»Aber das habe ich nicht – nicht ganz.« Ein vorwurfsvoller Ton lag in seiner Stimme. »Wenn du mir nur die Gelegenheit gegeben hättest, mit dir zu sprechen, bevor du aus London verschwunden bist, hätte ich dir alles erklärt.«

»Entschuldige bitte.« Ihre Worte waren voll Sarkasmus. »Ich habe alle Erklärungen erhalten, die ich brauchte.«

Er starrte sie an. »Ich kann mich nicht daran erinnern, dass du so schroff gewesen bist.«

»Ich habe mich sehr verändert, George.« Sie wischte seine Bemerkung beiseite. »Schroff trifft es am wenigsten.«

»Ich habe mich auch verändert.« Er schwieg, als wolle er die Bedeutung seiner Worte erst einsickern lassen. »Ich bin jetzt Witwer.«

»Mein Beileid.«

»Was heißt, dass ich frei für eine Ehe bin.« Er klang erwartungsvoll.

Du guter Gott. Sie stöhnte innerlich auf. »Ich wünsche dir alles erdenkliche Glück.«

»Du hast nicht geheiratet«, sagte er anzüglich.

»*Noch nicht.*« Ihr Tonfall war bestimmt. »Ich habe noch nicht geheiratet.« Sie hatte nun wirklich genug. »Wenn du jetzt so freundlich sein könntest, mir aus dem Weg zu gehen –«

»Nein, Pamela.« George schüttelte den Kopf. »Ich beabsichtige nicht, dir aus dem Weg zu gehen. Nicht jetzt. Ich habe viel zu lange darauf gewartet, wieder mit dir zusammen zu sein. Da ist etwas zwischen uns, das wir nicht leugnen können.«

Sie starrte ihn lange an. Es war ausgesprochen befriedigend festzustellen, dass sie, abgesehen von einer bleibenden Verärgerung und einem ständigen Bedürfnis, ihm die Kehle zuzudrücken, überhaupt nichts für ihn empfand. Vielleicht eine momentane Gereiztheit, aber nichts, das ihr Herz erreichen konnte. Gewiss war George noch immer der Alte, dass sie vor sechs Jahren nicht seinen wahren Charakter erkannt hatte, konnte nur der Tatsache zugeschrieben werden, dass sie eine ziemliche Närrin gewesen war. Zu ihren Gunsten musste man anführen, dass sie schon sehr bald, nachdem sie England verlassen hatte, erkannt hatte, dass das, was sie für George empfand, nicht nur ein Irrtum war, sondern nicht mehr Substanz enthielt als Luft.

Ein grandioses Freiheitsgefühl begleitete die heutige Erkenntnis, dass sie damals recht gehabt hatte.

»Und ich habe viel zu viel Zeit verschwendet. Guten Abend, Mylord.« Sie setzte sich in Bewegung, aber George ergriff ihren Arm und riss sie in seine Arme.

»Pamela, verstehst du denn nicht? Ich liebe dich, und ich habe dich immer geliebt. Ich war vor sechs Jahren ein Idiot, aber ich werde jetzt kein Idiot sein.« Er näherte seine Lippen den ihren.

»Ich schwöre dir, George, wenn du versuchst, mich zu küssen, werde ich mein Knie gebrauchen, um einem Bereich großen körperlichen Schmerz zuzufügen, den du vermutlich lieber schonen würdest.«

Er hielt inne. »So etwas würdest du nie tun.«

»Doch, das würde ich, und überdies würde ich es genießen. Sehr sogar.« Sie lächelte honigsüß. »Möchtest du Kinder haben, George?«

Er betrachtete sie eine Weile, dann seufzte er und gab sie frei. »Du hast dich verändert.«

»In der Tat, das habe ich.« Sie strich ihr Ballkleid glatt, dann sah sie ihn wütend an. »Was hast du dir wohl dabei gedacht?«

»Ich habe nichts gedacht.« Er war aufgebracht. »Ich wurde von Leidenschaft hinweggerissen.«

»Leidenschaft?«

»Ja«, fuhr er sie an. »Du bist die einzige Frau, für die ich jemals etwas wie Leidenschaft empfunden habe.«

»Wirklich?«

»Ja.« Er nickte, dann zögerte er. »Ich sollte wohl so etwas nicht eingestehen, aber da wir ein Liebespaar waren –«

Sie fuhr zurück. »Ich wage zu behaupten, dass zwei hastige Zusammenkünfte noch kein Liebespaar aus uns gemacht hatten.«

»Trotzdem waren wir eines. Du warst sogar ganz nahe daran, meine Erste zu sein.«

»Ganz nahe?« Sie hatte den verrückten Wunsch zu kichern.

»Ein oder zwei Mädchen waren vermutlich vor dir.« Er zuckte die Achseln. »Sie zählen kaum. Du warst die erste Lady von Stand.«

»Das erklärt alles«, murmelte sie.

»Es wäre nicht nötig gewesen, dass du London verlässt. Wir hätten ...«

»Was ... hätten wir?« Sie hatte beinahe Angst vor der Antwort.

»Wir hätten zusammen sein können.«

»Trotz deiner Ehe?«

»Meine Ehe hatte damit nichts zu tun. Du hättest doch meine« – er machte eine dramatisch wirkende Pause – »Geliebte sein können.«

Sie starrte ihn einen Augenblick lang an und kämpfte gegen das Lachen, das sie zu überwältigen drohte. »Geliebte?«

»Es hätte wunderbar werden können.« Er seufzte angesichts der nur zu ahnenden Verzückungen. »Ich hätte mich hervorragend um dich gekümmert.«

»Hättest du das?« Sie konnte die Worte kaum herausbringen.

»So wie ich mich jetzt um dich kümmern könnte. Ich habe eine Menge Geld, musst du wissen, dank Constance und dem Tod meines Vaters. Pamela« – er machte einen Schritt auf sie zu und ergriff ihre Hand – »es ist nicht zu spät, uns das zurückzuholen, was wir einst hatten. Heirate mich jetzt.«

»Danke, aber ich glaube nicht.« Sie klopfte auf ihre Hand,

aber er gab sie nicht frei. »Ich sollte dir sagen, dass meine Verlobung mit einem anderen heute Abend bekannt gegeben wird.«

»Ich habe so etwas vernommen. Irgendein ausländischer Prinz, soweit ich weiß.« Er zog die Nase hoch. »Einer ohne irgendein Land, habe ich gehört.«

Sie hasste es, sich auf Georges Ebene herabzulassen, aber offensichtlich verstand er nur eine ganz bestimmte Sprache. »Ja« – sie entzog ihm ihre Hand – »er hat ebenfalls ein beträchtliches Vermögen.«

»Ach so.« In seinen Augen leuchtete Verständnis auf. Er dachte einen Augenblick nach. »Dennoch sollten wir so etwas Gewöhnliches wie deine Ehe nicht zwischen uns stehen lassen. Es gibt Möglichkeiten, zusammenzukommen.«

»George.« Sie verschränkte ihre Hände und nahm einen unnachgiebigen Ton an. »Wenn du hiermit ein Verhältnis intimer Natur zwischen uns vorschlägst, muss ich ablehnen. Ich habe nicht die Absicht, mir einen« – sie schloss einen Moment lang die Augen und betete um Stärke – »*Liebhaber* außerhalb meiner Ehe zu halten.«

»Mach dich nicht lächerlich, Pamela. Der Mann ist ein Prinz. Königliche Hoheiten sehen solche Dinge ganz anders als wir.« Er beugte sich vertraulich zu ihr hin. »Ich wette, er hat eine Mätresse, bevor ihr eine Woche verheiratet seid, wenn er sie nicht sogar schon jetzt hat.«

Ihre Kiefer pressten sich aufeinander. »Trotzdem –«

»Wir sind füreinander bestimmt, Pamela, verstehst du das denn nicht? Es ist unser Schicksal, einander zu gehören. Warum wären wir sonst zusammen hier, jetzt, allein? Ich sage dir, das ist Bestimmung.«

»Kaum. Halb London ist hier, und irgendwann wandert jeder einmal auf die Terrasse.«

»Ja, aber wir sind alleine hier.«

»Ich war nicht allein, als ich –«. Sie seufzte verärgert. »Hast du mich beobachtet? Bist du mir gefolgt?«

»Nur von der Hand des Schicksals geführt«, sagte er schnell.

»Ich hasse es, das Schicksal zu bemühen, George, wir sind nicht füreinander bestimmt. Mein Schicksal ist an das Seiner Hoheit gebunden« – sie machte eine Pause, um Nachdruck zu gewinnen – »wie auch mein Herz.«

Er schaute sie lange an, sein Blick versuchte sie einzuschätzen, so als sei er ein General, der sich darauf vorbereitete, seine Truppen umzuquartieren. Sie mochte diesen Blick nicht. »Kennt Seine Hoheit deine Vergangenheit?«

»Du meinst, ob er von dir weiß?«

»Ja.«

Das war alles, was sie sagen oder machte konnte, um sich davon abzuhalten, ihn mit ihrer Hand hart ins Gesicht zu schlagen. So genugtuend es sein mochte, es wäre sicher nicht die vernünftigste Vorgehensweise. George wirkte harmlos, sogar komisch, aber er hatte etwas an sich, dem sie nicht traute. Sie wählte ihre Worte vorsichtig. »Er weiß, dass es in meiner Vergangenheit einen Skandal gegeben hat und ganz allgemein, worum es ging, aber er kennt nicht die genauen Details.«

»Hervorragend.«

»Warum?«

»Na ja, weil er natürlich mir gegenüber nicht argwöhnisch sein wird.«

»Ich fürchte, ich bin ein wenig verwirrt.«

»Pamela, Liebes, wenn er nicht weiß, wer ich bin, wird er nie vermuten, dass dein Liebhaber –«

»Du bist nicht mein Liebhaber!« Sie widerstand dem Drang, auf seinen Fuß zu stampfen. »Noch wirst du es sein. Niemals!«

»Das Schicksal«, sagte George selbstgefällig. »Du kannst es nicht verleugnen. Es hat dich zu mir zurückgebracht.«

»Es brachte mich nach London zurück!«

»Und zu mir.«

»Du bist Nebensache.« – »Ich bin die einzige wahre Liebe deines Lebens.«

Sie erstarrte. »Du bist vollkommen verrückt.«

»Das bin ich allerdings. Verrückt vor Liebe.«

»George.« Sie holte tief Atem. »Ich sage es noch einmal, dann werde ich zum Ball zurückkehren.«

»Grandiose Idee.« Er kicherte. »Es würde niemandem nützen, wenn man uns hier im Freien entdecken würde.«

Sie rollte ihre Augen gen Himmel. »Hör gut zu, George. Ich habe kein Interesse, die Bekanntschaft, die wir einst hatten, wieder aufleben zu lassen. Was immer es war, das zwischen uns war, es ist vorbei, erledigt und Vergangenheit.«

»Nicht für mich«, entgegnete er eisern.

Sie beachtete ihn nicht. »George, ich weiß nicht, wie ich dies freundlich ausdrücken soll, du hast jede Neigung zu Freundlichkeit, die ich vielleicht empfunden habe, in mir zerstört. Deshalb werde ich es dir ganz offen und in Worten, die du verstehen kannst, sagen.

Ich ziehe es vor, dich niemals wiederzusehen. Da dies allerdings unmöglich ist, warne ich dich hier und jetzt. Wenn du mich in irgendeiner Weise verfolgst oder irgendetwas machst, das mich auch nur entfernt verärgert, wenn wir uns auf der Straße über den Weg laufen und ich werde durch deine Anwesenheit auch nur ein kleines bisschen gereizt, werde ich meine Brüder dazu bringen, dich so niederzuschlagen, dass du für den Rest deines Lebens nur noch wenige Zentimeter misst. Oder noch besser: Ich werde dich einfach erschießen.« Sie lächelte auf äußerst herzliche Weise. »Hast du verstanden?«

»Du würdest mich niemals erschießen, deine Brüder sind allerdings ein abscheuliches Pack.« Er kniff seine Augen bis auf einen Schlitz zusammen. »Hast du gewusst, dass sie an mich herangetreten sind und mich brutal verprügelt haben, nachdem du London verlassen hattest? Ich hatte wochenlang blaue Flecke.«

»Schätze dich glücklich«, fuhr sie ihn an. »Ich verbot ihnen, dich zum Duell zu fordern, was heißt, dass ich ihnen nicht erlaubt habe, dich zu töten.«

Er lächelte vielsagend. »Weil du mich geliebt hast.«

»Weil ich sie geliebt habe!«

»Und du liebst mich noch immer, so wie ich dich liebe.« Er kam näher. »Fühlst du es denn nicht zwischen uns, Pamela? Es liegt Erregung in der Luft, wenn wir zusammen sind. Eine Spannung, die du nicht leugnen kannst.«

»Natürlich liegt Spannung in der Luft. Du weigerst dich, irgendetwas von dem anzuhören, was ich sage. Du bist geisteskrank, und du machst mich verrückt! Zum letzten Mal.« Sie drohte ihm mit dem Finger. »Was zwischen uns beiden vor sechs Jahren vorgefallen ist, war ein schrecklicher Irrtum, der aus innerer Erregung heraus entstanden ist und am besten vergessen werden sollte. Mein Leben ging weiter, und deines sollte das auch tun. Ich werde Prinz Alexej heiraten. Er, er allein ist der Mann, den mir das Schicksal bestimmt hat. Mich interessiert nicht der Status seines Landes, noch interessiert mich sein großes Vermögen. Er besitzt mein Herz, George. Und das ist das Ende.«

George starrte sie lange an, dann zuckte er die Achseln. »Ich glaube dir nicht.«

Sollte sie jetzt aus reiner Enttäuschung aufschreien, würde dies wahrscheinlich eine zu endlosem Klatsch führende Aufmerksamkeit erregen. Trotzdem könnte es den Versuch wert sein.

»Vielleicht«, eine vertraute ironische Stimme war aus dem Dunkel zu hören, »werdet Ihr mir glauben.«

»Euer Hoheit«, empfing ihn Pamela mit offensichtlicher Erleichterung.

Alexej ging wie zufällig auf sie zu, so als hätte er nicht die kleinste Absicht, seine Faust im Gesicht dieses Flegels zu platzieren.

»Euer Hoheit«, sagte der Flegel und verbeugte sich tief und höchst unterwürfig. Anscheinend war er ein Mensch, der sich von einer Krone, wohl auch vom sozialen Status und vom Reichtum beeindrucken ließ.

»Erlaubt mir, mich selbst vorzustellen.« Der Flegel richtete sich auf. »Ich bin Viscount Penwick und stehe ganz zu Euren Diensten, Euer Hoheit.«

»Seid Ihr das?« Alexej sagte es lässig und schaute Penwick eine Weile prüfend an.

Das war also der Mann, der Pamelas Naivität ausgenutzt und damit angegeben hatte. Der Narr, der nicht klug genug war, zu erkennen, was er verlieren würde, wenn er ihr erlaubte, sich seinem Griff zu entziehen. Penwick sah ganz bestimmt nicht aus wie ein Mann, der einer intelligenten Frau, egal wie unerfahren sie mit Männern war, den Boden unter den Füßen wegziehen und sie mit sich in sein Bett reißen konnte. Er war eher schwer einzuordnen, ganz sicher viel zu blass, und sein Kinn wirkte irgendwie schwächlich, obschon Alexej verstand, dass sein blonder Charme auf ein junges, leicht zu beeindruckendes Mädchen, das es nicht besser wusste, anziehend wirken konnte.

Ein Gefühl von Dankbarkeit ergriff Alexej. Immerhin, wäre Penwick nicht so ein großer Narr, könnte Pamela durchaus schon seine Frau sein. Es war ein entsetzlicher Gedanke. Penwick hätte ihr das Leben ausgesaugt, aus ihr wäre niemals dieses temperamentvolle Wesen geworden, das sie heute war. Sie hätte niemals Englands Küsten verlassen. Stattdessen hätte sie ein Leben in verzweifelter Langeweile geführt und es vielleicht nicht einmal bemerkt.

Und Alexej hätte niemals Serenissima oder Pamela getroffen.

»Warum?«, fragte Alexej kühl.

Penwick sah entschieden verwirrt aus. »Was warum, Euer Hoheit?«

»Warum steht Ihr mir zu Diensten?« Alexej verengte seine Augen. »Habe ich nicht eben mit anhören müssen, wie Ihr der Dame, die ich zu heiraten beabsichtige, sagtet, Ihr würdet ihrer Behauptung, sie sei nicht an Euch interessiert, keinen Glauben schenken?«

»Oh, Ihr missversteht das, Euer Hoheit.« Penwick lachte, es klang entschieden unbeholfen. »Miss Effington und ich sind alte Freunde, und ich habe nur versucht, unsere Bekanntschaft zu erneuern.«

Hinter Alexej prustete Lady Overton auf ziemlich undamenhafte Art los.

Alexej zog eine Augenbraue hoch. »Habt Ihr das?«

»Ja, das habe ich wirklich, Euer Hoheit.« Penwick nickte heftig.

»Scheinbar hat die Nachtluft das, was ich hörte, verzerrt. Ich hatte den Eindruck, dass Ihr versuchtet, sehr viel mehr zu erreichen als die Erneuerung einer Bekanntschaft. In Wahrheit dachte ich, ich hätte eine Liebeserklärung von Eurer Seite und eine Zurückweisung besagter Erklärung von Miss Effingtons Seite vernommen.«

»Aber, Euer Hoheit.« Penwick ächzte entsetzt. »Ich würde mich nie erdreisten, ihr meine Gefühle aufzudrängen.«

»Ich habe mich also geirrt?« Alexej sah Pamela an. »Miss Effington, war ich im Irrtum, oder war Lord Penwick sowohl anmaßend als auch kränkend?«

»Wie könnt Ihr, Euer Hoheit.« Penwick machte einen Schritt nach vorn. »Das ist ganz und gar nicht –«

Alexej streckte seine Hand aus, um ihn zum Schweigen zu bringen. »Nun, Miss Effington, was sagt Ihr dazu? Soll ich ihm gestatten, sich mit allseitigen Entschuldigungen für das Missverständnis in den Ballsaal zurückzuziehen, oder soll ich ihn an Ort und Stelle erschlagen?«

Penwick schnappte nach Luft. »Euer Hoheit!«

»Oh, würdet Ihr das tun, Euer Hoheit?«, sagte Pamela freudestrahlend. »Das würdet Ihr für mich tun?«

»Ich würde es in der Tat, Miss Effington.« Sein Blick erwiderte ihren, und seine Worte erhielten auf einmal viel mehr Bedeutung, als er beabsichtigt hatte. »Ich würde alles für Euch tun.«

»Es sei, wie es wolle, Euer Hoheit.« Roman trat hinter ihm hervor. »Ich darf darauf hinweisen, dass Ihr im Augenblick nicht bewaffnet seid.«

»Bin ich das nicht?« Alexej gab sich überrascht. »Kein Degen? Keine Pistole?«

»Bedauerlicherweise nicht, Euer Hoheit«, sagte Roman seufzend. »Euer Halstuch ist derzeit der gefährlichste Gegenstand an Eurer Person.«

»Es ist gewiss genug gestärkt, um tödlich zu sein. Trotzdem wird es nicht dafür herhalten können.« Alexej zuckte die Achseln. »Ich fürchte, Miss Effington, solltet Ihr mir erlauben, diese erbärmliche Witzfigur von einem Mann von ihren Erdenbanden zu befreien, werde ich Vorbereitungen treffen müssen, das später zu erledigen.«

»Ein Duell, Euer Hoheit?« Romans Stimme traf genau den richtigen Ton von Eifer.

Alexej nickte feierlich. »Ein Duell.«

»Ich muss Einspruch erheben, Euer Hoheit«, warf Penwick hastig ein. »Obwohl ich solch eine Herausforderung gewiss zu schätzen weiß, muss ich Euch darauf hinweisen, dass es in diesem Land nicht erlaubt ist, sich zu duellieren.«

»Da ich beabsichtige, der Sieger zu sein, muss Euch das nicht weiter kümmern. Ihr werdet nicht mehr da sein, um die Konsequenzen tragen zu müssen, und ich bin mehr als bereit, das zu tun.« Alexej lächelte freundlich. »Nun dann, Penwick. Degen oder Pistolen?«

Penwicks Augen weiteten sich vor Schreck. »Euer Hoheit, ich –«

»Bevor Ihr Eure Wahl trefft, Mylord«, sagte Roman vertraulich zu Penwick, »solltet Ihr wissen, dass Eure Hoheit als einer der besten Schützen Europas gilt.«

»Ist das so?« Alexej klang erfreut. »Das ahnte ich nicht.«

»Degen«, antwortete Penwick schnell. »Ich warne Euch, ich bin ziemlich gut mit dem Degen.«

»Hervorragend.« Alexej grinste. »Es gibt nichts Schöneres als eine Herausforderung.«

»Eine Herausforderung?«, fragte Pamela Roman.

Roman nickte. »Er hegt eine große Vorliebe für Herausforderungen. Ihr müsst wissen, es ist für ihn gar nicht einfach, daran vorbeizugehen. Er ist vortrefflich mit der Pistole, aber er ist der beste Degenfechter in ganz Avalonien, und ich würde wagen zu behaupten, einer der besten auf der ganzen Welt.«

Pamela schaute Alexej an. »Stimmt das?«

Alexej zuckte bescheiden die Achseln. »Ich würde es gerne bejahen, aber das wäre überheblich.«

Pamela verbiss sich ein Lachen.

»Euer Hoheit«, sagte Penwick ernst. »Ich habe die Erfahrung gemacht, dass Miss Penwick Duelle nicht gutheißt.« Er wandte sich an Pamela. »Miss Effigton?«

»Nun ja, so ein Duell ist eine fürchterlich schmutzige Angelegenheit. All das Blut. Allerdings bei einer Pistole weniger als bei einem Degen, glaube ich.« Pamela sah Alexej an. »Gebt Ihr mir recht, Euer Hoheit?«

»Ganz gewiss. Bei einer Pistole fließt so gut wie kein Blut. Aber bei einem Degen, besonders wenn es zur Abtrennung eines Körperglieds kommt« – er schauderte dramatisch – »schrecklich schmutzig, in der Tat.«

Panik erfüllte Penwicks Augen. »Ungeachtet der Waffen, Miss Effington, könnt gerade Ihr diese Form von Betätigung sicher nicht unterstützen?«

»Das ist eine interessante Frage. Als ich jünger war, hielt ich ein Duell für etwas Entsetzliches, ganz abgesehen von der Rechtswidrigkeit dieser Handlung. Jetzt scheint es mir gar keine so schlechte Sache zu sein.« Sie zuckte mit den Achseln. »Ich habe Euch gesagt, dass ich mich verändert habe.«

»Ist es also das, was Ihr wollt?« Penwicks Stimme wurde laut.

Pamela schien über diese Frage zu grübeln, obwohl Alexej vermutete, dass sie Penwick nur Zeit geben wollte, sein Schicksal zu bedenken. Schließlich warf sie Alexej einen enttäuschten Blick zu. »Ich glaube nicht.«

Penwick atmete erleichtert auf. »Es tut mir leid, Miss Effington, wenn ich Euch in irgendeiner Form beleidigt habe.«

»Wir werden es also als ein unerfreuliches Missverständnis werten und alles vergessen.« Alexej schenkte Penwick sein gnädigstes Lächeln.

»Selbstverständlich, Euer Hoheit.« Penwick verbeugte sich und trat den Rückzug an, so als fürchte er, Alexej könnte seine Meinung ändern und ihn auf der Stelle aufspießen.

»Ich gehe davon aus, dass es solch ein Missverständnis nicht noch einmal geben wird? Ich fürchte, ich werde nicht mehr ganz so«, Alexej dachte einen Moment nach, »*einsichtig* sein wie eben, wenn es ein nächstes Mal gibt.«

»Natürlich nicht, Euer Hoheit. Einen angenehmen Abend, Euer Hoheit. Miss Effington.« Penwick nickte erneut, drehte sich um und flüchtete.

»Wirklich jammerschade«, sagte Roman, während er Penwicks hastigen Rückzug beobachtete. »Ich hätte gerne gesehen, wie Ihr ihn in winzige Stücke zerlegt.«

»Kaum der Mühe wert«, erwiderte Alexej müßig. Er mochte diesen Mann absolut nicht und nahm an, dass er ihn auch dann nicht gemocht hätte, wenn er keine frühere Unbesonnenheit mit Pamela begangen hätte. Er sah Pamela an. »Man stelle sich vor, er glaubt, Ihr seid daran interessiert, Eure wie auch immer geartete Bekanntschaft von einst zu erneuern.«

»Ja«, sagte Pamela schwach, »man stelle sich das vor.«

»Ich habe Männer wie ihn schon früher gesehen.« Alexej starrte Penwick mit zusammengekniffenen Augen hinterher. »Er ist ein Feigling und ein Schwächling. Ein Mann, der jede Gelegenheit, die sich ihm bietet, ergreift, normalerweise auf Kosten derer, die schwächer sind als er.«

»Ja, gut ... vielleicht«, murmelte Pamela.

Ohne Vorwarnung stieg Wut in ihm auf, eine unsinnige, heftige Wut, und er starrte sie an. »Ich würde gerne ein persönliches Wort mit Euch wechseln, Miss Effington.«

»Lady Overton, wir sollten vielleicht zum Ballsaal zurückkehren«, sagte Roman weich.

Lady Overtons Blick glitt von Pamela zu Alexej und zurück. »Ich weiß nicht –«

»Es ist schon in Ordnung, Clarissa. Ich wette, wir werden in wenigen Augenblicken hinter euch sein.« Pamelas Worte waren an ihre Cousine gerichtet, aber ihr Blick haftete auf Alexej. »Die Terrasse ist ein vertraulicher Ort, Euer Hoheit.«

Er schnaubte wütend. »Schwerlich. Ich würde nicht wagen zu raten, wer als Nächstes hier seinen Auftritt hat.« Er nickte in Richtung Balustrade. »Wohin führen diese Stufen?«

»In den Park«, antwortete Pamela. »Er ist recht ausgedehnt.«

»Wunderbar.« Er ergriff ihre Hand und zerrte sie förmlich über die Terrasse.

»Was hat er vor?« Lady Overtons besorgte Stimme wehte hinter ihnen her. »Ich bin mir ganz und gar nicht sicher ...«

»Euer Hoheit«, zischte Pamela. »Alexej! Was um alles in der Welt habt Ihr vor?«

»Wir beide werden eine Unterredung haben, Pamela.« Er erreichte die Treppe und ging langsamer; schließlich wollte er nicht, dass sie die Stufen hinunterfiel. Er spielte mit dem Gedanken, sie einfach auf seine Arme zu nehmen und in den Park zu tragen, aber das wäre höchst skandalös gewesen, und angesichts der Tatsache, dass es Sinn und Zweck ihres gegenwärtigen Komplotts war, den Leuten zu helfen, den letzten Skandal zu vergessen und dabei einen geeigneten Ehemann für sie zu finden, wäre das nicht gerade vernünftig.

»Alexej!«

Dennoch würde es viel schneller und unendlich wirkungsvoller sein. Er blieb plötzlich stehen, hievte sie auf seine Arme und ging die Treppen hinunter.

»Was glaubt Ihr, was Ihr da macht?« Sie kämpfte gegen ihn an. »Lasst mich hinunter!«

»Still!«

Sie schmollte, hielt aber den Mund. Gut so. Er wusste nicht so recht, warum er so verärgert war, aber er war es, und sein Ärger richtete sich gegen die Frau auf seinen Armen.

Die Gartenwege wurden von kleinen Laternen erhellt, was unter anderen Voraussetzungen sehr reizvoll gewesen wäre. Jetzt spendeten sie entschieden zu viel Licht.

Er wandte sich dem wesentlich dunkleren Weg zu, der vom Hauptgang abzweigte, und ging weiter, bis er sich sicher war, dass sie außer Sichtweite der Terrasse und auch außer Hörweite waren. Es war eine ausgesprochen lauschige Stelle, die nur von den Sternen erleuchtet wurde, vervollständigt durch eine Steinbank, die für seine Absichten sehr gelegen kam, obwohl er zugeben musste, dass er nicht genau wusste, was seine Absichten eigentlich waren.

»Das wird reichen.« Er stellte sie auf ihre Füße und trat einen Schritt zurück.

Sie stemmte ihre Hände in die Hüften. »Das wird wofür reichen?«

»Ich gestatte Euch nicht, Pamela, aus mir einen Narren zu machen!«

»Aus Euch einen Narren zu machen?« Verwirrung schwang in ihrer Stimme. »Wovon sprecht Ihr?«

»Es wird von mir erwartet, dass ich Euer Verlobter bin. Ich erlaube Euch deshalb nicht, heimliche Rendezvous auf der Terrasse oder sonstwo zu haben.«

»Es war kein Rendezvous, und es war wohl kaum heimlich. Darüber hinaus hatte ich keine Wahl. Er trat mir in den Weg.«

Er ging nicht auf sie ein. »Solange diese unsere Posse dauert, gestatte ich keinerlei Stelldichein mit Männern im Allgemeinen und mit diesem im Besonderen.«

Sie überlegte. »Mit diesem?«

»Penwick?«, fuhr er sie an. »Ich weiß sehr genau, wer er ist.«

»Das wisst Ihr also?«, fragte sie langsam.

»Natürlich weiß ich das. Ich kann nicht glauben, dass Ihr einen solch armseligen Geschmack habt und auf diese bedauerliche Witzfigur von einem Mann hereinfallt.«

»Woher wisst Ihr –«

»Nun kommt, Pamela, ich machte es mir zur Aufgabe, das zu erfahren.«

»Warum?«

»Es schien hinsichtlich unseres Spiels vernünftig, genau zu wissen, womit ich es zu tun habe.«

»Mein Glückwunsch, Euer Hoheit. Es scheint, Ihr habt Euer Ziel erreicht und meine Geheimnisse enthüllt.« Sarkasmus färbte ihre Worte.

Das habe ich wirklich, Serenissima. »Es war wohl kaum ein Geheimnis. Ganz London wusste offensichtlich davon.«

Ihre Stimme klang kühl. »Ich war sehr jung.«

Er schnaubte. »Ihr wart zwanzig.«

»In Ordnung«, gab sie bissig zurück. »Ich war eine Närrin!«

»Diesbezüglich stimmen wir überein!«

»Obwohl ich eindeutig nicht so verrückt war, wie ich es jetzt bin!«

»Auch diesbezüglich stimmen wir überein! Es war der Gipfel an Dummheit, in seine Nähe zu kommen. Es sei denn, Ihr seid noch an ihm interessiert?« Es war ihm nicht völlig klar, woher diese Frage gekommen war und warum sie ihm den Atem verschlug.

»Ich weiß nicht …« Sie schwieg lange Zeit, dann holte sie tief Luft. »Ich weiß nicht, was Euch das angeht.«

»Es geht mich etwas an, solange wir in dieser Maskerade aneinander gebunden sind.«

»Aber es ist nur eine Maskerade, Alexej«, sagte sie leise.

Sie hatte seine Frage nicht beantwortet. Warum nicht? Es war höchst ärgerlich. Abgesehen davon, dass sie das Thema mied, wo sie sich schon einmal begegnet sind, und abgesehen von ihrer Weigerung, über ihre Vergangenheit zu sprechen, war sie immer vergleichsweise offen zu ihm gewesen. Zumindest glaubte er das. Er hatte allerdings nicht das ganze Gespräch zwischen Pamela und Penwick mit angehört. Sie waren gerade noch rechtzeitig gekommen, um zu hören, wie sie behauptete, Penwick würde sie wahnsinnig machen. Doch sicher hatte er genug gehört, um zu wissen, dass sie an diesem Mann nicht interessiert war.

Trotzdem hatte er nicht gehört, ob sie Penwick gesagt hat, dass sie ihn nicht liebe. Kam das, weil er nur in einen kleinen Ausschnitt der Unterhaltung eingeweiht worden war? Oder weil sie es nicht gesagt hatte?

Warum machte ihn das so verdammt wütend?

»Penwick ist doch sicher nicht die Sorte Mann, die Ihr heiraten möchtet?«

»Was ist nicht in Ordnung mit ihm?«

»Zum einen ist er ein schwülstiger, überheblicher Idiot.«

»Das ist mehr als eines.«

»Ich bin mir sicher, dass sich die Aufzählung fortsetzen lässt«, gab er zurück.

»Ihr seid ziemlich ungerecht, nicht wahr?«, sagte sie sanft. »Schließlich habt Ihr ihn kaum kennengelernt.«

Er presste seine Kiefer aufeinander. »Immerhin bin ich ein ausgezeichneter Menschenkenner.«

»So, seid Ihr das?«

»Ja, das bin ich. Penwick ist genau der Typ Mann, von

dem ich gesagt habe, dass er ganz und gar nicht zu Euch passt.«

»Also nicht genug Abenteurernatur für mich?«

»Genau.« Seine Stimme klang scharf. »Wisst Ihr, was mit Euch geschehen wäre, wenn Ihr ihm nicht glücklicherweise entkommen wärt?«

»Oh, das war also ein Glück?«, fragte sie ironisch. »Die Zerstörung meines Rufs und so.«

»Davon spreche ich nicht.« Er wischte ihre Bemerkung vom Tisch. »Ihr hättet ein ausgesprochen schickliches Leben geführt, nur durch gänzliche Langeweile unterbrochen, und hättet nie erkannt, wie schrecklich es ist.«

»Ich bezweifle, dass es schrecklich geworden wäre.« Sie dachte eine Weile nach. »Nicht übermäßig aufregend wahrscheinlich, aber nicht schrecklich. Er behauptet, ich interessiere ihn noch immer. Es muss ein Wort dafür geben. Liebe.«

»Liebe?«, wiederholte er höhnisch. »Auch wenn Dichter es behaupten: Liebe kann nicht alles überwinden.«

Sie schwieg einige Zeit. »Das glaube ich nicht.«

»Glaubt es, Pamela. Liebe, sei es für eine Frau, für ein Land oder für ein Volk, egal wie tief sie geht, kann nichts am Bestehenden ändern.« Bitterkeit lag in seiner Stimme. »Liebe kann dich dazu bringen, das Richtige für das zu tun, was einen Platz in deinem Herzen hat. Aber der Preis ist hoch, und bezahlen musst du mit deiner Seele.«

»Wirklich?« Sie schien den Atem anzuhalten.

Er antwortete nicht, weil er nicht wusste, was er ihr außer dem Geständnis, dass sie diesen Platz in seinem Herzen innehatte, hätte sagen können. Und genau das würde er nicht tun. Ihr zuliebe.

Schließlich holte sie tief Luft. »Ich möchte nicht ohne Liebe heiraten, Alexej.«

»Wie Ihr wünscht.« Er sagte es, als spiele es keine Rolle. »Ich erklärte Euch schon einmal, dass Ihr einen Mann braucht, der Euch so herausfordern wird, wie Ihr ihn herausfordern werdet. Vielleicht könntet Ihr mit einem solchen Mann die Liebe entdecken.«

»Ich verstehe«, sagte sie schleppend, »Ihr hegt eine Vorliebe für Herausforderungen.«

Das Sternenlicht beleuchtete ihr Gesicht, und sofort wurde er in eine andere Zeit versetzt, als er sie nur im Sternenlicht sehen konnte. Sein Herz schmerzte bei dem Gedanken daran, was er niemals haben würde. Wenn er sie liebte, und daran bestand wirklich nicht länger Zweifel, dann war alles, was er ihr noch geben konnte, ein Leben, das frei von den Dämonen war, die ihn jagten.

»Ich habe nicht das Bedürfnis zu heiraten.«

»Nein, natürlich nicht.« Sie seufzte resigniert. »Sind wir hiermit fertig? Habt Ihr alles gesagt, was Ihr sagen wolltet?«

Nein. »Im Augenblick ja.«

»Ihr habt nicht vor, mich zu bezichtigen, dass ich Euch schon früher begegnet bin? Mit Euch getanzt habe?« Sie machte eine Pause. »Euch geküsst habe?«

»Nein.« Er zuckte die Achseln. »Das scheint sinnlos zu sein. Ich gebe jetzt zu, dass ich mich geirrt haben muss. Wenn wir uns wirklich schon einmal gesehen haben, war es vor langer Zeit und sollte am besten vergessen werden, was ich offensichtlich auch getan habe.«

»Ich verstehe.« Sie seufzte leise. »Wir sollten nun tatsächlich zum Ballsaal zurückgehen. Bestimmt werden wir bereits vermisst.« Sie machte sich auf den Weg.

»Pamela«, sagte er spontan. Sie blieb stehen. »Ja.«

»Ihr müsst wissen, dass ich Euch niemals vergessen hätte, wenn ich Euch schon einmal begegnet wäre. Das Gefühl Eurer Hand in meiner. Den Duft Eurer Haare im Nachtwind.« Er widerstand dem Bedürfnis, sie in seine Arme zu nehmen. Nur Wahnsinn wies diesen Weg. »Die Art, wie wir getanzt hätten, als wären wir füreinander geschaffen.«

»Niemals?«

»Nicht für den Rest meines Lebens.« – »Und würden Euch solche Erinnerungen ausreichen? Für den Rest Eures Lebens?«

Genug, um mir Trost zu sein in den leeren Jahren, die vor mir liegen? Nein. »Man kann es nur hoffen.«

»Man sollte mit seinen Wünschen immer sorgfältig umgehen, Alexej«, sagte sie weich, und einen Augenblick später war sie durch die Nacht verschwunden.

Er atmete tief durch und folgte ihr. Sie war die eine Frau in der ganzen Schöpfung, die ihm bestimmt war. Er hatte sich wahrlich nicht nur einmal, sondern zweimal in sie verliebt. Und zu ihrem eigenen Besten würde er sie nicht an sich binden. Das Leben an seiner Seite würde in jeder Hinsicht so schrecklich sein wie das Leben an der Seite dieses Idioten Penwick. Selbst Liebe konnte die fürchterliche Trauer, die ihn Tag und Nacht begleitete, nicht überwinden.

Trotzdem konnte er sich des Gedankens nicht erwehren, dass nicht sie der Dummkopf war.

Er war es.

13

Wenn ich jemals eine Frau treffen sollte, die mich erkennen lässt, dass das Leben ohne sie unvollständig ist, werde ich die notwendigen Schritte einleiten, um sie für den Rest meiner Tage an meiner Seite zu halten. Allerdings kann ich mir so etwas, um ehrlich zu sein, nicht vorstellen, da mein Leben außerordentlich ausgefüllt ist.

Graf Roman Stefanowitsch

Alexej war der vollkommene Prinz und fast auch der vollkommene Verlobte.

Selbst jetzt, als sie einen weiteren Walzer mit ihm tanzte, den er makellos führte, war er, nun ja, vollkommen.

Er war über jeden Vorwurf erhaben, sobald Pamela und er den Ballsaal wieder betreten hatten. Während Pamelas Vater ihre Verlobung bekannt gegeben hatte, während sie dinierten und während sie miteinander tanzten, war er charmant, herzlich und ... vollkommen. Er hatte kein einziges Wort geäußert, das nicht höflich oder aber zu persönlich war, ihr keinen Blick zugeworfen, der nicht schicklich war, und nichts getan, das jemand, egal wie verbohrt er war, hätte missbilligen können.

Sie hasste Vollkommenheit.

Pamela war sich nicht sicher darüber, was seinen Ausbruch im Park verursacht haben könnte, aber sie war sich ganz sicher, dass er Zuneigung für sie empfand. Große Zuneigung, wenn *sie* nur halb so gut Menschen einschätzen konnte, wie *er* von sich behauptete. Im Park hatte sie sogar flüchtig gedacht, dass er sich erklären würde. Das war ein sehr gutes Zeichen. Welche Hindernisse es auch sein mochten, die er in Hinsicht auf Liebe und Ehe nicht gewillt war zu überwinden, Pamela würde sich auf keinen Fall davon abschrecken lassen. Das Schicksal hatte diesen Mann auserwählt, den Rest ihres Lebens mit ihr zu verbringen, und genau das hatte sie vor. Auch gegen seinen Willen, wenn es sein musste.

Augenscheinlich war er eifersüchtig auf George. Alexej schien nicht genug von ihrer Unterhaltung mit angehört zu haben, um zu erkennen, dass sie nicht das Geringste mit ihm zu tun haben wollte. Aber gewiss hatte er doch gehört, wie sie George gesagt hatte, dass Alexej ihr Herz besaß? Sie versuchte sich jedes Wort, das zwischen ihnen gewechselt worden war, in Erinnerung zu rufen, aber sie war so wahnsinnig verärgert gewesen, dass es ihr entschieden schwerfiel, sich daran zu erinnern. Wenn jemand vielleicht nur Bruchstücke belauscht hatte und zu Eifersucht neigte, obwohl er ein solches Gefühl nicht laut zugeben mochte, konnte er durchaus denken, sie empfinde etwas für George.

Sie schmunzelte bei dieser Vorstellung. Wie überaus … vollkommen.

Die Musik neigte sich dem Ende zu, und Alexej begleitete sie von der Tanzfläche.

»Was amüsiert Euch denn so?«, fragte er kühl.

»Alles.« Sie lachte. »Ich finde den Abend alles in allem sehr gelungen. Ich hatte nicht erwartet, mich so gut zu unterhalten.« Sie zwinkerte ihm zu. »Und unterhaltet Ihr Euch auch gut, Euer Hoheit?«

»Ziemlich.« Sein Ton klang schneidend, und sie unterdrückte ein Lachen.

Alexej war zwar seit ihrer Rückkehr aus dem Park die Vollkommenheit in Person gewesen, aber zugleich kühl und distanziert. Es schien, als halte er alle möglichen Gefühle unter Kontrolle. Auch das wertete sie als ein gutes Zeichen.

»Ich wage zu sagen, dass der Ball ein zunehmender Erfolg ist. Eure Schwester sollte sehr zufrieden sein.«

»Sie ist außer sich vor Zufriedenheit.« Pamela sah sich um und entdeckte Amanda. Ihre Schwester unterhielt sich mir einem außergewöhnlich gut aussehenden jungen Mann. Allem Anschein nach tändelte sie mit ihm. Und er tändelte offensichtlich mit ihr. »Ich würde gerne wissen, wer das ist. Amanda scheint von ihm recht eingenommen zu sein.«

Alexejs Blick folgte ihrem, und sie spürte, wie sich sein Körper anspannte.

»Euer Hoheit.« Roman kam auf Alexej zu. »Seht Ihr –«

»Ja, ich sehe es, Roman.« Alexej nickte langsam. Er richtete seine Worte an Pamela, aber seine Augen blieben auf den Mann, der bei ihrer Schwester stand, geheftet. »Wenn Ihr mich bitte entschuldigen wollt, Pamela, ich sollte –«

»Alexej.« Sie legte ihre Hand auf seinen Arm. »Wer ist das?«

»Einfach nur jemand, den ich niemals hier erwartet habe.« Ein leichtes Lächeln umspielte Alexejs Mundwinkel, und er beobachtete, wie der Fremde näher kam.

Der Gentleman war groß, dunkelhaarig und aus der Nähe noch attraktiver. Kein Wunder, dass Amanda ihm gegenüber ihre beträchtlichen Reize ausspielte. Es war auch etwas seltsam Vertrautes an ihm, doch hätte Pamela ihn bereits früher gesehen, hätte sie sich, da war sie sich sicher, bestimmt an ihn erinnert. Dies war kein Mann, den man leicht vergaß.

»Guten Abend.« Der Fremde grinste und nickte zum Gruß. »Euer Hoheit.«

Wer war er?

Alexej kniff seine Augen zusammen, aber sein Lächeln wurde breiter. »Was machst du hier?«

»Ich dachte, es sei höchste Zeit, nach London zu kommen, vor allem, als ich erfahren habe, dass du hier bist. Deine Schwester lässt dich grüßen, obwohl sie mir aufgetragen hat, dir auszurichten, dass sie ganz und gar nicht darüber erfreut ist, von deiner bevorstehenden Hochzeit auf Umwegen erfahren zu müssen, die allerdings, soweit ich weiß, dank ihrer Schwiegermutter erstaunlich gut funktionieren.« Er beugte sich vertraulich zu Pamela. »Eine ausgesprochen lästige Person, kann ich Euch sagen.«

Sein Lachen war ansteckend, und sie erwiderte es. Wer immer er war, sie mochte ihn.

»Ich schrieb Tatjana sofort nach meiner Ankunft in London, aber ich habe ihr noch nichts hierüber berichtet.« Alexej verzog das Gesicht. »Ist sie sehr verstimmt?«

»Wütend«, berichtigte der Fremde mit einem Kichern. »Sie wäre selbst nach London gekommen, aber sie hat den Umfang eines Cottage. Ich habe noch nie eine so ausladende Frau gesehen. Wenn sie nicht bald niederkommt, wird sie sicher explodieren, und ich muss zugeben, dass ich das nicht miterleben möchte.«

Clarissa staunte, als sei er eine Kreatur vom anderen Stern. Roman schmunzelte, und Pamela versuchte, nicht zu lachen.

Selbst Alexej wirkte belustigt. »Ich dachte, du bist in Paris?«

»Ach ja, Paris. Eine unterhaltsame Stadt, aber nach einer Weile langweilt man sich zusehends inmitten all der Vergnügungen. Also dachte ich, ich komme nach England. Es ist viel zu lange her, dass ich Tatjana und dich gesehen habe.« Er wandte sich Pamela zu, nahm ihre Hand und führte sie an die Lippen. »Ihr müsst die unvergleichliche Miss Effington sein.«

Sie hob eine Augenbraue. »Unvergleichlich?«

»Ohne Zweifel. Nur einer Frau von außergewöhnlichem Zauber konnte es gelingen, Seine Hoheit in die Ehe zu locken.« Seine Lippen strichen über ihren Handrücken, sein Blick hielt ihren fest. Seine dunklen Augen funkelten belustigt oder bewundernd oder beides zusammen und wirkten überraschend vertraut. Pamela hätte schwören können, dass sie schon früher in diese Augen gesehen hatte. »Es sei denn, ich hätte sie vor ihm getroffen.«

»Miss Effington, erlauben Sie mir, Euch« – Alexej lächelte ironisch – »Seine Königliche Hoheit Prinz Nikolai Pruzinsky vorzustellen.«

Prinz Nikolai grinste auf eine gewisse verruchte Weise. »Ich bin der Bruder, der Euch zweifelsohne nur in den leuchtendsten Farben geschildert wurde.«

»Oh ja, nur in den leuchtendsten.« Pamela lachte. Dieser Prinz kam eindeutig nach seinem Bruder, wenn es um Überheblichkeit ging. Obwohl er etwas Schelmisches, Unbeschwertes an sich hatte, war er fast so unwiderstehlich wie vor sechs Jahren sein Bruder.

Nikolai wandte sich wieder Alexej zu, und die Brüder umarmten sich. Es war deutlich zu sehen, dass sie sich sehr gernhatten. Pamela fragte sich, ob sich die beiden überhaupt schon einmal getroffen hatten, seit Alexej im Exil weilte. Sie lösten sich voneinander und betrachteten sich gegenseitig wie Menschen, die sich lange nicht gesehen hatten. Prüfend und nachdenklich. Und Pamela vermutete, dass jeder am anderen viel mehr sah, als dieser sich wünschte.

»Es tut gut, dich zu sehen, kleiner Bruder.« Ehrliche Zuneigung schwang in Alexejs Stimme.

Nikolai senkte seine Stimme und beugte sich näher zu seinem Bruder. »Wie geht es dir, Alexej? Tatiana sorgt sich um dich, und ich ebenfalls.«

»Es gibt keinen Anlass zur Beunruhigung. Ich gewöhne mich an das Leben, das ich jetzt lebe. Es ist« – Alexej zuckte die Achseln, sein Lächeln verschwand – »erträglich.«

Nikolais Blick glitt zu Pamela und zurück zu seinem Bruder. »Das sehe ich.« Er entdeckte Graf Stefanowitsch, und sein Lächeln verstärkte sich. »Roman!«

»Euer Hoheit.« Roman verbeugte sich, und die beiden

Männer gaben sich die Hand. »Es ist schön, dass Ihr so gut ausseht.«

»Es scheint, als bekomme Euch London gut.« Nikolai sah nun Clarissa an. »Lasst mich raten, warum?«

Roman stellte Clarissa vor, und Nikolai küsste ihre Hand. Dieser Mann besaß vollendete Manieren, fast genauso wie sein Bruder. Er weilte eine Sekunde länger über Clarissas Hand als nötig, was äußerst wirkungsvoll war. Vielleicht hatte er noch mehr Übung als Alexej. Amanda musste sich sehr in Acht nehmen vor diesem Mann. Oder aber er musste sich sehr in Acht nehmen vor diesem Mädchen.

»Und ist Dimitri auch hier?« Nikolai sah sich suchend im Ballsaal um. Ich kann mir nicht denken, dass er eine Veranstaltung verpasst, auf der es viele reizende Damen gibt und nur Engländer, um diese zu würdigen.«

»Er ist mit uns in London, aber heute Abend ist er anderweitig beschäftigt«, erklärte Roman.

Nikolai schmunzelte. »Das kann ich mir denken.«

Alexej und Roman wechselten Blicke.

»Es ist nicht ganz das, was du dir denkst«, bemerkte Alexej. »Unser Leben hat sich seltsamer entwickelt, als du dir vorstellen kannst. Der Grund für Dimitris heutige Abwesenheit ist eine der eher grotesken Seiten dieses Lebens.«

»Du wirst mir alles erzählen müssen. Wir haben wirklich viel zu bereden.« Nikolai klang unbeschwert, aber ein gespanntes Leuchten funkelte in seinen Augen.

Eine eigenartige Furcht überkam Pamela.

Alexej sah seinen Bruder prüfend an, sein Blick war plötzlich ernst, der Ton seiner Stimme entsprach dem des jüngeren Mannes. »Später am Abend also?«

»Nicht heute Abend, Bruder.« Nikolai schüttelte den Kopf. »Ich hatte eigentlich nicht geplant, hier lange zu bleiben. Für heute Abend habe ich nämlich eine andere Verabredung.«

»Verabredung?«

Über Nikolais Gesicht zuckte ein flüchtiges Schmunzeln. Alexej lachte.

»Aber bevor ich mich entferne, noch auf ein Wort?« Nikolais Blick begegnete dem seines Bruders.

Alexej nickte. »Selbstverständlich.«

»Die Terrasse kann ein ausgesprochen verschwiegener Ort sein«, schlug Pamela heiter vor.

Alexej warf ihr einen verärgerten Blick zu.

»Hervorragend.« Nikolai nickte. »Ich empfand Terrassen schon immer als höchst geeignet für ein vertrauliches Gespräch oder alles, was einer gewissen Intimsphäre bedarf.«

»Der Park ist besser«, entgegnete Alexej leise.

»Roman«, sagte Nikolai, »würdet Ihr bitte so gut sein, uns zu begleiten?«

»Sicher, Euer Hoheit. Wenn die verehrten Damen uns entschuldigen.« Roman lächelte Clarissa an, nickte Pamela zu und entfernte sich mit Nikolai und Alexej.

»Alexej«, sagte Pamela spontan und streckte dabei ihre Hand aus, um seinen Arm zu berühren.

»Ja?« Er blieb stehen und hob eine Augenbraue.

»Seid vorsichtig.«

Er lächelte, es war das erste ehrliche Lächeln, das er ihr schenkte, seit sie vom Park hereingekommen waren. »Ich gehe nur auf die Terrasse, Pamela, obwohl ich zu sagen wage, dass Terrassen voller Gefahren sein können.«

»Es ist albern, ich weiß, aber« – ihr Blick erwiderte seinen – »es ist nichts weiter als ein äußerst befremdliches Gefühl, das … ich weiß nicht.« Sie ließ ihre Hand sinken. »Ich sagte ja, es ist albern.«

Er zögerte, dann nahm er ihre Hand und führte sie an seine Lippen. »Nichtsdestotrotz ist Besorgnis immer zu würdigen.«

Alexej nickte, dann folgte er den anderen. Pamela beobachtete, wie sie sich einen Weg durch das Gedränge zur Terrasse bahnten. Die schrecklich nagende Ahnung von bevorstehendem Verhängnis schlug ihr auf den Magen.

»Er ist ein gefährlicher Mann, Clarissa.« Pamela senkte ihre Stimme und trat näher zu ihrer Cousine. Sie standen immerhin inmitten einer beträchtlichen Menschenmenge, und sie wollte nicht belauscht werden.

»Prinz Nikolai?« Clarissa schüttelte den Kopf. »Gefährlich charmant, würde ich sagen. Dieser Mann sieht dich an, als wärst du eine Süßigkeit, die zu genießen er nicht erwarten kann.« Sie machte eine Pause. »Es ist äußerst verlockend.«

»Das meinte ich nicht, obwohl ich sagen muss, dass du recht hast.« Pamela legte ihre Stirn in Falten. »Er hat etwas an sich. Ich weiß nicht, was es genau ist; ich habe nur das eigentümliche Gefühl, dass seine Anwesenheit hier nichts Gutes bedeutet.«

»Pamela.« Clarissa holte tief Luft. »Hat dir Seine Hoheit, das heißt Prinz Alexej, etwas über die letzten Tage in Avalonien anvertraut? Nach dem Tod seines Vaters, als Russland das Land annektierte?«

»Nicht wirklich.« Pamela schüttelte den Kopf. »Er hat ein bisschen über den Tod seines Vaters erzählt, aber weiter nichts. Er hat nie über die Abtretung seines Landes gesprochen. Ich nehme an, dass es ihm sehr schwerfällt.«

»Roman sagte mir, dass man Seiner Hoheit angeboten hatte, Avaloniens König zu bleiben, allerdings als rein symbolische Figur –«

»Er hätte das verabscheut.«

»Oder eben das Exil. Roman sagte, er habe sich entschlossen abzudanken, weil er fürchtete, dass eine Revolution drohte, wenn er bliebe. Und sein Volk und sein Land den Preis dafür zahlen müssten.«

»Sie hätten niemals gegen Russland siegen können.«

»Nein. Es war tatsächlich die einzig mögliche Entscheidung, der einzige Weg, Avalonien und sein Volk zu retten, aber Roman behauptet …«

»Ja?« Pamela hielt den Atem an. – »Selbst jetzt noch lastet sie schwer auf Seiner Hoheit. Er wird von Schuldgefühlen zerrissen, weil er nicht den Kampf gegen die Russen gesucht hatte.«

»Er hatte keine andere Wahl.« Pamela erstarrte. »Es wäre eine Metzelei geworden. Russland besiegte Napoleon. Avalonien hätte nichts weiter als ein kleines Ärgernis bedeutet.«

Das Grauen darüber, was hätte geschehen können, raubte ihr den Atem. Alexej, Stefanowitsch, Petrow und unzählige Avalonier, darunter ganz sicher auch Frauen und Kinder, wären getötet, das Land selbst wäre zerstört worden. Russland war bekannt für seine Unduldsamkeit gegenüber Rebellionen jeglicher Art. Die Einsicht in die fürchterliche Entscheidung, die Alexej hatte treffen müssen, zerriss ihr das Herz.

»*Die Liebe kann dich dazu bringen, das Richtige für das zu tun, was einen Platz in deinem Herzen hat. Aber der Preis ist hoch, und bezahlen musst du mit deiner Seele.*«

»Er hat nie darüber gesprochen, aber warum sollte er auch?« Pamela schüttelte den Kopf. »Schließlich ist unsere Verlobung nichts anderes als ein Schauspiel. Er beabsichtigt nicht wirklich, sein Leben mit mir zu verbringen.«

»Vielleicht«, erwiderte Clarissa langsam, »sind die Schuldgefühle, die er verspürt, der Grund, warum er nicht heiraten will.«

»Und vielleicht braucht er mich mehr, als ihm bewusst ist.« Sie hob eine Augenbraue. »Ist das eine Vermutung von dir, oder hast du entdeckt –«

»Nein«, entgegnete Clarissa bestimmt, dann lächelte sie. »Noch nicht.« Sie räusperte sich. »Pamela, du solltest auch wissen, dass Nikolai die Entscheidung seines Bruders nicht guthieß.«

»Er ist jung und vermutlich leichtsinnig und –«

»Alexej war gezwungen, ihn wegzuschicken, weil er befürchten musste, dass er ein Heer sammeln und gegen Russland führen könnte.«

»Alexej hatte recht.« Die eisige Hand der Angst legte sich um Pamelas Herz. »Es wäre umsonst gewesen. Nichts weniger als Wahnsinn.«

Oder *Selbstmord*. Das Wort setzte sich in ihrem Kopf fest.

»Das wäre es allerdings gewesen«, bestätigte Clarissa. »Aber es ist vorbei und erledigt. Nikolai mag noch immer den Handlungen Alexejs ablehnend gegenüberstehen, aber was könnte jetzt noch unternommen werden? Wahrscheinlich gibt es überhaupt nichts, das einen in Sorge versetzen muss. Außerdem kann man ganz bestimmt davon ausgehen, dass Nikolai gekommen ist, um sich ohne Hintergedanken seinem Bruder anzuschließen und die Familie wieder zu vereinen.«

»Du hast natürlich recht.« Pamela zwang sich zu einem Lächeln. »Die einzige Gefahr, die von Nikolai ausgeht, betrifft jene Damen, die dumm genug sind, der Einladung seiner Augen nachzugeben.«

»Oder der erheblichen Breite seiner Schultern«, fügte Clarissa mit einem amüsierten Lächeln hinzu.

Pamela lachte. »Der vollendeten Eleganz seiner Worte.«

Clarissa schloss sich ihr an, lenkte dann aber geschmeidig das Gespräch auf die offenkundige Kokettiererei oder vielleicht auch Verführung, die auf der anderen Seite des Saals zwischen einer berüchtigten, seit langem verheirateten Gräfin und einem ebenso lange verheirateten und ganz und gar nicht vertrauenswürdigen Lord vor sich ging. Es war nur eine von vielen interessanten Szenen, die rundum im Saal zu beobachten waren und ganz sicher auch auf der Terrasse.

Pamela sah ein, dass sie absurde Schlüsse zog, die auf nichts weiter beruhten als einer seltsamen Ahnung von bevorstehendem Verhängnis. Ja, sie hatte noch nicht einmal eine Basis für diese Ahnung. Es war der Gipfel an Unsinn zu glauben, dass Nikolais Erscheinen etwas anderes als harmlos war. Dennoch konnte sich Pamela des Gefühls nicht erwehren, dass etwas absolut nicht stimmte.

»Darf ich fragen, was Ihr denkt?«, sagte Roman. Alexej lehnte seine Ellbogen auf die steinerne Balustrade, verschränkte seine Hände und starrte in die Nacht hinaus. »Es war schön, meinen Bruder wiederzusehen. Es hat viel zu lange gedauert.«

Nikolai hatte sich vor wenigen Minuten verabschiedet. Ihr Gespräch war kurz gewesen. Ein Vorspiel, sonst nichts.

»Er sieht gut aus.« Roman hielt inne. »Aber das war es nicht, was ich meinte.«

»Ich weiß.« Alexej schüttelte langsam den Kopf. »Es war auch nicht das, was ich meinte.«

»Euer Hoheit können gewiss nicht –«

»Ich weiß nicht«, sagte er schneidend, dann atmete er auf. »Es tut mir leid, alter Freund, ich sollte meine Enttäuschung nicht an Euch auslassen.«

»Es bedarf keiner Entschuldigungen, Euer Hoheit.« Roman schwieg einen Augenblick. Seine Worte kamen bedächtig. »So weit waren wir schon einmal.«

»Ich sagte Nikolai, ich werde ihn bis zum Ende anhören, und das habe ich auch vor. Danach.« Danach ... was? »Ich habe keine Ahnung, was er zu sagen hat.«

»Natürlich nicht, Euer Hoheit.«

»Ihr könntet es so sagen, als ob Ihr es wirklich geglaubt habt, Roman.«

»Ich könnte«, antwortete Roman langsam. »Obwohl es eine Lüge wäre.«

»Wir werden morgen sehen.«

Roman antwortete nicht, aber sein Schweigen sagte alles.

»Was denkt *Ihr* denn, Roman?«

»Ich glaube nicht, dass Ihr es gerne hören würdet.«

Alexej lachte zynisch. »Das kann ich mir denken.«

»Sehr gut.« Roman machte erneut eine Pause, scheinbar um seine Worte sorgfältig abzuwägen. Nicht, dass es eine Rolle gespielt hätte. Alexej wusste ganz genau, was sein

Ratgeber, sein Freund sagen würde. »Ich denke, Euer Hoheit, es ist äußerst ungerecht.«

»Ungerecht?« Alexej schaute den anderen Mann überrascht an. »Was haltet Ihr für ungerecht?«

Roman atmete tief durch. »Es scheint mir nicht gerecht, dass einem Mann innerhalb seines Lebens zweimal das Herz aus dem Leib gerissen werden soll.«

Alexej schwieg.

»Euer Hoheit?«

»Einst sagte einmal jemand zu mir«, begann Alexej langsam, »dass vieles im Leben ungerecht ist. Dass wir nicht immer haben können, was wir uns wünschen. Ich habe es damals nicht weiter beachtet. Es hatte für mich keine Bedeutung, da ich immer alles bekommen habe, was ich mir wünschte. Ich habe mir nie vorgestellt, dass das Leben anders sein könnte, nicht wirklich.« Er zuckte die Achseln. »Aber es ist anders, und ist es ungerecht? Vielleicht. Dennoch, das ist der Lauf der Dinge in der Welt, in der wir leben.«

»Ein ziemlicher Jammer, finde ich.«

»So ist das Leben. Es zwingt dich, die Entscheidungen zu treffen, die du treffen musst, ob du es willst oder nicht.« Alexej suchte nach den richtigen Worten. »Du triffst die Entscheidungen, vor die du in deinem Leben gestellt wirst, zum Wohl aller Betroffenen. Für deren Leben, deren Glück oder deren Überleben, aber immer zu deren Wohl, ob sie es zu schätzen wissen oder nicht. Sie mögen dich dafür hassen. Trotzdem ist es deine Verantwortung, und diese wiegt schwer.«

Roman nickte. »Die Verantwortung des Regierens.«

»Überhaupt nicht, alter Freund.« Alexej atmete langsam ein und aus. »Die Verantwortung der Liebe.«

Es schien eine sehr lange Nacht zu werden. Nein, es war bereits eine sehr lange Nacht.

Pamela lag in ihrem Bett und starrte blicklos zur Decke, die sich irgendwo in der Dunkelheit über ihr befand.

Der Rest des Balls war äußerst beunruhigend gewesen. Als Alexej von der Unterredung mit seinem Bruder zurückgekehrt war, war er, wie auch Roman, in Gedanken versunken und reserviert, er sagte kaum etwas von Belang. Alexej war höflich, wie konnte es anders sein, und in hohem Maße korrekt, aber sie hatte den entschiedenen Eindruck, dass seine Gedanken weit weg weilten, in einem geliebten Land und in einer Zeit, die nicht so lange zurücklag.

Alexejs Verhalten machte ihr nicht allein Sorgen. George hatte sich zu oft in ihrem Blickfeld aufgehalten, um sie beruhigt sein zu lassen. Manchmal war der Mann nur ein paar Schritte entfernt. Und jedes Mal, wenn sie ihn angesehen hatte, hatte er sie mit einem forschenden Ausdruck in den Augen angestarrt. Es verwirrte sie und hätte beunruhigend sein können, wäre George nicht der Esel, der er eben war. Trotzdem musste sie ihn meiden.

Sie drehte sich auf die Seite und bettete ihren Kopf auf den Arm. Selbst die Nachhausefahrt war schweigend verlaufen, voll von unausgesprochenen Sorgen und von Unbehagen. Pamela fragte sich, ob ein lautes Wort Kreise in der Luft gezogen hätte, so wie ein Stein, der ins Wasser geworfen wurde. Alexej hatte sich sofort nach ihrer Rückkehr zurückgezogen, Pamela hatte sich unmittelbar darauf in ihre Gemächer begeben und Clarissa und Stefanowitsch zurückgelassen, damit sie sich vertraulich eine ›Gute Nacht‹ wünschen konnten.

Was war auf der Terrasse bei dem Gespräch mit Nikolai geschehen? Was hatte er zu seinem Bruder gesagt? Sie war sich sicher, dass es wichtig war. Allein schon sein Schweigen zeigte ihr, dass Alexej etwas im Kopf umging, möglicherweise auch auf seinem Herzen lastete. Und es jagte ihr Angst und Schrecken ein.

Clarissa konnte es vielleicht wissen. Pamela setzte sich

auf. Roman hatte ihr immer vertraut. Ja, er hatte ihr sehr viel mehr erzählt, als Alexej je Pamela gegenüber enthüllt hatte. Allerdings hatte Stefanowitsch Clarissa vielleicht auch seine Gefühle bekannt, zumindest verbarg er sie nicht so sorgfältig wie Alexej die seinen. Pamela weigerte sich, auch nur in Betracht zu ziehen, dass Alexej für sie gar nichts empfinden mochte. Sie sah es an seinen Augen und wusste es auch im tiefsten Inneren ihrer Seele.

Sie schlug die Decken zurück, schlüpfte aus dem Bett und griff nach ihrem Hausmantel. Sie hatte ihn erst zur Hälfte übergeworfen, als sie schon die Tür erreichte und in die Halle ging. Obwohl es unwahrscheinlich war, dass jemand zu dieser späten oder vielmehr dieser frühen Stunde in der Nähe war, war es besser, vorsichtig zu sein.

Pamela schlich leise die dunkle Halle hinunter bis zu Clarissas Schlafgemach, klopfte leicht und wartete. Ihre Cousine hatte noch nie einen tiefen Schlaf gehabt. Kurz darauf versuchte sie es nochmals mit einem etwas lauteren Klopfen. Sie würde Clarissa ein oder zwei Augenblicke Zeit geben.

»Wer ist da?«, eine unterdrückte Stimme war von der anderen Seite der Tür zu vernehmen.

»Ich bin's«, antwortete Pamela so leise wie möglich. Wer war es wirklich? »Pamela.«

Clarissa schwieg. »Was willst du?«

»Ich muss mit dir sprechen. Öffne bitte die Tür.«

»Warum?«

»Es ist wichtig.«

Erneut gab es eine Pause. »In Ordnung.«

Die Tür öffnete sich gerade weit genug, damit Clarissa auf den Flur schlüpfen konnte. Sie hielt ihren Umhang mit einer Hand zusammen und zog mit der anderen die Tür hinter sich zu. »Was ist los?«

»Hat dir der Graf erzählt, was Nikolai heute wollte?«

»Nein«, seufzte Clarissa. »War das alles?«

»Nein, natürlich ist da noch mehr, aber es scheint mir im Augenblick die wichtigste Frage zu sein. Habe ich dich aufgeweckt?«

»Nein. Oder vielmehr doch«, erwiderte Clarissa.

»Es tut mir leid, aber ich kann einfach nicht einschlafen. In meinem Kopf wimmelt es von viel zu vielen Fragen und Sorgen. Darf ich ein bisschen zu dir hineinkommen?«

»Nein«, entgegnete Clarissa mit fester Stimme.

Pamela legte die Stirn in Falten. »Warum nicht?«

»Weil du es nicht kannst. Weil es ... es ist sehr spät. Genau, das ist es. Es ist sehr spät, und ich bin sehr müde.«

»Mach dich nicht lächerlich. Wir haben uns bei unzähligen Gelegenheiten mitten in der Nacht miteinander unterhalten. Das ist diesmal doch nichts anderes.«

»Bedauerlicherweise habe ich –«

Plötzlich dämmerte ihr die Erkenntnis. Pamela sog den Atem scharf ein. »Guter Gott, du bist nicht allein, oder?«

Clarissa stieß einen Seufzer der Ergebung aus. »Nein, ich bin es nicht.«

Pamela starrte sie an und wünschte sich, Clarissas Gesichtsausdruck besser erkennen zu können. Sie wusste, dass sich ihre Cousine und der Graf auf diesem Weg befanden, und Clarissa hatte ihrer Meinung nach viel zu lang ohne Mann im Bett gelebt, trotzdem war es irgendwie schockierend, dass ihre durch und durch tugendhafte Cousine sich schließlich doch der Versuchung hingegeben hatte. Schockierend und sehr erfreulich.

Pamela schmunzelte. »Dann sollte ich wohl gehen.«

»Ja, das solltest du.«

»Hör mal, während du ihn in dieser ... Lage –«

»Pamela!«

»Es ist die ideale Gelegenheit, um ihn wegen Venedig und Alexejs Meinung zum Thema Ehe zu befragen.«

Clarissa wurde ärgerlich. »Ich glaube kaum.«

»Trotzdem –«

»Trotzdem werde ich tun, was ich tun kann, aber nicht ausgerechnet jetzt. Nun« – Clarissa öffnete wiederum die Tür gerade so weit, dass sie durchschlüpfen konnte – »gehe ich wieder in mein Bett, und ich schlage vor, dass du das Gleiche machst.« Sie war im Begriff die Tür zu schließen.

»Clarissa?«

Clarissa seufzte. »Was ist nun schon wieder?«

»War es sehr schön?«

»Ja!«, zischte Clarissa. »Nun verschwinde.« Die Tür schnappte hinter ihr ins Schloss.

Ein Schmunzeln breitete sich langsam über Pamelas Gesicht aus. Clarissa verdiente es weiß Gott, ihr Glück zu finden, und Pamela zweifelte nicht daran, dass sie es mit dem Grafen fand. Sie würde ganz und gar nicht überrascht sein, wenn sie ihre Absicht zu heiraten schon am Morgen oder wenigstens sehr bald bekannt geben würden.

Allerdings konnte es gut sein, dass ihr aller Glück von Nikolai abhing. Pamelas Lächeln verschwand. Ihre Spekulationen waren wahrscheinlich Unsinn. Sie wusste ja nichts über Alexejs Bruder, außer dem wenigen, was Graf Stefanowitsch Clarissa erzählt hatte. Es konnte durchaus sein, dass er sich im Lauf der Zeit ebenfalls mit dem Verlust Avaloniens abgefunden hatte. Alexejs ernstes Benehmen nach der Zusammenkunft mochte vielleicht gar nichts mit irgendetwas in ferner Zukunft liegendem Gefährlichen zu tun haben. Vielleicht gab es ja ein Problem mit ihrer Schwester oder einem anderen Mitglied der Familie.

Aber Pamela hatte noch nie zuvor eine solche Vorahnung gehabt, und sie konnte sie nicht einfach übergehen. Es gab allerdings eine Person, die ihr eine Antwort auf die Frage nach Nikolais Absichten geben konnte.

Sie atmete tief durch und machte sich auf den Weg durch die Halle zum anderen Flügel des Hauses. Sie kam zu der Tür, die sie für die richtige hielt, und bemerkte unter der Tür durch einen schwachen Lichtschimmer. Gut. Wenigstens würde sie nicht noch jemanden stören. Sie klopfte leise, wartete einige Zeit und klopfte erneut.

Plötzlich wurde die Tür geöffnet. Valentina stand unter der Tür, nur in eine Decke gehüllt. Selbst in dem schwachen Schein der Kerze oder der Öllampe, was immer es war, das in diesem Raum brannte, sah sie ausgesprochen verärgert und tatsächlich sehr bedrohlich aus.

»Was wollt Ihr?«, fuhr die Prinzessin sie an.

Pamela machte einen Schritt zurück. »Darf ich Euch kurz sprechen?«

»Dürft Ihr was? Jetzt?« Valentinas Augen verengten sich zu einem Schlitz. »Warum?«

»Weil Ihr die Einzige seid, die mir vielleicht die Auskunft geben kann, die ich brauche.«

»Ach wirklich?« Valentina lehnte sich an den Türrahmen und sah sie neugierig an. »Mitten in der Nacht?«

Pamela zuckte die Achseln. »Ich konnte nicht schlafen.«

Valentina lächelte boshaft. »Ich scheine heute Nacht selbst nicht viel Schlaf zu bekommen.«

»Es muss heute Nacht etwas in der Luft liegen. Ich …«

Valentina kicherte.

Pamela fuhr zusammen. »Ihr seid nicht allein, oder?«

»Nein.«

Pamela starrte sie an. »Es ist doch nicht … gewiss ist es nicht … es kann unmöglich … Ist es Kapitän Petrow?«

Valentina warf einen Blick über die Schulter. »Doch, er ist es.«

»Ich dachte, Ihr hasst ihn?«

»Oh ja, das tue ich.«

»Und ich dachte, er kann Euch ebenfalls nicht leiden.«

»Er verabscheut mich.«

»Dann verstehe ich nicht.«

»Meine liebe Pamela, das ist es, was alles so aufregend macht. Ich verabscheue ihn, und er kann mich nicht ausstehen. Die Leidenschaft unserer gegenseitigen Abneigung ist genau das, was die Beziehung zwischen uns so unglaublich herrlich macht.« Sie seufzte voller Zufriedenheit. »Es könnte sein, dass ich ihn behalte.«

»Ich verstehe«, sagte Pamela zögernd.

Valentina lachte. »Ihr versteht nichts.«

»Vielleicht nicht.« Sie lächelte widerwillig.

»Wollt Ihr also etwas, oder sind Mitten-in-der-Nacht-Besuche eine Art heimlicher englischer Brauch?« Valentina unterdrückte ein Gähnen. »Wenn dem so ist, finde ich das nicht im Geringsten reizvoll.«

»Prinz Nikolai ist hier.«

»Hier? In diesem Haus?«

»Nein, er war auf dem Ball.« Pamela hielt inne. »Er sprach mit Alexej und dem Grafen. Ich vermute, dass sie morgen eine weitere Zusammenkunft haben.«

»Ich verstehe«, entgegnete Valentina bedächtig. Aus dem Hintergrund drang eine gemurmelte Frage. »Seid still, Petrow.«

Die Antwort kam leise und brummig, und Pamela war dankbar, dass sie sie nicht verstehen konnte.

Valentina lachte. »Das hört sich nach einem Scherz an.«

Pamela ignorierte die schamlosen Gedanken, die ihr über Petrows nicht verstandenen Kommentar und das, was das Lachen der Prinzessin zu bedeuten hatte, in den Kopf kamen.

»Über Nikolai?«, fragte Pamela umgehend.

»Ja, ja.« Valentina dachte einen Augenblick nach. »Ganz sicher wollte er nur seinen Bruder sehen.« Sie zuckte die Achseln und wollte die Tür schließen.

»Euer Hoheit«, sagte Pamela schnell. »Alexej und der Graf waren beide nachdenklich und in sich gekehrt, nachdem sie mit Nikolai gesprochen hatten, und, um es offen zu sagen, ihr Verhalten macht mir Sorgen.«

»Pamela, es könnte gut sein, dass Ihr Probleme seht, wo es keine gibt. Ich wette –«

»Euer Hoheit, bitte.«

»In Wahrheit weiß ich nicht, was ich dazu sagen soll. Ich würde vermuten, dass Nikolai im Gegensatz zu Alexej, und inzwischen auch zu mir, die Veränderungen in unserer Welt nicht hinnehmen kann. Ich kann seine Gefühle verstehen.« Sie schwieg eine Weile, dann atmete sie resigniert aus. »Ich bin während der letzten Monate zu einem unumstößlichen Schluss gekommen, und wenn Ihr auch nur ein Wort davon ausplaudert, werde ich mit großer Begeisterung Eure Kehle durchschneiden. Oder sie durchschneiden lassen, das macht kaum einen Unterschied.«

»Ihr braucht mir nicht zu drohen. Ich finde Euch, müsst Ihr wissen, kein bisschen beängstigend.«

»Nicht wenigstens ein kleines bisschen?«

»Nein«, erwiderte Pamela standhaft, obwohl die Prinzessin in Wirklichkeit mehr als nur ein bisschen einschüchternd war.

»Ich habe mich stärker verändert, als ich gedacht habe.«

»Ich werde Euer Geheimnis für mich behalten. Ich gebe Euch mein Wort.«

»Wirklich? Also gut.« Valentina machte eine Pause. »Alexej hatte recht.«

»Womit?«

»Mit seiner Entscheidung, nicht gegen die Russen zu kämpfen.« Die Prinzessin seufzte. »Das habe ich damals nicht erkannt, aber in mancher Hinsicht habe ich meine Leidenschaften immer über meinen Verstand bestimmen lassen.«

Pamela schnaubte.

Valentina überging es. »Alexej hatte wahrlich keine andere Wahl und besaß zum Glück für Avalonien die Klugheit, das einzusehen. Noch einmal: Wenn Ihr es wagt, etwas zu verraten –«

»Ich werde kein Wort sagen. Was ist mit Nikolai?«

»Nikolai ist jung, und wir sind alle ziemlich unvernünftig, wenn wir jung sind.«

»Das können wir weiß Gott sein«, sagte Pamela mehr zu sich selbst.

»Ich habe keine Ahnung, was Nikolai vorhat. Wir werden bis morgen warten müssen. Oder genauer bis später am Tag. Also, wenn es sonst nichts weiter gibt?«

»Nein.« Pamela schüttelte den Kopf. »Nichts.«

Valentina sah sie einen Augenblick lang prüfend an. »Es tut mir leid, dass ich Euch keine größere Hilfe sein konnte. Ihr müsst wissen, dass meine Cousins und ich immer so etwas wie natürliche Feinde waren. Aus diesem Grund kenne ich sie nicht so gut, wie andere Leute vielleicht ihre Familienmitglieder kennen. Sie trauen mir noch immer nicht und werden es mit großer Wahrscheinlichkeit auch nie tun. Das ist die Last, die ich zu tragen habe, und ich muss zugeben, dass ich es wirklich verdient habe. So sehr es mich schmerzt, es zu bekennen, ich glaube inzwischen wirklich, dass Alexej den vernünftigsten Weg für sein Volk gewählt hat und dass er fortfahren wird, das Beste für es zu tun. Ich glaube darüber hinaus, Gott stehe mir bei« – sie stieß einen von Herzen kommenden Seufzer aus – »er wäre ein weiser, guter und möglicherweise sogar ein großer König geworden.«

Pamela erstarrte.

»Ich weiß, es ist alles sehr schockierend«, sagte Valentina mit gezwungenem Lächeln. »Ich kann es schwerlich selbst begreifen.«

Pamela nickte. »Guten Abend, Euer Hoheit, und danke.«

»Ja, ja.« Valentina schnitt eine Grimasse, trat einen Schritt zurück und schloss die Tür.

Pamela starrte auf die geschlossene Tür. Sie hatte ganz sicher nichts davon begriffen. Nicht etwa das, dass Petrow in Valentinas Bett lag, auch wenn sich Pamela das nie hätte träumen lassen, doch Valentinas Bemerkungen über Alexej. Die Prinzessin hatte sich in der Tat verändert, wenn sie glaubte, dass ihr Cousin ein großer König geworden wäre.

Pamela ging zu ihrem Schlafgemach zurück, obwohl sie nicht glaubte, dass sie jetzt einschlafen konnte. Sie spielte mit dem Gedanken, an Tante Millicents Tür zu klopfen, aber sie hatte Bedenken vor dem, was sie dort vorfinden könnte. Außerdem würde Tante Millicent Pamelas Ängste zu beschwichtigen suchen, doch sie kannte die Situation nicht und konnte ihr keinerlei Informationen liefern.

Sie konnte nichts weiter unternehmen. Sie musste bis morgen warten. Oder bis später am Tag. Oder ... Sie könnte direkt zu Alexej gehen. Sie würde niemals in den Schlaf finden, bis sie die Antwort kannte. Doch zugegeben, sich zu dieser späten Stunde an Alexejs Tür einzufinden, mit nichts weiter an als ihrem Nachtgewand, war eindeutig riskant.

War es ein Risiko, das sie bereit war zu tragen? Sie hatte nicht unbedingt die Absicht, diese Nacht in seinem Bett zu beenden, aber sie hatte auch nicht unbedingt etwas dagegen. Das Herz hämmerte in ihrer Brust. Sie machte auf dem Absatz kehrt und machte sich auf den Weg zum anderen Ende der Zimmerflucht. Seine Gemächer waren ganz am Ende dieses Flügels, so weit von ihren entfernt wie nur irgend möglich.

Sie hatte zwei sehr flüchtige, unbefriedigende intime Zusammenkünfte mit George erlebt. Und eine Nacht voller Glückseligkeit und Magie mit Alexej. Sollte es für sie beide nicht zu einem guten Ausgang kommen oder Nikolais Anwesenheit wirklich ins Verderben führen, dann war es durchaus möglich, dass sie keine zweite Chance erhalten würde, mit ihm zusammen zu sein. Es war ihr inzwischen bewusst, dass Schicklichkeit ihr weniger bedeutete als er. Und sie wusste auch, dass sie niemals heiraten würde, wenn sie nicht ihn heiraten konnte.

Einst war er der Mann, der am Anfang ihres Lebens voller Erfahrungen stehen sollte. Nun war er der Mann, der ihr Herz besaß. Und er würde es für immer besitzen.

14

Wenn ich jemals wieder einen Mann treffe, der mir wie mein verstorbener Ehemann das Gefühl gibt, für ihn die einzige Frau auf dieser Welt zu sein, werde ich jeden Sinn für Schicklichkeit fallen lassen und meinem Herzen folgen, wohin es mich auch führt. Ob es richtig ist oder falsch.

Lady Clarissa Overton

»Was ist los?« Alexej riss die Tür auf und erstarrte. »Was macht Ihr hier?«

Pamela stand in der Tür, beschienen vom Licht, das aus seinem Zimmer drang. Sie war schockierenderweise nur in einen dünnen Hausmantel gekleidet, ihr Haar war zerzaust, ihre Augen waren dunkel und umschattet.

»Ich konnte nicht schlafen und sah das Licht unter Eurer Tür.«

»Schon gut.« Er fuhr sich mit den Fingern durch das Haar und war sich deutlich bewusst, dass er nichts weiter als ein Nachtgewand und seidene Hosen anhatte. »Das scheint auch mein Problem zu sein.«

»Darf ich hineinkommen?«

»Ich glaube nicht, dass das vernünftig ist.«

»Vielleicht nicht.« Sie zuckte die Achseln. »Doch ich warne Euch, wenn Ihr vorhabt, mich im Gang stehen zu lassen, werde ich an Eure Tür hämmern und zweifellos jeden, der vielleicht schläft, aufwecken, und wie –«

»Kommt herein«, fauchte er sie an und ging zur Seite, um ihr den Weg freizumachen. Sie schlüpfte in den Raum, der Duft, der sie umgab, und zwar sie allein, wehte hinter ihr her. Er schloss die Tür hinter ihr und fragte sich, wie schwerwiegend wohl der Fehler war, sie in seine Gemächer und in die Nähe seines Bettes kommen zu lassen. Eben jenes Bett, in dem er von ihr geträumt hatte, wo er sie sich, um wahr zu sein, ausgemalt hatte, seit sie sich zum ersten Mal begegnet waren. Oder sich eigentlich wiedergetroffen hatten.

Sie ging im Raum herum, der nur matt vom Licht einer einzigen Öllampe erhellt war. »Ich sehe schon, Eure Gemächer sind nicht wesentlich besser hergerichtet als meine.«

»Für meine Bedürfnisse reicht es.«

»Immerhin ist es nicht der Luxus, an den Ihr gewöhnt seid.« Sie ließ ihre Hand über den ausgefransten Rand der Fensterdraperie gleiten.

»Man gewöhnt sich an alles, wenn es nötig ist. Außerdem ist die Einrichtung von guter Qualität, wenn auch etwas abgenutzt, und die Kammerzofen sind ordentlich. Um ehrlich zu sein, habe ich es kaum bemerkt.« Er kniff seine Augen zu einem Schlitz zusammen. »Doch sicher seid Ihr nicht hier, um die Brauchbarkeit meiner Unterkunft zu überprüfen?«

»Das würde um diese Stunde ziemlich lächerlich aussehen.« Sie sah sich in dem Raum um, und ihr Blick blieb am Bett hängen. Es war sehr groß, hatte geschnitzte Pfosten und einen Rahmen für Bettvorhänge, die längst verschwunden waren. Es war die Sorte Bett, die deutlich dazu einlud, sich gemeinsamem Vergnügen hinzugeben. Plötzliche Röte überzog ihr Gesicht, und sie sah schnell weg. »Immerhin ist es mein Haus, zumindest in Teilen; deshalb seid Ihr mein Gast.«

Er schnaubte. »Und zahle für dieses Privileg.«

»Ist es denn so schlimm? Hier mit uns zu wohnen?«

»Es ist in der Tat ein« – er lächelte – »Privileg.«

Sie erwiderte sein Lächeln.

»Was wollt Ihr, Pamela?«, sagte er weich.

»Erstens?« Ihr Blick begegnete seinem, ihre dunklen Augen glühten. In seiner Magengrube gab es einen Ruck.

Er atmete tief durch und nickte. »Erstens.«

»Ich möchte wissen, warum Euer Bruder hier ist.« Er schüttelte den Kopf. »Entschuldigt mich, Pamela, aber das geht Euch wirklich nichts an.«

»Nein?« Sie machte es sich in einem Sessel nahe am Kamin bequem und sah ihn prüfend an. »Es scheint mir doch, dass es mich etwas angeht, solange wir diese Maskerade aufführen.«

»Gut argumentiert. Obwohl ich es noch nie sonderlich mochte, wenn mir meine Worte ins Gesicht zurückgeschleudert werden.«

»Es war nicht unbedingt ein Schleudern. Es war eher, oh, ein sanftes Werfen.« Sie schmunzelte. »Aber mit unfehlbarer Genauigkeit.«

»Also gut, ich mag es nicht, wenn mir meine Worte mit unfehlbarer Genauigkeit zurückgeworfen werden, sei es nun sanft oder auf andere Weise.«

»Ich mag es nicht, wenn einer einfachen Frage aus dem Weg gegangen wird«, sagte sie kühl.

»Einer einfachen Frage? Ich hätte gedacht, dass von allen Menschen Ihr allein es versteht, einer Frage aus dem Weg zugehen. Einer Frage wie, lasst mich nachdenken. Was war es denn noch?« Er hielt nachdenklich inne. »Ach ja. Fragen wie: ›Wo haben wir uns schon einmal getroffen?‹, oder gar: ›Haben wir uns schon einmal geküsst?‹«

»Ich dachte, Ihr habt festgestellt, dass Ihr Euch geirrt habt?«

»Das ist eines von den Problemen, das man hat, wenn man seine Fehler zugibt.« Er schüttelte hilflos den Kopf. »Wenn du es einmal eingestanden hast, mag es gut und gern sein, dass du die Türen für weitere Male öffnest.«

»Was?« Sie schüttelte ihren Kopf verwirrt.

»Indem ich eingestanden habe, dass ich mich hinsichtlich einer früheren Begegnung zwischen uns geirrt habe, habe ich die Möglichkeit geschaffen, dass das Eingeständnis meines Irrtums ein Fehler an sich war.«

»Das ist äußerst verwirrend, und Ihr wisst das genau.« Sie legte verärgert die Stirn in Falten. »Ihr versucht schlicht und einfach, das Thema zu wechseln.«

»Ich versuche es nicht.« Er verschränkte seine Hände und lehnte sich gegen den geschnitzten Bettpfosten. »Ich habe es bereits getan.«

Sie kniff die Augen zusammen. »Warum ist Euer Bruder hier?«

»Er ist mein Bruder. Wir haben uns lange nicht gesehen. Wahrlich, zu lange nicht.« Er machte eine Pause. »Ihr habt Eure Brüder viele Jahre nicht gesehen. Zweifellos habt Ihr sie vermisst.«

»Schon, ja –«

»Ich habe sie beide heute Abend kennengelernt. Sie waren liebenswürdig, schienen mir aber ohne großes Vertrauen und mit einem eindeutigen Anflug von Misstrauen zu begegnen.«

Sie wischte seine Bemerkung vom Tisch. »Es sind eben Brüder. Sie vertrauen keinem Mann, der Interesse an meiner Schwester oder mir zeigt.«

»Und doch haben sie mich auch mit deutlicher Erleichterung und vielleicht sogar Dankbarkeit begrüßt«, sagte er nachdenklich. »Ich frage mich, warum?«

Sie schaute ihn einen Augenblick lang staunend an, dann lachte sie. »Sie wären sehr enttäuscht, wenn Ihr und ich nicht heiraten würden. Vermutlich halten sie Euch für die Antwort auf ihre Gebete.«

Er lachte. »Da meine Rolle vorsieht, dass ich der Schuldige an dem unglücklichen Ende unserer Verlobung bin, sollte ich Wert darauf legen, ihnen danach aus dem Weg zu gehen.«

»Es ist eine hervorragende Idee, meine Brüder zu meiden. Aber was Euren Bruder –«

»Ich weiß, um ehrlich zu sein, nicht, warum Nikolai hier ist.« Alexej seufzte kapitulierend und überging die Tatsache, dass er Nikolais Absichten sehr wohl erraten konnte, auch wenn er sie bisher noch nicht laut geäußert hatte. »Und bis ich –«

»Ihr werdet es heute erfahren, nicht wahr?«, drängte sie ihn.

»Wenn es wirklich etwas zu erfahren gibt, doch das muss sich erst erweisen.« Er starrte sie an. »Warum wollt Ihr unbedingt wissen, warum mein Bruder hier ist? Ist es so ungewöhnlich, wenn ein Bruder den anderen besucht?«

»Ganz und gar nicht. Ich habe nur ...« Sie stand auf und ging im Zimmer auf und ab. »Es klingt lächerlich.«

»Das kann ich mir denken.«

Sie ignorierte ihn. »Von dem Augenblick an, in dem ich ihn zum ersten Mal gesehen habe, hatte ich ein, nun ja, ein eigenartiges Gefühl.«

Er hob eine Augenbraue. »Ein Gefühl?«

»Ja. Ihr müsst mich nicht so ansehen.«

»So als wärt Ihr ein bisschen verrückt?«, sagte er belustigt.

»Ja«, fauchte sie zurück, bevor sie tief durchatmete. »Ich versichere Euch, dass ich ganz normal bin.«

»Ich weiß nicht so recht.« Er schüttelte scheinbar gewichtig den Kopf. »Ich habe schon oft gehört, dass Geisteskranke üblicherweise erklären, sie seien normal. Woher weiß ich, dass Ihr –«

»Alexej.«

»Ihr könntet jeden Augenblick anfangen, auf unsichtbare Fliegen einzuschlagen.«

»Alexej!«

»Entschuldigt.« Er grinste. Er liebte es so, wenn sie aufgebracht war. »Fahrt fort.«

»Ich habe das Gefühl, dass etwas passieren wird.« Sie schwieg und sah ihn an. »Etwas Entsetzliches.«

»Nun«, sagte er langsam, »wir sind verlobt. Manch einer könnte sagen, dass bereits etwas Entsetzliches –«

»Ich meine das sehr ernst.« Ehrliche Empörung schwang in ihrer Stimme.

Er verbiss sich ein Lachen.

»Ich wünsche, dass Euch nichts Schreckliches, vielmehr nichts *Verhängnisvolles* zustößt.«

»Das ist sehr nett von Euch, aber wenn mir tatsächlich etwas Verhängnisvolles zustoßen sollte –«

»Tod?«, fuhr sie ihn an, so als würde sie der Gedanke an seinen Tod nicht länger beunruhigen, sondern ihr eher gefallen.

»Das würde unsere Verlobung geschickt beenden, und ich müsste mich nicht auf abscheuliche Art betragen, worauf ich mich, ehrlich gesagt, nicht sonderlich freue. Mein Ableben würde Euch eine nicht enden wollende Welle von Sympathie sichern und ganz bestimmt eine männliche Schulter zum Ausweinen.«

»Seid bitte ernst.« Sie verschränkte ihre Arme über der Brust und sah ihn wütend an.

»Ich bin ernst. Es wäre das perfekte Ende für alles.«

Sie funkelte ihn an.

»Nun gut, ich werde versuchen, das alles ernst zu nehmen.« Er widerstand dem Drang – nein, dem ungeheuren Bedürfnis – zu ihr zu gehen und seine Arme um sie zu legen. »Aber es wird ausgesprochen schwierig werden.«

»Trotzdem.« Sie kam näher, Besorgnis spiegelte sich in ihren Augen. »Ihr werdet keine Dummheit machen, nicht wahr?«

»Eine Dummheit?« Verdammt nochmal, er war drauf und dran, eine gewaltige Dummheit zu begehen. Mit ihr. Hier und jetzt. »Es gibt eine Menge Dinge, die ich gerne machen würde, die man aber als Dummheit betrachten könnte.«

»Also eben nichts Gefährliches.«

Er war sich sicher, dass sie etwas für ihn empfand, auch wenn sie immer noch ein bisschen für den Esel Penwick empfinden sollte. Genau deshalb würde ein jetziges Zusammensein es noch schwieriger machen, sich zu trennen, wenn die Zeit reif war. Für beide von ihnen. »Ich werde alles Gefährliche meiden.«

»Darf ich Euch Glauben schenken?« Ihr Blick suchte seinen.

Andererseits hätten sie etwas, wenn sie jetzt zusammen sein würden, an das sie sich in den vor ihnen liegenden Jahren erinnern konnten. »Ja, natürlich.«

»Würdet Ihr mir Euer Wort darauf geben?«

Und es schien nicht, als hätten sie zuvor niemals das Bett miteinander geteilt.

»Ich gebe Euch, was immer Ihr haben wollt.«

Sie sah zu ihm hoch. »Was immer ich will?«

Er nickte.

Sie legte ihre Hand auf seine Brust, und er versuchte, nicht wegzuspringen. »Alles?«

»Alles.« Er ergriff ihre Hand, zog sie an seine Lippen und küsste ihre Handfläche. »Aber Ihr solltet nun gehen.«

»Ich möchte aber nicht gehen.«

Er wollte auch nicht, dass sie ging. Doch dessen ungeachtet war es zu ihrem eigenen Besten, wenn das, was zwischen ihnen war, sich nicht noch weiter entwickelte. Bis er ihr das Herz brach. Bis sie ihm seines brach.

Er gab ihre Hand frei und trat einen Schritt zurück. »Pamela, wisst Ihr denn nicht, was geschehen wird, wenn Ihr hier bleibt? In meinem Schlafgemach? Zu dieser späten Stunde? Gekleidet in ... in das da?«

»Ich weiß es durchaus.«

»Ich bin kein Heiliger. Vergesst nicht meinen Ruf. Und ich bin nicht an Zurückweisungen gewöhnt.«

»Hervorragend, darin stimmen wir überein. Auch ich mag keine Zurückweisungen.« Sein Blick begegnete ihrem. »Ihr habt überhaupt nichts gesagt.«

»Das mag ein weiterer Fehler von mir sein.«

»Glaubt Ihr?« Sie holte tief Atem, öffnete ihren Hausmantel, zog ihn aus und warf ihn auf den Boden. »Schade.«

»Ja, ich glaube das«, fuhr er sie an, nahm das Kleidungsstück hoch und warf es ihr zu. »Wenn Ihr versucht, mich zu verführen, dann muss ich Euch warnen, Ihr werdet keinen Erfolg haben.«

Sie hielt den Hausmantel mit zwei Fingern von sich und ließ ihn erneut zu Boden fallen. Es war vielleicht das Verführerischste, was er je gesehen hatte. »Ach?«

»Spielt kein Spiel mit mir, Pamela.«

»Aber ich habe eine Vorliebe für Spiele.« Sie trat näher.

»Ich nicht.« Er wich zurück, bis sein Rücken gegen den Bettpfosten gepresst wurde. »Ich versuche ... Euch zu retten.«

»Mich zu retten?« Sie ließ ihre Hände durch die Öffnung seines Nachtgewands schlüpfen und glitt mit ihren Fingern sanft über seine Brust. Sein Magen verkrampfte sich. »Vor Euch?«

»Viel eher vor Euch selber.« Er ergriff ihre Hände und schaute finster auf sie hinunter. »Ich warne Euch, Pamela, ich kann dem, was Ihr mir anbietet, nicht viel länger widerstehen.«

»Gut.« Sie öffnete sein Nachtgewand, beugte sich vor und küsste ihn in die Mitte seiner Brust. Sein Widerstand zerbrach, er zog sie in seine Arme.

»Pamela.« *Serenissima*. Er stöhnte und presste seine Lippen auf ihre.

Sie schmeckte nach Feuer, nach Leidenschaft, nach Erinnerung. Ihre Lippen empfingen sehnsüchtig seine, ihr Begehren kam seinem gleich. Ihr Mund öffnete sich unter seinem, und seine Zunge spielte mit ihrer.

Sie riss sein Nachtgewand vollends auf und schob es über seine Schultern. Er zog sie fester an sich, das weiche Gewebe ihres Nachthemds war wie ein Wispern zwischen der Hitze ihrer Körper. Ihre Brüste drückten gegen seine

Brust, und er wusste, dass er verloren war. Doch es interessierte ihn nicht.

Er ließ seine Hände über ihren Rücken gleiten und über die Rundungen ihrer Pobacken, wölbte seine Hände über diese und drückte Pamela noch enger an sich. Seine Hüften ruhten an ihren, sein Glied war hart, heiß und schmerzte. Er fasste den Stoff ihres Nachthemds und schob es so weit hoch, bis er seine Hände über die weiche Rückseite ihrer Oberschenkel gleiten lassen konnte. Er bewegte sich schnell, löste seine Lippen von ihren, zog ihr in einer einzigen oft geübten Bewegung das Nachthemd über den Kopf und warf es beiseite.

»Ach!« Sie seufzte.

Er zog ihren Kopf an sich, und einmal mehr forderten seine Lippen nach ihren. Ihre nackten Brüste stießen gegen seine bloße Brust, die harten Spitzen pressten sich gegen ihn. Seine Hände glitten über ihren Rücken. Ihre Hände wanderten seitlich seinen Körper hinunter, ihre Berührung war sanft und fahrig, so als wolle sie jeden Millimeter von ihm erforschen, zögere aber und sei unsicher. Ihm gefiel das sehr. Ihre Hände erreichten die Seide seiner Hosen und liebkosten seine Pobacken.

Plötzlich entfernte er sich.

Sie atmete zittrig ein. »Alexej –«

»Sei sofort still, Pamela, ich will dich ansehen.« *Was ich damals nicht gemacht habe. Was ich immer schon machen wollte.*

»Ich habe nicht das Bedürfnis, inspiziert zu werden.«

Er lachte und nahm ihre Hände. »Noch habe ich nicht das Bedürfnis, dich zu inspizieren.« Sein Blick wanderte von ihren Augen zu ihrem Hals und noch tiefer. »Nur dich anzubeten.« Ihr Körper reflektierte das Licht der Lampe und leuchtete voll Wärme, man konnte meinen, sie sei einem Gemälde eines Renaissance-Meisters entstiegen. Sinnlich und golden, wie von Botticelli gemalt. Ein Fresko, das lebendig geworden ist, ein Engel auf Erden. Ihre Brüste waren voll und fest, ihre Taille schmal, ihre Hüften breit und einladend. Sie sah genau so aus, wie er sie sich ausgemalt hatte in den stillen Stunden seiner Träume, mit denen die Jahre, seit er sie nur über die Berührung kennengelernt hatte, ausgefüllt waren.

»Nun?« Sie trat von einem Fuß auf den anderen und schien sich sichtlich unbehaglich zu fühlen. »Hast du jetzt genug gesehen?«

»Niemals«, murmelte er und gab ihre Hände frei.

Er näherte sich ihr wieder und umfasste ihre Brüste mit seinen Händen, dann neigte er seinen Mund einer ihrer Brustwarzen entgegen. Er ließ seine Zunge sanft über die Spitze gleiten, dann wandte er seine Aufmerksamkeit der anderen Brust zu, ergötzte sich an ihr, bis Pamela schneller und flacher atmete.

Ohne Vorwarnung stand er auf, nahm sie auf seine Arme und legte sie auf das Bett. Seine Augen waren trübe vor Leidenschaft, und ihr entwich ein Stöhnen.

»Alexej.« Sie seufzte und schlang ihre Arme um ihn.

Er drang sanft in sie ein und schob sich langsam und behutsam weiter, bis er sich ganz in ihr versenkt hatte, und sie nahm ihn in sich auf. Er lag lange bewegungslos da, genoss das Gefühl, eins mit ihr zu sein. Das Gefühl ihres Körpers, der sich mit seinem vereinigte. Vollkommen und für immer.

Schließlich zog er sich fast ganz aus ihr zurück, dann drängte er wieder vorwärts, rhythmisch, gleichmäßig, um ihrer beider Lust zu steigern. Immer höher und schneller stieg er hinauf, der Erlösung entgegen, der Glückseligkeit entgegen. Aber er würde sie nicht zulassen. Nicht ohne sie.

Ihre Schreie mischten sich mit seinen. Ihre Lust war seine, seine Lust war ihre. Sie waren ein Ganzes, vereint im Empfinden und im Begehren, und sie schwebten einem Genuss entgegen, von dem er zuvor nur gekostet, den er aber nie,

nie so erlebt hatte. Gerade als er spürte, dass er sein eigenes Verlangen nicht länger bekämpfen konnte, schrie sie seinen Namen, grub ihre Fingernägel tief in seine Schultern, und ihr Körper explodierte unter seinem in Wellen, die durch sie hindurchströmten, hinein in seine Seele. Und seine eigene Erlösung kam heiß und heftig, sie erschütterte seinen Körper, bis er zu zerreißen drohte. Einen Augenblick lang wusste er ganz sicher, dass er in ihren Armen ohne Reue sterben könnte, erfüllt von einer Seligkeit, die er niemals kennengelernt hatte.

Erfüllt von Liebe.

Er schlang sein Bein um ihre Beine und ließ sich vorsichtig zur Seite gleiten. Er war noch nicht bereit, sich aus ihr zurückzuziehen. Denn selbst jetzt, im Zustand völliger Sättigung, war das Gefühl, dass sie ihn umhüllte, eine Freude, auf die er nicht verzichten wollte.

Sie sah ihm lächelnd in die Augen. »Das war …« Sie stieß einen zufriedenen Seufzer aus. »Sehr …«

»Ja, das war es.« Er erwiderte ihr Lächeln. »Sehr.«

Sie strich mit ihren Lippen über seine. »Du bist sehr …«

Er schmunzelte. »Du bist dagegen sehr du selbst.«

»Ja, das bin ich.« Sie lächelte zufrieden. »Findet Ihr, dass ich zügellos bin, Euer Hoheit?«

»Ich finde, dass Ihr vollkommen seid, Miss Effington.«

»Ich bin mir ganz und gar nicht sicher, ob ich vollkommen sein will.« Sie zog sich um ihn herum zusammen, und ein plötzliches Lustgefühl durchzuckte ihn. »Ich fürchte, ich brauche ziemlich viel Übung, um vollkommen zu werden.«

Sie legte schwungvoll ihr Bein über seines, saß im nächsten Augenblick gepfählt und schmunzelte auf ihn hinunter. »Ich bin unerhört eifersüchtig auf alle und jede, aber deine Vergangenheit ist deine Vergangenheit und kann nicht mehr geändert werden.« Sie begann langsam auf und ab zu wippen.

Einmal mehr fühlte er sich der Erlösung nahe. Sie raubte ihm den Atem. Und versengte seine Seele.

Sie brach auf ihm zusammen. Ihr Herz schlug gegen seine Brust, im Einklang mit seinem. Ein seltsamer Ton war von ihr zu hören, und ihr Körper bebte auf seinem.

»Pamela?« Ihr Kopf lag auf seiner Brust, und er konnte ihr Gesicht nicht sehen. »Bitte sag, dass du nicht lachst.«

Sie hob ihren Kopf und grinste. »Ich konnte nicht anders, es war so« – sie seufzte in vollkommener Zufriedenheit – »herrlich.«

Er kicherte. »Es war recht herrlich.«

»Nun denn, wie wir bereits sagten.«

»Haben wir etwas gesagt?«

»Das haben wir allerdings.« Sie sah ihn prüfend an. »Warum spielt es eine Rolle, wie viele Männer es in meinem Leben gegeben hat –«

Er ächzte. »Pamela.«

»– wo es doch keine Rolle spielen soll, wie viele Frauen es in deinem gegeben hat?«

»Ich weiß es nicht.« Er atmete langsam aus. »Ein Mann möchte einfach glauben können, dass die Frau, die er gernhat –«

Sie hob eine Augenbraue. »Du hast mich also gern?«

»Natürlich, du bist meine Verlobte.«

»Ach so, wie dumm von mir, das zu vergessen.«

»Wie auch immer«, er zwang sich weiterzusprechen, »wenn du über meine Vergangenheit hinwegsehen kannst, kann ich sicher auch über deine hinwegsehen.«

»Das ist zu gütig von dir.« Sie kniff ihre Augen zusammen. »Was genau willst du wissen?«

Ich will wissen, ob Venedig für dich etwas genauso Besonderes war wie für mich. Oder war ich einfach nur eine weitere Eroberung?

»Nichts.« Er zog ihre Lippen an seine. »Überhaupt nichts.«

Seine Arme um sie geschlungen, hielt er sie eine ganze Weile fest. Jeder Millimeter an ihr war ihm so vertraut wie in seinen Träumen. Und ebenso vollkommen.

Sie hob ihren Kopf und lächelte enttäuscht. »Ich sollte gehen. Es dämmert bald.«

»Ja, das solltest du.« Er streichelte ihr Haar.

»Ich hatte nicht geplant, so lange zu bleiben.« Sie lachte. »Ich hatte das alles nicht geplant.«

»Ich auch nicht.« Er stieß einen resignierten Seufzer aus.

Ihre Blicke trafen sich. »War es ein Fehler, Alexej?«

Er blickte in ihre tiefschwarzen Augen, die jetzt durch das sinnliche Leuchten in den Augen einer befriedigten Frau noch dunkler wirkten, sofern es überhaupt möglich war. »Das mag schon sein, aber wenn, dann war es ein herrlicher Fehler.«

»Er war es wert, finde ich.« Sie glitt von ihm herunter, schien aber genauso abgeneigt zu sein, die Wärme seines Bettes zu verlassen, wie er abgeneigt war, sie gehen zu lassen. »In Hinsicht auf die anderen Männer in meinem Leben.«

»Guter Gott, Pamela.« Er schnitt eine Grimasse. »Ich werde es niemals wieder erwähnen. Deine Vergangenheit ist ebenso wie meine bedeutungslos für das Hier und Jetzt und uns beide.«

»Was sollte dann all der Unsinn mit ›Ich bin ein Mann und du eine Frau‹?«

»Ich habe mich« – er schloss seine Augen und betete um Stärke – »geirrt.«

»Hast du das?« Sie grinste.

»Ja.«

»Das glaubst du doch selbst nicht.«

Er seufzte. »Vielleicht nicht.«

Sie lachte weich, glitt aus seinen Armen und aus seinem Bett. Sie sah sich um, entdeckte ihr Nachtgewand und zog es sich über den Kopf. Sie betrachtete ihn nachdenklich, dann atmete sie tief durch. »Nach George, wohl knapp zwei Jahre später, glaubte ich, es könnte ganz interessant sein, etwas mehr –«

Alexej zuckte zusammen. »Ich weiß nicht, ob ich das hören möchte.«

Sie ignorierte ihn. »Erfahrung zu sammeln. Immerhin war mein Ruf ja schon dahin. Keuschheit schien in dieser Hinsicht ziemlich sinnlos zu sein. Findest du nicht?«

»Nein.« Er hielt inne. »Vielleicht.«

Sie hob ihren Hausmantel vom Boden auf und warf ihn über. »Ich dachte, ich könnte die Sorte welterfahrene Frau werden, die ich überall in Europa angetroffen habe.«

Sein Interesse war unwillkürlich geweckt worden. »Und bist du es geworden?«

»Ich versuchte es. Ein einziges Mal.« Sie schwieg lange. »In Venedig.«

Er hielt den Atem an. »Und?«

»Und ich entdeckte, dass ich nicht der Typ Frau bin, der wahllos mit einem Mann nach dem anderen schläft.« Sie lächelte. »Und schon gar nicht mit jedem zweiten Mann in Europa.«

»Dann hast du nicht mehr ...«

»Nein, ich habe nicht mehr.« Sie lächelte langsam. »Bis jetzt.«

»Bis jetzt«, wiederholte er leise. Er wollte sie fragen, warum. Ob ihre gemeinsame Nacht ihr wahrhaftig auch so viel bedeutete, aber er konnte sich nicht überwinden, es auszusprechen.

»Bist du nun glücklich?« Sie ging zum Bett, lehnte sich über ihn und küsste ihn sanft. »Nun, wo du endlich alle meine Geheimnisse enthüllt hast.«

»Selig.« Und er war überrascht festzustellen, dass er es in diesem Augenblick tatsächlich war.

Er streckte seine Hand nach ihr aus, aber sie sprang weg. An der Tür blieb sie stehen und blickte zurück zu ihm. »Du wirst mir erzählen, was Nikolai sagt, oder?«

»Natürlich«, log er. Sie verengte ihre Augen zu einem Schlitz, als wüsste sie, dass er log, und schüttelte den Kopf. »Sei vorsichtig, Alexej.«

»Immer, Pamela.« Er zwang sich zu einem beiläufigen Lächeln. »Immer.«

Sie sah ihn noch einen Augenblick an, dann öffnete sie die Tür, schlüpfte auf den Gang hinaus und zog sie leise hinter sich zu.

Er starrte lange Zeit auf die Tür. Diese Nacht mit ihr war ebenso verzaubert gewesen wie die erste. Sogar noch stärker, weil sie keine geheimnisvolle Fremde mehr war, sondern die Frau, die er liebte.

Es würde das Beste sein, dieser Posse von einer Verlobung so schnell wie möglich ein Ende zu bereiten. Je länger er mit ihr zusammen war, desto wahrscheinlicher wurde es, dass so etwas wie das eben wieder geschah. Nicht, dass er eine Abneigung dagegen gehabt hätte, nein, er würde vielmehr glücklich sein, wenn er sie für immer in seinem Bett behalten könnte. Sie würden solange glücklich sein, solange sie in seinem Bett bleiben könnten und der Rest der Welt ihnen keine Aufmerksamkeit schenken würde.

Aber es war nur eine Atempause, nichts weiter. Pamela bei ihm im Bett, sein Aufenthalt in ihrem Haus, selbst ihre Verlobung waren nichts weiter als eine Art Urlaub, der Realität seines Lebens gestohlen. Pamela und die Posse, in die sie miteinander verwickelt waren, erlaubten ihm wenigstens für kurze Zeit, die Vergangenheit und sein Versagen zu vergessen. Erlaubten ihm, sich auf etwas anderes zu konzentrieren als auf die Schuldgefühle, die ihn verfolgten.

Lieber Gott, er begehrte sie. Im Bett und für sein Leben, für immer und ewig. Aber wie konnte er ihr das antun?

Er verließ sein Bett und tappte durch den Raum zu einer Kommode. Er zog die oberste Schublade auf und nahm den Ohrring heraus, den er vier lange Jahre aufbewahrt hatte.

Er starrte ihn an, als trage er Geheimnisse, Antworten oder einfach nur sein Herz in sich.

Sie war nach ihm mit keinem anderen Mann mehr zusammen gewesen. Das war sowohl befriedigend als auch ernüchternd. Er wollte daran glauben, dass ihr Venedig so viel bedeutete wie ihm. Das würde erklären, warum sie solche Anstrengungen unternommen hatte, ihn nicht wissen zu lassen, dass sie Serenissima war. Wäre es für sie bedeutungslos gewesen, hätte sie ihre Maskerade bei ihrer ersten Begegnung aufdecken können, und sie hätten zweifellos darüber gelacht. Nein, es war ihr wichtig.

War er vielleicht egoistisch? Vielleicht war es ja falsch, wenn er nicht bereit war, seine Verantwortung wie auch seine Erfolge mit der Frau zu teilen, die er liebte. Nicht, dass er allerdings in den vor ihm liegenden Jahren Erfolge erwartete. Doch er hatte einer Frau gegenüber noch nie so empfunden. Um ehrlich zu sein, hatte er gar nicht geglaubt, dass er das, was er für sie empfand, überhaupt empfinden konnte.

Sie waren wirklich Romeo und Julia sehr ähnlich. Durch Bestimmung aneinander gebunden. Unglücklich. Vom Schicksal verfolgt.

Und auch ihre Geschichte würde keinen guten Ausgang nehmen.

15

Ich werde die kurze Zeit, die uns vergönnt war, in der Erinnerung hegen und pflegen, aber ich werde nicht bereuen, dass ich ihr nicht mein Leben aufgedrängt habe. Wenn ich sie liebe, kann ich nur eins für sie tun: Ich werde sie niemals wiedersehen.

Seine Königliche Hoheit
Prinz Alexej Pruzinsky

»Das ist ein interessanter Plan«, sagte Alexej bedächtig.

Alexej saß in der Bibliothek am Tisch, Roman stand, wie er es immer gehalten hatte, zu seiner Rechten hinter ihm. Valentina, der man erlaubt hatte, der Versammlung beizuwohnen, sofern sie ihre Ansichten für sich behielt, hatte ein Stück entfernt Platz nehmen müssen, Dimitri stand in ihrer Nähe. Roman hatte Lady Overton überredet, sich eine Besorgung auszudenken, die Pamela außer Haus locken würde, und Lady Smythe-Windom hatte heute Morgen sowieso noch keiner zu Gesicht bekommen. So würden sie also nicht gestört werden.

Alexej nahm die beiden Männer, die vor ihm saßen, in Augenschein. Nikolai konnte es kaum auf seinem Stuhl aushalten, und Westerfield schien ausgesprochen nervös zu sein. Das sollte auch er selbst sein.

»Ihr wärt bereit, dies zu finanzieren?«, fragte Alexej Lord Westerfield. »Es würde extrem teuer sein. Gut ausgestattete Armeen sind nicht billig.«

»Wir sprechen nicht von einer ganzen Armee, Alexej.« Nikolai beugte sich ungeduldig vor. »Wir planen, ein Kommando erfahrener, gut ausgebildeter Truppen nach Avalonien einzuschleusen, die die strategisch wichtigen Schlüsselpositionen besetzen. Sie werden Rahmenbedingungen für eine Rebellion schaffen.« In Nikolais Augen glänzte Entschiedenheit. »In Avalonien existierte ein ausgedehntes Netz von königstreuen Männern, die bereit sind, die Waffen gegen Russland zu erheben. Sie warten nur auf ein Oberhaupt.« Nikolai erwiderte den Blick seines Bruders geradeheraus. »Sie warten auf dich.«

»Meine Finanzierung hängt von Eurer Teilnahme ab, Euer Hoheit«, sagte Westerfield langsam. »Ich werde andernfalls meine Unterstützung nicht bewilligen.«

»Dafür bin ich Euch überaus dankbar, Mylord.« Alexej nickte dem älteren Mann zu. »Es ist mehr als nur wahrscheinlich, dass Ihr das Leben meines Bruders gerettet habt.«

»Alexej!« Nikolai sprang hoch.

»Setz dich!« Alexejs Befehl schallte durch den Raum. Er war sehr froh festzustellen, dass er noch immer den geeigneten Ton majestätischer Befehlsgewalt aufbieten konnte, wenn es nötig war.

Nikolai setzte sich.

»Lasst mich Folgendes fragen, Lord Westerfield.« Alexej wählte seine Worte mit Bedacht. »Was denkt Ihr als Mann, der bereit ist, sowohl sein Geld als auch seinen Rat zur Verfügung zu stellen, von dem Plan meines Bruders?«

Westerfield zögerte. »Er ist raffiniert, Euer Hoheit.«

Alexej hob eine Augenbraue. »Und?«

»Und« – Westerfield schwieg, um seine Antwort zu bedenken – »Ihr müsst wissen, Euer Hoheit. Die Familie meiner Mutter kam von Avalonien nach England, und ich habe dort noch immer Verwandte. Die Besuche, die ich als Junge und auch als erwachsener Mann in Avalonien machte, habe ich bis heute in liebevoller Erinnerung. Wie wir bereits gestern Abend besprochen haben, habe ich lange darüber nachgedacht, welche diplomatischen Gegenmittel man vielleicht ergreifen könnte, selbst wenn es eigentlich schon zu spät ist für Diplomatie.

Doch bedauerlicherweise ist alles, was ich für Avalonien und dessen König tun kann, rein finanzieller Natur. Allerdings ist der Plan, in der Form, wie er mir vorgestellt wurde« – Westerfield atmete langsam aus – »unvernünftig.«

»Unvernünftig?« Erneut sprang Nikolai hoch, warf aber einen Blick auf seinen Bruder und setzte sich sofort wieder hin. »Ihr habt ihn nicht als unvernünftig bezeichnet, als ich gestern Abend bei Euch war.«

»Euer Hoheit.« Ehrliches Bedauern zeigte sich auf Westerfields Gesicht. »Wir haben uns gestern nach dem Ball darüber unterhalten, und ich versprach, eingehend über Euren Plan nachzudenken. Doch obwohl ich glaube, dass der Erfolg fraglich ist, bin ich weiterhin bereit, Euch jede mir mögliche Form von Unterstützung zu gewähren.« Er wandte sich um und begegnete Alexejs Blick. »In welcher Form auch immer Euer Hoheit es wünschen.«

»Danke, Mylord.« Erleichterung machte sich in Alexej breit. Egal, was für weit hergeholte Pläne Nikolai sich ausdenken würde, ohne ihre Finanzierung konnte er wenig machen. Alexej erhob sich und streckte Westerfield seine Hand entgegen. »Ihr seid äußerst großzügig.«

Seine Lordschaft stand sofort auf, Nikolai nur einen Herzschlag später, und ergriff Alexejs Hand. »Fühlt Euch frei, mich um Hilfe zu bitten, Euer Hoheit, gleich welcher Unterstützung ihr bedürft.«

Westerfield entbot seinen Abschiedsgruß und verließ sie.

Das Schweigen lastete für schier endlose Zeit schwer auf dem Raum. Nikolai sah seinen Bruder wütend an. »Wir können siegen, Alexej, ich bin mir ganz sicher.«

Alexej starrte den Jüngeren an und kämpfte gegen sein Bedürfnis, ihn zu schütteln oder, noch besser, ihn kräftig dafür zu verprügeln, dass er so starrsinnig und dem jungen

Alexej so ähnlich war. Er verstand die Sehnsucht seines Bruders, ihr Vaterland zurückzugewinnen, und auch seine Enttäuschung. Um Nikolai Gerechtigkeit widerfahren zu lassen, musste man zugeben, dass sein Plan bis zu einem gewissen Grad raffiniert war. Schade nur, dass er nicht die gewaltigen Mittel bedacht hatte, die Russland ins Feld führen konnte.

»Euer Hoheit.« Roman wandte sich an Nikolai. »Vielleicht verkennt Ihr die Macht des russischen Reiches.«

Nikolai lachte höhnisch, wie ein Mann, der noch nicht in den Geschmack seiner eigenen Sterblichkeit gekommen ist. Oder der Sterblichkeit anderer. »Ich wette –«

»Hast du dir klar gemacht, dass es in der russischen Armee Einheiten gibt, die mehr Soldaten haben, als Avalonien Einwohner hat?«, fragte Alexej ruhig.

»Sicher, aber –«

»Hast du dir darüber hinaus klargemacht, dass sich Russland Avalonien nicht nur, weil wir schwach waren, einverleibt hat, sondern um uns als Puffer gegen einen möglichen Angriff zu benutzen?«

»Ja, das habe ich, aber –«

»Und weißt du auch, dass in ganz Europa keiner, absolut keiner« – Alexej stützte sich auf den Tisch und beugte sich vor – »uns zur Hilfe kommen würde? Weil wir klein und unbedeutend sind und niemand, *niemand* Russland in unserem Interesse herausfordern wird?«

»Ich weiß das! Ich weiß das alles!« Nikolai fuhr sich kapitulierend mit der Hand durchs Haar. »Was soll ich denn tun, Alexej? Mich zurücklehnen und beobachten, wie das Land unseres Vaters und des Vaters unseres Vaters und von allen, die vor ihnen waren, zu nichts weiter als einer Erinnerung verkommt? Ich kann nicht wie du sein. Ich kann nicht tatenlos zusehen!«

»Euer Hoheit!« Roman machte einen Schritt nach vorn. Dimitri kam näher. Selbst Valentina stand auf.

»Tatenlos zusehen?« Alexejs Stimme klang kühl, aber Wut kochte ihn ihm auf. »Du glaubst, ich habe tatenlos zugesehen?«

Nikolai riss seine Augen auf, als ihm bewusst wurde, was er da eben gesagt hatte. Trotzdem behauptete er seinen Standpunkt. »Du hättest gegen sie kämpfen sollen. Du hättest dein eigenes Leben hingeben sollen –«

»Und was hätte es geändert? Hätte der Tod eines jeden Mannes in Avalonien irgendetwas verändert? Oder der einer jeden Frau und eines jeden Kindes, weil sie Zielscheibe der russischen Vergeltungsmaßnahmen geworden wären?« Bitterkeit überschattete seine Stimme. »Tatenlos zugesehen, Nikolai? Vom Augenblick meiner Geburt an wurde ich darauf vorbereitet, mein Volk zu führen. Sein Wohlergehen über alles andere zu stellen, mein eigenes Leben eingeschlossen. In diesem Fall war das tatenlose Zusehen, wie du es nennst, das Härteste, was ich jemals zu tun hatte.«

»Alexej, ich meine nicht –«

»Es war die richtige Entscheidung, die einzige Entscheidung, die mein Volk vor der Vernichtung retten konnte, und doch bereue ich sie. Ich bereue sie mit jedem Atemzug, den ich mache, mit jedem Schlag meines Herzens. Für mein Land zu sterben wäre einfach gewesen. Mit dieser Reue zu leben, ja mit dem Gefühl, versagt zu haben, ist die Last, die ich für den Rest meines Lebens zu tragen habe.«

Nikolai holte tief Atem.

»Was deinen Plan betrifft, Nikolai.« Alexej klang noch immer kühl. »Westerfield sagte, und ich stimme ihm zu, dass er wirklich raffiniert ist. Unglücklicherweise werden dabei die russischen Vergeltungsmaßnahmen nicht in Betracht gezogen. Es wird auch nicht bedacht, was in den Wochen, Monaten, Jahren, die folgen, geschehen wird. Avalonien wird zum Schlachtfeld werden. Äcker werden verwüstet darniederliegen. Ganze Dörfer werden vernichtet oder deren Bevölkerung dem Hungertod preisgegeben. Vergiss eins nicht – Russland war bereit, sein eigenes Land zu verwüsten, um zu verhindern, dass Napoleons Armee Nahrungsmittel findet. Es würde mit uns nicht anders umgehen.« Alexejs Stimme war bewegt. »Man hat mir sehr deutlich zu verstehen gegeben, dass Russland gegebenenfalls der Welt gegenüber an Avalonien ein Exempel statuieren werde, um daran die Konsequenzen für jene aufzuzeigen, die sich ihm widersetzen.«

Nikolai wurde blass. »Ich habe nicht –«

»Das hast du nicht bedacht, kleiner Bruder, nicht wahr?« Alexejs Stimme wurde weich. »Es war auch nicht deine Pflicht, es zu tun. Es war meine Pflicht.«

Lange Zeit war es still in der Bibliothek. Schließlich holte Alexej Atem. »Wir in diesem Raum sind alle Avalonier. Jeder von uns hat viel geopfert, um unseren Untertanen das Überleben zu sichern.« Er sank auf seinen Stuhl zurück. »Die Welt hat sich verändert, aber ich habe mich immer auf die Meinung meiner Berater – und damit meiner Freunde – verlassen. Graf Stefanowitsch.« Er warf einen Blick hinter sich. »Was haltet Ihr von Nikolais Plan?«

»Auch ich verspüre Bedauern«, sagte Roman leise. »Ich bedauere, dass ich die Freunde, die ich zurückgelassen habe, wohl nie wiedersehen werde. Ich bedauere, dass das Land meiner Geburt nie mehr sein wird, was es war, aber« – er hielt inne, um nach Worten zu suchen – »aber ich ziehe ein kleines bisschen Befriedigung aus dem Wissen, dass das Volk und das Land, das ich liebe, nicht zerstört werden. Und da sie bestehen bleiben, lebt auch das Herz Avaloniens weiter.« Romans Blick begegnete Alexejs. »Ich stehe hinter Eurer Entscheidung, Euer Hoheit, jetzt wie damals.«

Alexejs Hals war wie zugeschnürt. Er ignorierte das Gefühl und nickte. »Danke, Roman.« Sein Blick wandte sich Dimitri zu. »Kapitän Petrow.«

»Ich bin ein Soldat, Euer Hoheit«, antwortete Dimitri zögernd. »Ein Krieger. Meine Antwort lautet grundsätzlich:

kämpfen, bis zum Tod, wenn es nötig ist. Ich würde mit Freuden im Dienst meines Landes und meines Königs mein Leben hingeben. Trotzdem« – er atmete tief durch – »bei jeder Schlacht müssen Gewinn und Verlust abgewogen werden. Wenn ich auch nur eine Sekunde lang glauben könnte, dass es eine Chance auf ein wieder unabhängiges Avalonien gäbe, würde ich diesen und auch jeden anderen Plan unterstützen, und zwar aus ganzem Herzen und mit ganzer Seele. Aber bei einem Kampf, der nicht gewonnen werden kann, ist kein Ruhm zu ernten. Es gibt keinen ehrenvollen Tod im Namen eines sinnlosen Unternehmens.« Dimitri erwiderte Alexejs Blick. »Ich schließe mich Eurer Hoheit, wie ich es immer getan habe, auch dieses Mal an. Ohne Reue und ohne Zweifel.«

»Kapitän.« Alexej nickte ihm dankend zu. Dimitris erster Gedanke war immer der Kampf. Dass er jetzt verstand, warum dies nicht möglich war, war von großer Bedeutung und berührte Alexejs Herz.

»Euer Hoheit, Valentina, was meinst du?«

»Ihre Meinung zählt hier ganz und gar nicht.« Nikolai sah sie empört an. »Sie ist eine verdorbene, verräterische Kreatur, die wir schon vor Jahren hätten einsperren sollen.«

»Es ist schön, lieber Cousin, Euch zu sehen«, erwiderte Valentina ironisch.

»Sie ist eine Prinzessin aus dem Hause Pruzinsky«, entgegnete Alexej gelassen. »Ihr Großvater war unser Großvater. Ihr Blut fließt in unseren Adern. Avalonien ist ebenso ihr Land wie unseres. Sie hat das Recht, in Bezug auf sein Schicksal mitreden zu dürfen.«

Sie sah ihn staunend an. »Danke, Euer Hoheit.«

»Prinzessin«, Alexej nickte.

Valentina dachte einen Augenblick nach. »In vieler Hinsicht, Gott mag mir helfen, fühlte ich wie Petrow. Auch ich dachte, dass wir gleich zu Beginn zu den Waffen hätten greifen und bis zum Untergang hätten kämpfen sollen. Inzwischen habe ich eingesehen, dass ich vielleicht« – sie rollte ihre Augen zur Decke – »im Irrtum war.«

Sie machte eine Pause, um sich zu sammeln. »Ich wurde in der Meinung erzogen, dass mein Vater und ich besser geeignet wären, Avalonien zu regieren als jeder andere Zweig der Familie. Aber was bei meiner Erziehung offensichtlich fehlte, war das vorrangige Verständnis, dass die Untertanen an erster und vorderster Stelle kommen. Ihre Wohlfahrt und ihr Überleben. Es war eine Lektion, die ich versäumte zu lernen, obwohl ich sie nun zu beherrschen glaube.« Sie richtete ihren Blick auf Alexej. »Du hast mir gezeigt, dass die Menschen das Allerwichtigste sind, egal, wie hoch der Preis ist, den man selbst dafür zu zahlen hat. Aus mir wäre eine gute Königin geworden, aber aus dir ... aus dir wäre ein großer König geworden.«

Alexej sah sie lange Zeit an, dann lächelte er ironisch. »Danke, Cousine. Du hast dich verändert.«

Sie schnitt eine Grimasse. »Trotzdem wäre mir lieber, wenn du vergessen könntest, was ich eben gesagt habe, und ich werde es öffentlich leugnen, sollte es nötig sein. Ich bin mir gar nicht sicher, ob dieser neu entdeckte Sinn für Familientreue zu mir passt.«

Nikolai sah sie finster an. »Ich kann nicht glauben –«

»Nikolai.« Valentina wandte sich mit einem langen Seufzer an ihn. »Du bist sehr, sehr jung, und noch nicht einmal die Tatsache, dass du ausgesprochen gut aussiehst, wiegt die Tatsache auf, dass Jugend außerordentliche Dummheit mit sich bringt. Dein Bruder ist mit einer Weisheit begabt, die weit über seinen Jahren liegt, und wir alle sollten Gott dafür dankbar sein, da er offensichtlich der Einzige in der Familie ist, der sie besitzt.«

Nikolai warf ihr einen angewiderten Blick zu und wandte sich wieder an seinen Bruder. »Was sollen wir also jetzt machen?«

»Euer Hoheit«, sagte Roman, »darf ich fragen, wie ausgedehnt dieses Netz von königstreuen Männern ist, auf das Ihr Euch stützt?«

Nikolai sah bei dieser Frage entschieden verlegen aus.

Alexej kniff seine Augen zu einem Schlitz zusammen. »Nun?«

»Es klingt schlimmer, als es –«

»Nun?«, herrschte Alexej ihn an.

»Nicht mehr als eine Handvoll, nehme ich an, überwiegend Freunde.« Nikolai setzte sich geschlagen hin. »Und sie befinden sich hier in London, nicht in Avalonien.«

»Und sie sind alle deines Alters und genauso leidenschaftlich.« Alexej sah seinen Bruder prüfend an. »Habe ich recht?«

»Ja«, murmelte Nikolai.

»Und du hättest sie durch mich in ihren sicheren Tod führen lassen?«

Nikolais Kinn schoss hoch. »Einen ruhmreichen Tod.«

»Einen sinnlosen Tod«, fuhr ihn Alexej an. Er missachtete einen neuen Wutanfall darüber, dass der Plan seines Bruders ganz und gar nicht so gut überlegt war, wie er sie alle hatte glauben lassen. Alexej klang hart. »Du wirst sie unverzüglich über meine Entscheidung in Kenntnis setzen, Nikolai, und ferner wirst du diesen Plan nicht mehr verfolgen. Hast du mich verstanden?«

»Ja.« Nikolai sank auf seinem Stuhl zusammen.

»Was unsere weitere Vorgehensweise betrifft«, Alexej holte tief Luft – »wir machen weiter. Ich habe vor, hier in England ein Landgut zu erwerben. Du bist willkommen, dich uns anzuschließen, obwohl ich annehme, dass sich unsere Wege schon sehr bald trennen werden.« Er stand auf. »Die Vergangenheit ist zu Ende, Nikolai. Wir müssen uns der Zukunft zuwenden und unser Leben, so gut es uns irgend möglich ist, neu aufbauen.«

Nikolai stand da und erwiderte den Blick seines Bruders. »Ist es denn überhaupt möglich, das zu tun?«

»Wo es Leben gibt, ist alles möglich, kleiner Bruder.« Alexej verfiel in Schweigen, dann zuckte er die Achseln. »Indem wir uns entschieden, nicht darum zu kämpfen, haben wir vielleicht Avalonien das Leben geschenkt. Und selbst in dieser Hinsicht ist alles möglich.«

»Glaubt Ihr, dass er Dummheiten macht?«, fragte Alexej in sich gekehrt.

Roman und er waren die Einzigen, die sich noch in der Bibliothek aufhielten. Die anderen hatten sich verabschiedet. Valentina hatte etwas von einem Ausritt in den Park gemurmelt, und Dimitri hatte sie pflichtgemäß begleitet, allerdings mit weit weniger Widerwillen als üblich. Offensichtlich hatten ihre Worte auch ihn bewegt. Nikolai hatte versprochen, darüber nachzudenken, ob er sich seinem Bruder anschließen werde, hatte aber auch erwähnt, dass er daran dachte, seine Reisen wieder aufzunehmen. Vielleicht hatten sich die Vergnügungen in Paris doch noch nicht völlig erschöpft.

Roman kicherte. »Ich gehe davon aus, dass er in Zukunft noch eine Menge Dummheiten machen wird. Aber reist er ab, um eine Revolution anzuführen?« Roman schüttelte den Kopf. »Ich glaube nicht, Euer Hoheit.«

»Gut.« Alexej atmete erleichtert auf.

Das Wissen, dass sein Bruder sein Leben nicht für eine aussichtslose Sache riskieren würde – zumindest nicht im Moment –, nahm ihm eine schwere Bürde von den Schultern. Dennoch war es nicht leicht, Nikolai nicht um seine Leidenschaftlichkeit und noch mehr um seine Fähigkeit zu beneiden, blind und ohne Zweifel darauf zu vertrauen, dass ein Unrecht wieder korrigiert werden konnte. Wann hatte Alexej diese Fähigkeit verloren? Oder hatte er sie inmitten der Realität – seiner Erziehung zum Herrscher, des obersten Grundsatzes, das Volk über alles andere zu stellen – überhaupt jemals besessen? Er vermutete, dass das so gut wie keine Rolle spielte.

Nun musste er genau das tun, was er eben Nikolai gesagt hatte. Ein neues Leben aufbauen und weitermachen. Schade nur, dass er nicht daran glauben konnte. Nikolai war ein gelöstes Problem, es war Zeit, das nächste zu lösen.

»Roman«, sagte Alexej langsam, »ich muss London unbedingt verlassen. Und zwar sofort.«

»Warum?«

»Ich nehme an, dass Miss Effington – Pamela – ernst zu nehmende Gefühle für mich entwickelt hat.«

»Ich verstehe«, antwortete Roman scheinbar unverbindlich.

»Noch schlimmer. Ich liebe sie ebenfalls.« Er erwiderte den Blick seines Freundes. »Sie ist wirklich die Frau, der ich in Venedig begegnet bin.«

Roman nickte. »Das dachte ich mir.«

»Warum?«

»Etwas, das Lady Overton geäußert hat.« Roman zuckte die Achseln. »Es war unwichtig.« Er beobachtete Alexej aufmerksam. »Aber ich fürchte, Euer Hoheit, dass ich nicht verstehe, wo das Problem liegt.«

»Das Problem, alter Freund, ist, dass ich es nicht zulassen darf, dass sie noch weiter in mein Leben eindringt. Ich kann sie weiß Gott nicht heiraten.« Er stieß sich vom Tisch ab, stand auf und ging durch den Raum zu der Karaffe mit Kognak, die der immer tüchtige Graham gut gefüllt hielt. Er schenkte sich ein Glas ein und trank es ohne abzusetzen aus.

»Es ist noch recht früh am Tag für Kognak, Euer Hoheit.«

»Ihr müsst im Moment nicht mein Gewissen spielen, Roman, so sehr ich Eure Sorge um mich sonst schätze.« Alexej schenkte sich ein weiteres Glas ein. »Und es ist viel später, als Ihr vielleicht glaubt. Ich meine alles, was ich Euch kürzlich gesagt habe, noch immer. Ich hatte nicht beabsichtigt, es zu sagen, mir war die Wahrheit selbst noch nicht bewusst, bis die Worte aus meinem Mund kamen.«

Alexej kehrte zum Tisch zurück und ließ sich auf seinem Stuhl nieder. Er nippte an dem Kognak, stellte ganz hinten im Kopf fest, dass es wirklich noch viel zu früh war, und starrte seinen Freund über den Rand des Glases hinweg an. »Ich kann sie nicht heiraten, weil ich ihr nichts zu bieten habe außer mich selbst, und ich bin verbittert und voll von Schuldgefühlen.« Er hob sein Glas zu einem zynischen Toast. »Wenn ich die Wahl hätte, würde ich kein gemeinsames Leben mit mir führen wollen. Ich bin nicht länger der Mann, den sie sich in Venedig ausgesucht hatte, um mit ihm eine Nacht zu verbringen. Ich habe mich verändert, und zwar nicht zum Besten.«

»Ja, aber wenn sie Euch gernhat –«

»Wenn sie mich gernhat, wenn sie mich liebt, macht es das umso schlimmer.« Er wirbelte den Kognak im Glas herum und beobachtete ihn schweigend. »Wenn sie mich liebt, wird sie darauf bestehen, mein Exil mit mir zu teilen. Meine Dämonen. Wenn ich sie liebe, kann ich das nicht zulassen.«

»Das ist ein Problem.«

»Das ist es allerdings. Die einzige Lösung, die ich kenne, bedeutet, dass ich sie nie wissen lassen darf, was ich empfinde, und des Weiteren so schnell und vollständig aus ihrem Leben verschwinde wie möglich. Pamela würde sich niemals einem Mann an den Hals werfen, der sie nicht haben will. Deshalb« – er nahm einen kräftigenden Schluck Kognak – »sollte ich wohl so schnell wie möglich gehen, innerhalb der nächsten Tage, wenn wir das bewerkstelligen können. Wir könnten auf Tatjanas Landsitz reisen.«

»Unter anderen Umständen wäre das eine hervorragende Idee. Doch hatte Euer Bruder nicht das Wort *explodieren* in Bezug auf Eure Schwester gebraucht?«

»Das hatte ich vergessen.«

»Zudem würde ich, sofern ihr nicht Valentina hierlassen wollt, eine Frau in einem explosiven Zustand nicht einer Frau aussetzen, die sie einst im Visier hatte. So sehr wir auch an der Prinzessin eine erstaunliche Veränderung wahrgenommen haben, so ungern könnten andere bereit sein, an ihre Veränderung zu glauben.«

»Ein wichtiges Gegenargument.« Alexej dachte einen Augenblick nach. »Wir sollten dann zu meinem Cousin reisen, auf Beaumont Abbey. Lord Beaumont und seine Gattin werden mehr als erfreut sein, uns zu sehen.«

»Ich bitte um Entschuldigung, Euer Hoheit, zudem muss ich gestehen, dass ich damals nicht dabei war und es sich deshalb nur um ein Gerücht handeln könnte, aber ich dachte, ich hätte gehört, dass Ihr einst Lady Beaumont genötigt habt, Euch nach Avalonien zu begleiten, um Lord Beaumonts Beistand zu erzwingen.«

»Ja, nun.« Alexej schob Romans Einwand beiseite. »Sie haben mir das schon vor langer Zeit verziehen.«

»Und war es nicht Euer früherer Stabschef, ein Gefolgsmann Valentinas, der Lady Beaumont wirklich entführte und, korrigiert mich, wenn ich etwas Falsches sage, möglicherweise auf sie geschossen hat?«

»Eine kleinere Wunde.« Alexej zuckte die Achseln. »Nichts Bedeutendes. Trotzdem könnte es, da habt Ihr recht, das Beste sein …« Er schmunzelte. »Ich hab es. Wir werden nach Worthington Castle reisen. Lord Worthington hat mich immer sehr gern gemocht. Das ist die Lösung. Dort wird sie mich auf keinen Fall finden.«

»Ihr versteckt Euch also vor Miss Effington?«

»Ganz und gar nicht. Ich möchte nur nicht, dass sich unsere Wege zufällig kreuzen. Die Idee kam mir gestern Abend, als sie und ich darüber sprachen, wie viel einfacher es wäre, unsere Verlobung zu lösen, wenn ich tot wäre.«

»Tot? Das ist äußerst drastisch, oder nicht?«

»Ich habe nicht vor zu sterben.«

»Euer Hoheit« – Romans Stirn legte sich in Falten – »Ihr beabsichtigt doch gewiss nicht, sie glauben zu lassen, dass Ihr tot seid?«

»Nein, natürlich nicht. Etwas wahrhaft Besseres als meinen vermeintlichen Tod.« Alexej atmete tief durch. »Ich beabsichtige, sie glauben zu lassen, dass ich nach Avalonien reise, um die Rebellion anzuführen.«

»Was?« Roman starrte ihn ungläubig an. »Darf ich offen sein, Euer Hoheit?«

»Das erwarte ich.«

»Euch ist bewusst, dass dieses Vorhaben den Beigeschmack von Geisteskrankheit hat?«

»Offensichtlich haben verrückte Pläne in der Familie Konjunktur.« Alexej machte eine Pause, um seine Gedanken zu sammeln. »Das ist wirklich der beste Weg, alles zu beenden, zumindest in der Öffentlichkeit.« Ich reise ab, um mein Land zu retten, und gebe sie heldenhaft von ihren Verpflichtungen mir gegenüber frei. Ich werde ein Held sein, und sie wird zur Heldin. Es wird ohne Frage eine Reihe von potenziellen Ehemännern geben, die bereit sind, sie in meiner Abwesenheit zu trösten.«

»Euer Hoheit –«

»Wenn ich gehe und es keine Möglichkeit für meine Rückkehr gibt, wird sie keine andere Wahl haben, als sich ein neues Leben aufzubauen. Das Leben, für das sie nach England zurückgekehrt ist. Genau so, wie es sein sollte.«

»Und was wird später sein? Wollt Ihr Euch für den Rest Eures Lebens vor ihr verstecken?«

»Wenn es sein muss«, sagte Alexej leise.

Roman sah ihn lange eingehend an. »Ich werde Vorbereitungen treffen für eine möglichst schnelle Abreise nach Worthington Castle.«

»Roman.« Alexej erwiderte den Blick seines Freundes. »So sehr ich Euch vermissen werde, ich kann Euch nicht erlauben, uns zu begleiten. Ihr müsst an Lady Overton denken.«

»Unsinn. Mein Platz ist, wo er immer war, an Eurer Seite.«

»Nein, Roman. Ich weiß Eure Treue zu schätzen, aber« – Alexej schüttelte den Kopf – »Ihr werdet hier bleiben, alter Freund.«

Roman begann zu widersprechen, seufzte dann aber. »Wie Ihr wünscht, Euer Hoheit.«

Alexej verfiel für eine Weile in Schweigen. »Glaubt Ihr, dass ich ein Dummkopf bin, Roman?«

»Es ist nicht meine Aufgabe, darauf zu antworten.«

»Nichtsdestoweniger bin ich –«

»Ja, Euer Hoheit, der größte Dummkopf, den es gibt.« Roman sprach unverblümt. »Das Beste für Euer ganzes Volk zu tun und das Beste für eine einzelne Frau zu tun sind zwei völlig verschiedene Dinge.«

»Unsinn, ich –«

»Sie hat ihre Zukunft betreffend den Anspruch auf eine eigene Entscheidung, Euer Hoheit. Es könnte durchaus sein, dass sie den Rest ihres Lebens mit einem verbitterten Prinzen, der sich im Exil befindet, und mit all seinen Schuldgefühlen zubringen möchte.«

Alexej fuhr zusammen. »Versucht nicht, es so reizvoll klingen zu lassen.«

Roman zuckte die Achseln. »Würdet Ihr gerne wissen, Euer Hoheit, was ich noch denke?«

»Nein«, fauchte ihn Alexej an, dann aber seufzte er. »Fahrt fort.«

»Von allen Schuldgefühlen, die euch zusetzen, von allen Opfern, die ihr gebracht habt« – Romans Blick hielt seinem stand – »könnte dies das größte sein.«

»Das, mein Freund« – Alexej hob sein Glas – »weiß ich bereits.«

»Guten Tag, Graham«, Pamela stürmte ins Haus und zog ihre Handschuhe aus.

Das Allerletzte, was sie sich an diesem Morgen gewünscht hatte, war ein Ausritt im Park. Alles, was sie wirklich wollte, war, jeden Tag und jede Nacht mit Alexej zu verbringen. Sie war sich sicher, dass er sie liebte. Er hatte es nicht gesagt, aber seine Berührungen und noch mehr seine Augen verrieten es ihr. Er hatte in der Liebeskunst viel Erfahrung, doch zwischen ihnen war etwas, das jenseits bloßer Leidenschaft lag. Sie wusste es in ihrem Herzen. Nun musste sie ihn nur noch dazu bringen, es zuzugeben.

Clarissa hatte auf diesem morgendlichen Ausflug bestanden, was an sich schon außerordentlich ungewöhnlich war, da sie selten auf etwas bestand. »Wo sind sie alle?«

»Lady Smythe-Windom befindet sich im Salon. Sie bittet darum, dass die Damen zu ihr kommen, sobald sie zurück sind«, antwortete Graham.

Pamela blieb stehen. Selbst das Glück der letzten Nacht konnte ihre böse Vorahnung in Bezug auf Nikolai nicht zerstreuen. »Und Seine Hoheit?«

»Er befindet sich bei einer Zusammenkunft in der Bibliothek, Miss.«

»Tatsächlich?« Pamela machte auf dem Absatz kehrt und hielt auf die Bibliothek zu.

»Oh nein!« Clarissa ergriff Pamelas Arm und schob sie dem Salon zu. »Du wirst dich nicht einmischen.«

»Ich habe nicht vor, mich einzumischen«, log Pamela. »Ich möchte einfach nur wissen, was in jenem Raum besprochen wird. Ich weiß, dass es wichtig ist. Da Seine Hoheit darin verwickelt ist« – sie warf einen Blick auf Graham – »*mein Verlobter*, finde ich, dass ich jedes Recht habe, ja sogar die Verantwortung, herauszufinden, was es ist.«

»Du kannst danach fragen, sobald sie fertig sind«, sagte Clarissa bestimmt und drängte sie, so gut es ging, weiter in Richtung Salon. »Tante Millicent wünscht uns zu sehen, und genau das werden wir auch tun.«

»Also gut.« Pamela seufzte und begleitete ihre Cousine in den Salon.

»Meine lieben geliebten Mädchen, wie geht es euch an diesem wunderbaren Morgen?« Tante Millicent sprang vom Sofa auf, um sie nacheinander zu umarmen. »Ich habe wunderbare Neuigkeiten.«

Pamela und Clarissa wechselten vorsichtige Blicke.

»Ich werde Winchester heiraten.« Tante Millicent strahlte.

»Winchester?« Clarissa sah zu Pamela.

»Der Mann, den sie fast geheiratet hätte«, erklärte Pamela.

»Ich dachte, du hast eine Abneigung gegen alles Dauerhafte?« Clarissa hob eine Augenbraue. »Ich glaube, eine Ehe ist etwas außerordentlich Dauerhaftes.«

»Wie es aussieht, habe ich diese Abneigung überwunden.« Tante Millicent wischte den Einwurf vom Tisch. »Um ehrlich zu sein, klingt Dauerhaftigkeit mit Winchester sehr nach dem Himmel auf Erden.«

»Du beabsichtigst doch nicht etwa, Ihn wieder vor dem Altar zu verlassen, oder?«, fragte Pamela ironisch.

»Das habe ich auch beim ersten Mal nicht beabsichtigt, meine Liebe«, erwiderte Tante Millicent mit Nachdruck. »So etwas geschieht einfach.«

Clarissa sah sie prüfend an. »Wird es wieder geschehen?«

»Winchester wird nicht erlauben, dass es wieder geschieht.« Tante Millicent stieß einen überglücklichen Seufzer aus und sank auf das Sofa zurück. »Wir hatten vergangene Nacht sehr viel zu besprechen. Es sieht so aus, als würde er mich noch immer lieben und noch immer haben wollen. Und ich werde ihm erlauben, mich für den Rest seines Lebens zu bekommen.«

Pamela starrte sie an. »Du sitzt auf einem Kissen?«

»Ja, also, im Lauf unseres Gesprächs legte er mich übers Knie und züchtigte mich.« Tante Millicent kicherte. »Es war wirklich sehr aufregend.«

»Guter Gott.« Pamela stöhnte.

»Ach du Schreck!« Clarissa machte große Augen. »Wie aufregend?«

»Clarissa!« Pamelas Stimme klang ehrlich schockiert.

»Ich war nur neugierig«, murmelte Clarissa.

»Überraschend aufregend.« Tante Millicent lehnte sich vertraulich nach vorn. »Es war alles überraschend aufregend. Wir hatten niemals etwas, das heißt vor der letzten Nacht.« Sie seufzte bei der Erinnerung. »Es war sehr, sehr schön.«

»Bist du dir sicher?« Pamela setzte sich neben ihre Tante.

Tante Millicent nickte. »Oh ja, es war wohl die schönste Nacht –«

»Das meine ich nicht«, warf Pamela schnell ein. Ihr wäre es lieber gewesen, keine weiteren Details über die Nacht ihrer Tante zu erfahren. »Du hast immer gesagt, du würdest nicht ohne Liebe heiraten. Dass eine Ehe ohne Liebe der Mühe nicht wert sei.«

»Oh, aber er liebt mich, und ich liebe ihn. Habe ich vergessen, dass zu erwähnen?« Tante Millicent schüttelte den Kopf. »Ich liebte ihn schon vor zwölf Jahren, aber ich war zu dumm, es zu bemerken. Und er war zu stolz, um mich zu verfolgen, was auch aus ihm einen Dummkopf macht. Doch wir sind nun beide älter und eindeutig klüger, und ich wünsche nicht, einen weiteren Augenblick ohne ihn zu verbringen. Was mich, freiheraus gesagt, auf euch beide bringt.« Sie klopfte auf den Platz neben sich, und Clarissa setzte sich gehorsam nieder. »Winchester möchte sofort heiraten, mit Sondergenehmigung und vermutlich hier in diesem Haus. Obwohl ich nicht die Absicht habe, meine Meinung zu ändern, verstehe ich, warum ihm ein bisschen bange ist vor einer Hochzeit in Kirchen.«

»Er ist klüger geworden«, sagte Clarissa eher zu sich selbst.

»Er besitzt hier in der Stadt ein wunderhübsches Haus und ein reizendes Gut auf dem Land.« Tante Millicent sah von Pamela zu Clarissa. »Wir werden diese beiden zu unseren Hauptwohnsitzen machen.«

»Was heißt, dass du nicht hier leben wirst«, bemerkte Pamela langsam.

»Eventuell.« Tante Millicent nahm die Hände ihrer Nichten. »Winchester versteht sehr gut, dass ich euch unmöglich ohne Anstandsdame in diesem Haus wohnen lassen kann; deshalb stimmte er zu, für eine Weile mit mir hier zu wohnen.«

Pamela warf einen Blick auf Clarissa und atmete tief durch. »Ich bin mir nicht ganz sicher, ob wir das zulassen können.«

Clarissa nickte. »Es ist nicht einfach, sich an eine Ehe zu gewöhnen, und ich denke, es ist das Beste, wenn sich der arme Mann nicht mit einem Haushalt voll deiner Verwandten –«

»Deiner weiblichen Verwandten«, betonte Pamela.

»– auseinandersetzen muss und gleichzeitig noch mit … nun …« Clarissa hielt inne.

»Mit dir«, fügte Pamela in schonungslosem Ton hinzu. »Du kannst gelegentlich sehr überwältigend sein.«

Tante Millicents Lachen schallte durch den Raum. »Das kann ich allerdings sein. Ich wage zu behaupten, dass er das am meisten an mir liebt.«

Von der geöffneten Tür her war ein diskretes Klopfen zu hören. »Miss Effington«, Graham kam herein, »Ihr habt Besuch.« Er machte eine Pause, in seiner Stimme lag ein schwacher Ton der Missbilligung. »Einen männlichen Besucher.«

»Hervorragend«, sagte Tante Millicent und stand auf. Pamela und Clarissa taten es ihr nach. »Führen Sie ihn sofort herein, Graham.«

»Wir Ihr wünscht, Mylady.« Graham nickte und zog sich zurück.

»Ich muss sagen, ich hätte nicht gedacht, dass sich so

schnell etwas tut. Deine Verlobung wurde erst letzte Nacht bekannt gegeben, und schon hast du die Aufmerksamkeit eines geeigneten Gentleman erregt.«

»Wir wissen überhaupt nicht, ob er geeignet ist«, widersprach Pamela mit bestimmtem Ton. »Es könnte doch irgendjemand sein, einer meiner Brüder vielleicht oder jemand aus Mr. Corbys Büro, der in einer geschäftlichen Angelegenheit geschickt wurde.«

»Außerdem«, fügte Clarissa hinzu, »scheint mir ein Gentleman, der eine frisch verlobte Dame aufsucht, nicht gerade die Sorte Mann zu sein, die Pamelas Interesse weckt.«

»Stimmt.« Tante Millicent runzelte die Stirn. »Es verrät ziemlich schlechte Manieren, nicht wahr? Und ich habe auch nicht wirklich gedacht, dass das geschehen könnte, bevor du deine Verlobung gelöst hast. Nun, wir werden sehen.«

Graham räusperte sich, und die Frauen drehten sich zur Tür.

Pamela fuhr zusammen. »George.«

»Lord Penwick.« Tante Millicent sprach den Namen so aus, als hinterlasse er einen scheußlichen Geschmack in ihrem Mund. »Was macht Ihr hier?«

»Das beantwortet allerdings die Frage nach den schlechten Manieren«, sagte Clarissa kühl.

»Lady Smythe-Windom, Lady Overton.« Georges Blick begegnete Pamelas. Ihr gefiel der Ausdruck in seinen Augen nicht. »Miss Effington. Ich wünsche einen guten Tag.«

»Es war ein guter Tag«, entgegnete Tante Millicent schneidend. »Was wollt Ihr?«

»Ich würde gerne eine paar Worte mit Miss Effington wechseln«, antwortete George sanft.

Pamela stöhnte auf. »Wir haben uns nichts mehr zu sagen.«

»Man sollte meinen, Seine Hoheit hat Euch das gestern

Abend unmissverständlich zu verstehen gegeben«, fügte Clarissa hinzu.

Tante Millicent neigte sich zu Clarissa und senkte ihre Stimme. »Was ist denn gestern Abend vorgefallen?«

»Das werde ich dir später erzählen«, gab Clarissa leise zurück.

»Dennoch gibt es eine Angelegenheit von einiger Wichtigkeit, die ich mit Miss Effington zu besprechen wünsche.« Er hielt inne. »Allein.«

»Ganz bestimmt nicht.« Tante Millicent schüttelte den Kopf. »Ich wäre die schlechteste aller Anstandsdamen, wenn ich Euch mit ihr allein lassen würde. Nein, das werde ich nicht erlauben.«

»Ich weiche nicht von der Stelle, bis ich mit ihr allein sprechen kann.« Georges Mund presste sich zu einer Linie zusammen, die seine Halsstarrigkeit widerspiegelte.

Pamela gab nach. George schien wirklich nicht zu gehen, bevor er nicht gesagt hatte, was er zu sagen hatte. Vermutlich war es besser, alles hinter sich zu bringen. »Es geht schon in Ordnung, Tante Millicent. Ich bin mir sicher, dass sich Lord Penwick bei allem, was er zu sagen hat, kurz fassen« – sie warf ihm einen warnenden Blick zu – »und schnell auf den Kern der Sache kommen wird. Es wird mir nichts geschehen.«

»Nun gut, wenn du darauf bestehst.« Tante Millicent nickte Clarissa zu und ging zur Tür. »Aber wir werden in der Nähe sein, falls du uns brauchen solltest.« Tante Millicent marschierte aus dem Salon, Clarissa folgte ihr auf dem Fuß. Sie hatte Pamela einen ermutigenden Blick zugeworfen und die Tür betont hinter sich offen gelassen.

George kicherte. »Deine Tante ist sehr eindrucksvoll.«

»Das kann sie sein.« Pamela sah ihn prüfend an. »Warum bist du hier, George? Ich dachte, ich hätte gestern Abend meinen Standpunkt vollkommen deutlich dargelegt.«

»Ich bin gekommen, um dich um deine Hand zu bitten.«

»Was?« Sie starrte ihn ungläubig an. »Ich möchte dich heiraten.«

»Warum?«

»Weil ich dich liebe. Ich habe dich immer geliebt und werde dich immer lieben.« Er ging auf sie zu.

Sie trat zurück und streckte ihren Arm von sich. »Keinen Schritt weiter, George, oder ich schwöre, dass ich dir mit meinen bloßen Händen das Herz aus der Brust reiße.«

Er lächelte. »Nun komm schon, Pamela, du würdest mir nie Schaden zufügen.«

»Ich würde sehr wohl, und ich würde es mit Begeisterung tun«, fuhr sie ihn an. »Hast du denn gestern Abend nichts von all dem vernommen, was ich gesagt habe?«

»Jedes Wort.« Er zuckte die Achseln. »Doch ich habe dir gestern Abend nicht geglaubt, und ich glaube dir jetzt nicht.«

»Warum um alles in der Welt denn nicht?«

Er stieß einen langen Seufzer aus. »Weil wir beide füreinander geschaffen sind. Ich habe dich jede Sekunde eines jeden Tages vermisst. Um die Wahrheit zu gestehen, ich habe um deine Rückkehr gebetet, und meine Gebete wurden erhört. Nichts auf dieser Welt steht noch zwischen uns. Du bist zurück in London, und ich bin frei, um zu heiraten. Denk an das Leben, dass wir zusammen führen können. Abgesehen von der Leidenschaft, die wir füreinander empfinden, wenn mein Vermögen zusammen mit dem Vermögen, das du geerbt hast –«

»Woher weißt du von meinem Erbe?« Zum ersten Mal fragte sie sich, ob George vielleicht doch erheblich gefährlicher war, als sie vermutet hatte.

»Sofort nachdem ich gehört hatte, dass du zurück bist, habe ich es mir zur Aufgabe gemacht, das herauszufinden.«

»Du willst mich also wegen meines Geldes heiraten?« Ihre Stimme hob sich. »Das hat es also mit dieser neu entdeckten Leidenschaft für mich auf sich?«

»Nicht im Geringsten, und meine Leidenschaft ist ewig und nicht neu entdeckt.« Empörung schwang in seiner Stimme. »Dein Geld ist einfach nur ein unerwarteter, wenn auch höchst erfreulicher Segen.«

Sie ballte ihre Hände zu Fäusten. »Verschwinde, George.«

»Das habe ich nicht vor.«

»George.« Sie schloss für einen Moment ihre Augen und betete um Selbstbeherrschung. »Außer der Tatsache, dass ich dich nicht heiraten möchte, bin ich verlobt und werde einen anderen heiraten.«

Er kicherte. »Das bist du nicht.«

Ihr Atem stockte. »Was hast du da gesagt?«

»Nun komm, Pamela, ich weiß, dass deine Verlobung mit seiner Hoheit nichts weiter als ein Schauspiel ist. Ich bin mir nicht sicher, zu welchem Zweck, aber ich weiß, dass sie nicht rechtmäßig ist.«

Sie zwang sich zu einer kühlen Stimme. »Was hat dich bloß auf eine solche Idee gebracht?«

»Ich habe gestern Abend Lady Overton und dich zufällig belauscht.« Er schüttelte scheinbar tadelnd den Kopf. »Du solltest bei einer öffentlichen Veranstaltung wirklich vorsichtiger sein mit vertrauten Gesprächen.«

»Ungeachtet dessen, was du glaubst, gehört zu haben –«

»Hier mein Vorschlag, Pamela.« Er verschränkte seine Hände hinter dem Rücken und betrachtete sie nachdenklich, so als sei sie eine Zuchtstute, die er erwog zu kaufen. »Ich werde dein Geheimnis bewahren, wenn du dieser Posse mit dem Prinzen sofort ein Ende machst und mich heiratest.«

»Erstens ist es keine Posse. Und zweitens, selbst wenn es eine wäre, gibt es auf Erden keine Macht, die mich dazu verleiten könnte, dich zu heiraten.« Sie zwang sich zu einem Lächeln und einem übertrieben freundlichen Ton. »So, es ist allerhöchste Zeit, dass du mein Haus verlässt und ebenso mein Leben.«

»Vielleicht hast du nicht ganz verstanden.« Seine Stimme wurde härter. »Du bist vor sechs Jahren aus England geflohen, weil du dem Skandal um uns nicht ins Gesicht sehen konntest. Dieser alte Skandal wird im Vergleich zu dem Skandal, in den du verwickelt wirst, wenn bekannt wird, dass du ganz London betrogen hast, gar nichts sein.«

»Weißt du, wie lächerlich sich das anhört? Wie lächerlich du dich anhörst?« Ein Anflug von Panik stieg in ihr auf. Sie verschränkte ihre Arme über der Brust. In ihrer Stimme lag Verachtung. »Keiner wird dir je Glauben schenken.«

»Vielleicht nicht zu Beginn.« Er zuckte die Achseln. »Aber wenn deine Verlobung nicht in eine Ehe mündet, wird es Gerede geben. Spekulationen, Klatsch. Das ist eine ausgesprochen pikante Geschichte. Du wirst ruiniert sein.« Er machte eine Pause. »Nochmals.«

»Dennoch.« Sie hob energisch das Kinn. »Ich würde lieber mit einem Skandal leben, ja, ich würde es vorziehen, in den Feuern der Hölle zu kochen, als dich zu heiraten.«

»Gut gesagt, Miss Effington.« Alexejs Stimme erklang vom Gang her. »Wirklich gut gesagt.«

Erleichterung machte sich in ihr breit, und sie hatte alle Hände voll zu tun, um sich nicht in seine Arme zu stürzen.

»Wird es Euch zur Angewohnheit, die Gespräche anderer Leute zu belauschen?«, fauchte George ihn an, hielt dann aber inne. »Euer Hoheit.«

»Vermutlich wird es das.« Alexej schlenderte in den Salon, seine Stimme klang unbeschwert, aber in seinen Augen lag ein tödlicher Glanz. »Man erfährt auf diesem Weg so viel Interessantes.«

»Euer Hoheit.« Pamela ging auf Alexej zu. Er schenkte ihr keine Beachtung, da seine Aufmerksamkeit ganz allein auf George gerichtet war. Guter Gott, er war bereit, ihn zu töten. »Alexej –«

»Das stimmt allerdings.« George starrte Alexej an, versuchte ihn einzuschätzen. »So habe ich die Wahrheit über Eure Verlobung mit Miss Effington erfahren.«

»So, habt Ihr das?« Alexejs Stimme war kühl. »Und seid Ihr Euch sicher genug, bei dem, was ihr gehört zu haben glaubt, um mit Eurem Leben zu bezahlen?«

Unentschlossenheit blitzte über Georges Gesicht, aber er kam nicht ins Wanken. »Ich werde alles tun, was nötig ist, um sicherzustellen, dass Pamela mich heiratet.«

Pamela schnaubte. »Niemals.«

Alexej kniff seine Augen zu einem Schlitz zusammen. »Pamela wird mich heiraten.«

»Ich habe sie zuerst gehabt«, sagte George trocken.

Pamela stöhnte. »Lieber Gott.«

»Jetzt habe ich sie.« Alexejs Stimme war leise und führte einen Ton mit sich, der ihr Schauder den Rücken hinunterjagte.

»Niemand hat mich«, warf Pamela höhnisch ein. »Ich bin kein Eigen–«

»Ihr habt Miss Effingtons Ehre angezweifelt.« Alexejs Blick bohrte sich in Georges. George schien unter diesem starren Blick sichtbar zu schrumpfen. »Wie auch meine eigene.«

George straffte seine Schultern. »Ich habe nichts als die Wahrheit gesagt.«

»Die Wahrheit, Lord Penwick, ist wie so vieles eine Frage der Wahrnehmung. Ich werde nicht zulassen, dass Ihr Miss Effington in irgendeiner Weise bedroht. Noch werde ich zulassen, dass ihr den guten Namen der Frau beschmutzt, die ich liebe. Oder meinen.« Alexej schüttelte scheinbar bedauernd den Kopf. »Ich sehe, dass Ihr mir gestern Abend nicht geglaubt habt.«

»Ich fürchte, ich weiß nicht, was ihr damit meint.« Georges Stimme klang vorsichtig.

»Einfach gesagt, Lord Penwick, während ich gestern Abend geneigt war, Verständnis zu zeigen, hat sich heute diese Neigung verflüchtigt.« Alexej lächelte so liebenswürdig, dass man meinen konnte, er würde nichts Wichtigeres als einen Ausflug in den Park besprechen, aber Pamela stockte der Atem beim Anblick seiner Augen. »Habt Ihr einen Sekundanten?«

Georges Augen weiteten sich. »Nein.«

»Dann solltet Ihr sofort jemanden suchen, der Euch sekundiert, da mein Sekundant ihn später aufsuchen wird. Die Morgendämmerung ist, wie ich glaube, die übliche Zeit.« Er blickte auf Pamela. »Ist das auch in Eurem Land so üblich?«

»Alexej, ich –«

»Ich dachte mir so.« Alexej nickte und richtete seine Aufmerksamkeit wieder auf George. »Morgen bei Sonnenaufgang also. Mein Sekundant wird Euren wegen des Ortes und … ach ja« – er zog seine Augenbrauen zusammen – »da Ihr gestern Abend Eure Vorliebe für den Degen zum Ausdruck gebracht habt, gehe ich davon aus, dass der Degen noch immer die Waffe Eurer Wahl ist? Oder würdet Ihr Pistolen bevorzugen?«

George schluckte. »Degen, wenn es sein muss.«

»Es muss sein. Ihr müsst wissen, Lord Penwick, dass Ihr Euch das ganz und gar selbst zuzuschreiben habt.« Alexej seufzte scheinbar bedauernd. »Ich kann kein weiteres *Missverständnis* nachsehen.« Seine Stimme wurde härter. »Noch will ich es. Um ehrlich zu sein, freue ich mich darauf, Euch wie ein Schwein auf einen Fleischspieß zu spießen.«

Georges Gesicht nahm eine interessante Grünfärbung an. Trotz seiner augenscheinlichen Angst holte er tief Luft und erwiderte Alexejs Blick. »Ich bin nicht unerfahren mit dem Degen, Euer Hoheit.«

»Hervorragend.« Alexej lächelte kalt. »Ich liebe Herausforderungen.«

»Bis morgen also«, George sagte es ohne das geringste Zittern in der Stimme. Es kostete ihn sicher viel Mühe, und bei jemand anderem als ihm wäre es bewundernswert gewesen. »Euer Hoheit. Miss Effington.« George nickte und verließ den Salon gemessenen Schrittes. Auch das musste ihn viel Mühe kosten.

Alexej grinste. »Ich muss sagen, das alles scheint ausgesprochen unterhaltsam zu werden.«

Pamela starrte ihn an. »Du wirst ihn umbringen.«

Er zuckte mit den Achseln. »Wahrscheinlich.«

»Warum?«

»Weil er ein widerlicher, schmutziger Mensch ist, der dich und dein Erbe für nichts anderes als einen Erwerb von Eigentum hält. Er hat dich einmal verloren, und er hat sich entschlossen, dich nun, um es offen zu sagen, zu besitzen. Und wenn er dich nicht besitzen kann, weil du heute viel klüger bist als damals –«

»Gott sei Dank.«

»– wird er dafür sorgen, dass es auch kein anderer kann, indem er unser Spiel aufdeckt. Es sein denn«, Alexej lächelte vergnügt, »ich werde ihn umbringen.«

Sie fuhr auf. »Du kannst ihn nicht einfach umbringen.«

»Ganz sicher kann ich das, es sei denn, er ist ein wesentlich besserer Fechter als ich, und das glaube ich nicht. Oder –« Sein Blick hielt ihren fest, seine braunen Augen sahen sie eindringlich an. »Er hat recht, und du empfindest wirklich etwas für ihn.«

»Ich empfinde etwas für ihn, aber nichts davon hat auch nur ein kleines bisschen mit Zuneigung zu tun.«

»Wunderbar.« Alexej nickte mit kaum merklicher, aber eindeutiger Erleichterung. »Es ist also beschlossene Sache. Es wird nicht einmal eine große Herausforderung sein, was einigermaßen schade ist.«

»So gern ich ihn ebenfalls wie ein Schwein auf einen Fleischspieß aufgespießt sehen würde« – sie stieß einen enttäuschten Seufzer aus – »kann ich nicht zulassen, dass du das machst.«

»Du, meine liebe Pamela, hast in dieser Angelegenheit keine Wahl. Darüber hinaus ist es das Mindeste, was ich tun kann, bevor ich abreise.« Seine Stimme klang beiläufig, so als hätte er irgendetwas Unwichtiges gesagt.

Ihr Herzschlag stockte. »Was meinst du mit abreisen?«

»Ich habe die Absicht, unmittelbar nachdem ich Lord Penwick getötet habe, nach Avalonien abzureisen.«

Sie starrte ihn ungläubig an. »Was?«

»Oh, ich beabsichtige voll und ganz, ihn zu töten.«

»Nicht das.« Sie ging auf ihn zu. »Das andere.«

»Du meinst die Abreise nach Avalonien.«

»Ja.«

»Es sieht aus, als habe mein Bruder einen ausgesprochen raffinierten Plan zur Rückeroberung von Avalonien. Es sind darin erfahrene Truppen und Aufrührer verwickelt, und, nun, sie können ihr Ziel nicht erreichen, solange sie nicht richtig angeführt werden.« Er zuckte die Achseln. »Als Erbe des Throns ist es meine Pflicht, das zu tun.«

»Ich wusste es. Ich wusste von dem Augenblick an, in dem ich ihn gesehen habe, dass er gefährlich ist.« Panik erfüllte sie. »Das kannst du nicht tun, Alexej. Ich werde es nicht zulassen. Du wirst getötet werden.«

»Es tut mir leid, meine Liebe, aber auch hierbei hast du kein Mitspracherecht. Was meinen Tod anbelangt, besteht vermutlich diese Möglichkeit, trotzdem werde ich alles in meiner Macht Stehende unternehmen, um dies zu vermeiden.« Er schwieg einen Augenblick. »Doch immerhin ist es ruhmreich, für sein Land zu sterben.«

»Es ist dumm, für etwas zu sterben, dass man nicht gewinnen kann«, fauchte sie ihn an.

»Vielleicht.«

»Dann … dann …« Sie streckte herausfordernd ihr Kinn hoch. »Dann werde ich mit dir gehen.«

»Mach dich nicht lächerlich. Das ist nicht dein Kampf. Und so sehr ich dieses Angebot schätze, ich muss es zurückweisen.« Er schüttelte den Kopf. »Offen gesagt, du würdest nur ein Hemmschuh sein.«

»Mein Platz ist an deiner Seite«, erwiderte sie standhaft.

»Dein Platz?« Er schmunzelte. »Hast du vergessen, dass unsere Verlobung ein Scherz ist, um andere zum Narren zu halten? Dein Platz ist hier. Er war es immer, und er wird es immer sein.«

»Aber was ist mit« – sie hielt den Atem an – »uns?«

»Meine liebe Pamela, wir waren Schauspieler. Sehr gute allerdings, wenn ich das hinzufügen darf.«

»Die vergangene Nacht –«

»Die vergangene Nacht war wunderschön, und ich werde die Erinnerung daran immer hegen und pflegen.« Er führte ihre Hand an die Lippen, sein Blick versenkte sich in ihrem. »Wir waren nichts weiter als ein Zwischenspiel, Pamela. Wir waren niemals für etwas anderes bestimmt.«

Das Herz schlug ihr in der Kehle. »Ich dachte, du empfindest etwas für mich.«

»Ja, das tue ich. Ich habe dich sehr, sehr gern, und eben deswegen habe ich vor, Penwick zu töten, bevor ich abreise. Und was alles Weitere betrifft: die Liebe sozusagen.« Er lächelte zynisch. »Ich fürchte, ich habe mein Herz vor langer Zeit an ein Land und an ein Volk verloren, und es gehört noch immer diesen beiden.«

»Du hast George gesagt, dass du mich liebst«, sagte sie langsam. »War auch das geschauspielert?«

»Und zwar gut, wenn ich so sagen darf.«

»Alexej.« Sie kämpfte ihre Tränen nieder.

»Pamela.« Er zog sie sanft in seine Arme. »Zu einer anderen Zeit, an einem anderen Ort, ja, in einem ganz anderen Leben hätte es für uns vielleicht eine Zukunft geben können. Aber hier und jetzt bleiben uns nur ein paar gestohlene Augenblicke.«

»Ich will nicht nur ein paar Augenblicke. Ich will ein ›Für-immer-und-ewig‹. Mit dir.«

»Das ist sehr verführerisch, aber ich ...« Er schüttelte den Kopf. »Ich wäre überhaupt nicht gut für dich.«

Ihre Stimme versagte. »Das macht mir nichts aus.«

»Mir schon.« Er näherte seine Lippen ihren und küsste sie sanft, zärtlich, ein Abschiedskuss. Pamela hielt ihre Augen fest geschlossen, um ihre Tränen zurückzuhalten. Sie klammerte sich an ihn, und er hielt sie lange Zeit fest. Wären da nicht seine Worte gewesen, hätte sie geschworen, dass er viel mehr für sie empfand, als er zugab. Schließlich gab er sie frei und trat einen Schritt zurück.

»Wir werden sagen, die Umstände würden es erfordern, dass ich unsere Verlobung löse. Es wird sehr großzügig von mir erscheinen, dich aufzugeben.« Er lächelte widerwillig. »Viele werden mich für verrückt halten, weil ich dich verlasse; und es erscheint mir im Moment wirklich selber so.«

»Dann geh nicht!«

»Pamela.« Er streckte seine Hand aus, um ihr Kinn zu umfassen. »Ich kann nichts anderes tun. Ich muss in mein Land zurückkehren. Man bringt Opfer aus ... aus Liebe.«

Sie zog seine Hand weg und zwang sich zu einem ruhigen Ton. »Wirst du allein gehen?«

»Nein. Kapitän Petrow und Valentina werden mich begleiten. Es ist auch ihr Land.« Er zögerte. »Ich lasse Graf Stefanowitsch zurück und habe ihn von allen Verpflichtungen mir gegenüber befreit.«

»Wegen Clarissa?«

»Ja, aber er stimmt mir nicht zu. Er denkt ebenfalls, dass meine Handlungen fragwürdig sind.« Alexej zuckte die Achseln. »Nichtsdestotrotz, Opfer –«

»Ja, ja, ich weiß«, unterbrach sie ihn schneidend. »Aus Liebe.«

Er sah sie lange an, so als gäbe es noch eine Reihe von Dingen, die er sagen wollte, aber nicht sagen würde.

»Ja?« Sie konnte in ihrer Stimme einen Hoffnungsschimmer nicht verbergen.

Sofern er es überhaupt bemerkt hatte, überging er es. »Ich habe heute Morgen noch Bankgeschäfte zu erledigen, danach Zusammenkünfte, Vorbereitungen, all solche Sachen, die mich voraussichtlich bis in die Nacht hinein in Anspruch nehmen werden.« Er holte tief Atem. »Es ist durchaus möglich, dass wir uns nicht mehr sehen werden.«

»Dann ist das« – sie schluckte schwer – »der Abschied?«

Er nickte. »Ich fürchte.«

»Ich wünsche dir viel Glück.« Ihre Stimme klang hohl. »Lass mich bitte nicht von deinem Tod erfahren.«

Er schmunzelte. »Ich werde tun, was ich kann, Pamela.« Er schwieg, und sein Blick hielt ihren fest. Trotz seiner Worte spiegelte sich Reue und noch etwas anderes, etwas, das ihr am Herzen zerrte, in seinen Augen. »Ich werde die Tage, die ich mit dir verbracht habe, mein ganzes Leben lang wie einen Schatz hegen.«

»Sorge dafür, dass es ein langes Leben ist, Alexej.« Sie konnte die Worte kaum aussprechen.

Er nickte, wandte sich um und verschwand.

Einen nicht enden wollenden Moment lang war sie vor Schock wie gelähmt. Die Erde schien unter ihr weggebrochen zu sein. Sie wollte aus Enttäuschung losschreien oder aus Verzweiflung weinen.

Sie wandte sich um, ging zum Fenster und starrte blindlings auf die Straße hinunter. Selbst wenn er sie nicht liebte, wie konnte sie es zulassen, dass er sein Leben für eine aussichtslose Sache hingab? Dazu liebte sie ihn viel zu sehr, und zwar wohl schon vom ersten Augenblick an, als sie ihn vor all den Jahren in Venedig kennengelernt hatte.

Alexej und Stefanowitsch erschienen unten auf der Straße. Sollte das wirklich das letzte Mal sein, dass sie ihn sah? Sie beobachtete, wie Petrow und die Prinzessin dazukamen. Dem ernsthaften Ausdruck auf den Gesichtern, die sie erkennen konnte, nach zu urteilen, besprachen alle zusammen ihr Vorhaben.

Sie hatte Clarissa gesagt, sie sei bereit, ihm all das zu opfern, was sie sich immer gewünscht hatte, doch sie konnte ihn nicht zwingen, sie zu lieben. Und sie würde ihn nicht ohne seine Liebe haben wollen. Doch sie war sicher, dass er sie liebte.

War sie denn so verrückt wie George? Er weigerte sich zu glauben, dass sie ihn nicht liebte, so wie sie sich weigerte zu glauben, dass Alexej sie nicht liebte. Nein, ihre Überzeugung festigte sich. Sie irrte sich nicht. Sie wusste es so genau, wie sie ihren eigenen Herzschlag kannte. Wusste es in den Tiefen ihrer Seele.

Und sie würde ihn nicht kampflos aufgeben. Selbst wenn dieser Kampf in ihm selbst stattfinden würde.

Sie hatte fast einen ganzen Tag Zeit, sich etwas auszudenken. Er würde erst morgen abreisen, nachdem er George im Duell getötet hatte. Doch auch dieses würde sie verhindern.

Unter ihr verschwanden Valentina und Petrow im Haus, Alexej und der Graf fuhren los.

Pamela hob das Kinn. Das würde nicht das letzte Mal sein, dass sie ihn gesehen hatte. Allerdings konnte sie gegen fast alles ankämpfen, nur nicht gegen die Liebe zu seinem Land. Es war so sehr Teil von ihm, wie seine Arme, seine Beine oder sein Herz es waren.

Ihre einzige Hoffnung war ihr Glaube, dass er ihre Liebe erwiderte.

Und bevor nicht dieser Glaube gestorben und begraben war, bevor also sie nicht gestorben und begraben war, würde sie niemals aufgeben.

16

Ich werde ihn wiedersehen.
Miss Pamela Effington

»Pamela?« Clarissas Stimme erklang hinter ihr.

»Ja?« Pamela atmete langsam ein und aus, um sich zu beruhigen, und drehte sich vom Fenster weg.

»Ist mit dir alles in Ordnung?« Clarissa kam mit besorgtem Gesicht auf sie zu.

»Nein.« Pamela lächelte schwach.

»Ich muss dir etwas sagen. Während du mit George und Seiner Hoheit hier im Salon warst, haben Roman und ich miteinander gesprochen.« Clarissa atmete tief durch. »Er hat mich gebeten, ihn zu heiraten.«

»Clarissa!« Pamela flog durch den Raum und umarmte ihre Cousine. »Wie schön für dich.«

»Ja, das ist es.« Clarissa strahlte geradezu vor Glück. »Ich sagte ja, allerdings unter einer Bedingung.«

Pamela hob eine Augenbraue. »Eine Bedingung?«

»Sie ist ganz einfach.« Clarissa nahm ihre Hand, führte sie zum Sofa und setzte sich hin. Pamela ließ sich neben ihr nieder. »Die Bedingung lautet: Aufrichtigkeit.«

»Das scheint einfach zu sein.«

»Nicht ganz.« Clarissas Blick suchte den ihrer Cousine. »Es erforderte die Wahrheit in einer Reihe von Angelegenheiten.« – »Oh?« Pamelas Herz schlug dumpf.

»Erstens«, Clarissa hielt inne. »Seine Hoheit kehrt nicht nach Avalonien zurück.«

»Was?« Pamela erstarrte. »Aber sein Bruder hat eine Art Plan und –«

»Nikolai verfolgte tatsächlich einen Plan, aber alle stimmten darin überein, dass es der Gipfel der Dummheit ist.«

»Dann ...« Ungeheure Erleichterung durchströmte sie, raubte ihr den Atem und ließ sie neben sich stehen. Tränen überfluteten ihre Augen. »Gott sei Dank!« Er ging nicht in den sicheren Tod. Er hatte nicht vor, sein Leben für eine aussichtslose Sache wegzuwerfen. Er – sie fuhr in die Höhe. »Aber warum im Namen aller Heiligen hat er mir erzählt, dass er geht? Wie konnte er mir das antun? Wohin geht er?«

»Er reist irgendwohin aufs Land. Auf ein Schloss, das einem entfernten Verwandten gehört, glaube ich wenigstens, denn dieser Teil der Geschichte klingt etwas vage. Auf alle Fälle ist das nicht der springende Punkt. Der springende Punkt ist die Frage, warum.«

»Genau das habe ich dich eben gefragt«, erwiderte Pamela, die versuchte, ihre Ungeduld nicht auf ihre Stimme übergreifen zu lassen.

»Er denkt, es wäre für dich das Beste, wenn er nicht Teil deines Lebens ist.«

»Das Beste für mich? Wie könnte es denn das Beste für mich sein?« Sie sprang auf und ging verzweifelt im Salon auf und ab, während sie versuchte, sich jedes Wort aus jeder Unterhaltung, die sie jemals miteinander geführt hatten, ins Gedächtnis zurückzurufen. »Vor vier Jahren war er ganz und gar nicht dagegen, dass ich Teil seines Lebens sein könnte.«

»Vor vier Jahren hatte er sein Land noch nicht verloren«, sagte Clarissa leise.

Pamela blieb kurz stehen und begegnete dem Blick ihrer Cousine. »Du glaubst also, dass das der Grund ist?«

»Es gibt noch mehr, Pamela. Laut Roman weiß Seine Königliche Hoheit« – Clarissa wand sich – »alles.«

»Was meinst du mit ›alles‹?«, fragte Pamela schleppend.

»Er weiß, dass du die Dame aus Venedig bist.« Clarissa

sah sie nachdenklich an. »Darüber hinaus bewahrte er jene Nacht in seinem Gedächtnis wie du sie in deinem.«

Pamela starrte ihre Cousine an. Unsinnige, immense Freude breitete sich in ihr aus. »Stimmt das wirklich? All die Jahre?«

»Ja, so ist es.«

»Ein Mann von seinem Ruf?«

Clarissa schmunzelte.

»Dann ergibt das alles überhaupt keinen Sinn.« Pamela legte ihre Stirn in Falten, während sie versuchte, den männlichen Verstand zu begreifen. »Wenn ich die Frau seiner Träume bin –« Sie warf Clarissa einen Blick zu. »Er hat von mir geträumt, nicht wahr? Ich habe ja auch von ihm geträumt.«

»Wenn du dich richtig erinnerst, hatte ich nicht den Auftrag, nach Träumen zu fragen.«

»Ja, natürlich. Ich hätte das mit einbeziehen sollen.«

Clarissa schnaubte.

»Wie ich schon sagte, das ergibt alles keinen Sinn.«

»Laut Roman glaubt er, dass er einer Frau nichts zu bieten habe. Dir nichts zu bieten habe.«

»Nichts?« Pamela schüttelte den Kopf. »Ich –«

Man bringt Opfer aus Liebe.

Pamela sah Clarissa staunend an. »Er ist also bereit, mich aufzugeben, um mich zu retten. Vor einem Leben mit ihm, weil er alles verloren hat? Ist es das?«

Clarissa zuckte hilflos die Achseln, so als habe auch sie ihre Zweifel am Funktionieren des männlichen Verstandes.

»Wie absurd. Er hat keinerlei Vorstellung davon, dass ich lieber nichts besitzen, dafür aber mein Leben mit ihm verbringen würde, als dass ich alle Schätze dieser Erde besitze, aber ohne ihn.« Pamela schüttelte den Kopf. »So entscheidet er also, dass er mein Schicksal für mich entscheidet? Das ist ziemlich überheblich von ihm, finde ich. Ein bisschen liebenswert aber auch.«

»Ich glaube, er liebt dich«, sagte Clarissa langsam. »Natürlich liebt er mich, ich weiß das längst.« Pamela lachte aus reinster Freude. »Was für ein liebenswerter, wunderbarer, überheblicher Narr er ist.«

»Was hast du jetzt, wo du alles weißt, vor zu –«

Ohne Vorwarnung rauschte Valentina in den Raum, Petrow folgte ihr auf den Fersen. »Ich habe vor, Gott steh mir bei«, sie zitterte, »eine gute Tat zu vollbringen.«

»Das habt Ihr nicht vor«, sagte Petrow mit fester Stimme.

Pamela und Clarissa wechselten Blicke.

»Ihr seid eine derart lästige Kreatur.« Valentina ergriff seine Rockaufschläge mit beiden Händen und starrte ihm in die Augen. »Ist es nicht Eure Aufgabe, Seiner Hoheit zu dienen?«

»Ja«, antwortete er vorsichtig.

»Und heißt das nicht, alles zu tun, um sein Wohlergehen und sein Glück sicherzustellen?«

»Ich nehme an.«

»Dann haltet den Mund und lasst mich reden.« Valentina lächelte anzüglich und gab ihn frei. »Ich werde dafür sorgen, dass Ihr später entsprechend belohnt werdet.«

Petrow warf ihr einen misstrauischen Blick zu, hielt aber seine Zunge im Zaum.

»Pamela.« Valentina wandte sich ihr zu. »Ihr solltet wissen, dass mein Cousin Euer beider Verlobung nicht gelöst hat, weil er abreist, um gegen Russland zu kämpfen, sondern dass er sich stattdessen auf dem Land verstecken will, wobei wir ihn, nebenbei erwähnt, alle zu einem schrecklichen Ort am Ende von Nirgendwo begleiten sollen, und das alles macht er, weil« – sie hielt inne – »er Euch liebt.«

Pamela verbiss sich ein Lachen. »Ja, ich weiß.«

»Ihr wisst?« Valentinas Augenbrauen zogen sich zusammen. »Dann war meine gute Tat umsonst?«

»Nicht ganz«, sagte Pamela hastig. »Sie ist äußerst schätzenswert.«

»Nun ja, das ist vermutlich etwas«, gab Valentina beleidigt zurück und sank auf den nächsten Stuhl. »So viel zum Thema gute Taten.«

Petrow beugte sich zu ihr. »Es war trotzdem eine ausgesprochen gute Tat.«

»Eure Meinung ist unerheblich.« Valentina seufzte, dann murmelte sie. »Nichtsdestoweniger habt Ihr meinen Dank.«

»Ihr könnt vielleicht trotzdem behilflich sein«, sagte Pamela. »Wir versuchen herauszufinden, was ich nun tun soll. Wie ich Seine Hoheit überzeugen kann, dass sein anmaßendes und überhebliches Verhalten ein Fehler ist.«

Valentina lachte höhnisch. »Ich werde diesem Unterfangen meine ganze Aufmerksamkeit schenken, aber ich sollte Euch warnen: Wir, das Haus Pruzinsky sozusagen, sind ein eigensinniges Pack, wenn wir einmal eine Entscheidung getroffen haben. Auch wenn sie völlig falsch ist.«

»Pamela.« George stürmte in den Salon.

»Guter Gott, George.« Pamela verschränkte ihre Arme über der Brust. »Ich habe weder die Zeit noch das Bedürfnis, mich jetzt mit Euch auseinanderzusetzen. Was ist in Euch gefahren, dass Ihr zurückkommt? Wenn Euch Seine Hoheit hier findet –«

»Ich habe gewartet, bis ich sicher sein konnte, dass er weg ist.« Jetzt erst bemerkte George, das sie nicht allein waren. Er nickte den Übrigen zu. »Guten Tag.«

»Wer ist das denn?« Valentina studierte ihn neugierig.

Clarissa rümpfte die Nase. »Er ist eine widerliche, verabscheuungswürdige Kreatur, die von ihrem Elend erlöst werden sollte.«

»Ein Jammer, dass ich widerliche, verabscheuungswürdige Kreaturen aufgegeben habe, ich hatte schon immer eine Vorliebe für blonde Männer.« Valentina warf dem dunkelhaarigen Petrow einen Seitenblick zu und seufzte. »Wie es aussieht, habe ich auch das aufgegeben.«

Petrow verbiss sich ein Lachen.

George starrte sie einen Moment an, dann schüttelte er den Kopf, als wolle er ihn klar bekommen, und wandte sich wieder Pamela zu. »Wollt Ihr wirklich, dass er mich umbringt?«

Pamela betrachtete ihn eine Weile, dann stöhnte sie. »Vermutlich nicht.«

George lächelte selbstgefällig. »Weil Ihr mich lie–«

»Weil ich ihn liebe«, erklärte Pamela mit fester Stimme.

George sah sie ungläubig und prüfend an. »Seid Ihr Euch sicher?«

»Ich war mir in meinem ganzen Leben noch nie so sicher.«

»Ich verstehe.« Er kniff seine Augen misstrauisch zusammen. »Und habt Ihr wirklich die Absicht, ihn zu heiraten?«

»Die habe ich.« Pamela hatte noch niemals ehrlichere Worte gesprochen.

»Nun, dann« – George nickte bestimmt – »bitte ich untertänigst um Verzeihung.«

»Das ist alles, George?« Sie hob eine Augenbraue. »Ihr droht mir, mein Leben zu zerstören, und glaubt, dass es mit einer Entschuldigung getan ist?«

»Er drohte, ihr Leben zu zerstören?«, fragte Valentina an die nebenstehende Clarissa gewendet. »Wie?«

»Ich habe keine Ahnung.« Clarissa sah wütend aus. »Aber ich bin mir sicher, dass es auf äußerst bösartige Weise geschehen wäre.«

»Wirklich?« Valentina warf George einen taxierenden Blick zu.

»Ihr habt recht, eine bloße Entschuldigung reicht wahrscheinlich nicht aus. Spielt es eine Rolle, dass meine Drohung die Drohung eines Mannes war, der verzweifelt versuchte, die Hand der Frau zu erhalten, die er liebte?« Hoffnung färbte Georges Stimme.

»Nein!« Pamela starrte ihn ungläubig an. Wie konnte sie nur jemals so dumm gewesen sein, zu glauben, dass sie diesen Mann liebte? Wäre er nicht so ein gemeiner Kerl gewesen, wäre sie wahrscheinlich heute mit ihm verheiratet und ... plötzliche Erleichterung und große Dankbarkeit überkamen sie. George war damals ein schrecklicher Fehler gewesen, aber der Fehler hätte noch so viel schlimmer ausfallen können.

George stieß einen Seufzer reinsten Elends aus. »Ihr erlaubt also, dass er mich tötet, nicht wahr?«

»Nein«, fuhr sie ihn an. »Auf alle Fälle nicht morgen, aber ich werde es mir für die Zukunft als Möglichkeit offen halten.« Sie wies ihn zur Tür. »Ich hoffe sehr, dass Ihr jetzt sofort verschwindet, und bleibt um Gottes willen morgen fern. Ja, es wird das Beste sein, wenn ihr noch nicht einmal ein paar Zentimeter von Eurem Gesicht in der Nähe Seiner Hoheit blicken lasst, zumindest für einige Zeit. Am besten allerdings für immer. Ich gebe Euch den dringlichen Rat, George, für eine Weile Euer Haus erst gar nicht zu verlassen. Versteckt Euch, George, es ist Eure einzige Chance. Ich werde mich um die Angelegenheit kümmern.«

Er hielt auf die Tür zu, dann zögerte er. »Aber was ist mit der Verteidigung meiner Ehre?«

»Er wird Euch umbringen«, antwortete Pamela scharf. »Und angesichts Eures Verhaltens wird er dabei eine Menge Vergnügen haben. Der Verlust Eurer Ehre verblasst angesichts des Verlustes Eures Lebens.«

»Ja, ich vermute auch.« George nickte und ging weiter zur Tür.

»Ferner würde ich meinen, es wäre klug von Euch, London zu verlassen, um nicht seinen Weg zu kreuzen.«

Georges Gesicht hellte sich auf. »Ich könnte vielleicht aufs Land gehen.«

»Das ist das Klügste, das ich je von Euch gehört habe. Und George.« Sie schoss ihm ihren drohendsten Blick zu. »Im Moment ist das eine vertrauliche Angelegenheit. Ich habe die Absicht, es dabei zu belassen, womit Eure Ehre« –

sie schnaubte – »nicht angetastet wird. Doch denkt daran, dass sich das jeden Augenblick ändern kann. Eine spontane Bemerkung zu einem Freund, dem Ihr vertraut, der es wieder einem anderen Freund weitererzählt, und bevor Ihr merkt, was geschehen ist, weiß es die ganze Welt. Habt Ihr mich verstanden?«

George schluckte. »Ja, ich verstehe durchaus.« Er machte eine Pause. »Es ist nicht sehr freundlich von Euch.«

»Ich habe Euch gesagt, dass ich mich verändert habe. Freundlichkeit ist nicht länger im Spiel.« Pamela schob ihn geradezu zur Tür. »Nicht, wenn es Euch betrifft.«

»Pamela.« Er warf Ihr einen sehnsuchtsvollen Blick zu. »Solltet Ihr Euch jemals entscheiden –«

»Danke, George.« Sie führte ihn nun zur Tür. »Verschwindet!«

»Das ist also der Mann, den Alexej tot sehen will«, sagte Valentina nachdenklich.

»Ich glaube nicht, dass er ihn wirklich –« Pamela seufzte. »Das war das.«

»Und Ihr seid sicher, dass er morgen nicht erscheinen wird?«

Pamela nickte. »Ich würde eine Menge darauf verwetten.«

»Dann habe ich eine glänzende Idee.« Valentina sprang auf und breitete ihre Arme in einer dramatischen Geste aus. »Es wird meine nächste gute Tat.«

»Vergebt mir, wenn ich das sage, Euer Hoheit«, gab Clarissa zögernd zu bedenken, »aber für jemanden, der so wenig an gute Taten gewöhnt ist wie Ihr, wäre es vielleicht besser, mit einer kleineren anzufangen. So etwas wie, ich weiß nicht recht, vielleicht den Vögeln Brotkrumen hinwerfen?«

»Den Vögeln?« Valentina starrte Clarissa an, als würden ihr Flügel wachsen und sie abheben. »Warum um alles in der Welt sollte ich Vögel füttern wollen?«

»Es war nur so eine Idee«, murmelte Clarissa. – »Meine Idee ist viel besser als das Füttern von Vögeln.« Die Prinzessin wies Clarissas Vorschlag mit einer abwinkenden Handbewegung zurück, dann wandte sie sich Pamela zu. »Habt Ihr ganz zufällig Ahnung vom Fechten?«

Pamela starrte sie an, dann wurde ihr plötzlich klar, was Valentinas Idee war. Weit hergeholt, das ja, und vollkommen unschicklich, aber trotzdem einfallsreich. Ein schelmisches Lächeln trat langsam auf ihr Gesicht. »Euer Hoheit, das ist wirklich brillant.«

Valentina strahlte. »Das dachte ich mir.« Sie beugte sich vertraulich zu Pamela. »Aber auch ein bisschen verrucht, findet Ihr nicht? Im guten Sinn, meine ich!«

»Oh, sehr gut. Wirklich sehr gut, Prinzessin.«

»Finde ich auch. Um ehrlich zu sein, meine liebe Pamela, stand meine Brillanz nie zur Diskussion«, stellte Valentina selbstgefällig fest, bevor sie kurz schwieg. »Die Frage ist allerdings, ob der Plan funktionieren wird oder nicht.«

»Wo steckt der verdammte Kerl?« Alexej ging rasch auf der Lichtung auf und ab, auf der das Duell mit Penwick stattfinden sollte, sofern dieser den Mut hatte zu erscheinen. Alexej hatte keine Ahnung, wo genau sie sich befanden, irgendwo am Rand von London, wie er vermutete, ohne dass es ihn allerdings ernsthaft interessiert hätte. Er wollte es einfach hinter sich bringen und fertig.

»Ich weiß nicht, Euer Hoheit«, sagte Roman mild.

Graham stand in der Nähe, steif hielt er in jeder Hand einen Degen hoch.

»Guter Gott, Graham, Sie können sie hinlegen, bis er kommt.« Alexej seufzte. Dieser Mann war ein ausgezeichneter Butler, aber es war offensichtlich, dass er nicht wusste, wie er sich in dieser Funktion verhalten musste, abgesehen davon, was er im Schauspiel gesehen hatte. Doch immerhin hatte er es geschafft, einen Arzt ausfindig zu machen, der sie, allerdings zu einem Wucherpreis, begleitete und schon jetzt in der Kutsche wartete.

»Danke, Euer Hoheit«, sagte Graham und legte die Schwerter erleichtert auf den Boden.

»Wenn Penwick nicht bald auftaucht, werde ich ihn aus welchem Versteck auch immer aufjagen müssen. Ich habe noch anderes zu tun und kann nicht den ganzen Tag hier warten.« Alexej sah zu Roman. »Sind unsere Reisevorbereitungen getroffen?«

»Ihr habt mich das schon mehrmals gefragt, Euer Hoheit, und die Antwort lautet einmal mehr: ja.«

»Gut«, fauchte Alexej zurück.

»Darf ich erwähnen, Euer Hoheit, dass Ihr heute Morgen ausgesprochen schlechte Laune habt?« Roman lächelte liebenswürdig.

»Natürlich habe ich schlechte Laune. Ich bin dabei, einen Mann umzubringen.«

»Ich dachte mir, dass es das ist.«

Alexej sah seinen Freund wütend an und fuhr mit seinem Hin-und-her-Laufen fort. Roman wusste sehr gut, dass es nicht der Gedanke an dieses unsinnige Duell war, der Alexejs Magen zusammenschnürte. Nun, er würde Penwick wahrscheinlich gar nicht töten, sondern nur ein wenig leiden lassen. Wahrscheinlich würde eine taktisch geschickte Wunde ausreichen. Vielleicht wäre der Verlust seiner Nase das Passende. Ja, dieser Gedanke gefiel Alexej.

Nein, es war nicht Penwick, der hinter Alexejs schlechter Laune stand, es war Pamela.

Alexej hatte es sich gestern zur Aufgabe gemacht, den ganzen Tag und weit in die Nacht hinein dem Haus und damit ihr fernzubleiben. Als er schließlich ins Bett gefallen war, konnte er nicht einschlafen und sprang fast die ganze Nacht hindurch bei einem unerwarteten Geräusch hinaus auf den Gang – in der Hoffnung, dass sie noch einmal an seiner Tür erscheinen würde. Gleichzeitig betete er, dass sie es nicht tat. Es war schwer genug, einmal Lebwohl zu ihr zu sagen. Er war sich nicht sicher, ob er es noch einmal schaffen würde.

»Das ist verdammt rücksichtslos von dem Kerl.« Alexej biss die Zähne aufeinander. »Er sollte jetzt schon hier sein.«

»Es verrät einen ausgesprochen schlechten Charakter, wenn man zu seiner eigenen Ermordung zu spät kommt«, sagte Roman gemessen. »Ich gehe davon aus, dass Ihr noch immer vorhabt, ihn zu töten?«

»Ich habe mich noch nicht entschieden. Es könnte gut sein, dass es – sobald wir weg sind – für Miss Effington kein Ende der Probleme bringen würde, wenn ich ihn töte.« Alexej lächelte grimmig. »Aber ich werde dafür sorgen, dass er sie nicht noch einmal bedroht.«

Nicht weit entfernt blieb eine Kutsche stehen. Graham riss einmal mehr die Degen senkrecht hoch. Alexej rollte seine Augen gen Himmel.

Die Kutschentür öffnete sich, und ein Bedienter half drei mit Umhängen und Kapuzen angetanen Gestalten beim Aussteigen.

»Das ist ein bisschen übertrieben dramatisch«, sagte Roman.

Alexej zuckte die Achseln. »Penwick ist ein Esel. Der Mann hat sich vermutlich vorher noch nie duelliert.«

Die Gestalten kamen rasch auf sie zu, eine davon einige Schritte vor den anderen. Seltsam, Alexej hatte gedacht, Penwick hätte etwa seine Größe und sei nicht so schlank, wie er ihm jetzt erschien.

Anscheinend war es eine Sinnestäuschung aufgrund des frühen Morgenlichts in Verbindung mit dem Umhang, die ihn anders aussehen ließ.

Die Gestalt, die am nächsten stand, blieb stehen und zog sich die Kapuze vom Kopf. Langes, goldenes Haar fiel herab.

Alexej presste seine Kiefer aufeinander. »Pamela.«

»Guten Morgen, Euer Hoheit«, sagte Pamela strahlend. »Ein herrlicher Tag für ein Duell, findet Ihr nicht auch?«

»Was macht Ihr hier?«, fuhr er sie an. »Und wo ist dieser Feigling Penwick?«

»Ich befahl ihm fernzubleiben.« Sie lächelte liebenswürdig. »Ich nehme seinen Platz ein.«

»Ihr macht was?« Er erstarrte. »Ihr könnt das nicht machen.«

»Natürlich kann ich das. Gemäß dem britischen Kodex für Duelle, Regeln und Verhalten, allgemein gültige Ausgabe, Seite 4, Paragraph 3, darf der Herausgeforderte einen Kämpen wählen, der seine Stelle einnimmt.« Selbstzufriedenheit lag in ihrer Stimme. »Ich bin der Kämpe.«

Er starrte sie wütend an. »Davon habe ich noch nie etwas gehört.«

»Natürlich nicht.« Sie zuckte die Achseln. »Es ist eine englische Regel.«

»Noch habe ich jemals von einem britischen Kodex über was auch immer gehört.« Er kniff seine Augen zusammen. »Ihr habt ihn erfunden.«

»Gleichwohl«, sagte sie stolz, »ich bin hier, und Penwick ist es nicht.«

»Aber Ihr seid eine Frau. Ich bezweifle, dass Frauen das Recht haben, sich zu duellieren – nicht einmal in England.«

»Ich bin in der Tat eine Frau, mein Dank, dass Ihr das bemerkt habt.« Sie schüttelte den Kopf. »Damit verhält es sich eigenartig. Ich las den gesamten Kodex –«

»Den Kodex, den ihr erfunden habt«, fauchte er zurück.

»– und es wird nichts darüber gesagt, dass es Frauen nicht erlaubt sei, sich zu duellieren. Vielleicht wird es vorausgesetzt, oder es ist einfach ein Versehen. Egal, es gibt nichts, das es Frauen ausdrücklich verbietet, an Duellen teilzunehmen, und deshalb bin ich hier.« Sie warf ihm ein strahlendes Lächeln zu. »Und ich bin bereit.«

Alexej sah Roman an, der hilflos die Achseln zuckte.

Pamela ging zu Graham, prüfte die Degen, die er ihr anbot, dann zog sie in deutlicher Ablehnung ihre Nase kraus. »Diese taugen überhaupt nicht dafür. Keiner findet meinen Gefallen.« Sie warf Alexej einen Blick zu. »Macht es Euch etwas aus, wenn ich meinen eigenen benutze?«

Er schnaubte. »Ihr habt Euren eigenen Degen?«

»Den habe ich in der Tat.« Sie trat auf die ihr am nächsten stehende, mit Kapuze verhüllte Gestalt zu, anscheinend ihr Sekundant und ohne Zweifel Lady Overton.

»Habt Ihr davon gewusst?«, fragte Alexej mit leiser Stimme Roman.

»Nein.« Roman starrte unfreundlich auf den noch immer verhüllten Sekundanten. »Ich hätte es nicht erlaubt.«

»Das heißt auf alle Fälle etwas«, murmelte Alexej. »Selbst bei der sich so tadellos benehmenden Lady Overton hättet ihr wohl kaum etwas dagegen ausrichten können.«

Pamela warf ihren Umhang ab, und Alexej verschlug es den Atem.

»Ihr habt Hosen an!« Er starrte sie ungläubig an. »Hosen!«

»Ich habe noch nie zuvor welche getragen, und sie sind ausgesprochen bequem. Ich mag sie.« Sie glättete den Stoff entlang ihrer Hüfte. »Außerdem erwartet Ihr doch wohl nicht von mir, dass ich mich in einem Kleid duelliere, oder?«

»Ich erwarte von Euch, dass Ihr Euch überhaupt nicht duelliert!«

Pamela schenkte seiner Bemerkung keine Beachtung. »Es wäre äußerst ungerecht, sich in einem Kleid duellieren zu müssen, es sei denn, Ihr wärt bereit, ebenfalls ein Kleid zu tragen?«

»Macht Euch nicht lächerlich.« Er schnaubte verächtlich. »Ich habe nicht vor, jemals wieder Frauenkleider zu tragen.«

»Wieder?« Sie hob eine Augenbraue.

»Es war eine unvermeidliche Tarnung«, brummte er.

Sie kicherte. »Ich kann mir vorstellen, dass Ihr ausgesprochen reizend ausgesehen habt.«

»Seid ruhig!«, fuhr er sie an.

Pamela unterdrückte ein Lachen und wandte sich der anderen Frau zu. Diese zog einen Degen unter ihrem Umhang hervor, dann schüttelte sie die Kapuze ab.

Alexej stöhnte auf.

»Einen schönen guten Tag, Cousin«, grinste Valentina.

»Gott sei Dank«, sagte Roman und starrte auf die dritte Gestalt, die noch immer einige Schritte hinter den anderen verweilte.

»Das war deine Idee, daran besteht kein Zweifel«, bemerkte Alexej schneidend.

»Nicht ganz, aber ich hatte meine Hand im Spiel und betrachte das als eine weitere gute Tat. Und« – Stolz lag in Valentinas Stimme – »es sind meine Hosen. Gefallen sie dir?«

»Nein!« Obwohl er sie in Wahrheit bezaubernd fand. Sie formten Pamelas Figur in einer höchst kleidsamen, völlig unschicklichen und alles in allem erotischen Weise nach. Es wäre tatsächlich viel gerechter, wenn er ein Kleid anziehen würde, denn Pamela wirkte in diesen Hosen äußerst ablenkend.

Er atmete frustriert aus. »Wo ist Dimitri?«

»Wir fesselten ihn an einen Stuhl und ließen ihn zu Hause.« Valentina zuckte fröhlich die Schultern.

»Ich stehe hier, Euer Hoheit.« Die dritte Gestalt zog sich die Kapuze vom Kopf und kam nach vorn. Dimitri warf einen empörten Blick auf die Frauen. »Sie nötigten mich, das da zu tragen.«

»Sie nötigten Euch?« Alexejs Stimme hob sich. »Nötigten Euch?«

Dimitri wies auf Valentina. »Ich habe Euch gesagt, dass sie eine Hexe ist.«

Valentina lachte.

»Und Ihr seid ein Mann. Ein Soldat. Ein Krieger.« Alexej funkelte seinen Freund wütend an.

»Ja, das bin ich, Euer Hoheit.« Dimitri erwiderte kühl Alexejs Blick. »Und ich schulde zuallererst Euch meinen Gehorsam. Ihr habt mir den Befehl erteilt, die Prinzessin Tag und Nacht zu bewachen –«

Pamela ließ einen seltsam erstickten Laut vernehmen.

»– und ich habe dem Folge geleistet. Ihr habt mir nicht den Befehl erteilt, sie von Handlungen abzuhalten, die« – er straffte die Schultern – »durchaus zu Eurem Wohl sein könnten.«

»Wie könnte das da« – Alexej gestikulierte wild in Richtung Frauen – »zu meinem Wohl sein?«

»Ach, ich denke, ich behalte ihn«, murmelte Valentina.

»Gebt es auf, Alexej«, unterbrach Pamela mit einem Ton der Resignation in der Stimme. »Ihr habt diese Auseinandersetzung verloren, und wir haben Besseres zu tun.«

Sie nahm Valentina ihren Degen ab – ein ziemlich zerbrechlich aussehendes Etwas. Italienisch, wie er meinte, und möglicherweise sehr wirkungsvoll.

»Das nennt Ihr einen Degen?«, fragte Alexej spöttisch und nahm seine etwas solidere Klinge entgegen.

Pamela bog ihre, ließ sie wieder los und nahm die Engarde-Stellung ein. Korrekt, wie er bemerkte. »Seid Ihr bereit?«

»Ich werde nicht gegen Euch kämpfen«, antwortete er standhaft.

Sie machte einen Vorstoß. Er parierte mühelos. »Warum tut Ihr das für Penwick?«

»Ich tue es nicht für Penwick.« Sie unternahm einen erneuten Vorstoß, und wieder parierte er. Diesmal nicht ganz so mühelos. »Ich tue es für mich selbst.«

»Was meint Ihr damit?« Erneut wehrte er ihre Klinge ab. »Er hat Euch bedroht. Er hat Eure Ehre angezweifelt. Verflucht nochmal, er hat Euch Eurer Tugend beraubt!«

»Ihr habt mein Herz gestohlen!« Sie machte einen Ausfall, und er konterte. »Warum habt Ihr mich glauben lassen, dass Ihr in den sicheren Tod geht?«

»Es war der geeignetste Weg, Euch freizugeben.« Er parierte ihren Vorstoß einmal mehr, und der Kampf begann ernst zu werden.

Das Geräusch der aufeinander prallenden Degen erfüllte die Morgenluft. Er hatte nicht die Absicht, sie zu verletzen, aber, bei Gott, wenn sie auf diesem lächerlichen Benehmen bestand, würde er ihr eine Lektion erteilen, die sie niemals vergessen sollte. Allerdings war sie weitaus geschickter, als er gedacht hatte.

»Sie hat die ganze Nacht geübt«, rief Valentina ihm zu.

»Nicht genug«, murmelte er und schlitzte fachmännisch den lose herabhängenden Stoff ihres Ärmels auf.

Ihr Blick verengte sich, aber sie ließ in ihrer Leistung nicht nach. »Der Unterschied zwischen Euch und George, Euer Hoheit, ist, dass er ein Dummkopf war, der nicht genug Intelligenz besaß, um zu erkennen, was er verlor.«

»Ich weiß, was ich verliere.« Er machte einen Ausfall.

Sie sprang gewandt zurück. »Dann seid Ihr ein Esel.«

»Vielleicht. Aber ich habe es für Euch getan.« Er war im Vorteil und machte einen Vorstoß. Sie wich zurück. »Ich habe Schuldgefühle, Pamela, Ihr habt keine Ahnung von meinen Schuldgefühlen. Sie zehren an mir. Jeden Tag und jede Nacht.«

»Ihr braucht mich, und ich liebe Euch.« Sie wehrte seinen Degen mit ihrem ab. »Lasst nicht zu, dass ich zu weiteren Schuldgefühlen Anlass gebe.«

»Ihr könnt Euch nicht vorstellen, welche Dämonen mich jagen.« Er zwang sich, ruhig zu bleiben, sich auf die vor ihm liegende Aufgabe zu konzentrieren. Er wollte sie auf keinen Fall verletzen. »Ich will Euch das nicht aufbürden.«

»Ich möchte mein Leben mit Euch zusammen verbringen,

Alexej.« Sie unterstrich ihre Worte mit den Vorstößen ihres Degens.

»Hört Ihr mir nicht zu? Ich habe gegenüber meinem Land, meiner Familie und meinen Untertanen versagt!« Sein Degen schnitt quer über ihren.

»Dann versagt nicht auch noch mir gegenüber.« Sie wurde schwächer, er konnte es feststellen. Doch sie würde noch nicht aufgeben.

»Ich warne Euch, das Leben mit mir wäre nicht angenehm.« Sie umkreisten sich.

»Ich will keine Annehmlichkeit, ich will Euch!«

Sie war schneller, als er gedacht hatte, und die Erinnerung daran, wie behende sie sein konnte, zuckte durch seinen Kopf, und er strauchelte. Sie nutzte den Vorteil, der sich ihr bot, und ein Hieb traf seine Körpermitte gerade so, dass das Leinen seines Hemds zerriss.

»Oh, das war alles andere als nett.«

»Das sollte es auch nicht sein.« Sie machte einen Ausfall, doch er fing ihren Degen mit seinem ab. Einen Augenblick starrten sie sich gegenseitig an.

»Es ist Zeit, diesem hier ein Ende zu bereiten«. Er tauchte unter ihrem Degen durch, machte wenige, täuschend schnelle Schritte um sie herum, bis er ihr im Rücken war. Sie sprang sofort herum. Mit großer Präzision stieß er seine Klinge unmittelbar über ihrer Hand in den Griff und schlug ihr den Degen aus der Hand. Es war eine Bewegung, die er vor langer Zeit perfektioniert hatte.

Sie riss ihre Augen auf, machte einen Schritt rückwärts, strauchelte und fiel hin. Er stand über ihr und zielte mit seinem Degen auf ihre Körpermitte.

»Habt Ihr nun genug?« Er lächelte selbstzufrieden auf sie hinunter.

»Nein.« Sie rollte sich schnell ab, angelte mit ihrem Fuß nach seinem Knöchel, und er torkelte zu Boden. Bevor er wusste, wie ihm geschah, zog sie sich auf ihre Knie, ergriff seinen Degen und hielt ihn an seine Brust. »Ihr habt recht, es ist Zeit, diesem hier ein Ende zu bereiten.«

Er schaute auf den Degen und fuhr zusammen. »Geht vorsichtig damit um. Ihr könntet eine Menge Schaden anrichten.«

»Ganz genau.« Sie starrte ihn an und drückte ein bisschen fester mit der Klinge. »Liebt Ihr mich?«

Er sah betont auf den Degen, dann zurück zu ihr. »Habe ich eine Wahl?«

Sie hob eine Augenbraue. »Liebt Ihr mich?«

Er blickte in ihre tiefschwarzen Augen und wusste, dass er verloren war. Gott stehe ihm bei. Gott stehe ihnen beiden bei. Er seufzte kapitulierend. »Ja.«

Der Atem stockte ihr. »Wirklich?«

Er nahm ihr vorsichtig den Degen aus der Hand, warf ihn beiseite und kniete sich hin. Sein Blick ließ ihren nicht eine Sekunde los. »Roman, bitte meine Weste.« Einen Moment später reichte ihm Roman das Kleidungsstück. Er zog den Ohrring aus der Tasche und hielt ihn ihr hin. »Ich glaube, das gehört dir.«

Sie nahm ihn und sah ihn an, verwirrt legte sie ihre Stirn in Falten. »Guter Gott, er gehört mir. Ich dachte, ich hätte ihn vor Jahren verloren.«

»Das hast du«, sagte er weich. »In meinem Bett. In Venedig.«

Sie sog den Atem scharf ein. »Und du hast ihn aufbewahrt?«

Er nickte. »Als Talisman. Eine Erinnerung, eingefangen in Glas.« Er hielt inne, um seine Gedanken zu sammeln. »Der Abend sollte nicht anders sein als jeder unterhaltsame Abend in Gesellschaft einer schönen Frau; indessen geschah etwas Merkwürdiges in jener Nacht in Venedig. Jener Nacht voll Magie. Ich weiß nicht, was oder warum, ich habe es damals, um die Wahrheit zu sagen, nicht einmal erkannt, aber ich traf die Frau, die die andere Hälfte meiner

Seele war. Die mein Herz gefangen nahm und es seit damals nicht wieder freigegeben hat. Serenissima.«

»Es war eine einzige Nacht. Ich bin nicht …« Sie schüttelte den Kopf. »Ich bin nicht gerade heiter.«

»Und dann traf ich eine andere Frau, als mein Leben, wie ich es bis dahin gekannt hatte, zu Ende war.« Er strich ihr das Haar aus dem Gesicht und schaute ihr in die Augen. »Sie ist freimütig und lästig und eigensinnig und kein bisschen heiter. Und auch sie ist die andere Hälfte meiner Seele.«

»Alexej –« Sie unterdrückte ein Schluchzen. »Auch ich habe Venedig niemals vergessen. Ich habe niemals dich vergessen. Nicht einen Tag lang, nicht einen Moment.«

»Ich habe nie zu hoffen gewagt, dass ich dich wiederfinde. Nie zu träumen gewagt –«

Ergriffenheit schimmerte in ihren Augen. »Du hast mein Herz vom ersten Augenblick an besessen.«

»Es ist ein gegenseitiges Besitzen.« Er atmete langsam ein und aus, um sich zu beruhigen. »Du musst wissen, dass da noch Penwick ist, mit dem man sich befassen muss. Und ich sehe nur eine Möglichkeit, ihn zum Schweigen zu bringen.«

Sie stöhnte. »Du hast doch nicht etwa noch immer vor, ihn zu töten?«

»Nein.«

»Wir können England verlassen.«

»Nein, es ist dein Zuhause. Hier gehörst du hin, und du warst viel zu lange weg.« Er zuckte die Achseln. »Ich werde dich letzten Endes doch heiraten müssen.«

Sie starrte ihn argwöhnisch an. »Um Penwick zum Schweigen zu bringen?«

»Natürlich.« Er lächelte langsam. »Und weil ich dich liebe, immer geliebt habe.«

»Ich wusste, dass du das hast.« Sie warf ihre Arme um seinen Nacken und hielt sich einen Moment fest, dann zog sie sich zurück. Ein ernster Ausdruck spiegelte sich in ihren dunklen Augen. »Du solltest wissen, dass ich dich heiraten will, aber solange ich deine Liebe besitze, zählt für mich nichts anderes. Wenn du keine Ehe möchtest, werde ich trotzdem den Rest meines Lebens so mit dir verbringen, wie du es dir wünschst.«

»Das ist ein interessantes Angebot.« Er zog sie näher an sich. »Mir ist nichts geblieben außer dem Ansehen und der Schicklichkeit, die du dir einmal ersehnt hast, und die werde ich dir geben.«

»Und dein Herz.« Ihre Stimme klang fest.

»Und mein Herz, auch wenn es schon immer dir gehört hat.« Er schüttelte den Kopf. »Eine Ehe mit mir wird nicht einfach sein.«

»Noch wird sie langweilig sein.« Sie lächelte boshaft. »Und ich wage zu behaupten, dass ich es dir mit gleicher Münze zurückzahlen werde.«

»Ich sollte dich noch vor etwas anderem warnen, Pamela, Serenissima.« Sein Blick suchte ihren. »Ich habe dir vor vier Jahren, als ich nicht wusste, was ich verlor, und erneut gestern, als ich es wusste, Lebewohl gesagt. Doch ich werde dir nicht noch einmal Lebewohl sagen.«

Sie lachte, es war ein Ton reinster Freude, der in seinem Herzen widerhallte. »Noch werde ich zulassen, dass du das vor dem Augenblick, in dem du den letzten Atemzug machst, sagst. Du wirst mich niemals loswerden.«

»Um mehr kann ich dich nicht bitten, obwohl ich dich jetzt sehr gerne küssen würde.« Er sprach mit leiser Stimme, von den immer stärker werdenden Empfindungen in ihm erfüllt. »Aber wir sind nicht allein.«

»Ach ja, so viel zum Thema Schicklichkeit.« Sie seufzte und küsste ihn.

Sie waren nicht mehr vom Schicksal Verfolgte.

Und ihre Geschichte würde einen sehr, sehr guten Ausgang nehmen.

Weltbild Buchverlag
Deutsche Erstausgabe 2007

Dieses Werk wurde im Auftrag der Jane Rotrosen Agency, L.L.C., vermittelt durch die Literarische Agentur Thomas Schlück GmbH, 30827 Garbsen.

Projektleitung: Gerald Fiebig
Übersetzung: Andrea Hahn
Redaktion: Ingola Lammers
Umschlag: Hauptmann & Kompanie Werbeagentur GmbH, München–Zürich
Umschlagabbildung: © Accornero, Franco via Agentur Schlück GmbH
Satz: Dirk Risch, Berlin
Druck und Bindung: GGP Media GmbH, Pößneck

Gedruckt auf chlorfrei gebleichtem Papier

ISBN 978-3-89897-437-0